ハヤカワ文庫 JA
〈JA654〉

さらば長き眠り

原　尞

早川書房

4677

誰かのために死ぬということは
とるにたりない愛の証しである
——ニーチェ*

*彼の遺稿より　ただし自らの手でのちに抹消された

さらば長き眠り

登場人物

沢崎……………………………私立探偵
桝田啓三………………………浮浪者、元建築家
魚住彰…………………………元高校野球選手、依頼人
魚住夕季………………………彰の義姉
魚住彪…………………………彰の父、日雇い労務者
藤崎謙次郎……………………スポーツ用品店主、元監督
藤崎典子………………………藤崎の妻、スナックのママ
新庄慶子………………………夕季の叔母、和服デザイナー
新庄祐輔………………………慶子の夫、映画の美術係
川嶋弘隆………………………スポーツ用品販売会社員
大沢亮次………………………魚住彰の隣人、フリーター
秋庭朋子………………………自殺の目撃者、主婦
中牟田義男……………………自殺の目撃者、元電力会社員
江原尚登………………………自殺の目撃者、元レコード会社員
大築右近………………………大築流能の宗家（家元）
大築真弓………………………宗家の長女
大築春雄………………………その夫、日系米人の大学教授
大築百合………………………宗家の次女
石動……………………………大築会理事長
佐久間…………………………矢島弁護士事務所の女性弁護士
五十嵐睦男……………………奥沢ＴＫマンションの管理人
稲岡喜郎………………………奥沢ＴＫマンションの住人
草薙一郎………………………市会議員
垂水……………………………新宿署の刑事
橋爪……………………………暴力団〈清和会〉の幹部
相良……………………………橋爪の用心棒
渡辺……………………………沢崎の元パートナー
錦織……………………………新宿署の警部

1

冬の終りの真夜中近く、私はおよそ四〇〇日ぶりに東京に帰ってきた。雨の中を九時間以上走り続けたブルーバードを西新宿にある事務所の駐車場に停めて、往生際《おうじょうぎわ》の悪い死体のようにこわばった自分の身体《からだ》を車の外へ引きずりだした。雨は都心に近づいたころからすでに霧雨に変わっていた。駐車場附近の殺風景な眺めには何の変化もなく、一ヵ月ぐらいのつもりでその同じ場所を発《た》ったのはまるで昨日のことのようだった。私は痛む背中をなだめながら、後部座席から身の回りの物を入れた小型のスーツケースと、古ぼけた黒のショルダーバッグを取りだした。

霧雨の夜の帰還といっても、そんな感傷にふけるにはこの都会《まち》はあまりにも卑俗に過ぎた。鍵のかからない郵便受けに何も入っていないことを確かめ、一人しか通れない老朽ビルの階段を重い足で昇り、日中でも決して陽の射さない二階の廊下の奥の事務所にたどりつくと、私は一年以上も遠ざかっていた自分の稼業への漠然とした不安に襲われた。入口のドアにペンキで書かれた〈渡辺探偵事務所〉という文字が急に色褪《あ》せてしまったように見えたが、以前は気にしなかっただけのことだろう。

ドアに鍵を差しこんで把手《とって》に手を掛けようとしたとき、私は異常に気づいた。客を待たせるためにドアの脇に置いてある木のベンチの向こうの暗がりで、かすかな物音が聞こえたのだ。私は両手のスーツケースとバッグを落とすように足もとにおろした。

「誰だ！」私は声を鋭くして訊《き》いた。

暗がりのほうで、厚紙を擦《こす》るようなばさばさという音に混じって、力のない溜め息が聞こえた。抵抗を諦めた小動物のような声だった。

私は急いで事務所のドアを開け、手を伸ばして明かりのスイッチを探った。長いあいだ留守にしていたが、電気代も電話料金も家賃もきれいに振り込んであった。スイッチを入れると室内の明かりが薄暗い廊下を明るくした。ベンチの向こうの壁のそばに、浮浪者のような男が坐りこんでいた。

「お帰り……」と、男はばつが悪そうに言った。明かりがまぶしいのか、手をかざして光線を遮《さえぎ》っている。薄汚れた茶の厚地のオーバーを着て、垢《あか》じみた黒っぽい帽子のひさしの下から伸びた髪と五十代半ばの顔がのぞいていた。見知らぬ男だった。

私は十秒間たっぷりとその男を観察した。男の顔には悪戯《いたずら》を見つかった子供のような表情のほかには何の悪意も存在しないようだった。浅黒く陽に灼けて健康そうで、酒に酔っているようにも見えなかった。彼のまわりには暖《だん》をとるための段ボールや新聞紙が散らばっていた。ベンチの蔭の壁際に、はちきれそうに膨《ふく》らんだ大きな紙袋が二つ並んでいた。

「ここで何をしている？」と、私は訊いた。

「いや、何も。休ませてもらっていただけで……」男はかざしていた手をおろし、帽子のひさしに軽く触《ふ》れて頭を下げた。「どうも申しわけない。勝手に入りこんだのは悪かったけど、外はひどい雨なんで」

「雨はあがっている」

「……そうか」男はなくした口実を探すように自分のまわりに視線を漂わせた。「ただ雨宿りをしていたってわけでもないんだ。つまり、あたしは客じゃないかな……いや、少なくとも客の〝使い〟とは言えると思うんだが」

私はスーツケースとバッグを事務所の中に入れて、男とのあいだのベンチの前に移動した。廊下の端にわずかに残っていた逃げ道を塞《ふさ》がれ、私との距離が手足の届く範囲に狭《せば》まったために、男は少し怯《ひる》んだ。私が子供と争う気力もないほど疲れきっていることは知らないのだ。彼は後退《あとじさ》りしながら、立ちあがろうとした。

「坐っていろ」と、私は命じた。「おれがいいと言うまでは、そのまま動くな」

男はあわててもとの姿勢に戻り、二、三度うなずいた。私はベンチに腰をおろしたい誘惑に駆られた。だが、おろさなかった。

「どういう使いか訊こう」

「ある男が――その男は、あたしがいつものようにこの先の〈兜神社《かぶと》〉の床下で寝ていると、近づいてきてワンカップの酒を奢《おご》ってくれたんだ……それも、二晩続けて」

彼は自分の首筋に手を伸ばし、そこが痒《かゆ》いというより、単に習慣になっているような気のない様子で、ぼりぼりと掻《か》いた。

「はじめのうちはちょっと気味悪かったが、どちらかというと、その男はあたしのことなんか眼中にないって様子だった。どうやら、そいつは留守のあんたの帰りを待っていて、時間をつぶすのに神社へやってきたらしいよ。だって、あとで考えてみると、そいつは何度も通りへ出て行って、そこからちょうど見えるこの事務所の窓に、明かりがついていないかどうかを確かめていたからね」

私はうなずいて、先を促した。

「それで、二日目の晩になると、そいつは帰るときにお金をくれて――千円札三枚と十円玉をあるだけくれて、この探偵事務所の人が帰ってきたら電話してくれって、メモを渡したんだ」

男はオーバーのあちこちのポケットを探り、ごたまぜになった所持品やわけのわからぬ拾得物の中から一枚の紙切れを選びだして、私のほうへ差しだした。受けとって見ると、〈ハザマ・スポーツ・プラザ〉の川嶋弘隆《かわしまひろたか》という営業課長のシワになった名刺だった。しかし、ボールペンで書いた大きな×印で全体が消してある。

「裏っかわなんだ」と、男が注意した。

名刺の裏には〝魚住《うおずみ》〟という名前らしい文字と電話番号らしい数字が、やはりボールペンの下手クソな字で書きとめてあった。それだけだった。男のポケットの雑然とした中身を考えれば、その名刺がずっと以前にどこかのゴミ箱で拾ったものだとしても不思議はなかった。

「そいつはどんな男だ?」と、私は訊いた。

「たぶん年齢は三十才ぐらいの、髪を短く刈った大柄な男で、あんたよりももっと背が高かった。サラリーマンじゃなさそうだった。彼らはお金を裸で持っていたりしないからね。と言って、ヤクザでもなさそうだった。とても礼儀正しかったからね……でも、確信はないよ。財布をなくしたサラリーマンかもしれないし、礼儀正しいヤクザかもしれない」

浮浪者の態度に少し余裕が出てきた。私は四〇〇日のブランクを感じながら、意識的に厳しい口調で訊いた。

「それはいつのことだ?」

男は答えかけて、急に口を閉じた。落ち着かなく左右に動く眼玉の奥で、どう答えようかと思案しているのが明らかだった。

「嘘はつくな」と、私は釘を刺した。「それでなくとも厄介な立場にいることを忘れないほうがいい」

男の眼玉が止まって、ゆっくりと伏せられた。

「たぶん、まだ一カ月はたっていないはずだけど……あたしはこんな暮らしをしてるんだから、正確な日付なんて憶えてはいないよ」

「ちょっと待て。おまえは、ここに一カ月も寝泊まりしているのか」

「いや、とんでもない。あたしのような〝自由生活者〟はこんな屋根の下で一ヵ月も寝起きするなんて、とても耐えられるもんじゃないよ。とにかく、あんたが事務所に帰ってきたら知らせるようにその男に頼まれてからは、ずっと毎日二回、つまり兜神社で起きて出かけるときにこの窓のブラインドが上がっていないか、帰って寝るときに窓に明かりがついていないか、それを確かめるのが日課になったんだ。ところがいつまでたっても、窓には何の変化もなかった……それで、たぶん一週間か十日ぐらい前のことだけど、窓には明かりがついていなくても、もしかしたら手前の部屋には人がいるってことも考えられるし――いや、今はこの事務所が一部屋しかなさそうだってことはわかっているけど、そのときはそう考えたんだよ」

男は言葉を切り、同意を得るように私の顔を見上げた。「それで、思いきって表の階段を上がってきたわけなんだよ。事務所が留守だってことはすぐにわかったけど、ついでに入口のそばのベンチを見つけちまって、どうせあんたの帰りを待つんだったら、ベンチで待たせてもらってもいいだろうと、一週間ぐらい前から……」

私には相手の弁解を仔細《しさい》に吟味するような気力は残っていなかった。それに、この男が言葉とは別の目的でこのビルに侵入したのだとしても、そもそも私の事務所には盗まれたりのぞかれたりして困るようなものは何一つ置かれていなかった。

「魚住という男に、おれが戻ったことを知らせれば、礼金はいくらもらえる？」

「こっちは何も要求したわけじゃないんだよ。だけど、彼は一万円くれると言った」

私はメモの書かれた名刺を浮浪者の汚れたズボンの膝の上にほうった。

「えっ、どうしたんだ？　あたしの言うことを信用しないのかい？」

私は男の不安げな顔を無視すると、ベンチのそばから事務所の入口まで後退して言った。

「立つんだ。その一万円を稼ごうじゃないか」

私は事務所の中を指差して、男に入るように促した。男はしばらくグズグズしていたが、観念したように名刺を拾って立ちあがった。少し足もとをふらつかせながら近づいてくると、入口の前で立ちどまり、ベンチの蔭の自分の荷物にちらっと視線をおくった。彼の全財産だと思われる二つの紙袋が気になるようだった。

「こんな時間に誰もこないことはおまえのほうがよく知っているだろうが、心配なら持って入れ」

男は苦笑し、首を横に振って事務所の中へ入った。私の前を通るときに冷えた野菜炒めのような匂いが鼻をついたが、悪臭というほどのことはなかった。

私もあとに続き、後ろ手にドアを閉めた。男は閉じられた空間に二人きりになったことで、さらに落ち着かない様子だった。私は事務所の中央にある来客用の椅子を指差した。彼は椅子に積もった埃《ほこ》りに顔を近づけてしばらく見ていたが、そのまま文句を言わずに腰をおろした。

私はデスクの上の電話のコードを伸ばして、男の眼の前に置いた。灰色に汚れた手を見て、四〇〇日分の埃りが相当なものであることがわかった。

「どうするのかね？」男はとぼけた顔を私に向けた。

「電話をしてくれと頼まれたんだろう？　してくれ」

「あたしが？　こんな時間に？」

「こんな時間に、ビルの中に侵入できるやつが何を遠慮している」

「そんな、皮肉はよしてもらいたいな……それに、あの男は渡したお金がなくなっていたら、要はこのメモを探偵事務所の人に渡して、連絡するように伝えてくれればいいって言ったんだから、あんたが電話したほうがうんと手っ取り早いよ」

「おれは急いでいない。この電話をかけるのに金は要《い》らない」

男は恨めしそうな眼で私を見て、電話なんかもう何年もかけたことがないと愚痴《ぐち》をこぼしながら、名刺のメモの番号をダイヤルした。間もなく、受話器を通して呼出し音が聞こえてきた。七、八回鳴ったが誰も出なかった。

「留守なんだよ、きっと……こんなに呼んでも出ないってことは」

「疲れてぐっすり眠っているのかもしれない」

「だったら、なお悪いよ」男は危険なものを扱うような手つきで受話器を私のほうへ差しだした。「大事な客を怒らしちゃまずいだろうしさ」

私たちの真ん中で呼出し音がさらに五、六回鳴り続けたが、やはり誰も出なかった。私は男の手から電話を受けとって、デスクに戻した。一緒に魚住という男のメモも取りかえした。

男は私の顔色を見ながら腰を浮かした。「そういうわけだから、あたしはそろそろ退散させてもらうことにするかな。今夜はもう遅いからここに泊まっていけ、なんて親切は無用だからね。自由生活者の沽券《こけん》にかかわる」

私は上衣《うわぎ》のポケットを探ってタバコを取りだし、火をつけた。ついでに立ちあがった男にもすすめた。

「両切りの〝ピース〟とは懐かしい」男は一本抜きとったが、口へ運ぼうとしてためらっていた。「よかったら、こいつは自分のねぐらに落ち着いてから、ゆっくりと一服したいんだがね」

私がうなずくと、男はタバコを耳の上に挟んだ。昔はよく見かけた男たちの風俗の一つだった。裸のタバコはポケットに入れるとゴミ屑《くず》同然になってしまうからだが、今では一本のタバコなどゴミ屑以下の扱いしか受けなくなっているのだ。

私はデスクの向こうへまわり、引き出しを開けて中を掻きまわした。表に〝新都庁舎来庁記念〟と印刷された二つ折りの青い紙のケースを見つけて取りだした。その中に新しい都庁のビルをデザインした金ピカのテレフォン・カードが入っていた。その当時の依頼人の誰かがくれたものを、そのままほうりこんでいたのだった。

私がそのテレフォン・カードを投げてやると、男は二、三度ファンブルしてへそのあたりで受けとめた。

「これは？」

「毎日、朝と夜の十時にここに電話を入れてくれ」私は引き出しの中のケースから自分の名刺を一枚抜きとり、それも男に渡した。「おれの名は沢崎《さわざき》。留守の場合は、電話の〝応答サービス〟の番号もそこに書いてある」

「朝と夜だって？」彼は私の要求をひどく束縛に感じている口振りで言った。

私はタバコの煙を吐きだしながら言った。「おれが依頼人にありつけば、おまえは仲介料の一万円にありつけるわけだ。連絡は欠かせないだろう」

「なるほどね……しかし、もっといい考えがある。今ここでその半額の五千円をもらえないかな？　あんたはあの男からあたしの取り分の一万円を受けとれば、差し引き五千円の儲けになる」男はテレフォン・カードと私の名刺をデスクに戻そうとした。

私はタバコの火をデスクの隅の埃りだらけのW型の灰皿で手荒に消し、男の顔をじっと見つめた。それから有無《うむ》を言わさぬ口調で言った。「テレフォン・カードと名刺をオーバーのポケットに入れたら、さっきがらくたを引っぱりだしたときに見た、車の免許証をポケットから出してもらおう。この件がすべて片付いて、おれたちのあいだで何の貸し借りもなくなったときに、免許証は返す」

男はあわててオーバーのポケットを押さえ、それから何でもないというように急いでその手を離した。

「だって、この免許証は三年も前に期限が切れているんだよ」

「それじゃ構わないな」

「それが、構うんだよ。あんたは浮浪者の経験なんかないから何も知らないだろうが、こいつがないと――期限切れでも何でも、とにかく身分を証明するものがないと、非常に困るんだ」

「自由生活者も楽じゃないな」

男はしばらく哀願するような眼で私の顔を見つめていたが、結局は諦めた。

「ちぇッ、そう簡単にここから出してくれるはずがないと思ったよ」

男は免許証を取りだしてデスクの上に置き、代わりにテレフォン・カードと名刺を取ってそそくさとポケットに突っこんだ。口で言うほど気分を害しているようには見えなかった。最初からこれぐらいのことは覚悟していたようだった。

担保を取られた以上はいつまでも下手《したて》に出る必要はないと思ったのか、男はさっさと事務所を出て自分の荷物のあるところへ向かった。私は免許証の顔写真を調べ、本人のものであることを確認してデスクの引き出しにしまった。それから男のあとを追った。

浮浪者は新聞紙と段ボールの寝床を片付けていた。慣れたもので、それらは折り目にそってたたむと一定の大きさになり、二つの紙袋に二本ずつ巻き付けたゴム紐《ひも》にぴったりと挟みこめるようになっていた。指先を切り落とした灰色の軍手をオーバーのポケットから出して両手にはめ、二つの紙袋を両手に持つと、入口の私の前を通って階段のほうへ向かった。

男が急に思い出したように振りかえって訊いた。「ところで、あんたはどうしてずっと事務所を留守にしていたのかね」

私はその質問は聞かなかったことにして、無言で彼を見送った。それでも、男は納得のいく答えを聞いたように何度もうなずきながら階段のほうへ去って行った。

私は事務所の中に戻った。スーツケースとショルダーバッグの中身を、事務所に残すものとアパートに持ち帰るものとに選《え》りわけると、バッグはロッカーにしまった。明かりを消し、ドアの鍵をかけてから、スーツケースを手に事務所をあとにした。

小滝橋《おたきばし》通りでタクシーをつかまえてアパートのベッドへ急ぐあいだ、あの初老の浮浪者への対応の甘さを咎《とが》める自分の声に耳を澄ましていた。理由は解っていた。一瞬のことではあったが、彼を昔のパートナーに見間違えたからだった。誰にも弱点というものはあるのだ。

2

翌朝、私は千二百万人の他人に取り囲まれているような息苦しさを感じて、いつもより早く眼が覚めた。昨日の九時間以上のドライブのせいで背中全体が重く軋《きし》むように痛むせいだろう。いずれ背中の痛みが薄らぐにつれて、この喧噪に満ちた都会にも馴らされてしまうことになるのだ。私は六百キロ離れた土地で買ったタバコの最後の一本を喫《す》って昨日に別れを告げ、賞味期限を過ぎたインスタント・コーヒーを一杯飲んで今日に生きる勇気を奮い起こした。さしあたってアパートの掃除は明日以降に延ばすことにして、事務所へ向かった。

朝飯を食うつもりで寄った老夫婦の経営する小さな食堂は跡形もなく消えてなくなり、代わりに建物自体がガラス張りの陳列ケースのようなコンビニエンス・ストアが建っていた。しかたなく事務所の近くで見つけた二十四時間営業のファミリー・レストランで朝食をすませた。六百キロ離れた土地より三割がた高い料金を取られたが、三割がた胃にもたれそうな料理だったから理窟は合っていた。

九時半に事務所に着いた。まず電話応答サービスに連絡を入れ、帰京したことを告げて停止していたサービスを回復させた。最初は聞き憶えのない声の営業の男が、規定により一年以上の停止は再加入の扱いになるので、新規に加入料を払ってもらわなければならないと言った。では別の会社に換えようと応《こた》えると、聞き憶えのある声の上司に替わって、結局は加入料の二割の更新料で話がついた。

次に新聞の取次店を電話帳で探して、明日からの配達を頼んだ。大竹英雄九段が武宮正樹十段に挑戦する、囲碁の〝十段戦〟が来月から始まるので〈産経新聞〉を取ることにした。日本の新聞で他紙と決定的に違うのは独占掲載の囲碁・将棋欄だけだから、何を取ろうとどうせ大差はなかった。

それから十五分かけて事務所の掃除をした。誰も訪れることのないアパートと違って、埃りをかぶったままにしておくわけにもいかなかった。だが、四〇〇日分の埃りとクモの巣がなくなったぐらいでは、老朽ビルの薄汚れた室内は少しも代わり映えしなかった。釣りをする老ヘミングウェイの写真を配した去年の一月のままのカレンダーがこの事務所で一番新しいものだったが、何の役にも立たないので屑カゴに捨てた。二月の末にもなって今年のカレンダーを手に入れるのは厄介だろうなと考えていると、デスクの上の電話のベルが鳴った。

私は柄にもなく緊張している自分に苦笑しながら、受話器を取った。

「もしもし……あたしだけど」

人間の声のもつ能力には驚くべきものがあった。たったの二言だったにもかかわらず、この電話をかけることがいかに不都合で不愉快なものであるかをあますところなく伝えていた。腕時計を見ると指定した十時を二分ほど過ぎていた。

「桝田《ますだ》啓三《けいぞう》、だったな」と、私は訊いた。

「その名前では呼ばないでほしいな」

「人に知られてはまずい名前なのか」

「耳にするのが嫌なだけさ。職務質問や不審訊問のお巡《まわ》りと話しているような気分になるからね」

私は事務所の向かいの薬局で買ってきたタバコのセロファンを破りながら言った。「名前を捨てたところで、自分自身からは逃れられない」

昨夜のお返しのつもりか、こんどは桝田のほうが聞こえないふりをした。「例のメモの魚住という男に電話は通じたのかね」

「いや、これからだ。夜の十時にまた電話してくれ」

「……いいさ。どうせあんたのテレフォン・カードなんだから」男は不服そうな口振りで電話を切った。

私はタバコに火をつけてから、ふたたび受話器を取った。上衣のポケットから昨夜の名刺を取りだして、電話番号をダイヤルした。タバコを喫い終わるまで先方の呼出し音にじっと耳を澄ませていた。五十回の呼出し音が鳴るのにちょうど二分三十秒かかり、一回の呼出し音に三秒かかることがわかっただけだった。

局番から推測すると、杉並区かその近郊の電話である可能性が高いようだった。だが局番の頭に〝3〟が付いて四桁に増えてからは、局番から地域を特定することが以前よりむずかしくなっていた。平日のこの時間に誰も出ないところをみると、勤務先の会社の電話ではないようだった。結局は一日のいろんな時間帯を選んでダイヤルしてみるしか手はなさそうだった。

正午前にもう一度電話し、正午過ぎてからさらにもう一度電話したがやはり誰も出なかった。昼食のために午後一時から二時近くまで外出した。朝食をとったファミリー・レストランは敬遠することにした。事務所に戻って、三時にもう一度かけてみたがむだだった。昼食の帰りに南通りにある本屋で買ってきた『定石の発想』という大竹九段の〝囲碁直伝シリーズ〟の一冊に眼を通していたので、午後の時間はいくらか足早やに過ぎていった。

夕暮れが迫ったころ、眠りから覚めたように電話のベルが鳴った。最初のときのような緊張感はなかった。だが予想した通りの間違い電話で、予想した通り一言の詫《わ》びもなく電話は切れた。東京での仕事復帰の第一日目から何かを期待していたわけではないが、それにしても一本の電話も一人の来客もないのはあまり嬉《うれ》しくなかった。別口の依頼人さえできれば、この怪しげな名刺の裏の番号にかける電話も、仕事の合間の暇つぶしになるはずだった。

五時ちょうどにかけた電話も結果は同じだった。私はこんどは受話器を戻さずに、メモの名刺を裏返して〈ハザマ・スポーツ・プラザ〉の番号をダイヤルした。こちらは呼出し音が一度も鳴り終わらないうちに受話器が取られ、きびきびした女性の声が聞こえた。実験音楽の偏執的な主題《テーマ》のように単調な呼出し音ばかりを聞いて半日過ごしたので、私は少し気分がよくなった。

「営業課長の川嶋弘隆さんのことでちょっとお訊ねしたいのですが……」

本人と話すのは少し先に延ばしたかった。探偵の勘などと言っても些細《ささい》なものなのだが、その些細なものを無視したために大きなミスをすることが少なくなかった。私は駈け出しの探偵のように思い付きでダイヤルをまわしたので、どういう方法で川嶋から魚住にいたる線を引きだすか決めていなかった。もちろん、名刺の表と裏の二つの名前につながる線があると仮定しての話だったが。

電話の向こうから予期せぬ答えが返ってきた。「はい、すでにご承知かと思いますが、川嶋は昨日不慮の事故で死亡いたしましたので――」

女子社員の声の最後が少し湿り気を帯びた。同じ会社の社員としての儀礼的なものか、もっと親身《しんみ》なものかはわからなかった。こちらは川嶋の死などもちろん知らなかったが、驚いている場合ではなかった。

「どうもご愁傷さまでした。で、実は……」私はあいまいに言葉を切った。

「営業のことでしたら、川嶋の業務は次長の簑田《みのだ》と申す者が引き継いでおります。あの、失礼ですがどちらさまでしょうか」

「いや、今日は仕事のことではありませんで、生前川嶋さんにはお世話になったものですから」

「さようでございますか。ちょっとお待ちください。えー、川嶋家では今夜が調布《ちょうふ》の自宅でお通夜だとうかがっております。お式のほうは明日午後一時より、近くの〈蓮慶寺《れんぎょうじ》〉というお寺でおこなわれるそうです。蓮慶寺というのは蓮《はす》の花の蓮の字に、ギョウは慶応の慶という字ですが」

彼女の口振りでは、今日はこの応対を何度も繰りかえしているように聞こえた。私は×印のある名刺の川嶋の名前の下に、目的もなく〝死亡〟〝調布〟〝蓮慶寺〟などと書きこんだ。

「事故だとうかがいましたが、川嶋さんはいったいどういうことだったのでしょうか」

「申しわけありませんが、わたくしも事故ということだけしか存じておりませんので――」

私はそれ以上無理押しせずに、川嶋の調布の自宅の住所を訊いてから、電話を切った。

軽い夕食をすませて事務所に戻り、七時にもう一度名刺の裏の電話番号をダイヤルすると、意外にもこんどは三回目の呼出し音で相手が出た。

「もしもし……?」女の声だった。

私は故意に沈黙していた。

「もしもし? こちらはスナック〈ダッグ・アウト〉ですけど」

「ダッグ・アウト、ですか」電話の相手が何者かはわかったが、ついでに所在地も知っておきたかった。「そちらは杉並区の西荻《にしおぎ》の〈豊栄《ほうえい》マンション〉にあるスナックでしょう?」

「いいえ、違いますよ。荻窪《おぎくぼ》の〈大田《おおた》黒《ぐろ》パークサイド・ビル〉です」相手はすぐにも電話を切りそうだった。

私は急いで訊いた。「そちらに魚住さんという方はいらっしゃいますか」

「いいえ」答えるのにわずかだがためらいがあったような気がした。私はメモの電話番号を読んで確認をとった。

「ええ、番号はそうですけど、そういう人はいません」

「あるいはお宅のお客さんかもしれないが、魚住という人に心当たりはありませんか」

「いいえ」

「そうですか。いや、実は一ヵ月ほど前に魚住という人からこの番号を教えてもらったのです……失礼ですが、あなたはいつごろからこの電話をお使いになっていますか」

「それは……たぶん、二週間ぐらい前だったと思いますけど」声に力がなく、無理をしているような口調だった。

「お宅は新しい店なんですか」

「ええ」

できたばかりのスナックにしてはあまりに愛想がなさすぎるようだった。

「今年オープンした店なら〈オフ・サイド〉か〈キック・オフ〉という名前にしそうなものだが」

女はかすかに笑った。「余計なお世話ですよ。うちは野球の好きな人が集まる店なんですから」

「魚住さんは以前にそちらに住んでおられて、越されたというわけですか」

「そうかもしれません」

「魚住さんの引っ越し先か、連絡先をご存知じゃありませんか」

「いいえ……あの、いったいどういうご用件なんですか」

彼女の声には苛立《いらだ》ちが表れていた。何故今になって用件を訊こうというのか。この稼業では嘘をつかれるのは日常茶飯事だったが、それはあくまで依頼や調査の段階でのことだ。私はまだ依頼人になってくれそうな男と連絡を取ろうとしているだけだった。

私は辛抱強く言った。「一ヵ月ばかり前に、私はその魚住さんから連絡してほしいという伝言をもらいましてね。そのときは東京を留守にしていたので、連絡が遅れたのです」

「どちらさまですか」

私は変化球を投げた。「川嶋弘隆と申しますが」

「何ですって⁉ 冗談はやめてください！」

電話はいきなり切れた。私の投げた球は暴投だったが、相手のバットもくるりとまわってしまった。

3

名前を騙《かた》られても文句を言えなくなった川嶋弘隆の自宅は、京王線の調布駅から車で三、四分の布田《ふだ》三丁目にあった。木造二階建のやや古びた住居はあいだを人が通る隙間もないくらい窮屈なブロック塀に囲まれていた。このあたりの住宅はほとんどがそうなっていた。低いブロック塀は単に境界線を主張しているだけだった。

私はブルーバードに乗ったまま家の前を素通りして、そこで通夜がおこなわれていることを確かめた。その区画をしばらく走ると調布の駅寄りに白塗りの小さな喫茶店があったので、私はその隣りの空《あ》き地へ車を入れようとした。近所の噂などというものがまだこの閑静な住宅地に存在するとすれば、そういう話が聞けそうな場所としてはその喫茶店が川嶋の自宅に最も近そうだったからだ。だが、空き地には黒と黄のまだらのロープが張り巡らされ、〝違法駐車罰金五万円〟という特大の看板が立っていた。私はさらに五十メートルほど走って、〈ベルヴェデーレ〉という名前のイタリア料理店の駐車場にブルーバードを停めた。

店内には、五十才前後の髪を明るい色に染めた小太りの女主人がカウンターの中に、カウンターの席に学生っぽい服装のわりには生気のない顔の男が一人、窓側のテーブルにOLらしい二人連れの女性客がいた。カウンターの奥の厨房で亭主か料理人が調理をしている音に混じって、有線放送らしいBGMのカンツォーネが静かに流れていた。時間は九時を少しまわっていた。

私はカウンターの奥に席を取って、なるべく量の少ないピザとコーヒーを注文した。それから手近にあるラックの新聞を取ってひろげ、タバコに火をつけた。

一面は昨日からの〝円高ドル安〟の記事で、東京終値は一ドル＝一一六円七八銭だったが、海外市場で一時過去最高の一一五円台をつけた、と報じていた。わがブルーバードの生みの親〈日産〉は経常赤字が二九〇億円に達して、二年後をめどに座間《ざま》にある工場を閉鎖するという記事もあった。

ＯＬたちの一人が「おあいそ」と代金をもらう側の言葉で勘定をたのむ声が聞こえた。二面の〝モザンビークＰＫＯ見送り〟の記事を読みとばしているあいだに、彼女たちはワインのほろ酔い機嫌で店を出て行った。三十六才のナブラチロワが十九才のセレシュを破って、一六三度目の優勝を果たしたというスポーツ欄の記事を読みながら、カウンターの男の様子をうかがった。灰皿のタバコが半分灰になったままで、マンガ週刊誌に顔を突っこんでいるところを見ると、こちらはすぐには帰りそうになかった。

女主人がピザとコーヒーを運んできたとき、私は愛想のいい顔で彼女を迎え、愛想のいい口調で話しかけるつもりだったが、この稼業ではそういうたぐいの偽装はほとんど役に立たないことを思い出した。

「お宅は何時まで営業ですか」と、私は普通の顔と声で訊いた。

「十二時までですけど」

「もしよかったら、車をこちらに十五分ばかり停めさせてもらえませんかね。実はこの先の布田三丁目で——」私は少し声を落とした。「お通夜に出なければならないので、そのあいだだけでいいんですがね」

「川嶋さんとこの？」と、彼女は訊いた。

「そうです」私は渡りに船と急《せ》っつくような感じにならないように、コーヒーを一口飲んでから続けた。「実を言うと、ぼくは関西へ出張している営業部長の代理で急に通夜に出ることになったので、亡くなった川嶋さんとは面識がなくて……川嶋さんをご存知ですか」

「奥さんのほうを少しね。去年のいまごろはちょいちょいおみえになってたんですけど」

私はタバコの火を消して訊いた。「最近はおみえにならない？」

「ほら、あのバブルが弾けたってうるさかった時分のことですよ」彼女はカウンターの中の私の正面に腰を据えた。「ご主人のスポーツ用品の会社もなかなか大変だってことでね、ゴルフだのテニスだのスキーだのって値の張る製品を勉強できるからっておすすめになるんですよ。それが川嶋さんの場合はちょっと苦労知らずの奥様って言うんですか、すすめかたが強引というのか、要領が悪いっていうのか……こちらがあまりいい返事をしないと、露骨に嫌な顔をなさるんです。いくらなんでもそれじゃねえ」

私はうなずいて、ピザを一切れ口の中に入れた。彼女は解るでしょという顔で先を続けた。

「お客さんだから、できることはしてあげたいと思うんですけどね。うちはあたしも主人も運動音痴っていうのか、スポーツはからっきし駄目でしょ。あたしたちだけならまだいいんですけど、ほかのお客さんにまで迷惑がかかりそうだったんですよ」

彼女は私のコップに水を注《つ》ぎ足した。「いつだったか、あたしの身体をしげしげとながめて「奥さんも少しスポーツをなすったほうがよろしくてよ」なんておっしゃるもんだから、とうとう我慢ができなくて「あたしのデブなのはうちの料理が美味《おい》しいっていう看板代わりですからほっといてください」なんて言いかえしちゃったんです」

彼女は思い出しても癪《しゃく》に障るというように、染めた髪をせわしく撫《な》でつけた。「それからはぷっつりとおみえにならなくなったってわけ」

「苦労知らずの奥さんでは、突然ご主人が亡くなって大変ですね。事故だったそうだから」

「そうでしょうね」

「部長の代理ではお悔やみの口上もどう言ったらいいのかわからなくて……会社のほうからは不慮の事故と聞いたんですが、どういうことだったんでしょうか」

「あたしも詳しいことは知らないんですよ」

私はそれ以上無理押しはしなかった。残っているピザを片付けて、コーヒーを飲み干した。

「……ところで車の件なんですが？」

「ええ、構いませんよ。どうぞ、行ってらっしゃい」

カウンターの若い男がマンガ週刊誌からちょっとだけ顔を上げて女主人に言った。「川嶋っていう人だったら、ゴルフ場からの帰りに行方不明になっていたのが、翌朝その近くの崖下に落ちて死んでいるのを発見されたって」

「それ、ほんとなの？」

「らしいよ」若い男は週刊誌を見ながら答えた。

女主人は驚いた表情で私を振りかえった。私は信じられないという顔をしてみせた。

「あんた、そんなこと誰に聞いたのよ？」

「誰にも聞かないよ」男はマンガの区切りのいいところまで読んでから顔を上げ、女主人に言った。「夕刊に出ているのを読んだんだ」

私がさっきまで読んでいた新聞は朝刊だった。若い男が数冊のマンガ週刊誌の下になっていた夕刊を取って、カウンターを滑らせてよこした。私のほうは見ようともしないで、すぐにマンガに戻った。

夕刊をひろげると、その記事は三面の隅のほうに載っていた。〝ゴルフ客、転落死——八王子のゴルフ場裏〟という見出しのついた二十行足らずの記事だった。内容はほぼ若い男の言った通りだったが、川嶋弘隆（41）はゴルフ場からの帰りというより、ゴルフが終わってすぐに行方がわからなくなっていた。一緒だった営業関係の招待客は、川嶋が一人で先に帰ったものと思ったようだ。翌朝不審に思った家族から会社に、会社から八王子のゴルフ場に連絡があり、まず駐車場に置きっ放しの川嶋の車が発見された。ついで前日の夕方川嶋に裏山の稲荷神社への近道を訊かれたという従業員の証言から捜索騒ぎとなり、間もなく遺体が発見されたと報じていた。

私は夕刊のその記事をひろげたまま女主人に渡した。若い男に礼を言うと、彼は見ているマンガに向かって生返事《なま》をしただけだった。女主人が記事を読み終えるのを待ってから、私は勘定をたのんだ。

「川嶋さんのご主人はゴルフのあとに、どうしてそんなところへ出かけたんでしょうね？」

彼女はお釣りを渡しながら、好奇心に駆られた様子で言った。「事故とは書いてあるけど、何だか謎めいてるわね」

私は彼女にブルーバードのキーを預け、三十分くらいで車を取りに戻ると告げて、その店を出た。

川嶋弘隆の通夜はごく普通の通夜だった。職業柄、事故や自殺やときには殺人による死亡の通夜に出たこともあるが、尋常でない死の場合ほど通夜の席の悲しみは増幅されるものだった。高齢者の病死のような場合には、むしろ親類縁者などは寛いでいたり、酒気を帯びていたり、談笑していたりするので、他人のほうが身の始末に困ることがあった。人の死に対する反応もそれぞれなのだ。

テレビで観せられる有名人の死はまた別だった。死者の家は一種の舞台と化し、誰の葬儀にも顔を出す弔問《ちょうもん》の常連が登場し、芸能レポーターたちが涙を誘うための演技を競い合うのだ。こんなことを言うのも、東京を留守にした四〇〇日のあいだに、観たくもないテレビの近くで過ごす時間があったからだろう。世の中には坊主や葬儀社よりもすさまじい商売があるということだ。弔問客に紛れて依頼人にありつこうと奔走している探偵も、芸能レポーターや坊主たちと大した違いはなかった。

私は川嶋邸の門をくぐり、玄関脇の受付で弔問客の〝芳名録〟に自分の名前と住所を書き、案内に従って死者の家に上がりこみ、座敷に設《しつら》えられた故人の祭壇に向かい、わずかばかりの香奠《こうでん》を置いて線香をあげ、故人の遺影を記憶にとどめてから手を合わせ、おそらくは私と故人との関係が想像もつかないでいるはずの遺族たちに挨拶し、その場を辞して、玄関脇の受付に戻った。

私は受付にいる二人の男女にさりげなく訊いた。「魚住さんはお参りにみえましたか」彼らは川嶋の会社の社員のようだった。魚住の名前には心当たりがなさそうで、お互いに顔を見合わせていた。

「魚住さんが通知をもらっていなければ、連絡してあげないといけないので」私は失礼と断わって、二冊ある芳名録のうちの一冊のページを繰って調べはじめた。

もう一冊の芳名録は受付の男が調べてくれた。

「この方でしょうか」間もなく男が顔を上げ、芳名録を指差した。「このあたりにお名前のある方は夕方の早い時間におみえになっていますので、もうお帰りだと思います。この署名を見て思い出しましたが、ぼくの記憶に間違いなければ、ジャンパーをお召しになった三十才ぐらいの方じゃないでしょうか」

魚住彰《あきら》という名前の下に、杉並区宮前《みやまえ》の住所と〈富士見荘〉というアパートの名前が書かれていた。私はそれらをすばやく頭に入れた。例の名刺に書かれた字とよく似た下手クソな字体だったが、私は念を入れることにした。

「彰だったかなァ、彼の名前は。ほかには魚住という人はいないでしょうね？」

結局、芳名録には魚住彰以外には魚住という姓の弔問客は一人もいないことを確かめた。探偵が情報を嗅《か》ぎまわるのには、こういう普通の通夜ほど不向きなところはなかった。故人の事故の謎については誰からも一言も耳にすることができないまま、私は川嶋邸をあとにした。

イタリア料理店ベルヴェデーレに戻ると、預けた車のキーと交換にコーヒーを注文した。店内にはマンガ週刊誌の若い男も小太りの女主人も見当たらず、料理が不味《まず》いという看板になりそうに痩《や》せ細った亭主がカウンターの中に坐っていた。彼は兄弟のようによく似た割烹《かっぽう》着《ぎ》にコートを羽織った男と、カウンターを挟んで急低下した株価の話をしていた。十時までにいくらも時間がなくなったので、私は電話を借りて電話応答サービスにかけた。

「もしもし、こちらは電話サービスの〈T・A・S〉でございます」聞き憶えのないオペレーター嬢の声だった。

「渡辺探偵事務所の沢崎だが」

「渡辺探偵事務所と言うと……あ、失礼しました。今日から契約更新の沢崎さんですね」

「そうだ。おそらく十時過ぎに桝田という男から電話が入るはずなんだが、明朝かけなおしてくれるように――」

「マスダ様からでしたら、すでに八時十分と九時五分に二回電話が入っていますけど」

「ほう？」テレフォン・カードを早く消費してしまう作戦に出たのだろうか。「伝言は？」

「電話を受けたのはわたしではないのでメモを読みます。最初は〝誰かにあとを尾《つ》けられているような気がする。九時にまた電話する〟、以上です。二回目は〝やはり誰かに尾けられている。十時に事務所へ行く〟、以上です」

「十時に彼から電話があったら、なるべく人目につくところにいて、事務所のほうへ電話を入れるように伝えてくれ。私は遅くとも十一時までには事務所に戻っている」

4

十時四十分に、私は十五段ある階段を半分にして駈けあがって、事務所のドアの前に着いた。二十四時間前に桝田という浮浪者が横になっていたベンチの向こうには暗がりがあるだけだった。ドアを開け、事務所の明かりをつけてから、本人が嫌がっていた名前を当てもなく呼んでみたが返事はなかった。一つしかない窓に近づいてブラインドを上げ、事務所の明かりがついたことがわかるようにして三分間待ったが、何の変化も起こらなかった。

私はデスクの電話を取って、電話応答サービスのダイヤルをまわした。さっきと同じオペレーター嬢が出て、あれ以後は桝田からもほかの誰からも電話はなかったと答えた。彼女の声の響きには桝田がかけてきた二度の電話の内容への不審と好奇心が表れていたが、就業規則に従ってそれを口に出したりはしなかった。

「もし彼から電話があったら、これから兜神社へ行って、十一時には事務所に戻っている、と伝えてもらいたい」

私は事務所の明かりもドアもそのままにして、事務所を出た。駐車場に寄ると、ブルーバードのトランクから懐中電灯を取りだして兜神社へ向かった。それを手にすると不思議と死体に出くわすことになる懐中電灯のせいか、あるいは冬の終りの冷えこみのせいか、私は自分の肌が粟立《あわだ》つのを覚えた。

兜神社の小さな境内は森閑《しんかん》と静まりかえっていて、どこにも人気《ひとけ》のありそうな様子はなかった。表通りよりは薄暗い十メートルほどの参道を過ぎると、鳥居の脇に立っている貧相な裸電球の外灯のお蔭で懐中電灯をつける必要はなかった。

私は真っすぐ社殿のほうへ向かった。右側の口を開けた狛犬《こまいぬ》の前を通って社殿の横にまわった。腰を屈《かが》めて高さ五、六十センチしかない社殿の床下の空間をのぞきこんだが、暗くて何も見えなかった。そこまでは外灯の明かりが届かないのだ。六、七年前に、ここに潜《もぐ》りこんでいて人殺しの計画を聞いてしまったという少年の依頼を引き受けたことを思い出した。あの少年もすでに高校生になっているはずだが、彼の父親の銀行マンはまだ服役を続けているのだろうか……。暗闇に眼を凝《こ》らしていると人は何故か懐旧的になるようだった。

「桝田、いないのか」私は声をかけてから懐中電灯をつけた。社殿の一番前の柱の列と、正面の階段の裏側が作る三角形の空間に明かりの輪を当てると、見憶えのある二つの紙袋とそのまわりの段ボールや新聞紙が浮かびあがった。快適そうな居住空間で、自由生活者と称していた桝田のねぐらよりも、私の事務所の前のベンチのほうが上等だと勝手に決めこんでいた自分の不明を恥じた。だが、肝腎《かんじん》の住人の姿はどこにもなかった。

そのとき社殿の裏手のほうで人の呻《うめ》くような声がした。私は説明のつかない不安と怒りがこみあげてくるのを抑《おさ》えて、声のしたほうへ急いだ。社殿の後ろへ行くに従って暗さが増したが、建物の角を曲がると神社の敷地の左側の奥に少し明るい一隅が見えた。木造の粗末な公衆便所があって、その明かりが洩《も》れているのだった。断続的な呻き声もその中から聞こえてくるようだった。

私は懐中電灯を少しでも武器らしく使えるように柄《え》の部分を長めに握りなおして、公衆便所に近づいた。足音を立てないように努力してみても、砂利の多い足もとからはあたりの静けさを破る軍隊の行進のような音が響いた。近づくにつれて中からの呻き声がやんだ。私はためらわずに便所の中に侵入した。

入ってすぐの狭い洗面所で、男が壁にもたれて私のほうを凝視していた。三十代の痩せて背の高い男で、ぼさぼさの髪、汚れた重ね着の衣類、壁のそばの擦り切れた買い物バッグなどから、彼が桝田と同じ浮浪者であるのは一目瞭然だった。

その男は何故か怯《おび》えきっていた。唇の左端が切れて血の痕と一緒に腫《は》れあがり、その周囲のあごには蒼黒い痣《あざ》ができていた。汚れと血の滲《にじ》んだタオルに水を含ませて傷を冷やしていたのだろうが、不意の闖入者《ちんにゆうしや》である私に驚いたときにそのタオルを取り落としそうになった。彼の背中がどしんどしんと数回背後の壁に当たった。彼の背中に棲《す》む独立した意思をもつ生き物が、その壁を素通りして脱出したがっているように見えた。

私は不必要な懐中電灯の明かりを消し、同時にこの男に対しては不必要だと思われる自分の敵意も消した。

「おれは桝田の知り合いだが」

「マスダって誰だい？　そんなヤツは知らないよ」男の声が震えていた。

「名前は知らないかもしれないが、神社の床下に荷物を置いたままにしている、同業の年寄りのことだ」

「あんた、おっさんを知ってるのか」男の怯え方がわずかだが減少したように見えた。

「おれはこの先にある探偵事務所の沢崎という者だが、あの年寄りの浮浪者——名前は桝田というんだが、彼から何か聞いていないか」

　彼は細長い首の上のぼさぼさの頭を横に振ったが、言うことは少し違っていた。「おれはいつも酔っぱらっているから、人の話も酒の肴《さかな》みたいなもんで、おっさんが何か言ったとしても、よく憶えちゃいないんだ……とにかく、昨日の夜遅く久しぶりにおっさんがここへ戻ってきたんで、朝方までいろいろ喋《しゃべ》っていたんだが……」

　話しているうちに、私に対する恐れは単なる警戒心に変わっていった。入れ代わりに傷の痛みが戻ってきたのか、彼は苦痛に顔を歪めながら濡れたタオルをあごに当てた。

「その怪我はどうした？」と、私は訊いた。「おっさんと呼んでいる男にも関わりのあることなのか」

　彼はうなずいた。「とにかく、こんなひどい目に遭《あ》ったのは初めてだよ。せっかくの酔いもいっぺんに醒めちまって、このまま素面《しらふ》じゃ寝る気にもなりゃしない」

　男の喉仏が細い首の中に巣くった敏捷な生物のように上下した。危機に遭遇した人間の心理的パターンは恐怖から安心へ移動し、安心から苦痛へいたる経路のどこかで、利害についての感覚が戻ってくるらしかった。

「よし、何があったのか話してくれ。桝田の荷物だけが神社の床下に残っている理由がわかったら、今夜の飲み代ぐらいは払おう」

「……そう言われても大したことは話せないがね」男の眼に期待が生まれ、記憶をたどるために細くなった。「おれはかなりのいい機嫌でそこの裏口から帰ってきたところだったんだ。そろそろおっさんも帰っている時分だと思って楽しみにしながらさ。そしたら、おっさんが二人の男たちに両側を挟まれるようにして、この境内から出て行こうとしていたんだよ。おっさんはおれに気づくといきなり「助けてくれ！」って叫んだんだ。こっちは酔っていて気が大きくなっているもんだから、おまえら何をしやがるって駈け寄ったら、いきなり片方の男がおれのあごにパンチを浴びせやがった……それっきりさ。気がついたら、裏口のところで大の字になって伸びている始末で、頭とあごが割れるように痛いし、胸は吐き気でムカムカするしで、ほんとに死ぬかと思ったよ。やっとどうにかここまでたどりついて、ゲロを吐いたらムカムカだけは治まったんだ。まったく冗談じゃないや。こんな生活を始めて十年以上になるが、飲んだ酒を戻しちまうなんてもったいないことをしたのはこれが初めてのことだ」

「二人の男について何か憶えているか」

「顔のことを言ってるんだったら駄目だ。おれのあごにブチ当たったときのあいつの拳骨の恰好ならはっきり憶えているけどね。とにかく、おっさんと二人の男を見た瞬間は、警察《サツ》の

〝一斉取り締まり〟かと思ったんだよ。でも二人とも黒っぽいスーツ姿だったから、一斉に制服のお巡りじゃなくて私服の刑事《デカ》ってことはないなと思っているうちに、おっさんが叫んで、あとは無我夢中さ」

「黒っぽいスーツの二人連れか。ほかに何か憶えていることはないか」

「たぶん、ないね」

「桝田と二人連れに会ったのは何時ごろかわかるか」

「それだけは訊かないでくれ。時間の観念が残っているんだったら、おれだってこんなザマになっちゃいないよ。とにかく、どのくらい伸びていたんだかまるっきりわからない……ついさっきのことのような気もするんだが、あんたがあれは三日前の夜のことだって言うんなら、おれは反対しないよ」

「頭が痛いと言っていたが、医者に診《み》せたほうがよくはないか」

「いや、ゲロを吐いたあとはそれも治まってきたから、大丈夫だと思うよ。ただこのあごがズキズキと痛んでしょうがない」

私は上衣のポケットから金を出し、千円札を二枚男に渡した。「今夜は酒はやめたほうがいい。さもないと痛みが倍になるぞ」

「こんな目に遭って飲まずにいられたらだが……」男は自信なさそうな顔で金を重ね着のポケットに押しこんだ。

「桝田とはいつごろからの知り合いなんだ?」

「よく憶えてないが、去年の暮れに新宿駅の構内の溜り場でときどき顔を合わせるようになって、それから少しずつ口をきくようになった。いつかの雨の晩にいいねぐらがあるからって、ここに連れてきてくれたんだ。最近は誰かに用事を頼まれたらしくて、おっさんのほうがあまりここへは帰ってこなくなっていたんだけど……それにしても、あいつらいったい何なんだ？　おっさんは大丈夫だろうか」

「心配しているのか」

「そりゃそうだよ」

「だったら警察に通報してくれるか」

男は眼を伏せた。「それは、勘弁してくれよ」

「心配するとはそういうことだ」

男は申しわけなさそうな顔でしばらくためらったあと、もらった金をポケットから出して返そうとした。

「床下の桝田の荷物を頼む」

私は若い浮浪者を便所に残して、兜神社を出た。夜気におおわれた都会の危険区域を振りかえって見たが、その静穏さからはこの程度のことは〝御神体〟にとっては爪の垢ほどの関心事でもなさそうだった。

事務所に戻る途中で時間を確かめるとすでに十一時を過ぎていた。桝田が自分の自由意志で電話をかけてくる可能性があるとは思えなかった。魚住という依頼人候補の住所だけはわかったが、まだ連絡もつかないうちに何かと不都合なことばかりが生じることに、私はうんざりしていた。うんざりするものがもう一つ、事務所の駐車場の前の舗道にでんと居坐っていた。

黒塗りのメルセデス・ベンツだった。

5

暴力団〈清和会《せいわかい》〉の組事務所は東中野の山手通りにあった。かつて私が一度だけそこに足を踏みいれたときは、まだ新築したばかりの派手なグリーンの建物だったが、六年半の歳月と風雨にさらされて、まわりの中小のビルに溶けこんでしまうほど目立たなくなっていた。あるいは〝暴力団新法〟にさらされたせいかもしれない。その当時は、道路の向かいの空き地に〝暴力団はこの町から撤去せよ〟という横断幕を掲げたテント小屋が建っていたが、今はあたりを睥睨《へいげい》するような外資系のコンピュータ会社の巨大なビルに替わっていた。そのビルは屋上の広告塔を除いて夜の闇に包まれていたが、向かいの清和会の事務所は二階の大半と三階の一部に明かりがついていた。

私はコンピュータ会社の隣りにある煉瓦色のマンションの前の小便臭い電話ボックスにいた。電話応答サービスにかけて桝田からの連絡がないことを確かめたあと、〝番号案内〟の係に内線を切り換えさせて、清和会の事務所の電話番号を調べさせた。

番号案内は留守番電話や伝言サービスを表看板にしているこの会社の、もう一つのサービス業務だった。彼らは登録されている相手の名前さえ正確にわかれば、電話帳に掲載されていない電話番号の七割はカバーできると豪語していた。有名人の極秘電話や別荘や別宅の電話、新しく普及しつつある携帯電話の番号などのリストを入手して、需要に応えることを得意としていた。ただし〝情報は金なり〟の原則に従って、NTTの番号案内のざっと二、三〇倍に相当する料金を取られることになっていた。清和会の番号は電話帳に掲載されていたかもしれないが、ボックスにある〝タウンページ〟の索引で、金融業、不動産業、土建業、労務管理、輸入商、興行、娯楽場、飲食店、公衆浴場などの果たしてどの業種で探すべきか迷っていても時間のむだなので、電話応答サービスに頼んだのだ。調べるのに十秒とかからなかった。

教えられた番号にかけると相手はすぐに出た。

「清和会本部です」慈善事業か何かの本部にでもかけたように澄ました応対だった。〝いかなるご寄付のお申し出も二十四時間受け付けいたします〟

「お宅の裏のビルが火事ですよ」と、私は言った。

「何だって!?　ほんとか!?」

私は受話器を戻して、事務所の反応を見物することにした。

最初に二階の窓の一つが開き、男が身を乗りだすようにして周囲を見まわした。それから一階の中央付近が明るくなった。私は電話ボックスを出ると、走ってきたタクシーをやり過ごして通りを横断しはじめた。二階の窓の男は「ここからは何も見えん」と言って、中へ引っこんだ。一階の玄関にも明かりがつき、防弾ガラスの正面ドアを開けて男が出てきた。両隣りの建物を背伸びするような恰好で見ていた。もう一人男が飛びだしてきて「便所の窓から じゃ裏の様子はわからねえ」と怒鳴った。二人は建物の右手のほうへ駈けだし、事務所の裏側にまわるために細い脇道へ駈けこんで行った。私は通りを渡り終えると、急いで事務所へ近づいた。開けっ放しの玄関のドアの前で少し様子をうかがってから、事務所の中へ入った。

六年前の記憶を頼りに、私は玄関からロビーの奥の右側にあるエレベーターへ直行した。それ以外の場所は暗くて様子がわからなかったのでほかに方法はなかった。エレベーターのドアの上の表示ランプを見ると、二階から一階へ降りてくるところだった。私は左側の管理室のような部屋の奥の暗がりにすばやく隠れた。エレベーターのドアが開いて出てきた二人の男が、玄関のほうへ向かった。トレーナー姿の男が「ここまで火がまわるようだったら、今のうちに運びださなきゃまずいものがあるんじゃないのか」と訊いた。スーツを着た男が「火事の様子を確かめるのが先だ」と言った。二人はあたふたと玄関から出て行った。

私はエレベーターのところに戻り、閉まりかけていたドアを止めて中に乗りこんだ。表示パネルの三階のボタンを押すとドアが閉まって、エレベーターが昇りはじめた。表示パネルの上方の隅に防犯カメラが取りつけてあった。こんな時間にモニターを監視している者がいるとは思えなかったが、私はカメラに背を向けた。エレベーターが二階で止まるのではないかと心配していたが無事に通過した。三階に着いてドアが開くと、廊下に誰もいないことを確かめてから降りた。私は廊下の突き当たりの見憶えのある黒いレザー張りのドアへ向かった。背後のどこかの部屋のドアが開く音がして、誰かが眠そうな声で「火事だって？」と訊いた。私は振りかえらずに「悪戯《いたずら》電話だ」と保証つきの情報を教えてやった。そして突き当たりのドアに達するとすばやく開けて中へ入った。

　六年前と同じ部屋で、六年前と同じように窓のそばに立っていた橋爪《はしづめ》がこちらを振りかえった。

「火事は――」橋爪はそこで私に気づいた。「沢崎、おまえか⁉」

　橋爪は清和会の若手の幹部で、十三年前に私の事務所のパートナーだった渡辺が起こした事件以来、私とは不愉快な腐れ縁が続いていた。最後に会ったのは五年ほど前のはずだった。橋爪は抗争事件の最中にチンピラに撃たれ、弾丸の剔出《てきしゅつ》手術を受けた直後で、紙のように白くて血の気のない顔は呼吸をするのも苦しそうな状態だった。今はそれが嘘だったように、殺しても死にそうにないほど健康そうな浅黒く陽に灼けた顔に戻っていた。その顔の真ん中で、誰も信じたことのない眼だけがあのときと同じように異様に光っていた。

　部屋の中央のソファが四つある応接セットに、橋爪の用心棒である相良《さがら》と、浮浪者の桝田が対角に向き合って坐っていた。相良は立ちあがれば身長百八十五センチ以上、体重百キロ以上のパンチ・パーマの巨漢だった。桝田の背後に、彼を監視する役目でもう一人の男がいた。一見して人を傷つけるのを屁《へ》とも思わないタイプの若い組員で、彼は私に気づいて顔色を変えた。

「てめえ、どこから入ってきやがった⁉」

兜神社で若い浮浪者を殴《なぐ》り倒したのは、おそらくこの男に違いない。

「やめろ！」と、相良が制した。「おまえは外に出ているんだ。二、三人集めて、そのドアから誰も出さないように見張ってろ」

若い組員はもらいそこねた餌を見る飢えた闘犬のような眼で私を見ながら、黒いレザー張りのドアへ向かった。

「役立たずが！」橋爪が若い組員の背に罵声を浴びせた。「間抜けな質問をする暇があったら、その前にブチ殺してしまえ。こいつが間抜けな探偵じゃなかったら、いまごろおれたちはそろってあの世行きだ」

ソファの桝田が身を縮めた。彼は私の事務所で最初に会ったとき以上に怯《おび》えて、途方に暮れていた。私の顔を見てもほとんど反応を示さないのは、この一時間前後の体験がそれほど大きなショックを与えているのだろう。

「この男は連れて帰る」私は桝田のソファに近づいて言った。

「代わりに何を置いて行く？」橋爪は怒りを隠すために薄笑いを浮かべて言った。

「何も」と、私は言った。「おまえたちはこの男を渡辺と間違えたのだろう。おれも最初にこの男を事務所の前の暗がりで見たときは、渡辺が戻ってきたのかと思った。あるいは、渡辺と連絡のある男と思ったのかもしれないが、この男は渡辺のことは何一つ知らない。本人もそう言っているはずだ。この男は、おれの留守中に訪ねてきた依頼客の伝言をおれに渡そうとしただけだ」

「留守中だと？　一年近くも姿を消していたのを知らないとでも思ってるのか」

「一年以上だ。おまえたちの監視はなっていないな。ここの警備もだが」

橋爪は濃紺のスーツの襟《えり》のゴミを指で弾いた。「入るのは簡単でも、出るのは命懸けという警備もあるぜ」

橋爪も相良も五年前の気障《きざ》で派手な服装がずっと控えめになっていた。年を取ったせいか、組織での地位が上がったせいか、あるいは暴力団新法すなわち〝暴力団員ニヨル不当ナ行為ノ防止等ニ関スル法律〟による収入減のせいだろうか。そんな法律が一つできたくらいで、果たして彼らの収入が減少するものだろうか。働きのない最下級の組員の離反や転職は、彼らの面倒を暴力団の外の社会がみるようになっただけの話だ。橋爪や相良の服装が地味になったのはむしろ以前に増して高い報酬を得ているせいかもしれない。何かを失えば別のところでそれを取りかえすのが彼らの流儀だった。

部屋の中央の応接テーブルの上の電話が鳴った。内線の呼出しのような音だった。相良が腕を伸ばしてグローブのような手で受話器を鷲掴みにし、相手の声をしばらく聞いていた。

「火事じゃないことはわかっている。表を閉めて、当番でない者はさっさと寝てしまえ」相良は私に訊いた。「あの電話はおまえだな？」

「火事になったら、おまえたちにも親切に通報してくれる人間がいると思っているところが可愛い」

「おまえは減らず口をたたく以外に能はないのか」

背筋を這《は》いあがってくる恐怖心に耐えるのに、私はまだそれ以外の方法を発見していなかった。

「ついでに、おれの事務所の駐車場のベンツにいるやつらに電話して、引き払うように言ってくれ。どうせ必要もないのに自慢そうに携帯電話を持っているんだろう」

相良は橋爪の意向を確かめると、苦笑しながら電話のプッシュボタンを押しはじめた。

「事務所の明かりもドアもそのままにして出てきた。やつらに灰皿を盗むなと伝えろ」

「沢崎、おれの話を聞け」橋爪は窓のそばを離れ、相良の隣りのソファの肘掛けに臀《しり》を預けた。「こんな時間におまえと漫才をやってる暇はねえんだ。おまえが大好きな探偵ごっこをほうりだして一年以上も姿をくらましていながら、たった渡辺ひとりを見つけられなかったはずがねえ」

「渡辺を捜したりはしない」

「じゃ一年以上も何をしていた？」

私は桝田の隣りのソファに腰をおろし、ポケットからタバコを取りだした。「仕事だ。関西でちょっと実入《みい》りのいい仕事をすすめられて、転職しようとしたんだ。長続きするかどうか自信がなかったので、こっちの事務所はそのままにしていた。続けられる自信ができたところで、肝腎の会社のほうがつぶれた」

「実入りのいい仕事だと？」橋爪が疑わしげに言った。「おまえが転職したなんて誰が信じる」

電話を終えた相良も冷やかな口調で言った。

「信じられなければ探偵を雇って調べるんだな」私はタバコに火をつけた。「それより、おまえたちが拉致《らち》してきたこの男の口を軽くしてやるのが近道だろう？」

誰も異論を唱えないので、私は桝田に話しはじめた。

「こいつらに渡辺という男のことを訊かれたはずだが、その男はおれの探偵事務所の元の主で、おれのパートナーだった。十三年前の話だが、警察がこいつらの覚醒剤の取り引きを押さえようとして、その渡辺を囮《おとり》に使ったんだ。彼は探偵を始める前は刑事だった。警察としては異例のことだが、建前よりは検挙の実績を上げることが優先したんだろう。その渡辺が警察の用意した三キロの覚醒剤とこいつらの一億円を奪って逃走してしまったんだ。それ以来警察もこいつらも眼の色を変えて渡辺を追っているが、何の成果もない」

誰も私の話を遮ろうとはしなかった。私はタバコの灰をテーブルの上のしみ一つない銀製の灰皿に落とした。

「だがな、一番の被害者はこのおれだ。パートナーには裏切られる、警察の厳しい取り調べは受ける、こいつらにはさんざん小突きまわされる、しかも十三年たった今でも、こいつらと警察の両方に半ば監視されているような状態だ。そこへおまえみたいな浮浪者が事務所のまわりをうろうろしはじめて、それに符合するように行方不明になっていたおれが事務所に戻ってきたものだから、こいつらが勝手にありもしない渡辺の匂いを嗅ぎつけたとしても無理はない。事情はわかったな？」

桝田は一度考えてから、うなずいた。

「そういうわけだから、もしおまえが渡辺の居場所か、彼についての手掛りを知っているなら、こいつらにさっさと教えてやるがいい。おれは渡辺には何の義理もない。こうむった迷惑の慰謝料をもらいたいぐらいだ。おまえも自分の身が可愛かったら下手な駈け引きなんかしないで、知っていることを喋ったほうが賢明だ」

「そんなことを言われても、あたしが何も知らないことはあんたが一番知っているじゃないか。あたしはただ、あの若い男に頼まれて――」

「うるせえ！」と、橋爪が情け容赦もなく言った。「おまえたち、そんなにこの事務所が気に入ったんだったら、何日だって泊めてやるぜ」

橋爪の顔の冷笑が仮面のように揺らいで消えた。彼は意外にも生欠伸《なまあくび》を嚙み殺していた。橋爪の気分はいつも唐突に変化した。彼らは利益を前にすると際限なく貪欲になる人種ではあるが、その感触が消えたとたんに玩具に飽いた子供のように無関心になった。

「何とかしてくれよ」と、桝田が私に訴えるような声で言った。「さっき、あんたがくる前に『ヤクを使えば知ってることを喋らせるのに手間はかからない』なんて脅かされたが、ヤクって覚醒剤のことだろ？　あたしはそんなのはご免こうむるよ。こんなことに捲きこまれたのもあんたのせいなんだから、とにかく何とかしてくれよ」

私はタバコの火を消しながら橋爪に言った。「招待はありがたいが、ここへくる前に〈新宿署〉の錦織《にしごり》に帰京の挨拶をしてきた。ここへまわると言ったら、おまえによろしくと言われたよ。明日おれの事務所に電話して誰も出なかったら、清和会を誘拐と監禁で手入れする絶好の機会だと言っておいた」

「ふざけるんじゃねえよ。錦織とおまえがどんな仲か知らないとでも思っているのか。面白れえ、明日新宿署へ出かけて行って、錦織がおまえの名前を一度でも口にするかどうか、試してみようじゃねえか。あの一億円を賭けたっていいぜ。錦織はな、おまえの名前なんぞ口にするぐらいなら、おれを〝さん付け〟で呼ぶほうがよっぽど楽しいに違いねえ」

橋爪は立ちあがって相良を振りかえった。「こいつらをどこかにほうりこんどきな」

「兄貴の考えはどうだろうか」と、相良が落ち着いた口調で言った。「この探偵とあのデカの間柄は、兄貴の言うように単純じゃありませんぜ。それに、明日はうちにとっては大事な──」彼はあとの言葉を口に出さずに眼顔で伝えた。「……じゃねえですか。デカなんぞにうろちょろされるのは、極力避けたほうがいいんじゃありませんか」

「聞いたか、沢崎。おれはおまえと相良の間柄こそいったいどうなっているのか、聞かしてもらいてえよ」

橋爪はわれわれの真ん中のテーブルを土足で縦断して、最短距離で黒いレザー張りのドアに達した。振りかえると眠そうだった橋爪の眼に覚醒剤の一撃のような光が走った。「渡辺との接触をうまくごまかしたつもりだったら、後悔することになるぜ」

6

浮浪者の桝田と私は山手通りの東中野の駅の近くでタクシーを拾った。蝶ネクタイを結んだ年配のタクシーの運転手が桝田の薄汚れた外見に眉をひそめて何か言おうとしたが、後から乗りこんだ私の顔を見て口を噤《つぐ》んだ。私は錦織や橋爪の同類と間違えられることが少なくなかったが、清和会の事務所を出てきたばかりの私がどういう顔つきをしていたか、あまり想像したくなかった。西新宿の行く先を告げると、運転手はふだんとは逆に遠距離ではなかったことにほっとした様子で車をスタートさせた。

いまだにこわばった表情を緩められないでいる桝田に、私はタバコを与えて火をつけてやった。彼は自分の身体のどこにも穴が開いていないのを確かめるように、タバコの煙を大きく吸いこんで大きく吐きだした。彼はお蔭で助かったと礼を言い、私は礼を言われることではなく、こちらが詫びなければならないと言った。

やがて桝田の顔にいつもの顔色が戻ってきた。彼はもう一度ゆっくりと煙を吐きだしてから言った。「さっきの話からすると、その渡辺という人もあたしみたいな生活をしているのかね」

私は失踪前の渡辺の酒びたりの生活や、日本中を渡り歩く彼の逃亡生活や、一度だけ車中から目撃したときの彼のうらぶれた様子などを思い浮かべた。渡辺の生活は所謂《いわゆる》浮浪者の生活とは違っているようだった。

私は首を横に振った。「そうでもないようだな」

「……そうだろうな。きっとあたしたちよりもっと人目につかない生活を強《し》いられているだろうからね」

「お客さん、少し窓を開けてくれませんか」

運転手が棘《とげ》のある声で言った。タバコの煙を気にしているだけではないような口振りだった。ダッシュボードの上には運転手自身のタバコとライターが置いてあったし、フロントシートの背中の灰皿にも吸殻が溜っていたから、タバコの煙が我慢できないはずはなかった。桝田がウィンドーを十センチほどおろすと、車内に二月末の深夜の冷気が流れこんだ。清和会の事務所で多量のアドレナリンを分泌してきたわれわれには、むしろ心地良い冷たさだった。運転手だけが寒そうに身を縮めた。桝田は急いでタバコを二口ほど喫《す》ってからもみ消し、喫いさしを耳の上に挟んだ。そして運転手に詫びながら、ウィンドーをもとに戻した。

こんどは私が何故か無性にタバコが喫いたくなって、火をつけた。「窓を開けようか」

「いや、構いませんよ。今夜はかなり冷えてるからね」

「そうかい。おれの連れがこれから帰るねぐらに較べるとこの車の中は随分暖かいがね」

「お宅のお連れさんのねぐらって、いったい――」運転手はそこで話の方向や私の口調に危険なものを感じたのか、急に黙りこんだ。

「さっきは連れがどこの何者か知りつくしているような態度だったじゃないか」

「やめてくれよ」と、桝田が運転手との会話に割りこむように言った。「急にどうしたというんだ？」

「何でもない」私の頭の血はすぐに下がった。「運転手さん、すまん。乗る前にちょっと不愉快な思いをしてきたんでね」

「……こちらこそ。窓を開けろなんて、いたらねえことを言っちまって」

大久保通りを過ぎたあたりから、遅い時間のわりに少し道路が混みはじめた。

桝田が車の中の雰囲気を変えるように言った。「昨日の夜、どうしてあたしがこんな生活をしているのか、あんたが訊かないのが不思議だったんだが、わかったような気がするよ」

私はタバコの灰を落としながら言った。「訊くのが普通なのか」

「必ずといっていいほど訊かれるね。挨拶がすむと、次に訊かれるのはそのことだな。浮浪者じゃない者も浮浪者同士でも、相手がどうしてこんな生活をしているのか、そうなった原因は何だったか、どうしても知りたくなるみたいだな。訊かないやつだって、口に出さないだけで眼から耳から全身が疑問符になっているよ」

「訊かれるほうでも、話したいのじゃないか」

桝田は小さく笑った。「それは言えるな。よっぽど人に言えないような原因でもあるんだったら話は別だがね。もっともそういうやつはたいてい自分で勝手に拵《こしら》えた嘘の身の上話を披露するもんだがね」

「訊かなくて悪かったな。おれの場合はたぶんそういうことを訊きだすのが仕事の一部になっているからだろう。料金を決めてからなら、いくらでも聞き上手になれる」

桝田は笑って首を振った。「いや、違うと思うな。そういうことは誰か身近な人間の話を一つでも知っていれば、それで十分だからだよ」

私はタバコを消して話題を変えた。今日一日の調査で魚住という男とその周辺についてわかったことを掻《か》い摘《つま》んで話した。

「彼とはまだ連絡がつかないのか」と、桝田は不審そうに言った。「その電話番号のスナックの女が、魚住という男のことを知らないと言うのも変だな」

「あの名刺がどこかのゴミ箱から拾ってきたものでなければだ」

「あんた、まさか本気でそんなことを言ってるんじゃないだろう?」

青梅《おうめ》街道との交差点の手前で交通事故の事故処理にぶつかって、タクシーがさらにスピードを落とした。数人の警官や野次馬が見え、紙屑を丸めたような状態になった事故車が舗道に乗りあげているのが見えた。われわれが乗っているタクシーも私のブルーバードも、あの紙屑とほとんど同じ材料や構造で作られているのだった。

「実を言うと――」と、桝田が重たい口調で切りだした。「あのあとでもう一度だけ、あの魚住という男があんたの事務所を訪ねてきたんだ」

「どういうことだ?」

「いや、別に隠していたわけじゃないんだよ。あんたがあのメモで連絡を取りさえすれば、そのことも本人の口から訊けるわけだから、あたしの不確かな情報なんか必要もないし、邪魔になるだけだと思ったんだよ……それと、あんたに嘘をついたのは、事務所のベンチで寝泊まりするようになったのは、実はもうちょっと前からのことで、半月以上になっていたんだよ。それもあって言いだしにくかったんだ」

「そっちは気にするな。魚住という男が事務所を訪ねてきたときのことを話してくれ」

「あの男が最初に兜神社に現われてメモを渡していったのが一ヵ月ぐらい前で、それから二週間ぐらいたったころのことだったと思う」

「ということは、今から二週間ぐらい前のことだな」

桝田はうなずいた。「夜の十時ごろだった。あたしは少し風邪気味だったので、いつもより早めにあんたの事務所に行って横になっていたんだ。すると誰かが階段を上がってくる足音と話し声がした」

「話し声？　一人じゃなかったのか」

「そうなんだ。あたしはその声を聞いて、これはあのビルの住人の誰かに違いないと思った。見つかったら面倒なことになるから、息をひそめてじっとしていたんだよ。ところが階段を上がってきた二人は上がり口のところで立ちどまって、あんたの事務所の様子をうかがっているんだ。たぶんあたしと同じで、外から見ても事務所の窓に明かりはついていないけど、別の部屋があるかもしれないと考えて二階まで確かめにきたんじゃないのかな。あの名刺を預けた魚住という男が、残念そうに「やっぱり留守だ」と言ったので、そう思ったんだ」信号で止まっていたタクシーがようやく山手通りを左折し、青梅街道に入ってからスピードを上げた。

「彼だということがわかったら、約束を守って張り番までしていることを教えてやればよかったのに。礼金の追加がもらえたかもしれない」

「いや、一度震えあがってしまうと、あの男だとわかったぐらいではとても出て行く気にはなれなかった。それに、もう一人の男がどんな人間だかわからないからね……馬鹿な話だが、あたしたちは相手の数が自分たちより多い場合は本能的に警戒するようになってるんだよ。よくある暴行事件でも、彼らは必ず複数で襲ってくる。一人ではおとなしい普通の人間が、二人、三人と人数が増えるに従って理由もなく暴力的になってしまうのは何故だろうね」

「誰もがそうなるわけではない」

「それはそうだ……ひょっとすると、相手を信じていない者ばかりが集まっているから、一緒に悪いことをして共犯関係になるしか結びつきようがないのかね」

「話がそれた。もう一人も男だと言ったな」

「そうだ。魚住という男は相手のことを確か〝監督〟と呼んでいた」

「監督……か。そいつはどんな男だった？」

「それが駄目なんだ。まったく憶えていないんだよ。魚住の後ろにいて見えなかったのか、いや、たぶんその男は階段の部分にいたので、あたしが横になっている位置からは見えなかったんだ。でも、話し声で男だったことは間違いない」

「どんな話をしていたか憶えているか」

「二人があそこにいたのはほんの短い時間だからね。監督と呼ばれた男が「こんなボロ事務所の探偵なんかに調べてもらったって、十年以上も昔のことがわかるもんか」って怒ったような声で言っていたのを憶えているよ。すまん、ボロ事務所というのはそいつが言ったんだから」

「それで？」

「魚住という男は、確か「大きな探偵社を訪ねてみたこともあるが、話を切りだす気にもなれなかった」というようなことを言ったかな。そのへんはもう階段の下のほうから聞こえてきたんだ。そしたら相手の男が「いつまでもくよくよと姉さんのことを考え続けるのはやめろ」と言った。それが聞こえてきた最後の言葉で、それははっきりと耳に残っている」

「姉のことか……」

タクシーが新宿署に近づいたところで左に曲がるように指示し、できるだけ兜神社に近い場所で私たちは車を降りた。料金を払って運転手にかける言葉を探していると、自動ドアがしまって車はさっさと走り去った。

神社までの道すがら、私は清和会の組員に殴られた若い浮浪者に会って、桝田が連れ去られた経緯《いきさつ》を聞いたことを話した。「彼の怪我の具合が悪ければ、事務所に知らせにきてくれ。簡単な救急箱もあるし、容体次第では救急センターの医者に診せたほうがいい」

「わかった。でも、たぶんいまごろはもらった金を飲んでしまって、高鼾《たかいびき》だと思うがね」

神社の鳥居の脇の外灯で時計を見ると、すでに十二時をまわっていた。私は別れ際に言った。

「明日の朝の十時の電話を忘れるな」

桝田は苦笑しながら社殿のほうへ去って行った。彼と若い浮浪者は、今夜それぞれが味わった恐怖の体験を種に、夜明け近くまで語り明かすことになるだろう。そこでは私も橋爪や相良や若い浮浪者を殴った組員たちの同類でしかないはずだった。

7

デスクの灰皿もドアの把手《とって》も盗まれてはいなかったが、老朽ビルの中の事務所は底冷えがするので、石油ストーブに火をつけた。去年の一月以来のストーブはしばらく埃りが焦げるような臭いがした。

私はデスクの一番下の引き出しを開けて、東京を留守にする以前に使っていた古い手帳を取りだした。ある男の電話番号を探すために手帳のページを繰った。八年前に控えた番号だったので見つけるのに少し手間取った。すでに十二時を過ぎていたが、相手は夜型の人間だったことを頼りにダイヤルをまわした。おさだまりの呼出し音が繰りかえされるだけで誰も出る気配はなかった。もう一度手帳を開いて、その電話番号の下に並べて書いている別の番号をダイヤルした。こちらはすぐに受話器が取られた。

「〈サウス・イースト〉ですけど、今日の営業はもう終わりました」聞き憶えのある女性の声だった。

「夜分遅く失礼ですが、辰巳《たつみ》玲子《れいこ》さん、あるいは佐伯《さえき》玲子さんですか」

「えッ？　ええ、佐伯玲子ですけど、どちらさまでしょうか」

「渡辺探偵事務所の沢崎です。憶えていますか」

「ああ、沢崎さん。もちろん憶えていますとも。ご無沙汰しています。あれからもう、何年ですかしら。お元気ですか」

「ええ、ご両親はお元気ですか」

「父は相変わらずの碁会所通いですが、母のほうが年のせいで疲れやすくなったので、またわたしが店を手伝っているんです。お電話は佐伯にご用なんでしょう？」

「そうです。自宅のほうに先に電話したのだが返事がなかった」

「佐伯はここにいます。この時間はいつもここで、店の片付けが終わったら一緒に出るところだったんです。佐伯に替わりますから」

すぐに佐伯直樹《なおき》が電話に出た。「お久しぶりです。あれ以来ですか。いや、一度取材みたいな電話でご迷惑をかけたことがありましたね。そんなことより、あのとき助けてもらったお礼を言わなくちゃ」

八年前の都知事狙撃に絡んだ佐伯の失踪事件を、彼の前妻の依頼を受けて調査したのだが、そのとき監禁状態にあった彼を救出したことを言っているのだ。

「あれは私の仕事にすぎない。きみのルポ・ライターの仕事は順調かな」

「ええ、このところようやく自分でも納得のいく仕事ができるようになってきました。五月には二冊目のノン・フィクションの本が出ることになっています。最近の〝医療過誤訴訟〟について書いた地味なものですが、雑誌に連載中からまあまあの評価をもらったやつで、ぼくとしては自信作です」

「それは結構だ」

「どうも。ところで、あなたがこんな時間に電話をくれたってことは、ぼくはいったい何を調べればいいんです？」

私は苦笑した。「いや、調べてもらうほどのことではないんだが、きみは野球界のことには詳しいか」

今日一日、魚住という男と接触しようとして得た手掛りは〈ハザマ・スポーツ・プラザ〉の川嶋弘隆の事故死、野球の好きな客が集まるスナック〈ダッグ・アウト〉、監督と呼ばれる男――それだけだった。

「新聞記者時代にはスポーツ関係のことも担当させられましたが、決して詳しいとは言えませんね。でも、詳しい知人は何人かいますから紹介できます」

「そう願えれば助かる。ただ、プロ野球の公式の記録だとか有名な選手のことなら何でも知っているというタイプではなくて、われわれが名前も憶えていないような無名の選手――それもプロ、アマを問わず、そういう選手のことに詳しいというような知人がいるだろうか」

「なるほど。確かに彼らのほとんどは公式記録などについては生き字引みたいな連中ですが、その中に一人だけ、あなたが言ったような誰も知らないようなマイナーな知識で周囲を驚かしている人物がいますから、ぴったりかもしれません」

「それはありがたい」

「これからすぐに連絡を取ってみますよ。遅くまで働いている連中ですからまだ大丈夫でしょう。直接あなたの事務所に電話をさせて構いませんか」

私は構わないと答え、事務所の電話番号を教えた。

「連絡が取れない場合は、折りかえし電話を入れます。兵頭《ひょうどう》という名前のスポーツ・ライターで、われわれの大先輩なんですが、何でも気軽に訊いてください。もし今夜が駄目でも明日中には捕まえておきます」

私はよろしく頼むと言った。

「さっき女房が言っていたようですが、夜の十時以降はたいていここにいますから、仕事が片付いたら是非一度遊びにきてください」

私はそうすると答えた。

「ほかに何かぼくで役に立つようなことはありませんか」

私は野球の件だけで十分だと答えようとして、思いとどまった。「きみはもしかして桝田啓三という男に心当たりはないかな。年齢は五十代の後半というところだが」

佐伯はしばらく考えていた。「マスは木へんのむずかしい桝の字で、拝啓の啓に、数字の三ですか」

「その通りだ」

「同姓同名ということもありますから、その人物が現在どういう生活をしているかによりますが」

「浮浪者なんだ」と、私は答えた。

「ちかごろはホームレスというやつですね。だとすると、ぼくの知っている桝田啓三におそらく間違いないと思います。いや、知っているといっても面識があるわけじゃないんですが、彼がホームレスになる以前に何をしていたかは多少知っているということです」

《そういうことは誰か身近な人間の話を一つでも知っていれば、それで十分だから……》

桝田啓三は彼の〝身の上話〟を訊こうとしなかった私にそう言った。人の言葉を疑うことにかけては折り紙つきの専門家である探偵という人種は、身の上話は本人からではなく、第三者の客観的な話を聞きたいと考えているのだった。

「桝田啓三はかなり有名な建築家でした。彼は純粋に学者タイプの建築家でしたから丹下、磯崎、黒川といった超有名人の建築家たちに較べれば一般的な知名度は低かったんですが、専門家のあいだでは高い評価を得ていました。当時は日本の建築家の十傑には入るほどの人物だったんですよ。ただ、八〇年代前半の建築の好況期には才能のある若手が続々と輩出してきましたから、派手な建築物やパフォーマンス的な宣伝が不得手で、どちらかと言えば伝統的・保守的で斬新さに欠ける彼のようなタイプは、やや時代に取り残されようとしている感はありましたがね。そうは言っても〈東京造形美術大学〉の建築科の教授だったので、学閥もあれば弟子も多く、アカデミックという点ではそのへんのタレント建築家は足もとにも及ばないような勢力を持っていたんですよ」

「それがどうして浮浪者などに？」

「今で言う〝セクシャル・ハラスメント〟ってやつですよ。十年ぐらい前のことですから当時はまだそんな言葉も使われていなかったと思いますが、象牙の塔でのスキャンダルですから一応週刊誌などで騒がれました。今ならもっと大騒ぎになっているでしょうね。しかし、事件が公表される前にすでに彼が教授を辞職していたり、セクハラを受けたという女子学生があまり信用のおけない女性だったり、さらにはその直後に予定されていた学長選挙に絡む陰謀説がささやかれたりして、結局彼自身は告訴されることもないような尻すぼみの事件でしたがね」

「大学を辞めるほどのことではなさそうだが」

「そうですね。本人はセクハラについてはまったくの濡れ衣で、辞職はそれとは何の関係もないと言っていました。自分がこれまでに建ててきたような大型建築——公共の建物やホールや記念館やホテルや銀行のような建築のことでしょうが、彼に言わせると、そういう夜はガードマンしかいないいないような外観だけの空虚な建物ばかりを設計することにうんざりしたからで、これからは衣食住のための空間である普通の人間の住まいを造ることに専念したいと、辞職の理由を説明していました。権威主義の建築界に反発を感じている向きも多いので、好意的に迎える反応もありましたよ」

佐伯が電子ライターでタバコに火をつけるような音が受話器を通して聞こえてきた。私もつられてタバコに手を伸ばしかけたが、思いとどまった。

「それから数年は彼の名前を聞くこともありませんでしたが、いきなり例の週刊誌の〝あの人はいま〟ってやつに登場したんですよ。そのときはすでにホームレスの生活をしているのを見つけられたんです。記事によれば、一般の住居を設計するには彼の才能も設計料もかけ離れすぎていたようですね。建て売り住宅が専門の企業との提携も、彼の理想主義が災いして失敗したようなことが書かれていました。うやむやになった大学でのスキャンダルも実際には相当マイナスだったようですね。例によって彼の家庭が崩壊したことなども面白おかしく書かれていたと思いますが、詳細は憶えていません。ただ最後に、記者が本人から直接に得たコメントとして〝私はすべての屋根のある建築を否定する〟という言葉が載っていたんです。負け惜しみまでがアカデミックな文脈になっているところが妙に滑稽なんですが、ぼくは何故か笑えなかった」

佐伯はしばらく沈黙してから付け加えた。「例の事件であなたに会う前のことで、当時何をやってもうまくいかなかったぼくの心境に共感するものがあったのかもしれませんね」

「その人物に間違いなさそうだ」

「彼に関する事件なんですか」と、佐伯は訊いた。

「いや、彼は依頼人とのパイプ役にすぎない」

「ぼくの話で少しは役に立ちましたか」

私は大いに役に立ったと答えた。佐伯直樹は兵頭というスポーツ・ライターに連絡すると言った。私が謝礼のことを口にし、佐伯は一切拒否しようとしたが、兵頭にはビジネスとして相当の謝礼を要求するように伝えることを約束させた。彼は再会を楽しみにしていると言って、電話を切った。

8

浮浪者の桝田と別れてからすでに三十分が経過していたが、負傷した若い浮浪者を連れてくるような様子はなかった。私はタバコを喫いながら今日一日の仕事を振りかえり、明日の仕事の予定を考えようとした。だがそれらを仕事と呼ぶには、私は依頼人に会うという第一の関門さえパスしていないのだった。依頼人を見つけられない探偵など飼い主にはぐれた犬のようなもので、野良犬よりもっと始末が悪かった。

デスクの上の電話が鳴って、私は受話器を取った。

「沢崎さん？　佐伯君から電話をもらった兵頭です」

嗄《しやが》れ声でかなりの年配のようだが、すぐには性別のわからない声と喋り方だった。佐伯直樹は紹介するスポーツ・ライターが男であるとも女であるとも言わなかった。

私はそうだと答え、遅い時間に迷惑をかけることを詫びた。

「慣れてるからいいよ。野球界についての質問を訊きましょう」そっけない口調だった。たぶん女だと思う。

「魚住彰――サカナが住むと書く魚住に、アキラは〝彰義隊《しようぎたい》〟の彰の字かな。その男のことが知りたいのだが」

しばらく待ってから彼女は言った。「それだけ？」

「確実なのはその名前だけだ」

「現役のプロ野球選手にはいないな。ちょっと待って」

受話器を通して、コンピュータのキーボードを叩いているような音が聞こえ、しばらく続いた。「過去にもいないようね。少なくとも一軍登録されたことのある選手にいないことは間違いない。戦前の記録も調べる？」

「いや、その必要はない。その男の年齢は三十才前後だから」

「大学にも社会人野球にも、魚住と言われてピンとくる選手はいないようだけど、高校野球なら……」

高校野球も野球には違いない。例えば、かつての高校球児が当時の監督と一緒に私の事務所を訪ねようとした——そういう可能性もありそうだった。

「高校野球なら、魚住という選手に憶えがある？」

「それがはっきりしないんだよね。いずれにしても、優勝校や優勝を争った高校のナインには魚住彰という選手はいなかった。プロや大学へ行って活躍した選手にもいないと思う」ふたたびキーボードの音が聞こえてきた。

「やっぱりいないな。でも、魚住という名前は何だか記憶の隅に……そうだ、甲子園出場の経験のあるテレビ・タレントとか芸能人ってことは？」

「なるほど。しかし、そう言われてもこっちはそういう連中の名前にも弱い」

「……違うか。魚住なんてタレントは聞いたことないものね。それに、わたしの記憶のイメージではあんまりいい印象がないから、ひょっとすると高校野球に絡んだ不祥事件のようなものに関係ないかな。ときたま新聞を賑《にぎ》わすやつがあるでしょう。野球部内での暴行事件とか、修学旅行中の集団万引きで出場停止処分になった、なんていう記事が……でもそれだったら出るのは学校名で、選手の名前なんて浮かんでこないか」

しばらく電話の両端で沈黙が流れた。魚住という名前だけの手掛りでは、その道のプロにも手に負えないのかもしれなかった。

「でも、魚住彰という名前には何かこう黒っぽいイメージで記憶の片隅に引っ掛かるものがあるんだなァ」

「ヒントになるかどうかわからないが、その魚住という男がかつての高校球児だとして、当時の監督から「いつまでもくよくよと姉さんのことを考えるのはやめろ」と叱られたとすると」

「えッ？　そうかそうか、それを早く言ってくれなくちゃァ。それで思い出したよ。ちょっと待って」またキーボードを叩く音が始まり、こんどはかなり長く続いた。

「これだ。必要ならメモを取って」

私はメモの用意をして、どうぞと言った。

「昭和五十七年、一九八二年の夏の甲子園だから、十一年前のことかな。西東京代表の〈三《み》鷹《たか》商業高等学校〉の三年生に外野手で三番打者の魚住彰という選手がいる。当時十八才だから現在は二十八、九になっているよね。三鷹商業は投打にバランスの取れたチームで、優勝を狙える実力もあり、少なくともベスト4《フォー》入りは確実とみられていた。ところが大会直前にエースの森脇《もりわき》という選手が交通事故に遭って重傷を負った。さらに控えの投手までが肩を壊していて、これでは一回戦に勝つのも絶望的という状況になってしまった。結局、一年生のときに短期間だけピッチャーの経験があった魚住が急遽《きゅうきょ》マウンドに登ることになった。ところがこれが意外なことに、抜群のコントロールのスライダーと意表を衝《つ》くような超スロー・ボールを武器に、三試合連続の完投勝利をあげ、あっという間にベスト8《エイト》入りしたってわけ。魚住投手は打者としても三番を打って、三試合で十二打数五安打、四打点の大活躍をしているね。ここまではいい？」

「なんとか」と、私は答えた。

「準々決勝では優勝候補ナンバーワンの〈PL《ピーエル》学園〉と対戦することになり、ひょっとするとという期待がかかったけど、救世主の健闘もそこまでだった。魚住投手は中盤までに七点を取られてノック・アウトされ、さすがに準決勝進出はならなかった。わたしの記憶では、勝った地元のPL学園よりも、負けた三鷹商業に対する拍手のほうが数倍大きかったな……これで終われば、甲子園の球史に残るとまではいかなくても、魚住選手の高校生ばなれした巧みな投球と、エース欠場という不運にもめげずに敢闘したチームに誰も賛辞を惜しまなかったでしょうが、残念ながらそうはならなかった。どう、あなたも少しは思い出した？」

当時の三鷹商業の快進撃に対するファンの過熱ぶりは、確かに私の記憶にも残っていたが、私は先を続けるように促した。

「試合が終わってロッカー・ルームで片付けをしているときに、魚住選手のバッグを運ぼうとしていた一年生部員が、ファスナーが開いたままのバッグを不用意に持ちあげて中身をブチまけたら、百万円の札束が五つも転がり出てきたことから大騒ぎが始まった。魚住選手に高校球児にはあるまじき八百長の嫌疑がかかって、兵庫県警と〝高野連〟がその真相究明にあたることになった。県警はそれ以前から地元の暴力団絡みの高校野球を対象にしたトトカルチョを内偵していて、かなり確実な情報にもとづく大掛かりな野球賭博の動きがあることを掴んでいた。一説によるとベスト4と決勝の出場チームと、優勝チームをすべて当てるような方式の野球賭博らしくて、エースの交通事故で一度は消えていた三鷹商業が、魚住選手の好投で万一にもベスト4に進出したりすると、場合によっては億の単位の損害をこうむる組織が出るという噂もあった。そういう背景があるものだから、魚住選手の取り調べは兵庫県警と高野連の協力のもとに慎重に非公開で行われた」

私は佐伯との電話から続けて受話器を持っていた左手が痺《しび》れてきたので、右手に持ち替えた。

「果たして八百長は行われたのか……」

兵頭は自分で書いた記事の見出しを朗読するような口調で言った。自分で事件を追っているような興奮を覚えているのだろう。

「魚住選手の供述によると、試合開始直前に相手のわからない電話で試合に敗《ま》けろと八百長をすすめられたらしい。そして報酬の五百万円と、彼が以前からプロ野球なら行きたいチームと言っていた〈阪神タイガース〉が必ずドラフトで指名するといういかがわしい約束をちらつかされたが、彼はきっぱりと断わった。電話の相手は、五百万円はすでに彼のバッグに入れて支払い済みだし、もし万一勝利投手になるようなことがあれば、準決勝まで彼の大事な左腕が左肩にくっついているかどうかは保証しないぞという脅迫を最後に、電話を切った。彼は最初は監督に打ち明けて相談することを考えたが、それでは試合に出られなくなるだろうと思ったらしい。要は自分が全力投球すればいいことだし、バッグの金はあとで返せばいいと考えて、結局は誰にも打ち明けずにマウンドに登ったということだった。彼は自分が敗けたのは、巧さでも一枚上のPL学園の強力な打線に打ちこまれたせいで、決して八百長などしていないと主張した……十八才の子供にしてはしっかりしているよ」

兵頭は鼻を啜《すす》りあげるような音をたて、一つ咳払いをしてから先を続けた。「調査の結果、魚住選手の主張は全面的に認められて、彼は報告を怠《おこた》ったことについて厳重な警告を受けただけで無罪放免になった。ただあまりにも慎重を期した兵庫県警と高野連は、その調査結果の発表までに一週間という長い時間を費やしてしまった。どうやらある暴力団を別件の賭博行為で追い詰めるところまできていた隣りの大阪府警の強い意向があったらしい」

ありえないことではなかった。警察の〝眼〟はつねにより大きな犯罪に対して焦点が合うような仕組みになっていた。だから小さな犯罪はもちろん、罪のない者さえもその仕組みに奉仕させられることになっている。ただし、犯罪の大小を計る彼らの基準は量刑の大小でしかないから、一例を挙げれば政治家の収賄罪などには実際にはほとんど興味をもっていないのだ。

「その一週間のあいだ、魚住選手は証人としての身の安全やマスコミの取材攻勢から保護するという目的で、ほとんど隔離された状態にあった。だからその発表があるまでのマスコミや世間一般の反応は、状況から判断して魚住選手が八百長に関してクロであるのはほぼ間違いないというものだった。実際に一部のスポーツ紙などはそう書き立てていた」

兵頭は大きな嘆息を漏らしてから言った。「悲劇はそんな状況のもとで起こった。魚住選手の無実が発表される前日の夜、彼のお姉さんが飛び降り自殺をしてしまった」

八百長疑惑のことは私の記憶の片隅に残っていたが、その選手の姉が自殺したことはほとんど憶えていなかった。若い娘の自殺というものは、たとえ人類の五万年の知恵を結集してみたところで、それを防ぐ有効な手立てがあるとは思えなかった。私は五、六年前にこれから自殺するという十六才の娘からの間違い電話を取って、ひどい目に遭ったことを思い出した。

兵頭は熱のない口調で付け加えた。「スポーツ紙や週刊誌はその一週間のあいだに、彼のお姉さんは勤めていた会社を馘《くび》になったとか、付き合っていた彼氏に交際を断わられたとか、あることないこと書き立てていたようだったね。でも、そのへんの真偽はわたしの純スポーツ的データはお手上げなので、悪《あ》しからず」

「魚住選手のことはお蔭でよくわかった。ついでにもう一つ知りたいのだが、彼の周囲に川嶋弘隆という人物はいないだろうか」私は名前の綴りを告げた。またキーボードの音が聞こえた。

「川嶋は……チームメイトにはいないし……この年の甲子園の出場選手にもいないな」

それはすでにわかっていた。二人は世代が違っている。魚住が二十八、九才で、川嶋は四十一才だった。

「三鷹商業の監督の名前は？」

「えーっと、川嶋じゃないな。藤崎謙次郎《ふじさきけんじろう》。藤の花の藤、川崎の崎に、これは田宮謙次郎の謙次郎だと思うけど……三鷹商業から〈法政大学〉、ノンプロの〈専売神奈川〉をへて、昭和五十五年に三鷹商業の監督に就任している。当時二十九才ということは……現在は四十か四十一ってとこかな」

年齢は近いがはずれだった。だが、短い時間にこれだけの収穫があれば良しとしなければならなかった。

私は彼女の情報に対して礼を言い、彼女への謝礼の額と支払いの方法を確認して、電話を切った。たぶん彼女だったと思う。女であろうと男であろうと、必要な情報を提供してくれるプロフェッショナルである限りそんなことは問題ではなかった。

魚住という男の依頼が十一年前の姉の自殺に関する調査であれば、事態は非常にかんばしくなかった。自殺の原因究明は依頼人がどんな調査結果にも決して満足することのない調査だと言われている。自殺の原因など自殺した本人しか、いや、自殺した本人さえよく解らないのが普通なのだ。昨日今日の自殺でさえそうなのに、十一年も昔の自殺などとても探偵の手に負えるものではなかった。依頼人は恐山《おそれざん》の巫女《いたこ》を雇うべきだった。まともな探偵はこの種の調査を引き受けることは決してない。

私はアパートに帰って寝ることにした。

9

二日目の朝、私はすでにこの都会《まち》に住む千二百万人の一部になったような気分で眼が覚めた。たった一晩で、自分のいるべきところに戻ってきたという安堵感に浸っている自分の変化に驚いた。感性が柔軟なのだとおだててベッドを這《は》いだしたものの、顔を洗ってコーヒーを飲み終えたころには、ただ感性が衰えて鈍くなっているだけだと思いなおした。

アパートを出るまでは西新宿の事務所へ直行して、自殺などには縁のない普通の依頼人を獲得することに専念するつもりだった。四〇〇日ぶりに探偵に復帰するからには、きちんとした仕事を選ぶべきだった。だが〝自殺などに縁のない普通の依頼人〟とはどんな人間のことだろうか。人間を二通りに分類することが好きな連中なら、誰かを自殺に追いこんでも気づかないし、気づいても平気でいられるような人間のことだと言うだろう。

だいたい頭の半分が眼覚めていないうちから節度ある行動を自分に課そうとする心理は、そんなものには従えないときと相場が決まっていた。私がアパートを出たのは七時を少しまわったばかりだった。ふだんのように十時までに事務所に着くには、九時にアパートを出ても楽に間に合うというのにだ。

私は地下鉄の東西線に乗るために落合《おちあい》の駅まで少し歩いた。春の到来を告げるような強風になぶられて歩くのは心地良かった。中野で中央線に乗り換え、荻窪で久しぶりの殺人的な通勤ラッシュから解放されたときはほっとした。南口を出たときには足が自然にタクシー乗り場のほうへ向かっていた。魚住のメモの電話番号で出た〈ダッグ・アウト〉というスナックもこの近くにあるはずだが、こんな時間に訪ねてもむだ足になるに違いなかった。脂《あぶら》ぎった顔の運転手は、こんな時間に駅から住宅地へ向かう乗客に〝朝帰り〟を羨《うらや》んでいるような挨拶をして、自分のついていない色事について勝手に喋り続けた。正さなければならないほどの誤解でもないので、私は少し開けた窓から流れこむ風の音に耳を傾けていた。杉並区宮前四丁目にある〈富士見荘〉を見つけたところでタクシーを降りたときは、八時までにまだ間のある時刻だった。

富士見荘は建てられて十年以上はたっているクリーム色の二階建モルタル塗りの建物で、通りからコンクリートの石畳の小道を五、六メートル入ったところにあった。最近塗装しなおしたクリーム色の鮮やかさがかえって建物の老朽ぶりを強調していた。外観からすると、おそらくは2DKか1Kの独身者向きのアパートのようだった。

魚住の下手クソな字の手書きの表札は二階の一番奥のドアに貼りつけてあった。ドアの下部の新聞受けから三日分ぐらいの〝毎日新聞〟がはみ出していた。昨日の夜、川嶋弘隆の通夜の芳名録で魚住の住所を見つけたあと、すぐにここへやってきたとしても本人には会えなかったわけだ。いや、そうとは限らない。新聞受けから溢れている新聞を居留守のカムフラージュにして、借金取りの撃退法にしている者もいるからだ。

私はドアをノックした。返事はなかった。もう一度大きな音でノックしてみたが、結果は同じだった。新聞の日付を確認しようと腰を屈めかけたとき、急に隣りのアパートのドアが開いて私を驚かした。

「お隣りは二、三日帰っていませんよ」トレーナーの上下にジョギング・シューズをはいた二十代後半の男だった。「何かあったんですか。昨日の夜遅くにも誰かが訪ねてきたし、五分ばかり前にも誰かがドアを叩いていたけど、魚住さんにお客さんがあるなんてめったにないことだから」

「訪ねてきたのは、男の二人連れかな？」

「そうだった」男はアパートのドアに背中を預けてシューズの紐を結びながら言った。「昨夜の二人はドアの前でぼそぼそと話し合っていたのを、銭湯に行くときちらっと見かけたけど、コート姿のあんまり感じのよくない男たちだったな。さっきの二人は、ちょうど顔を洗っているときだったんで、顔も見なかったし声も聞かなかったけど、このアパートのボロ階段は上がってくるときの音と揺れ方で一人じゃないことはわかるんでね。同じ二人だったかもしれないな」

深夜と早朝に二人連れで訪問するコート姿の男たちはそう多くない。訪ねられるほうであまり嬉《うれ》しくない男たちの可能性が高かった。

シューズの紐を結び終わっても何となくぐずぐずしている若い男に、私は言った。「魚住さんのことで、少し訊きたいことがあるんだが」

「どんなことだろう？　なにしろお隣りさんなんだから、彼に迷惑のかかるようなことだと困るんだけどな」

それほど困るような顔つきでもなく、話好きな性格は隠しようがなかった。

「そんな心配は要《い》らない。答えられることだけ訊かしてもらえばいい」

「一緒に走りながら？」

私は苦笑した。「一走りする前に、朝飯を付き合うというのはどうだ？」

「一走りしたあとで、朝飯を付き合うというのでは？」

私は腕時計を見た。「今八時ちょうどだ。八時半ぐらいまでなら待とう」

「いいですよ。今日のコースはハーフにしますから。ここで待ちますか」

「いや、どこか適当な落ち着ける場所を知っているか」

彼はほとんど考えずに答えた。「じゃァ、人見《ひとみ》街道を右に曲がったところにある〈エトワール〉という喫茶店で、八時半に」

トレーナーの男は首に掛けたタオルの両端を両手で摑んで、勢いよく階段を駆け降りて行った。名前を訊くのを忘れたが、三十分後にはまた会えるはずだった。

例の二人連れの男たちの三度目の訪問に出くわさないように、早々に退散すべきだった。だが、このままでは二時間も早出をしてきた甲斐がなかった。私はもう一度ドアをノックしてから声をかけた。「魚住さん、渡辺探偵事務所の沢崎という者だが、留守ですか」

やはり何の反応もなかった。新聞の日付を確認してみると、今日までの三日間のものだった。魚住彰が留守の場合に残していくつもりだった伝言は考えなおす必要があった。彼以外の人間――とくにコート姿の二人連れの眼に触れた場合のことを考えてみた。どう転んでも好ましくない結果になりそうだった。しかし、いつまでも依頼人なしで仕事を続けるような愚行は避けたかった。私は上衣のポケットから名刺を一枚取りだし、今日の新聞の折りこみ広告の中に見えなくなるまで押しこんだ。押しこみながら、私はドアの把手をそっとまわしてみた。

把手は何の抵抗もなくまわって、ドアが開いた。私はすばやくアパートの中に侵入し、後ろ手にドアを閉めた。生地の薄い安物のカーテンのお蔭で、内部は眼を凝らす必要がないくらいに明るかった。玄関口のそばにある台所には小さな冷蔵庫と最少の台所用品しかなかった。私は靴を脱いで上がると、仕切りの板戸が開いたままになっている左手の四畳半の寝室をのぞいて見た。ベッドのほかにはハンガーで鴨居《かもい》にじかに掛けた衣類が何点かあるだけだった。もう一つの部屋に通じる奥のガラス戸を開けると、六畳間の真ん中にコタツがぽつんと置かれていた。おそろしく何もない部屋だった。

私はコタツのテーブルの上に散らばっているものを見つけて近づいた。書きかけの履歴書が何通かあって、そばに証明書用の写真が少なくとも五、六枚はあった。すべて同じ写真で、三十才ぐらいの髪を短くした男が思いつめたような表情でこっちを見ていた。履歴書の名前の欄に魚住という名前があるところを見ると、それがまだ見ぬ依頼人の候補に間違いなさそうだった。私は写真を一枚取って、上衣のポケットに入れた。三つの部屋をもう一度見てまわったが電話はどこにもなかった。浮浪者の桝田に預けられたメモの電話番号は、やはり誰かに取り次いでもらうつもりの電話だったのだろう。それ以上の収穫は諦めて、玄関に戻った。私は靴をはいて外に出ると、急いでドアの前を離れた。

急いではいたがジョギングに出かけた隣りの男のドアを横目で見る余裕はあった。大沢亮治《おおさわりようじ》というネーム・プレートと〝〈V&Sメディア企画〉に御用の方は階下の一号室へ〟というプラスチック製のプレートが並んでいた。

私がスチール製の階段を降りはじめたとき、通りを曲がって石畳の小道に入ってくるコート姿の二人の男が眼に入った。私は何食わぬ顔で階段を降り、二人の男たちの脇を通り過ぎようとした。

「ちょっと失礼」と、紺色のオーバーを着た年配の男が私を呼びとめた。「お宅、このアパートの方ですか」

刑事だとすれば、いかにも刑事らしい面構《つらがま》えの中年の男で、慢性の睡眠不足が色の悪い顔に表れていた。

「いや、知人を訪ねただけですが、何か用ですか」私は不審そうな顔をしてみせ、二人の男を見較べた。

もう一人の若い男はたとえ刑事だとしても、まるで刑事らしくないタイプに属する刑事だった。駅の構内でキャッチ・セールスをやらせたらいい成績を上げそうな身嗜《みだしな》みの若者だった。最近のテレビ・ドラマには信じられないような外見の若い刑事たちが登場するが、この男が刑事だとすれば、そうなる日もいずれそんなに遠くないだろうと思われた。

「どなたをお訪ねですか」と、年配の男が訊いた。

若い男がベージュ色のコートの内側に手を入れると、黒い手帳を取りだして瞬《まばた》きをするあいだだけ私に見せた。

「捜査中ですからよろしく」

警察手帳は盗《と》られないようにすばやく見せてすばやくしまうべし、と手帳のどこかに書いてあるに違いない。

「三号室の大沢君を」と、私は言った。「ジョギングに出かける前にと思ったが、一足違いだった」

「……そうですか。よかったら、念のためにお名前を」

「沢崎」嘘は少ないほどいい。

年配の刑事はそこで切りあげることにしたが、若い刑事はもう一押しせずにはいられなかった。「何か身分を証明するものをお持ちですか」

「申しわけないが、免許証は車の中なので」嘘を少なくするにも限度がある。こんどは嘘だった。

「どうも……」年配の刑事はくるりと背を向けると、大儀そうに階段のほうへ向かった。若い刑事がアメリカ映画の刑事物で憶えたようなおざなりな挙手の礼をして、連れのあとを追った。

私は通りに出るまで、コンクリートの石畳の数をかぞえることに気持を集中した。全部で十三枚あった。

10

大沢亮治が指定した喫茶店〈エトワール〉は、通勤前にモーニング・サービスの朝食をすませようとしているサラリーマン客で半ば以上の席が埋まっていた。私はパリの風景写真をいくつか額に入れて飾っている突き当たりの壁の前の席に坐った。混んでいるので少し待たされたが、カウンターの中にいる店主の娘のようにも見えるし、ただのアルバイトのようにも見える若いウェイトレスが注文を取りにきたので、コーヒーを頼んだ。

私はタバコを喫いながら、魚住のアパートに刑事たちが現われた理由を考えた。当て推量の答えはいくつも浮かんだが、彼らはどんな場合にも〝正当な〟理由を見つけることを思い出したので、考えることは途中でやめた。二つ隣りの席のサラリーマンが出て行ったあとに残っていた新聞を、私は腕を伸ばして手に取った。刑事が登場するときの一番単純で明快な理由だったことを示すような記事が、その新聞の三面の片隅に載っていた。

八王子のゴルフ場裏で転落死した川嶋弘隆に関する追跡記事だった。八王子署は、川嶋がゴルフ場から裏山の稲荷神社に向かった直後に、クラブの受付に川嶋を訪ねてきた三十才くらいの大柄な男を事情聴取のために捜していた。事故死だろうと思われていた川嶋の死因をさらに詳しく調査しているとも書かれていた。

コーヒーを待ちながら、八時半になるのを待ちながら、大沢亮治を待っていると、案に相違してその逆の順序で現われた。大沢には連れがあった。大沢と同じようなジョギングの恰好をした二十才ぐらいの女性だった。大沢が私との朝食をジョギングのあとに延ばしたのは、走る習慣を守るためだけではなかったのかもしれない。彼女は大沢と一緒に店に入ってきたが、カウンターの前の空席に坐ってウェイトレスの娘と親しげに話しはじめた。大沢だけが私のほうへやってきて向かいの席に坐った。

「お待たせ」額に汗を浮かべていたが、三十分近くも走りどおしだったようには見えなかった。

私のコーヒーが届き、私が大沢に何でも注文してくれと言うと、彼はモーニング・サービスを頼んだ。私は伝票をウェイトレスに渡しながら、カウンターの彼女の分もこれに付けてくれと頼んだ。

「いいんですか」大沢はタオルの端で汗を拭きながら言った。「月末はいつも金欠病なので、助かるんですがね」

「仕事は何をしているのかね」

「大学は出たけれど、ってやつです。フリーターなどと気楽なことを言ってたら、もうすぐ三十才になるのに結婚もできないような身分ですよ」

私は自分のアパートの賞味期限の切れたインスタントとは比較にならない味のコーヒーを、

それを経費として計上できる日がくることを期待しながら飲んだ。

「アパートの一階に、メディア企画とかいう名前で部屋を借りているようだったが？」

「あれですか。何年か前まではあれが金のなる木だったんですがね」大沢は顔を寄せて声を小さくした。「ここだけの話ですが、外国映画や音楽のヴィデオのダビングで結構儲けさせてもらいましたよ。市販されていなくて手に入りにくい昔の映画とかロックのコンサート・ライブなんかを欲しがるファンが多いんですよ。もちろん違法なんですがね。例の著作権ってやつがだんだんうるさくなってきたんですよ。こっちも警察に捕まるようなリスクを背負ってまで続ける気はなかったけど、そんな心配をする前に注文のほうがメチャ減ってしまいました。日本人ってのは本質的に遵法《じゅんぽう》精神旺盛な国民なんですかね。まともにあんなに高い料金を払って、中間の業者にボられることのほうがよっぽど犯罪的だと思うけどなァ」

「もうやってはいないのかね」

「商売にはならなくなりましたよ。ちかごろは下手をすると払っている家賃のほうが高くついたりです。と言って、あの部屋いっぱいの機材やソースを売っても大した金にはならないし、悩みの種ですよ」

「ジャン・ギャバンの発売されていない映画があるだろうか」

「ありますよ。たぶん、五、六本はあるはずだけど。その後市販されたものがあるかもしれませんが……字幕が入っていないものでもよければ、もう二、三本ありますよ」

東京にいなかった四〇〇日のあいだに、いささか関わりと借りができた人物が往年の映画ファンで、ジャン・ギャバンのそういう映画を蒐《あつ》めていて、東京でなら入手できるはずなんだが、と言っていたのを思い出したのだ。

「それを全部ダビングしてもらいたい」

大沢は急に眉を曇らせた。「まさか、あなたは著作権協会かなんかの摘発屋さんじゃないでしょうね？」

「そんな心配は無用だ。私は隣室の魚住彰のことを訊きたいだけで、これはその謝礼を兼ねてのつもりだから」

「そうですか。だったら大マケにしときますが、三万円ぐらい掛かりますよ。それと十日か二週間ぐらい時間をみてもらわなくちゃならない」

「マケたら謝礼にならない」

「それはいいんですが、くれぐれもダビングしたテープの出所だけは漏らさないようにお願いします。つい先日も吉祥寺《きちじょうじ》のダビング屋が挙げられたばかりで、ぼくは最近では絶対安全のお得意さんだけに限ってるんですから」

ウェイトレスが大沢のモーニング・サービスを運んできたので、私もコーヒーのお替わりとトーストを追加した。彼女が去ってから、私は大沢に魚住のことを訊ねる理由を説明した。不都合なこと以外はすべて事実を話した。大沢はとくに疑う様子も信用した様子もなく、要するにそんなことはどうでもいいという態度で聞いていた。私は質問を始めた。

「魚住彰とはいつごろからの知り合いなんだ？」

「彼が富士見荘に越してきたのは……三年ほど前だったかな。二月初めのちょうど一番寒い時季だったから、三年を過ぎたばかりですね」大沢はトーストをコーヒーで流しこみながら続けた。「階段のところで最初に彼と会ったときに、越してくるという挨拶をされたんで、引っ越しを手伝おうかと言ったら、荷物は何もないから結構だという返事だった。遠慮してそう言ったんだろうと思ったら、あとで寝具とコタツ以外にほんとに何もないのがわかって、世の中にはこういう身軽なやつもいるんだとびっくりしたのを憶えてますよ」

「彼の部屋に入ったことがあるくらい親しいわけだ」

「ええ、まァ。越してきて最初の一年ぐらいは結構付き合いがありましたよ。彼のほうが二つ年上なんですが、ちょっと世間離れしたようなところがあって、話も合うような合わないようなで、親しくまではならないが、とくに嫌うこともないっていう感じかな……付き合いと言っても、週に一度か二度銭湯や食堂で会ったりしたあとなどに、どっちかの部屋で缶ビールとかジュースでも飲みながら世間話をする程度でしたがね」

大沢は茹《ゆ》で卵の殻を剝《む》きながら付け加えた。「彼の部屋にもおいおい冷蔵庫などが増えたりしましたが、今でもガランとした合宿所みたいな部屋は変わらないでしょう」

私のトーストが届けられた。私は一枚だけ取って、あとは大沢にすすめた。

「あのアパートへ越してきたのは理由でもあるのかな」

「それははっきりしてますよ。お母さんがこの先の高井戸《たかいど》の〈松風会医院《しょうふうかい》〉に入院して、その看病の都合で越してきたって言ってましたよ。とにかく彼の母親に対する献身ぶりだけは想像を絶しますよ。お母さんは長いあいだ糖尿病を患っていたそうですけど、心臓のほうも悪くなって、心筋梗塞《しんきんこうそく》で亡くなるまで、彼の生活はすべて母親の看病を中心に動いていましたからね。長くないと言われながら、まる三年間の闘病生活だったわけだけど、よくあんなにできるもんですよ。しょっちゅう状態が悪くなったかと思うと保《も》ちなおすのを繰りかえしていたようですが、個室ではなかったようなので、そのたびに病院の廊下のソファに二日も三日も泊まったりしていたようですよ」

大沢はコップの水を飲み干し、お替わりのためにウェイトレスにコップを振って見せた。ウェイトレスがきて二人のコップに水を満たして行った。

「母親が亡くなったのはいつだろう？」

「今年の一月です。一月の中旬でしたかね」

魚住は私の事務所を訪れる少し前に母親を亡くしたということだ。

「父親はいないのかね」

大沢は少し考えてから答えた。「彼の話にはまったく出てきませんでした。父親はもちろん、母親以外の家族のことも。だから、ぼくは勝手に母一人子一人の身の上だろうと決めこんでいたようだけど、そう言われると、父親はいないと聞いたわけでもないな」

「彼は自分の生活はどうしていたのかな。何か仕事はしていたんだろうか」

「いろいろバイトをやっていたみたいですよ。昼間はなるべく病院にいられるように、夜の仕事をね。病状によっては付きっきりになるもんだから、あまり長続きしないで、こっちをやめたらこんどはあっちという具合でしたね。一度うちのダビングの仕事を手伝ってもらったこともあるんだけど……」彼は言い淀んだ。

「どうしたんだ。不都合でもあったのか」

「いやね、そんなことぐらい承知の上だろうと思っていたら、彼はこの商売が違法だと聞いたとたんにちょっと顔色を変えたようだったな。そしてそれからは二度と手伝おうとはしなくなったし、こっちも頼まなくなった。そんな贅沢を言える身分じゃないと思うんだけど……それが一年ぐらい前のことで、それ以後はぼくたちのあいだもちょっと距離ができたような具合で、以前ほどは話したりしなくなったかな」

「そういうことに潔癖な男ということだろうか」

「かもしれないし、あるいは、逆にそんなことには一切関わりたくないほど、ヤバい身の上だとか……」

「そう思わせるようなことが何かあるのか」

「いや、そんなことはないです。ちょっと考えすぎかな。よく考えてみると、ぼくは彼のことをほんとはあまり知らないという気がしてきたな」

「ところで、彼は電話を持っていないようだが、彼にかかってきた電話を取り次いだりしたことはないかな」

大沢は少したじろぐような素振りをした。「……そう言えば、電話のことでもちょっと揉《も》めたんだったな。いや、別に隠すつもりじゃなかったんだけど」

「どういうことだろう」

「越してきてしばらくすると、彼が電話を取り次いでもらえるかって言うんで、気軽にオーケーしたんですよ。最初のうちは大したことはなかったんだけど、そのうちにだんだん回数が増えてきて、ときには夜中に起こされるようなことがあったりしたもんで、ついカッとなって文句を言ったんですよ」

「電話の相手は誰か憶えているか」

「ほとんどは母親の病院からの連絡と、彼のアルバイト先からですよ。だから、ぼくも悪いなと思って、昼間なら構わないって言ったんですけど、その後はあまりかかってこなくなりました。それと、そのころに彼女との――」大沢は振りかえらずに、頭を傾けただけでカウンターに坐っている彼女を示した。「付き合いが始まったんで、自然と彼にかまっている時間がなくなって、だんだん疎遠になったというのが実際のところなんですけどね」

こんどは大沢は振りかえって彼女を手招きした。彼女がうなずいて私たちのほうへ近づいてきた。店内からは朝食のサラリーマン客の姿はほとんどなくなっていた。私もそろそろ話を切りあげる潮時だった。

「この二、三日は彼はアパートへ帰っていなくて、彼を見ていないということだったね」

「そうです」

大沢の女友だちが彼の隣りの空席に坐った。短い髪と化粧っ気のない顔の健康的な感じの娘で、どちらかと言えば彼女のほうが大沢をジョギングに引っぱりだしているように見えた。

大沢は彼女に確かめた。

「なァ、魚住さんは二、三日前からアパートには帰ってきていないよな」

「いいえ、わたしは昨日の九時ごろあなたのアパートの階段のところで擦れ違ったわよ」

「ほんとか？」

彼女は私にちょっと頭を下げてから、大沢に視線を戻した。「あなたが麻雀屋さんから電話してきて、部屋にもらったウィスキーがあるから、何かつまみになるものを買って遊びにこいって言ったじゃない。あれが八時ごろだったから、あれからシャワーを浴びて、買い物をして行ったんだから、たぶん九時ごろだと思うわ」

「彼はどんな様子だった？」

「わたしの足音にちょっと驚いたみたいだった。ちょうどアパートから出てきたところで、あわてたように階段のほうへ走ってきたの。そこでやっとわたしだとわかったらしくて、今晩はって挨拶したけど……スーツ用のバッグをさげていたようだったわね」

「例の一張羅《いっちょうら》の？」

「ええ」

大沢が私に説明した。「彼が持っている唯一のスーツのことなんですよ。三年前からスーツと言えば、紺色のリクルート・スーツみたいなそれしか見たことがなくって。今時《いまどき》の若者であんなに服装に構わないのもめずらしいんじゃないかなァ……そうだ、今年の一月に久しぶりにそのスーツを着ている彼にドアの前で出会ったので、いったいどうしたんだと訊いたら、お母さんが昨晩亡くなったってことだったんですよ」

　持ちだされたスーツは今日の午後の川嶋弘隆の葬儀のためのものだろうか。

　大沢は私が最初に話した事情を思い出して訊いた。「それにしても、魚住さんはあなたにいったい何を調査してもらおうとしているんでしょうかね」

「私もそれが知りたいんだがね」

　大沢の彼女の手前もあるので、私たちはそれからしばらくは当たり障りのない会話を交わした。私は大沢に名刺を渡して、魚住が帰ってきたら私に連絡をさせるように頼んだ。彼女がトイレに立ったのを機会に、私は二万円と五千円を大沢に渡して、ジャン・ギャバンのヴィデオの前金と喫茶店の勘定だから、足りない分は二週間後にテープを受けとりにきたときに請求してくれと言った。

　喫茶店を出ると、外はまだ相変わらず強い風が吹いていた。私は荻窪には戻らずに、井の頭線の久我山《くがやま》まで歩き、明大前で京王線に乗り換えて新宿に戻った。依頼人に出会う前から出費はかさむ一方だったが、こうなると意地だった。

11

私は事務所に着くと窓を開けて空気を入れかえた。強風に舞っている埃りが入ってこないように、窓は小さく開けていたが、それでもデスクの上がざらついてくるほどだった。窓を閉めに立とうとすると、電話が鳴った。桝田からの十時の電話だった。私は清和会の組員に殴られた浮浪者の容体を訊いた。切れた唇とあごの腫《は》れは昨夜以上にひどくはなっていないし、痛みも治まっているから大丈夫だろうという返事だった。

「見せたいものがある」と、私は言った。「会いたいのだがこっちへきてくれるか」

「風がひどいので、副都心の高層ビルの地下街にある誰も知らない場所に避難してるんだがね。どうしてもって言うなら出かけるが、少し時間がかかるよ」

「そこから〈ホテル・センチュリー・ハイアット〉の前の歩道橋までは近いか」

「公園のほうへ渡るやつだろう」

「そうだ」

「あんたの事務所よりはかなり近いよ」

「ホテル側の歩道橋の下で十分後に会おう。こっちは車で行く」

「時計がないのにどうして十分を計るんだ?」

「ゆっくり六〇〇まで数えたらどうだ」

私は電話を切った。デスクの引き出しのあちこちを掻《か》きまわし、探しているものを見つけてポケットの魚住の証明書用の写真と一緒にしまった。約束した時間に遅れないように、急いで事務所を出た。

私は駐車場からブルーバードを出すと、税務署通りへまわって、成子坂下《なるこざか》から青梅街道に出た。成子天神下の信号を右折して高層ビルの林立する区域へ向かった。〈東京ヒルトン・ホテル〉の前を通過して次のブロックに入り、センチュリー・ハイアットの前に停まっている送迎バスの向こうに目的地の歩道橋が見えてきた。桝田がガードレールに腰をおろしてタバコを喫っていた。ブルーバードのスピードを落とし、舗道に寄せて彼のそばで停車した。彼は短くなったタバコを指先でつぶすようにして消してから、ガードレールをまたいで車道に降りてきた。助手席側のウィンドーをおろすと、彼は風に帽子を飛ばされないように用心しながら顔をのぞかせた。

「何を見ればいいのかね」と、彼は訊いた。

私は上衣のポケットから三枚の写真を取りだして、彼に渡した。「誰か知っている者がいるか」

彼は三枚の写真を一枚ずつ見て、一枚だけを選ぶと私に返した。

「これがあたしに伝言を頼んだ魚住という男だよ。魚住なんだろう?」

間違いなく魚住の証明書用の写真だった。私はうなずいた。

「あとの二人は知らないな。誰なのかね？」

「誰でもない」私は残りの二枚の写真も受けとってポケットに戻した。

「なるほど……そういうことか」彼は皮肉そうに笑って言った。「写真を一枚だけ見せたんじゃ、こんなことが面倒臭くなってきたあたしが、誰かほかの男の写真を見ても魚住だと言うおそれがあるってわけだ」

「それもあるが、一枚だけの写真を見せられると妙に自信がなくなるものだ。記憶のなかの男と写真の男は違うポーズをとっているし、顔の表情や角度で顔つきが変わる者もいる。だが、三枚の写真のうちでどれが一番めざす男に似ているかは、だいたい自信を持って言えるからだ」

桝田は納得したようにうなずいた。「それで用はすんだんだね」

「午後には、昨日話した川嶋という男の葬式を見物に行くつもりだ。そこで魚住に会えるかもしれない。会えれば、おれには依頼人ができるし――」

「あたしは仲介料がもらえる」

「そういうことだ」私は上衣のポケットから千円札を一枚出して、彼に渡した。「これはそれとは別だ。タバコでも買ってくれ」

金を渡すときに、千円札のほかにぎごちない何かが私から桝田に伝わった。私は無意識のうちに、昨日までの浮浪者とは別の人間を彼の中に見ようとしていたに違いなかった。

「あんた……あたしのことを調べたんだね」彼の顔が今までに見たことがないほど曇った。

「不服か」と、私はそっけなく言った。「魚住の伝言を引き受けて金をもらったときに、何かを得るためには犠牲がつきものだということを考えるべきだった」

「いや、過去のことを知られることなんか、別にどうでもいいんだ」彼は不機嫌な声で言った。「ただ、それにしても残念だよ」

「どうでもいいことと残念なことは違う」

「……そうか」彼はウィンドーから身をひくと、左右をながめた。自分の立っている場所を確かめているような素振りだった。「じゃァ、残念はやめて、どうでもいいだけにしておこう」

「こんど会うときは、たぶん預かった免許証を返すときだ。もうおれの顔など見なくてすむようになる」

私はウィンドーを上げ、車のギアを入れてブルーバードをスタートさせた。

一時の川嶋弘隆の葬式に直行するには少し時間が早かった。私は高層ビルの群れを一周して青梅街道に戻ると、朝のうちに電車を使って行った荻窪に向かった。二十分足らずで、天沼《あまぬま》陸橋の手前から荻窪駅の南口に出る脇道に入った。またすぐに左折して、記憶の片隅にあるうろ憶えの小さな公園を探した。四つか五つのブロックを走ると、やがて左手に〈大田黒公園〉の正面入口が見えた。それからすぐに〝大田黒公園南〟という交差点にぶつかった。電話帳で調べた住所と地図に従って、こんどはそこを右折した。間もなく道路の右側に〈大田黒パークサイド・ビル〉の淡青色の建物が姿を見せた。パークサイドと言うには公園からは少し離れすぎているようだが、マンション・ビルの誇大な命名は非常識であるのが常識になっている。あるいはビルの屋上から公園の緑を垣間見《かいまみ》ることができるのかもしれなかった。

私はそのまま荻窪駅のほうへ走って、最初に見つけた有料駐車場にブルーバードを預けると、十分後にはビルの前に戻ってきた。そのビルは一階のテナントが薬局のチェーン店と不動産屋とスポーツ用品店、二階は建物の左端にある外階段を上がって、順に寿司屋とスナックとヤキトリ屋ともう一軒のスナックが並び、三階から五階までがマンションふうの住居になっていた。不動産屋とスポーツ用品店のあいだのガラスのドアのある玄関がマンションへの入口だろう。

〈ダッグ・アウト〉という名前のスナックは二階の一番奥にあった。午前十時半を過ぎたばかりだから当然のことだが、シャッターはおりたままだった。そのシャッターも看板も下から見ただけでかなり古びているのがわかった。昨日の電話に出た女が言ったような、今年になってオープンしたばかりの店には見えなかった。私は一階の薬局でタバコを買って、白衣の女性店員に確かめてみた。

「いいえ、あたしがこの店に勤めだしたのは去年の秋からですけど、もうあのお店はありましたから、そんなことはありませんよ」

薬局には赤い公衆電話もあったが、二階のダッグ・アウトにあまりにも近すぎるので、私はビルの前を離れてもう一度荻窪駅のほうへ歩いた。朝のうちの強風はすでにかなり弱まっていた。二つ目の交差点のところにパン屋があって、その角に緑色の公衆電話があった。魚住のメモの名刺を上衣のポケットから出して、半ば諳記《あんき》しかけている番号をダイヤルした。あのシャッターの内側に誰もいないことを確かめてみても損はないし、誰もいないことがわかれば近所で聞き込みをするのが楽になる。だが、意外にも受話器はすぐに取られた。

「こちらは〈藤崎スポーツ用品店〉です」と、男の声が応えた。

私は一瞬とまどったが、すぐにビルの一階にあったテナントのことを思い出した。なるほど……そういうことだったのか。

「昨日の午後に何度か電話したときは、誰も出なかったんですけど」私は少し口調を変えて言った。

「どうもすいません。水曜は定休日なんです」

「今日は開いてますね。何時までですか」

「夕方六時までの営業です」

私は五時ごろうかがいますと言って、電話を切った。パン屋に入ると、あんパンと牛乳を買って立ち食いし、灰皿を借りてゆっくりとタバコを一服した。それから大田黒パークサイド・ビルに戻って、藤崎スポーツ用品店のドアを開けた。

いらっしゃいと言って出てきた店員は電話に出た男のようだった。まだ二十才そこそこの若者だった。上背があり体格がよくて、この季節にしてはよく陽に灼けていた。

「藤崎さんは?」と、私は訊いた。

「あ、店長はちょっと出かけていますが……」店員は困ったような顔つきをした。彼の黒いセーターの下の二の腕と紺色のスラックスの下の太腿は著しく発達していた。

「川嶋さんの葬式かな」と、私が助け舟を出した。

「そうなんですよ」店員はほっとした表情になった。「それでぼく一人で留守番をしているんですが、慣れないもんで」

私が電話をかけた男だということに気づいている様子はなかった。

「大変だね」私はレジのそばに立っている店員の前を通って、奥にある野球用品のコーナーに近づきながら言った。「藤崎さんがまだいるようだったら誘おうと思ってやってきたんだが、彼は一人で?」

「いいえ、奥さんと、それから……」彼は言い淀んだ。

「魚住君も一緒かな」

「そうです。魚住先輩のこともご存知ですか」

「知っているよ。ああ、奥さんと言えば、確か……」私は天井を指差した。

「ええ、ダッグ・アウトのママです」

「そうだった。久しぶりにこっちへきたものだから忘れるところだった」

私は鮮やかな青色のグローブを手に取って見た。私の子供の時分は野球の用具はとてつもなく高価な憧れの商品だった。値札を見ると、品質が高級になったせいだろうが、今でも決して手ごろな値段とは言えなかった。

「すいません。失礼ですが、どちらさまでしょうか。うかがっておかないと、あとで監督に、いや、店長に叱られますから」

「沢崎です。先々週だったか、彼と魚住君とで新宿の私の事務所を訪ねてくれたんだけど、あいにく留守をしていて失礼してしまった」

店員は私の名前を口の中で二度繰りかえした。私はグローブをもとに戻して店内を見まわした。野球用品の色が鮮やかになったと言っても、周囲のほかのスポーツ用品に較べれば地味なものだった。壁際に並んでいるスキー用品のコーナーなど南洋の植物園に迷いこんだようなどぎつさだった。

藤崎スポーツ用品店は中途半端な店の広さや駅から十数分かかる距離などの立地条件を考えると、店長の経歴や細君のスナックの集客力がなければあまり楽な商売はできそうになかった。

「藤崎さんは、三鷹商業の監督の仕事はまだ続けているのかな」

「いいえ、ぼくらの卒業の年に退任ですから、えーっと、三年前に辞められました」

「きみも三鷹商業の野球部ですか」

「はい、そうです」

「ポジションは？」

「外野手です。レフトで五番を打っていました」

「ほう……甲子園へは？」

「いいえ」店員の顔が暗くなった。「ぼくらは二年の夏に地区大会の準決勝まで進んだのが最高でした」

「それは残念だったな」

「うちの甲子園出場は、昭和五十七年の魚住先輩のときだけですから」

「そうだったかね。ま、甲子園に出るだけが能じゃないと思うが。きみ、現在は？」

「はい、〈早稲田〉の野球部に所属しています」

「プロをめざして？」

「いいえ、そんな実力がないことは自分でわかっていますから。社会に出て、野球をやってきたことが役に立てばそれでいいんです」店員は真顔になって付け加えた。「少なくとも、野球が影を落とすような人生だけは送りたくはありませんから」

「それは、魚住君のことを言っているのかな」

「いいえ、とくにそういうわけではありませんが……野球をやっていたことがあまりプラスになっていない人間が意外に多いんです」

「きみは魚住君のことをどう思う？」と、私は重ねて訊いた。

「さァ、どう思うと言われても困りますが……魚住先輩のことを悲劇の主人公のように言う人もあれば、母校のせっかくの甲子園出場に汚点を残したように言う人もいます。ぼくはどちらも反対です。だいたい野球を〝球道〟などと言って、あまりにも精神主義的にとらえることは間違いだと思っています。野球は、少なくとも野球をやる当人にとっては単なる技術の問題であるべきだと思います。魚住先輩もそう言っていました」

「彼とそんなことを話したことがあるのかね」

「ええ。これは先輩の持論ですが、スポーツは技術の上位の者が下位の者に勝つ、これが原則です。ただ、勝負の世界だから下位の者が上位の者に勝つこともないわけではない。でもその確率はわずか一、二割にすぎないでしょう。野球はほかのスポーツよりもその確率が高くて、それがまた野球の魅力でもあれば、野球のいい加減なところでもあるんですが……陸上競技やほかの球技では技術の下位の者が上位の者に勝つなんてことはほとんど考えられません。でも野球だって、八割は技術の上位の者が勝つわけです。外野席がとやかく言うのはともかく、少なくとも野球をやる当人たちにとっては技術を磨くことが第一で、唯一の関心事であるべきだと思います。先輩はそう言っていましたし、ぼくもまったく同感です」

「なるほど」

「ですから、魚住先輩は会えばいつも必ずバッティングについてアドバイスをしてくれますよ。昨シーズンなどは、グリップとスタンスのことで、ぼくの重大な欠陥を指摘してもらって、それを矯正できたお蔭で、常時スタメン入りできるような好成績が上げられたんです」

「そうか、彼は本来は野手だったんだ」

「そうなんですよ。彼は後輩のピッチャーたちには絶対にアドバイスしようとはしないんです。自分はピッチャーとしてはニセモノだったから、人に教えるような技術は何も持っていないと言って……そのへんも魚住先輩を支持する派と反対派が生じてくる原因の一つなんですけど」

「きみは支持派なんだね」

「そうです。ぼくは先輩が好きですし、尊敬しています。でも、その先輩が野球をやっていたことがプラスになっていないような人生を送っているように、みんなから思われていることが悲しいんです」

「きみは、彼はそんな人生は送っていないと思っているのか」

「……それが、よくわからないのです」

彼の話を聞いていると、世の中にはプラスの人生とマイナスの人生の二通りしか存在しないようだった。ちかごろではいい年をした大人までがそう考えている。そうでないと人生の〝収支決算〟がややこしくなって、自分が前に進んでいるのか後ろに退《さ》がっているのかわからなくなってしまうからだ。

私は腕時計に眼をやった。「そろそろ出かけることにしよう。藤崎さんたちとは式で会えると思うが、きみと話ができてよかったよ」

私はバットのショー・ケースの横にあるボールの棚から真っ白な硬球を一個選んで買った。さしずめ少年の日の憧れの想い出のために――としておく。

12

蓮慶寺《れんぎようじ》の山門の掲示板には〝今週の言葉〟として、墨蹟《ぼくせき》も鮮やかに《あんた此の世に何しに来たの》と書かれていた。しゃれているつもりらしいが、お布施をもらって生きる身で口にするような言葉ではない。第一口調に品がない。歌舞伎町あたりに屯《たむろ》している十七才の不良娘の口から出るほうがもっと迫力がありそうだ。もっとも法人経営の宗教家たちは今ではリゾート地にある贅沢な霊園から精進料理の高級料亭まで運営する実業家だった。墓場を墓地や墓所と言い替え、ついには霊園と称しても、人間の死を天秤《てんびん》の片っぽにのせた古めかしい商売であることに変わりはなかった。

山門の入口には〝川嶋家告別式場〟という特大の看板が立っていた。私はその前をブルーバードで通過すると、駐車場の案内の矢印に従って進んだ。漆喰《しっくい》の塀に沿って左折し、寺の敷地の東側を走ると、車道の両側の一帯はかなりのスペースの有料駐車場になっていた。もちろん蓮慶寺の経営だった。

「あの東門を入れば、参拝者専用の無料駐車場がまだあいているはずだよ」駐車係の老人は私のボロ車を見て、そう教えてくれた。駐車係の小屋の十メートルほど先のところで、漆喰の塀が銅製の格子の門扉《もんぴ》のついた出入口になっていた。私はそこからブルーバードを乗り入れた。

蓮慶寺は都内の住宅地にある寺にしてはかなり大きな敷地をもった寺だった。東門を入ると、老人の言った無料駐車場が左側に広がり、右側には鉄筋コンクリート三階建の巨大な納骨堂が聳《そび》えていた。寺の本堂はさらに五十メートルほど先の土塀の向こうにその大きな屋根を見せていた。駐車場のあいたスペースを探しながら、私は寺の敷地の広さについての考えを改めた。要するに、かつては広い面積が必要だった墓地を三階建の納骨堂に切り替えたお蔭で、駐車場にして儲けたくなるような余剰の地面が生じただけのことだった。

私はかつては死者の安息の地だったに違いない土地の一隅に、老いたブルーバードの休息の地を見つけた。車を降りて時間を確かめると、葬式が始まる一時まではまだ二十分ほどの余裕があった。午前中の強風はすっかり治まって、頭上を灰色の雲が覆《おお》っていた。

本堂の土塀のほうから中年の婦人が走ってくるのが眼に入った。私はすでに葬式に参列するつもりはなくなっていた。縁もゆかりもない死者への焼香は一度で遠慮したかったし、八王子署の二人の刑事たちと鉢合わせになる前に片付けておかなければならないことがあった。私は駐車されている車のあいだを縫って歩いた。私の車から数えて九台目に駐車されている明るいグレーのバンの車体に、〝藤崎スポーツ用品店〟というペンキの文字が書かれているのを見つけた。だが、ここでおとなしく待っていても魚住に会えるとは限らなかった。

本堂のほうから駈けてきた喪服の婦人が、奥まったところに駐車しているワゴン車の運転手に詫びているのが見えた。「どうもすいません。すぐ動かしますから」

彼女の車が邪魔になって相手のワゴン車は出られない状態になっていた。表の有料駐車場と違って、こちらは舗装していない泥土のままの空き地で、区割りの線も消えかけていた。要領の悪いドライバーがいい加減な停め方をすると、出られなくなる車はもっと増えそうだった。

彼女はハンドバッグの中のキーを見つけるのに手間取っていた。私はそのあいだに待たされている車の運転手に近づいた。私と同年配の消しゴムでこすったら消えそうな口ひげを生やした男が、苛々《いらいら》した顔をウィンドーから突きだして、女性のほうを睨《にら》んでいた。

私は彼に訊いた。「私の車も出せなくなってるんだが、どこへ行けば車の持ち主を見つけてもらえるかな」

「ああ、あんたもか」口ひげの男は自分よりもっと遅れる男が現われたので少し機嫌がなおったようだった。「本堂のほうへ行って、あの塀の右端のところにある門を入ると事務所があるから、そこで車のナンバーを言えばアナウンスで呼びだしてくれるよ」

私は彼に礼を言い、藤崎スポーツ用品店のバンのナンバーを控えて本堂のほうへ向かった。背後でエンジン音に続いてクラクションを鳴らす音が聞こえた。振りかえると、やっと動きだした女性の車が新たに進入してきた車とぶつかりそうになって、立ち往生していた。

土塀の端の通用門を入ると、すぐ右側にめざす建物があった。口ひげの男がジムショと言ったのは〝寺務所〟のことだった。本堂では間もなく始まる葬儀の準備が整えられていた。

正面の階段を昇っていく参列者もあり、前庭では川嶋の会社の社員か葬儀社の社員か見きわめのつかない男女が忙しく動きまわっていた。八王子署の刑事たちがどこかにいるはずだったが、すぐには識別できなかった。

私は寺務所の正面にまわって窓口に顔を出し、用件を話してバンのナンバーを書いたメモを差しだした。

「申しわけありませんが、すぐにお式が始まりますのでお呼びだしはいたしかねます」窓口の若い坊主が答えた。

私は彼の隣りに坐っている少し年嵩《としかさ》の坊主に言った。

「急病人がいるんだ」さらにこういう場合を予想して準備していた千円札を、ナンバーを書いたメモの脇に置いた。「些少《さしょう》だが、喜捨《きしゃ》を」

年嵩の坊主が合掌して「お大事に」と言った。合掌は私ではなくて千円札のほうに向けられていた。それから若い坊主を振りかえった。「まだお式も始まっていないようだから結構でしょう」

地獄の沙汰とは言うが、金がこんなにあからさまに潤滑油の役目をする場所もめずらしかった。私は寺内に放送されている藤崎のバンのナンバーと「車の移動をお願いします」というアナウンスを聴きながら、急いで無料駐車場に引きかえした。

ブルーバードの車内に戻って待っていると、すぐに土塀の通用門から出てくる人影が見えた。遠目にもスーツ姿の大柄な男であることはわかったが、魚住か藤崎かは区別がつかなかった。私は藤崎夫妻のどちらかが現われたら知らん顔を決めこむつもりだった。男が近づいてくるにつれてスーツが紺色であることがわかり、三十才前後の若さであることがわかり、証明書用の写真の魚住彰であることがわかった。ようやく依頼人候補とのご対面に漕《こ》ぎつけたのだった。

土塀の通用門に二人の男が現われて、魚住を見送っているのが見えた。一人はベージュ色のコート姿で、もう一人はトランシーバーか携帯電話のようなもので誰かと喋っているようだった。私は運転席のウィンドーをおろして、自分がさっき車で入ってきた東門のほうをうかがった。黒っぽい車が、ほかの車がやっと通れるぐらいの隙間を残して、出口を塞ぐように停まっていた。車の脇に立っている男とウィンドーから顔を出している男が、どちらも魚住のほうを注視しているようだった。魚住であれ誰であれ、男たちのいる二つの門を通らずにこの寺の外へ出るためには、周囲の塀を乗り越えるしか方法がなくなっていた。

魚住が藤崎スポーツ店のバンに近づくタイミングを見計らって、私はゆっくりとブルーバードをスタートさせた。彼がバンのボンネットの前で、何故この車を移動させなければならないのか理解できずにあたりを見まわしているときに、私は彼の背後にブルーバードを停車させた。

魚住彰はむしろ落ち着いた感じの男だった。この三十六時間に間接的に与えられた彼のイメージは実物とは違うものだった。彼はこの瞬間もわけの解らない状況に置かれているはずだったが、まるでそれが彼の人生の常態であるかのように静かな顔つきをしていた。野手たちの三つのエラーで満塁のピンチに立たされているのに、次の打者を凡打に討ちとって零点に押さえることだけに集中しているマウンドのピッチャーのようだった。

「きみを呼びだしたのは私だ」

魚住は振りかえって、私と私の車を見た。「どうも、すいませんでした。車はもう動かすことができたんですか」

「魚住さんだね。呼びだしたのはその車を移動してもらうためじゃない」

「えッ？ それじゃいったい……？」

魚住の顔に不審と不安が二つの波紋のようにゆっくりと広がっていった。川嶋の事故の追跡記事が示唆していた犯罪に彼が関わっているとすれば、当然の反応だった。

「あなたは警察の人ですか」と、彼は訊いた。

「違う。私はきみの知っている人間だ。新宿の渡辺探偵事務所の沢崎という者だ」

「渡辺探偵事務所ですって？ あの、西口の青梅街道から入ったところにあった、汚い――失礼、あの探偵事務所の人なんですか」

「そうだ。あの汚い事務所の探偵だ。きみの依頼のことは兜神社のあの浮浪者から確かに伝言を受けとった」

「ああ、そうだった……そんなこともあったんだ」

懐かしそうに思い出されるようでは良くない兆候だと言わなければならなかった。だが、気分を悪くしていても始まらない。私たちが二人で話していられる時間はあまりないはずだった。

「私を雇って、何かを調査させるつもりだったはずだが、まだその気はあるのか」

魚住は困惑した顔になり、うつむいて考えこんだ。

土塀の通用門のところにいた二人の男が散歩でもしているようにこっちへ向かって歩きだした。私はリア・ウィンドー越しに東門を振りかえって見た。いつの間にか車が二台に増え、車の外にいる人影も二つに増えていた。

「ぼくはあなたを雇うつもりでした」魚住は顔を上げて言った。「確かにあなたに調べてもらいたいことがあったんです。長患いしていた母が亡くなって手が掛からなくなったこともあって、十一年ぶりに、ずっと気になっていたことを調べてもらおうと……」

魚住が着ているリクルート・スーツは大沢という隣りの住人が冷やかしたように確かに野暮ったかった。だが、どんなものを身につけていたとしても、この男には内側から滲《にじ》み出て人の心を惹《ひ》きつけるような何かがあった。大沢のようなそつのないタイプの若者が、ことあるごとに自分の頭をぶつけて歩いているようなタイプの魚住と付き合いがあったのが不思議だったが、その謎が解けたような気がした。

「それで、神社にいたあの人に伝言を頼んで、あなたと連絡を取りたいと思ったんです」

「わかった。では、私を雇うんだな？」

「いや、雇いません。事情が変わったんです。申しわけないんですが、雇えなくなったんですよ」

「費用のことなのか」

「いや、そうじゃありません」

「では、何故だ？」

「それは……」魚住は黙った。

土塀の通用門の男たちは駐車場までの道のりの半ばに達しようとしていた。振りかえると、東門の二人もこっちへ向かっていた。おそらく二組の男たちは計ったように同時に魚住のところに到着するだろう。二台目の車は今では完全に門からの出入りを塞《ふさ》ぐ位置に移動していた。ということは魚住が話をしている車の男――つまり、私も彼らの警戒と監視の対象になったということだった。

「あなたには本当に申しわけないが、とにかく事情が変わって調査をお願いできなくなったのです。でも、もしかすると近い将来あらためて――」

「そんなから手形は聞きたくないね。時間がないから手短かに訊く。手短かに答えてくれ」

魚住は私の勢いに気圧《けお》されたようにうなずいた。

「川嶋弘隆を殺したのはきみか」

「何ですって⁉」彼の顔色が変わった。「とんでもない。どうしてぼくが川嶋先輩を殺したりしなきゃならないんです？」

「あの日、ゴルフ場の受付に川嶋を訪ねて行ったのはきみだろう？」

「あれはぼくだが、先輩には会えなかった。しかし、あなたはどうしてそんなことを――」

「手短かにと言ったはずだ。最後にもうひとつ、きみは私に何を調べてほしかったのだ？」

魚住は私の顔をじっと見つめているだけで、口を開こうとはしなかった。控室の片隅で、裸の肩にアイシングをして虚空を見つめているピッチャーのような、人を寄せつけない頑《かたく》なさがあった。彼が自分の試合から降りようとしているのか、あるいは自分だけで試合を全《まっと》うしようとしているのか、彼の表情からはうかがい知れなかった。それを訊いても問題が片付くわけではなかったし、それを訊かずにいられないようながさつな人間にはなりたくなかった。長い数秒間が過ぎて、時間切れになった。

四人の男たちが魚住の退路を断つような形で、彼の前後左右に迫っていた。魚住の正面にいた年長の男が進み出て言った。

「魚住彰さんですね。八王子署の者ですが、少しうかがいたいことがあるので、署までご同行願います」

私は魚住に軽く手を振って、ブルーバードをスタートさせた。通用門のほうからきたコート姿の若い男は、今朝魚住のアパートの前で会った刑事のうちの一人だった。私が彼に気づくのと同時に、彼も私に気づいた。彼は反射的にブルーバードの前に飛びだしてきた。私と魚住が共犯者だったり、魚住に逃走する意図があったら、彼は致命的なミスを犯したことになっただろう。しかし、私は彼を跳《は》ねとばさずに急ブレーキを踏み、魚住は黙って立ちつくしていた。

若い刑事はブルーバードのボンネットの上に覆いかぶさるような恰好で、私に向かって黒革の手帳を突きつけた。警察手帳を見せるのがよほど好きなのだ。

13

いかに容疑者に不利な状況がそろっていようとも、証拠となるようなものがなければ逮捕するわけにはいかない。逮捕できる証拠があるのなら、葬式に参列している容疑者を遠巻きに監視したり、逃走のおそれが生じてから身柄を拘束するような生ぬるい手段を取るはずがない。被害者の葬式という絶好の舞台での逮捕劇を、警察が黙って見逃すはずがないのだ。魚住彰は藤崎夫妻と一緒に蓮慶寺の式場に到着したときに、衆人環視の中で連行されていたに違いない。つまり、決定的な証拠は何もないということだ。

トランシーバーを持った刑事の合図で、東門のところに待機していた覆面パトカーの一台が急行してきた。そのあいだに警察手帳を見せた若い刑事は、年長の刑事に私に関する報告をすませた。年長の刑事は部下たちに命じて魚住をパトカーに乗せ、私を車から出した。魚住はほとんど抵抗することなくパトカーの後部座席に乗りこんだ。私は適温の中の黴菌《ばいきん》のように抵抗心が増殖していくのを自覚しながらブルーバードを出た。

「八王子署の堀田《ほった》警部補だ」年長の刑事が私の正面にきて名乗った。「遠藤《えんどう》刑事の報告によれば、あんたは今朝魚住氏のアパートに現われて、われわれの捜査の妨害をしたそうだな」

「していない」と、私は言った。

遠藤刑事は相手を威嚇する鳥類のようにコートの前をはためかせた。「こいつ、ごまかそうたってだめだ」

「おれが話しているんだ」堀田警部補は前に出ようとする部下を抑えた。「あんたは彼らの質問に対して嘘の答えをしている」

「していない。誰を訪ねたのかと訊かれたので、大沢という男を訪ねたと答えた。あのアパートの三号室の大沢亮治に確かめてくれ」

大沢ならそのくらいの気転はきくだろう。きかなければヴィデオ代の残金を取りはぐれることになるのだから。

「だが、本当はここにいる魚住さんを訪ねるのが第一の目的だったはずだ」

「いや、大沢を訪ねるのが第一の目的だった。そのついでに隣りの魚住君のドアをノックした。ついでに言うと、階段の下で深呼吸をした。階段の途中でくしゃみをした。階段の上で欠伸《あくび》をしたかもしれない。とても全部は答えられないから、第一目的だけを話した。お宅の刑事たちが、誰を訪ねたのかなどと威嚇的な質問をせずに、魚住君を訪ねたのかと正直に訊いていれば、こちらも正直にそうだと答えただろうに、惜しかったね」

堀田警部補は背後で頭に血が昇りかけている遠藤刑事とは違ってほとんど表情を変えなかった。

「名前をうかがおう」

「今朝そこの若いのに名乗った。お気に入りの警察手帳のどこかにメモってあるはずだ」

堀田は部下を振りかえった。遠藤は答えることができず、ぷいと横を向いた。東門からきたパトカーの助手席に坐っている刑事が窓から顔を出した。今朝の遠藤刑事の連れだった。

「たしか、沢崎と言いました」

堀田はうなずいて、私に視線を戻した。「沢崎さん、魚住さんとの関係をおうかがいしよう。だが注意したまえ。返答次第では、公務執行妨害の罪に問われるか、彼の共犯と見なされる可能性だってある」

「彼の共犯だって!?」と、私はわざと大きな声を出した。「あんたたちは彼を犯罪者と断定できるような証拠を何か摑んでいるのか。彼は逮捕されたのか。違うだろう？　たぶん、彼は任意同行を求められているだけだ。任意同行を求められている人物の共犯とはいったいどういう犯罪のことなのか聞かしてもらおう」

堀田警部補と八王子署の刑事たちの眼の色が厳しくなった。だがすぐに反撃に出る者はいなかった。

私はパトカーの後部座席の魚住のほうへ近づいた。

「聞いた通りだ。きみは望むなら、そこを出て堂々と川嶋弘隆の葬儀に参列できる」

魚住は開いているドアのほうに身を乗りだして言った。「いいえ、こんな状況で先輩の式に出て、迷惑をかけるわけにはいきません。それより、誰か式場にいる藤崎監督、いや、荻窪の藤崎謙次郎という人に、ぼくが式に戻れない事情を話して、この車のキーを渡してもらえませんか」

魚住は大小いくつもの鍵がぶらさがったキーホルダーを上衣の脇のポケットから出して差しだした。「ぼくが戻らないので心配しているはずですから」

「安心したまえ、すぐ部下をやるから」堀田警部補は遠藤刑事を振りかえって、眼顔で命じた。「協力的な市民には、われわれとしてもできるだけの助力を惜しまない」

遠藤は魚住からキーを受けとると、つまらぬ役目を命じられることになった元凶はおまえだという顔で私を睨《にら》み、面白くなさそうに本堂のほうへ向かった。

葬儀が始まったことを知らせる読経《どきよう》の声が遠藤と入れ違いになるように本堂のほうから流れてきた。堀田が腕時計をのぞいて、葬儀の進行までが自分の責任であるかのように、予定通りだと言った。魚住も読経の声に気づいて、本堂のほうを眺めた。

「ことを面倒にするのはやめようじゃないか」堀田は私を振りかえって言った。「さっきは少し言いすぎた。でも、この年季の入ったブルーバードが盗難車ではなくてあんたの所有物なら、控えたナンバーからいずれあんたの身許《みもと》が割れることはわかっているだろう。だったら、ここは穏やかに魚住さんとの関係を教えてもらって、よければあんたも署までご同行願えるとありがたいんだがね」

私は少し考えてから答えた。「私はさっきまで、彼が私の依頼人になるかどうかについて、彼と相談していたところだ」

「依頼人だって？　ほう、そういうことなのか……それにしても、やけに手回しがいいですな」

堀田の私を見る眼つきが変化した。警官はとくにだが、この世では誰も探偵をこんな眼で見ることはない。どうやら依頼人に雇われるのは弁護士と決めてかかっているようだった。

魚住が刑事たちに気づかれないようにうつむいた。意外にも笑いをこらえていた。彼をまじめなだけの世間知らずの青年と見るのは早計のようだった。

そのときパトカーの無線の呼出し音が鳴った。運転席の刑事が送受信兼用のハンド・マイクを摑んで応えた。

「こちら本部、捜査課長だ。「こちらは調布へ出動中の堀田班です。どうぞ」堀田警部補はこれを聴いているか」

「はい、聴かれています。どうぞ」

「ハハハ、とんだドジを踏むところだったよ。魚住彰の連行は即刻中止して、全員引きあげてくれ。いいか、川嶋弘隆の死はまったくの事故だ」

刑事たちは啞然とし、お互いに顔を見合わせていた。

「いやァ、きみたちの意見を取りいれて、容疑者の連行は葬儀がすんでからということにしておいてよかった。現場のことは現場に──それが私の主義だし、結局のところそれが功を奏したってわけだ」

すでに状況が動いていることも知らずに一方的に喋っている上司の声を聴きながら、刑事たちは魚住や私に対して眼のやり場に困っていた。

「いいか、簡単に事情を説明する。つい今しがた地元の中学生二名が両親に付き添われて出頭してきた。昨夕、川嶋の妻から夫の所持品が紛失していると届けがあって、事故から犯罪事件の線に切り替えることになった問題の所持品のことだ。川嶋が所持していたはずの財布、現金、カード等を彼の着衣から持ち去ったのは、この二人の中学生だった。十万円以上の現金を二人で山分けしたんだが、そいつで買ったゲーム・ソフトを片方の中学生が自分の母親に見つけられたことから芋づる式にことが露顕《ろけん》したらしい。中学生の取り調べはこれからだが、とにかく二人の証言によれば、解剖の結果判明していた川嶋の心臓の発作――狭心症の発作は、この中学生たちから十数メートル離れた彼らの眼の前で起こり、周囲にはほかに誰もいなかったということだ。彼はあの崖の上の手摺《てす》りのそばで発作を起こして、苦しみながら転倒した位置がちょうど手摺りを乗り越える恰好になったんだ。そのまま崖下に転落してしまったらしい。したがって、第三者の暴力によって発作が引き起こされた可能性もあると見ていた川嶋の全身打撲のあとは、すべてその転落時のものと見ていいだろう。そういうわけで、魚住の線も強盗あるいは殺人の線もすべてナシだ。ここまではわかったな？」

「そのお喋りをやめるように、あの馬鹿に伝える方法はないのか」堀田が苦々しげに言った。

ハンド・マイクを持った刑事は肩をすくめた。先方が通話を続けている限り、こちらは聞いている以外に手がないのだろう。一方的に音声を切ってしまえば、本部の指示を聞き逃すおそれがある。

「少年たちは――」と、馬鹿呼ばわりされた捜査課長は続けた。「最初は転落者を助けるつもりで崖下に降りたらしいが、川嶋はすでに死んでいたようだ。それから、だんだん怖くなり、自分たちが疑われたりしないかと考えているうちに、ズボンの尻のポケットから落ちそうになっている財布を見つけてしまった。結局、遊ぶ金欲しさと、ほっとけば自分たちのことは誰にもわからないだろうという了見から、犯行に及んだということらしいな。中学二年と一年の二人組だが、たぶん二年生のほうが主犯格でほかにも前歴がありそうだし、母親に見つかった一年生のほうは従犯ってとこだろう。そういうわけだから、魚住彰の誤認逮捕などにならなくて幸いだったが、少年犯罪の取り調べということになれば、人権がどうの虐待がどうのと、例のうるさいやつらがどッと押し寄せてくるだろうから、大至急署に戻ってくれ。以上」

ほとんど取柄《とりえ》のない捜査班だったが、引き際だけは見事だった。魚住を鄭重《ていちょう》にパトカーから降ろすと、それから十秒以内に彼らの姿は蓮慶寺の境内から消えていた。私などは最初からその場にいなかったような扱いだった。

14

魚住彰と私は蓮慶寺の無料駐車場に取り残されて、本堂から響いてくる読経の声を聴いていた。意表を衝《つ》くような展開が待ち受けているのは人生の常なのだが、それにしても肩透かしを食わされたとしか言いようのない出来の悪い一幕だった。私たちはどちらからともなく笑っていた。つまらないことでも笑える場合があるのだ。警察署に連行されることの不愉快さが唐突に消滅したための解放感によるものかもしれなかった。

「忘れないうちに」と、魚住が真顔に戻って言った。「あの神社であなたへの伝言を頼んだ人に、謝礼を払うと約束していたことを思い出したので」彼は上衣のポケットを探りながら付け加えた。「それから、あなたにもこれまでに掛かった経費を払わなければならない」

「計算してからでなければすぐにはわからない」と、私は言った。「いつでもいいから事務所に寄ってくれ」

　魚住は片方の眉をかすかに上げて思案していた。ここでいくらか多めの金額を渡してけりをつけるというやり方を検討しているのだろう。検討を終え、彼は正しい結論を出した。

「……そうします」

私は上衣のポケットからタバコを出した。魚住にもすすめたが彼は喫わないと断わった。私は紙マッチの最後の一本で慎重に自分のタバコに火をつけた。

魚住は本堂のほうを見て言った。「面倒を起こさずにすみそうですから、せっかくなので先輩の式に出ておこうと思ってるんですが……」

「そうだな。遅れたついでに、その前に二、三質問に答えてもらいたい」

「どうぞ」

私は抱いていたいくつかの疑問を頭の中で整理した。いまさら確認を取ったところで、さほど意味のあることとは思われなかった。だが、こんな中途半端な仕事でも、いや、だからこそ、それが終わったことを納得するための手続きが必要だったのかもしれない。

「川嶋弘隆とあのゴルフ場で会う約束だったのか」

「そうです。あの裏山の稲荷神社からゴルフ場の反対側へおりたすぐのところに、ハザマ・スポーツの下請《したう》けのゴルフ・バッグ製造工場があって、先輩の世話でそこへ就職させてもらえる話があったのです」

魚住の口調はいたって素直《いきさつ》だった。彼にしても、最後は警察に逮捕されることにもなりかねなかったここ数日の経緯を、誰かに話して気持の整理をつける必要があったのだろう。

私は質問を続けた。「川嶋は裏山のほうで待っていたのに、きみはゴルフ場の受付を訪ねているのはどういうわけだ?」

「先輩との約束は稲荷神社の前で四時ということになっていました。五時を過ぎても先輩が現われないので、ゴルフ場のほうへまわってみたんです。先輩は時間にはかなりルーズなほうで、すっぽかされたことも何度かあったので、あのときも先輩は約束を忘れて帰ってしまったんじゃないかと思いました。それを確かめるつもりで受付に寄ってみたんです。そしたら、たった今稲荷神社のほうへ行かれたばかりですと言う返事だったので、ぼくも急いで引きかえしたんです。先輩はゴルフ場の中の近道から行ったらしくて、それで擦れ違いになったようです。稲荷神社に戻っても誰もいないし、それからまた三十分ぐらい待って、念のためにバッグの工場へも行ってみましたが、もう閉まった後でした」

魚住は読経の声のするほうを見て言い足した。「あのときにはもう、先輩は発作を起こして崖下に転落していたんですね」

私はブルーバードのドアを開けて座席に臀《しり》を預けると、灰皿を引きだして、タバコの灰を落とした。

「警察が、きみをゴルフ場の受付を訪ねた男として特定できたのは、その工場の線からだろうな」

「そうかもしれません。ぼくの履歴書は先輩を通して事前にその工場に提出していました。しかも、あの日の夕方、先輩と一緒に工場の責任者の方に会って、面接を受ける予定になっていたわけですから」魚住は何かを思い出すような顔つきだった。「あるいは……」

「あるいは？」と、私は先を促した。

「昨日の夕方、先輩の通夜で奥さんや親類の人たちにお悔やみを言うときに、ゴルフ場で先輩に会えなかったことを話したのです。それが警察に伝わったのかもしれません。通夜の席にいるあいだに、先輩の会社の人たちが、先輩の財布などが盗まれているらしいという話を小声でしているのを耳にしたので、これはぼくも取り調べを受けるかもしれないと思いました。身に憶えのないことでも、警察の取り調べを受けるのはとても嫌なものですから……ぼくは昨夜からずっと落ち着かない気分でした」

高校生のときに八百長容疑で取り調べを受けたことを、私が知っているかどうか、それを確かめているような口振りでもあった。

「もう一つ訊きたかったのは、おそらくダッグ・アウトのママの藤崎夫人だと思うが、きみの伝言の電話番号にかけたときに、魚住という人など知らないという返事だった。あれはどういうわけだ?」

「申しわけありません」彼の大柄な身体が半分になったかと思うほど縮こまった。「その話はさっきここへくる途中で、奥さんから聞きましたが、やはりあなたからの電話だったんですね。あの伝言を頼んだとき、ぼくは藤崎スポーツとダッグ・アウトの電話が親子電話だということをすっかり忘れていたんです。ぼくはあの当時藤崎スポーツでバイトをしていましたから、あなたからの電話にはぼくか監督がじかに出られると思っていました」

魚住は少しためらってから続けた。「実は、去年の暮れごろから、ぼくは二階のダッグ・アウトには出入り禁止の身になっているんです。あの店は三鷹商業の野球部のOBや関係者の溜り場でもあるんですが、ぼくには過去にちょっと事情があって……」彼は私の顔の表情を見て察した。「あなたはそのこともすでにご存知のようですね」

「知っている」と、私は答えた。

「そんなわけで、ぼくのことを嫌っている常連客も多いものだから、二、三度店の中で口論から喧嘩騒ぎにまでなりかけたことがあって——いや、ぼく自身が喧嘩したわけではなくて、ぼくを嫌っている人たちとぼくを弁護してくれる人たちが口論になるんですが、そんなことが何度かあって、奥さんから店には顔を出さないように言われているんです」

「それにしても、知らないというのはちょっとひどすぎるな」

「すいません。きちんとした断わりを言ってもらえばよかったんですが……奥さんも、あのときはぼくがもうあなたを雇って調査をしてもらおうという気持がなくなっていることを知っていましたから、それであんな応対をしたんだと思います。ここへくる途中でもその話が出たんですが、奥さんがどうせ断わるならあんなふうに言うのが相手を諦めさせる一番手っ取り早い方法なんだと言われるもんだから、監督が非常識だと怒って口喧嘩になってしまいました」

「諦めの悪いやつで悪かったな」

「本当に申しわけありませんでした。ぼくがうっかりしていたのがいけなかったんです」

「私を雇う気がなくなったのは何故だ？」

魚住の表情が硬《かた》くなった。「それを言わなくちゃいけませんか」

「そんな義務はない」

魚住はしばらく私の顔をみつめてから訊いた。「ぼくが話さなければ、自分で調べるということですか」

「どうして私がそんなことをすると思うんだ？　そんなに大層なことなのか」

「いいえ、まさか」魚住は苦笑した。「大したことじゃありません。さっきも言ったように、母が亡くなって手が掛からなくなったこともあって、十一年ぶりにずっと気になっていたことを調べてもらおうと考えたんです……ところが、十日ばかり前に母の遺品を整理していたら、ぼくに遺《のこ》された貯金と、遺言のような手紙が見つかったんです。その手紙で、母はぼくが十一年前のことにいつまでも拘《こだ》わり続けていることをとても嘆いていて、一日も早くそんなことから抜けだすことを望んでいると書いていたのです。母親の遺言に逆らうわけにはいかないでしょう」

私はタバコを車の灰皿で消した。上衣のポケットから魚住の証明書用の写真を出して、本人に返した。

「今朝、きみの部屋から無断で失敬してきたものだ。私は不要になったが、就職の斡旋をしてくれる先輩がいなくなったから、きみにはまた必要になるだろう」

私はブルーバードに乗りこんだ。

「沢崎さん、あなたはさっき、何を調べてほしかったのかと訊きましたね。もう、答えなくてもいいんですか」

答えなくてはいけないと言ってもらいたいような口振りだった。

「そんな義務はない」

魚住彰の依頼が、予想されるような彼の姉の自殺に関する調査だとすれば、探偵の仕事が死んだ人間の心の中を調べるのにいかに不向きであるかということを、私は彼に説明しなければならなかった。そういう依頼が通常いかに実りのない結果に終わるかということも、私は彼に説明しなければならなかった。そうではなくて、彼の依頼が探偵の手に負えるようなたぐいの調査だったとしても、われわれのあいだでは相変わらず第一の関門がクリアされていないままだった。

「それは、きみが私の依頼人になることを前提にしての話だ。依頼人でもない者から、それを聞かされても仕方がない」

魚住は高速度撮影の映像のようにゆっくりとうなずき、ゆっくりと私から眼をそらした。

「もう一つだけ訊いておきたいことがある。どうして私の事務所を選んだのだ？」

「三鷹市の市会議員の草薙《くさなぎ》さんをご存知でしょう」

私はうなずいた。四年ぐらい前、彼の選挙運動の最中に起こったある少年の失踪事件の調査で、彼とは協力し合ったことがあった。そう言えば、間もなく二期目の改選の時期だろう。

「例の甲子園での騒ぎでぼくが取り調べを受けているときに、東京から真っ先に駆けつけてくれたのは草薙さんでした。少年補導員の立場で、ぼくと警察や高野連のあいだに入ってくれたんです。ぼくが八百長をしていないということは、結局はぼく以外には誰にもわからないことでしたが、していないという証拠がなくても、したという証拠がない以上は無実だと主張して、あの窮地からぼくを救いだしてくれたんです」

「あの男なら自分できみの相談を引き受けそうだが」

「ええ、あれ以来会えば必ず「困ったときはいつでも相談にこい」と言われていました。最後に会ったのは確か去年の夏だったと思います。そのときに「もし私のような立場の者には相談できないような悩みがあるなら、この人に会うように」と言って、あなたの名前と新宿の事務所を教えてくれました」

「そうか。訊きたかったのはそれだけだ」

「来週、事務所のほうへうかがうことにします」

魚住はそう言って、急ぎ足で本堂のほうへ向かった。私はエンジンをスタートさせ、ギアを入れてブルーバードの方向を転じた。東門への通路に出たところで停止して振りかえってみると、通用門から出てきた遠藤刑事と魚住が立ち話をしているのが見えた。数分前までは自分の署まで連行するはずだった男に、同僚たちが自分を置き去りにした事情を説明してもらわなければならない若者に、いささか同情の念を覚えないでもなかった。

遠藤は魚住と別れると東門をめざして走ってきた。門の外で同僚たちが自分を待っていることを期待しているようだった。彼はブルーバードの脇を走り抜けるときに私に気づいて、腹立たしげな一瞥《いちべつ》を投げつけた。間抜けな人間は自分が間抜けな状況に立たされるのはつねに他人のせいだと考える。

ふたたびブルーバードをスタートさせ、東門を出て右折すると、すぐに歩道をとぼとぼと歩いている遠藤に追いついた。

「調布の駅まで乗って行くか」と声をかけると、彼は別人のような笑みを浮かべてブルーバードに乗りこんできた。その気持の切り換えの早さは、やはりキャッチ・セールス向きだと思ったが、私には転職をすすめるほどの親切心はなかった。

　調布の駅までの道のり、彼は川嶋弘隆の死が単なる事故だったことは事実だとしても、自分たちの捜査には非難されるような誤りはなかったという主張をくどくどと喋り続けた。私は彼を乗せたことを後悔した。

「……それにしても、魚住彰の義理の姉が自殺していて、死んだ川嶋弘隆はその当時彼女と親密な関係があったという話を聞き込んだときは、これは犯罪事件に違いないと確信したんだがなァ」

　調布の駅前で降りるときに口にした遠藤刑事のその言葉は、私の耳に残って離れなかった。

15

翌週は暦が替わって三月になった。私は毎朝十時に事務所に出て、夜の八時には事務所をあとにした。午前中は新聞を読んで過ごし、午後は大竹九段の『定石の発想』を読んで過ごし、夕方からは薄汚れた事務所の壁のしみで書かれた難解な象形文字を読んで過ごした。

川嶋弘隆の葬式から戻った日の夜、浮浪者の桝田啓三は十時の電話のあとすぐに事務所に現われた。彼は私が立て替えた魚住の謝礼と免許証を受けとると、渡しておいたテレフォン・カードを手枷《てかせ》をはずすような顔つきでデスクの上に戻した。そして、連れの若い浮浪者の怪我は大丈夫だと答えた以外にはほとんど言葉を交わすこともなく、事務所を出て行った。それ以後はこの事務所だけがまるで次元の異なる空間に引っ越しをしたように、誰も近寄ろうとする者はいなかった。

新聞を読んでも、もはや自分がどういう世の中で生きているのかを知ることはできなかった。事実の客観的な報道という袋小路に迷いこんで、記者たちが何を考えているのかはまるで解らなくなってしまった。ニューヨークの〈世界貿易センタービル〉で爆弾テロがあり、負傷者は千人を超えていた。防府《ほうふ》市では銀行を停電させて点検を装った猟銃強盗が、競輪の売上げ金六千四百万円を奪っていた。初めての外国人横綱が誕生する新番付が発表されていた。出戻りの長嶋監督がオープン戦で初采配を揮《ふる》っていた。宮内庁が天皇の長男の結納を来月の十二日にすると発表していた。国会では減税についての与野党間の協議がもの別れに終わり、審議は全面的にストップしていた。記事は殺伐としているか、滑稽であるか、未熟であるか、低俗であるか、茶番劇であるか、あるいはその繰りかえしだった。

午後の時間はもっと長く、私は『定石の発想』を快調に読みすすんだ。初めに定石とは何か、定石は筋と形の宝庫であること、定石には筋道があること、定石は一段落すること、定石は絶対ではないことを学び、もっとも重要で基本的な定石30型について学んだ。次はこの本の中核となる部分で、定石を打ったあとの注意と定石のもつ性格や方向についての知識を深め、さらに実戦を例にとった定石の活用法へと続いていた。私は読み終えたときのために大竹九段の〝囲碁直伝シリーズ〟の二冊目『布石の創造』も買ってきた。こういう本はもっとじっくりと熟読しなければ本当は何も身につかないことは解っているのだが、著者の棋風の颯爽として闊達《かったつ》な魅力に惹かれて、つい読み急いでしまうのだった。それに私には負かさねばならない碁敵《ごがたき》がいるわけではなかった。

外で軽い夕食をすませて事務所に戻ると、あとは薄汚れた事務所の壁のしみを睨んで過ごした。要するに何もすることがなかったのだ。月曜日から水曜日までそういう状態が続いた。その間一人の訪問客もなく一本の電話もかかってこなかった。四〇〇日の不在が零細な稼業にもたらしたマイナスは予想を遥かに超えていた。

木曜日の午前中までは私も平静を保っていた。十時に駐車場にブルーバードを停め、ビルの入口の郵便受けから新聞を取り、郵便物やほかの何かが入っているかどうかを確かめる。〝ほかの何か〟とは何のことだ、探偵？　おまえはまだ渡辺からのメッセージの〝紙ヒコーキ〟が届くかもしれないと期待しているのか、と自分自身をからかう。事務所に着くと、ブラインドを上げ、窓を開け、デスクの椅子に腰をおろして、新聞をひろげる――それが判で押したような朝の日課というわけだった。

木曜日の新聞記事の目玉は〝江夏豊元投手を覚醒剤所持で逮捕〟だった。魚住のように野球人生のほとんどスタート地点で躓《つまず》くのと、江夏のように栄光のゴールを通過したあとで躓くのと、どちらが男にとって不幸なことだろうかと考えた。意味のない感想だった。躓いた本人にとっては行く手を遮《さえぎ》っているハードルを引っ掛けて転倒しただけのことで、黙って立ちあがってもう一度走りだす以外に方法はないのだ。不幸などという感想が生まれるのはつねに他人事に限られていた。

木曜日の夕方、私は『定石の発想』を読み終えた。私の忍耐は限度に達していて、落ち着いて二冊目の『布石の創造』に手を伸ばすような余裕はなくなっていた。私は渡辺探偵事務所を再開したという新聞広告を出すことを考えていた。本の代わりにメモ用紙を手もとに引き寄せ、本気で広告のための文句を書きつけようとした。

誰かが事務所のドアをノックした。私は自分でも驚くほど勢いこんで「どうぞ」と応えていた。書きかけのメモ用紙を破りとって、屑カゴにほうりこんだ。私は言葉を喋ることのできる生きものであれば何でも大歓迎という心境だった。

新宿署の錦織《にしごり》警部がドアを開けて入ってきた。どんな事情があっても歓迎したくない訪問者だった。

「邪魔するぞ」

錦織はつかつかと来客用の椅子に歩み寄って、腰をおろした。五年前に会ったのが最後だったが、そのときと外見はあまり変化がなかった。年齢は六十才に少し足りない、身長は一メートル七十五センチに少し足りない、体重は八十キロに少し足りない、人間としての品格は足りないどころではなかった。警官に人間としての品格を求めるのが間違いだった。相変わらずの不機嫌な顔の下に、それしか見たことがないよれよれのネクタイをぶらさげていた。

「断わるまでもない」と、私は言った。

彼は事務所の中を舐《な》めるようにゆっくりと見まわしてから言った。「ここはすっかり見る影もなくなったな」

「いつここへ侵入した？」

「馬鹿を言うな。大昔のことを言ってるんだ」

私がこの事務所にきた最初のころには、そう言えば、たまに渡辺を訪ねる錦織を見かけることもあった。だが、間もなく錦織は姿を見せなくなった。警官は、警官と元警官以外の人間のいるところでは話せない話題を沢山持っているからだ。

「昔を懐かしむのが目的なら、ひとの邪魔にならないところでやってくれ」

「どこへ行っていた？」と、錦織はいきなり訊いた。

この数日のことではなく、四〇〇日のことを訊いているのだ。私は夕陽を遮っていたブラインドの角度をなおして、デスクに戻った。

「答えろ」と、錦織が催促した。

「そんな義務はない」数日前に魚住彰を相手に何度かリハーサルしたせりふだった。せりふは同じだが立場は逆になっていた。

錦織は濃いグレーのスーツの着崩れした上衣のポケットからタバコを取りだして、使い捨てのライターで火をつけた。〝ロング・ピース〟が〝ピース・ライト〟に替わっていた。

「まさか、おまえ、弁護士の資格なんか取っていたわけじゃあるまいな」

私は苦笑した。錦織が私に会いにきたのは八王子署からの連絡によるものだった。

「……まさかな。そんなものがおまえなんかに簡単に取れるはずがない。ちかごろは弁護士の肩書きを詐称《さしよう》したりして不当に稼いでいるのか」

「依頼人という言葉を口にしただけで弁護士だと早合点してしまうような刑事が、刑事を詐称しているのではなく、本物の刑事だというのがよほど問題じゃないのか」

「フン、自分の眼の前にいるのが私立探偵などという馬鹿げたものだと誰がとっさに思いつくか。それを承知でやったんだから、明らかに詐称だ」

「いい加減にしてくれ」と、私は言った。「そんなつまらないことで、こんなところまでのこのこと出かけてきたのか」

錦織は腰を浮かしてデスクの上のW型の灰皿を引き寄せると、タバコの灰をはたくように落とした。「この灰皿は渡辺がこの事務所を開いたときに、おれが祝いに贈ったものだ。知っていたか。こっちは警備会社のようなちゃんとした仕事をやるんだと思っていたからな。探偵事務所が聞いて呆れる」

「形ばかりの祝いとはよく言ったものだ。こんなに使いにくい灰皿はない。返してほしければいつでも持っていくがいい」

「誰がそんなことを言った！　返してもらいたければ、渡辺本人からじかに返してもらう」

「そんなせりふは渡辺を捕まえてからにしてくれ」

「だから最初の質問に答えろ。一年以上ものあいだどこへ行っていた？」

一年以上とは、清和会の橋爪たちよりも少しは情報が正確だった。

「関西だ」私は橋爪たちに答えたのと同じ話をした。

錦織は私の説明などろくに聞いていなかった。証拠のない容疑者を扱うように丁寧な手つきでタバコを消した。

「嘘をつけ。おまえは去年の一月下旬には四国の松山にいた。二月には沖縄に飛んでいる。三月の初めには九州の熊本にいた。関西で転職しようとしていたなんていう話を誰が信じるか」

私は笑ったが、動揺を隠すためだった。「おれは指名手配でもされているのか。税金のむだ遣いはやめたほうがいいな。どうせ三ヵ月で相手を見失うぐらいの監視能力しかないんだ。

教えてやろう、三月の下旬に熊本から大阪に移り、それ以来関西からは一歩も出ていない」

「ということは、熊本から関西ではないどこかへ移動したという意味だ。そこで何をしていた？」

「信用できなければ、自分で調べることだ」

錦織の眼が細く鋭くなった。「おまえが渡辺を捜していたのはわかっている。見つけたのか」

「おれは渡辺などに用はない。相変わらず、橋爪たちと同じ発想だな」

「あの馬鹿野郎にもう会ったのか」

「暴力団新法なんか屁でもないと息巻いていたぞ。おれの転職のための行動を見張るようなむだな労力をそっちへまわして、きちんと取り締まったらどうだ？」

「フン、あいつら悪足掻《わるあが》きをしているだけだ。いずれは消えてなくなるんだ」

「ヤクザのいない世界は警官のいない世界を想像するよりむずかしい」

錦織は椅子から立ちあがり、左手の壁際のロッカーに近づいた。彼は私の反応を牽制するように一度振りかえった。私はデスクの上のタバコを取って火をつけた。

錦織は左側のロッカーの把手をまわそうとした。鍵がかかっていた。「鍵をよこせ」

私はデスクの引き出しを開け、かつて渡辺が使っていたそのロッカーの鍵と事務所の入口のドアの鍵を一緒にしたキーホルダーを見つけて、錦織にほうってやった。彼はその鍵でロッカーを開けた。

「渡辺の失踪から使っていない」と、私は言った。

錦織はこんどは右側の鍵のかかっていないロッカーを開けた。彼はぶらさがっているコートなどを押しのけて、中仕切りの上に置いてある古ぼけた黒のショルダーバッグを取りだした。私のほうを振りかえり、文句があるかという顔をした。私は身動きもせずに、タバコを喫い続けた。彼はデスクのほうへ戻ってきて、バッグをのせ、ジッパーを開けて中身を確かめた。東京へ戻ってきた夜、アパートへ持ち帰らなかった旅行用の洗面具などの不用品が少し入っているだけだった。

錦織はジッパーをもとに戻して言った。「こいつは預かるぞ」

私はタバコの煙を吐きだして言った。「おれが東京に戻ってくる前には、そのバッグがなかったことをどうして知っている?」

「ほう、そうなのか。では、ますます調べてみる価値があるな」

「一一〇番して、今おれのアパートに空き巣《あ》が入っていると通報してみるのも面白そうだな。あんたがここにいるということは、あんたの部下がおれのアパートを掻きまわしているということだ」

錦織は腕時計で時間を確かめた。「おれには反対する理由は何もないが、勤勉なパトロールの警官たちにあまりむだ骨を折らせるな」

私たちはお互いの眼の中をのぞきこむようにして数秒間睨み合っていた。誰かがビルの階段を昇ってくる足音が聞こえた。

「おまえに礼を言うのを忘れていた」と、錦織が皮肉そうに言った。彼はショルダーバッグを肩にかけると、ドアのほうへ向かった。「おまえが渡辺を見つけていたら、ここへ戻ってくるような馬鹿な真似はしないだろうというのが部下たち全員の意見だったが、おれはその反対に賭けたので当分は昼飯代がタダになった」

錦織はドアを開けて出て行った。

16

廊下を遠ざかる足音に近づいてくる足音が重なって、魚住彰がドア口に現われた。先週、蓮慶寺で会ったときは窮屈そうなスーツ姿だったが、今日は大柄な身体によく似合った黒っぽいウールのジャンパーにジーンズという恰好だった。この事務所を訪ねる人間は多かれ少なかれ自分は場違いなところにいるという顔つきをするものだが、魚住にはそんな様子もなく、先週会ったときよりもずっと寛《くつろ》いでいるように見えた。

「お客さんだったんですか」と、魚住はドアに手を掛けて訊いた。

「性質《たち》の悪い借金取りのようなものだ。こちらは何も借りた憶えはないのに、向こうは貸しがある気でいる」

私は灰皿をもとの位置に戻し、タバコを消した。「構わないから、入ってくれ」

魚住はドアを閉めて、デスクのほうへ歩み寄った。私はそのとき不思議な既視感《デジャ・ヴュ》のようなものが視覚にダブって見えるのを感じた。こんな情景をいつか見たことがあるという気がしたのだが、このデスクに坐って客を迎えることなど何百回経験したか数えきれないほどなのだ。私の脳裏をかすめたのはそれらとは少し構図の異なった情景で、しかも瞬時に消え去った。

「遅くなって申しわけありません。もっと早くくるつもりだったんですが、新しいバイトの時間が遅いので……」

私は魚住に来客用の椅子に坐るように言った。用意していた計算書――彼を捜しあてるまでの経費に、桝田への謝礼を足したもの――をデスクの上のファイルから出して、彼に渡した。彼は合計の額を見ただけで、その場で支払った。

「もしよかったら、ちょっと飲みにでも行きませんか」

魚住の語尾ははっきりと疑問形になっていた。そんなふうに誘えば断わる人間はいないと決めこんでいる酒飲みの口調ではなかった。私は腕時計を見た。午後六時をまわったばかりであるのはわかっていた。

「八時までは仕事の時間なのでここを出るわけにはいかないのだ。悪いな」

「すいません、気がつかなくて」魚住は断わられてむしろほっとしたような表情を浮かべていた。「ぼくも別に飲みたいってわけじゃなかったんですが……」

彼は椅子から腰を浮かしかけた。

「帰れと言っているわけじゃない」と、私は言った。「デスク仕事があるわけでもないし、来客の予定もない。急がないのなら、あわてて帰ることはない」

私は自分の耳を疑った。誰に対しても、この十年以上こんな言葉を口にした記憶はなかったからだ。

魚住は椅子に坐りなおし、事務所の中を見まわした。「あのときは汚い事務所なんて言っておいて、こんなことを言うと怒られるかもしれませんが……この事務所は、何だか気分が落ち着きますね」

さっきの既視感《デジャ・ヴュ》の謎が解けた。十九年前のことだが、私が最初にこの事務所を訪れたときに感じた印象も、ちょうど魚住が口にした言葉と同じものだった。こんな殺風景な場所でしか落ち着けない人間がいてもおかしくはないだろう。あのときは、私が事務所のドア口に立ち、このデスクについていたのは渡辺だった。構図が裏返しになった既視感《デジャ・ヴュ》というわけだ。渡辺は手近にある紙は何でもヒコーキにしてしまう癖があり、出来上がったばかりの紙ヒコーキを彼が飛ばした瞬間に、私がドアを開けたのだった。紙ヒコーキは私たちのあいだの空間をゆっくり二度旋回して、私の足もとに着陸した。

あのときの私はちょうど魚住と同じ年齢で、渡辺は今の私の年齢とほぼ同じだった。

「何もないからだろう」と、私は言った。「きみの部屋と同じだ。きみの部屋ほど徹底してはいないが」

魚住は微笑を浮かべた。「ぼくの部屋はもうご存知でしたね。ひどい住まいです。母の看病のための臨時のねぐらのつもりだったから、不要なものを買いこまないようにしていたんですが、あれで馴れてしまえばとくに不便もありません……今では別に引っ越そうという気もなくなりました」

私はタバコに火をつけ、背後の窓に手を伸ばして換気のための隙間をつくった。早春の日暮れのひやりとした微風が流れこんできた。

「きみを捜しているあいだに、自然にいろんな情報が耳に入ったことは知っているね」

「ええ」

「誰もきみの父親のことを口にしなかったのは何故だ？　隣りの大沢亮治も父親のことはまったく聞いたことがないと言っていた」

魚住の表情が翳《かげ》りを帯びた。「父のことはあまり話したくなかったので、知っている人は少ないと思います。父は……言わば、死んだも同然の人で、少なくとも母の看病のときは当てにできませんでした。死んだと言えば、ぼくの実母もぼくが小学校に行く直前に病気で早死にしてるんですが……」

「では、看病した母親というのは？」

「父が再婚した相手です」

「亡くなった姉さんというのは？」

「母の連れ子です。父も母も子連れで再婚したんです。ぼくが小学校の三年で、姉の夕季《ゆき》が四年のときでした。姉とは言っても、向こうが九ヵ月早く生まれているだけですから、ずっと友だちのようなものでしたが……」

「死んだも同然ということは、父親はまだ生きているわけだ」

「ええ、生きている、と思います……父に最後に会ったのは三年前のことで、母の病状と入院のことを知らせに行ったときですから、生きているだろうとしか言えません。アルコール以外には何も関心のない人間で、母の病気にも何の反応も示さなかった……もっとも、父と母は姉が死んでからしばらくして離婚していますから、父に言わせれば、母が病気で死のうとどうしようとおれの知ったことじゃないってことでしょう」

「アルコール以外に関心がない人間とは、その通りの意味なのか」

「ええ、でも〝アル中〟という意味じゃないんですよ。いや、医学的にはもう十分アルコール中毒なのかもしれませんが、父は昼間はちゃんと仕事をしていますし、人に迷惑をかけるわけでもないんです。ただ夕方の七時ぐらいから寝るまでのあいだに、テレビを前にして、五、六合の酒かボトル半分ぐらいのウィスキーをちびちびと飲み続けるんです。この十年以上、その習慣はおそらく一日も欠かしたことがないはずですよ。昼間働いているのもそのための代償といったふうで、生きているのはただその習慣を維持するためだと言わんばかりです。それだけはたとえ隣りの家が火事になろうと、元の妻の葬式があろうと、犠牲にする気はないみたいですよ」

魚住は唇を噛んだ。そして硬い表情で付け加えた。「父がそうなったのは、自慢の息子が甲子園で八百長と疑われるような試合で敗けたあと、眼の中に入れても痛くないほど可愛がっていた義理の娘が自殺してしまってからですから、ぼくにはそのことで文句を言う資格はないんです」

魚住の父親を酒浸《さけびた》りの生活に追いこんでいるものは、本当に過去の悲劇だけなのだろうか。元パートナーの渡辺が酒に手を出したときに、私は彼を襲った家族の悲劇以外にその理由を考えたことはなかった。

「父親から酒壜を取りあげる努力はしてみたのか」

魚住は口を歪めて言った。「彼らから無理に酒壜を取りあげたところで、むだなことをご存知ないのですか」

そんなことを訊いているわけではなかった。酒飲みが酒を口にするのには、その日の口実が必要なはずだった。魚住の父親が十一年後の今も酒を飲まずにはいられない理由を誰かが確かめてみるべきだった。

「余計なことを訊いたようだ」と、私は言った。

魚住はかすかに首を横に振っただけだった。私はタバコを消してから、手を伸ばして背後の窓を閉めた。

「きみも酒はよく飲むのか」

「いや、めったに飲みません……ときたま飲むと、少し飲みすぎてしまうので、ちかごろはますます飲むことが少なくなりました」

魚住は恥ずかしそうに小さく笑った。それから、しばらく沈黙が続いた。私たちはそれ以上話すことがなくなってしまった。

「じゃァ、今日はこれで失礼します」

「そうか」と、私は言った。《依頼人になるつもりがなければ、もうここへは顔を出すな》とは言わなかった。言うべきだった。

言ったのだった。

十九年前のあの日、渡辺は私に《探偵になる気がないなら、もうここへは顔を出すな》と
魚住はドアを開け、事務所の外に出て、静かにドアを閉めた。私は彼の足音が遠ざかるのを聴き、階段を降りる足音が聴こえなくなるまで耳を傾けていた。感傷的な気持からではなかった。彼の耳には入れたくないある電話をかけるためだった。

上衣のポケットから手帳を取りだし、ページを繰って目当ての番号を見つけた。ダイヤルをまわすと先方はすぐに出た。

「もしもし、こちらは文具の〈艸文堂《そうぶんどう》〉です」

「草薙さんをお願いします」

「社長はただいま外出しております。お急ぎのご用でしたら、携帯電話を持っておりますので、折りかえしお電話をさせるようにしますが」

「そうですか。こちらは新宿の沢崎という者です。急用というほどのことではないが、連絡してほしいと伝えてください」私は事務所の電話番号を告げた。

電話を切ったあと、まだ夕食をすませていないことを思い出して急に空腹を感じた。食事を先にすればよかったと後悔しかけていると、電話が鳴った。

「探偵の沢崎さんか」いきなり草薙一郎のよく通る声が響いた。

私はそうだと答え、ご無沙汰していると言った。

「いやァ、こちらこそ。あの事件以来だな。あんたはそんなことは嫌いだろうと思って、改

めてお礼にもうかがわなくて失礼した。だが、来月が選挙だということはあれからもう四年もたったということかね。時間のたつのは本当に早いものだな」

私はその後の様子を訊ねた。あのとき地元の暴力団に監禁されていた少年はまだ十九才で選挙権はないが、今年は選挙カーの運転を担当すると張り切っているし、土壇場で彼を裏切った〝選対〟本部長の遊佐《ゆさ》が刑期を終えて出所したので、こんども同じ役目に復帰させると宣言したら、まわりの連中が眼を白黒させて大騒ぎになっている、と彼は愉快そうに話した。

「どうも勝手なことばかり喋っていて申しわけない。あの当時のことが懐かしくなってね。あんたがただの挨拶のために私に電話をくれるはずはないから、きっと何か用件があるに違いない。この私でお役に立てることがあれば――いかん、すっかり議員口調になっている」

私たちは電話の両端で笑った。

「魚住彰のことだ」と、私は言った。

「そうか、やはりね……実を言うと、あんたのことを勝手に紹介した人間が何人かいるのだが、電話をもらったとき何故か直感的に魚住君のことだろうという気がしたんだ。やはり、彼はあんたのところに相談に出かけたんだな」

「二十日ほど前にそのつもりになったようだが、今はそうではなくなっている。ちょっとこみいった状況なので、少し話しても構わないか」

草薙が構わないと答えたので、私はこれまでの経過を手短かに説明した。

「だから、彼は私の依頼人になったわけではない。私には彼が依頼したいと思っていたことを勝手に調査する権利もなければ、義務もない……だが、どうしても彼のことが気になるんだ」

「あの青年にはどういうわけか人をそういう気にさせるところがあるようだな。別に頼りない若者だというわけではないのだが……ご覧の通り体格も立派だし、甲子園で突然マウンドに引きだされて発揮した力も大したものだった。われわれの時代の野球ならともかく、現在のようにプロ野球から高校野球まで、いや、少年野球にいたるまで〝管理野球〟全盛の時代に、打者として三年間練習をしてきた選手がいきなりマウンドに立って勝利投手になるなんて、今でも信じられんよ。そしてあの事件に捲きこまれることになったが、まだ十七か十八という年齢で、あんな窮地をたった一人でどうにか切り抜けたんだ。難しい家庭環境なのにその影響もほとんど表には出さない。いつ会っても礼儀正しくて、落ち着きのある好青年なのだ。それがどういうわけか、こっちが世話を焼かずにはいられないような気持にさせられる」

「彼のことで少し確かめておきたいことがあるんだが、知っていることがあれば教えてもらいたい」

草薙はしばらく沈黙して考えていた。かなり長い時間だった。

「……こういうのはどうだろうか。つまり、私があんたの依頼人になって、彼と彼が抱えている問題についての調査をお願いするというのは？」

こんどは私が考える番だった。方便ではあるが、この際合理的で有効な方法だった。要は魚住彰が抱えている問題を解決することが大事なので、名目などはどうでもいいことだった。

「大変ありがたい申し出だが、そういう形で依頼を引き受けるわけにはいかない。何故だと訊かれても説明に窮するが、簡単に言えば、同じ一つの調査について二人の依頼人を持つわけにはいかないということだ。魚住彰は依頼人ではないから、私の言っていることは筋が通らないが、しかし、要するにそういうことなのだ」

「きっと断わられるだろうと思ったよ。あんたは四年前と同じで相変わらずだな。仕方がない、その案は諦めることにしよう。私が知っていることなら答えるよ」

「魚住彰が私を雇って調査させたいと思っていたのは、彼の姉の自殺の真相について、だろうか」

「推測で言えばイエスだが、それは私が勝手に代弁できることではないな……ただ、彼があの事件以来一貫して姉の自殺に疑問を抱き続けているということは確かだ」

「それは、姉の自殺は自殺ではなく、他殺かあるいは事故だという意味だろうか。それとも、自殺には違いないが、その理由は彼の八百長事件が原因なのではないという意味だろうか」

草薙は少し考えてから答えた。「その点を魚住君にはっきり確かめた人間は、私を含めて誰もいないだろう。彼はいつも《あの姉がそんなことで自殺するはずがない》と言う。われわれは彼のその言葉に対しては、沈黙するか、せいぜい《しかし、そうは言っても……》と口ごもるしかないんだ。あんたのように、ずばりとそれは自殺ではないということか、自殺の原因が違うということか、と問いかえすのは憚《はばか》られるんだよ。警察の調べでも自殺だったことは紛れもない事実なのだから。つまり、それ以上彼と話を続ければ、彼の姉さんの自殺の原因が彼の八百長疑惑のせいかどうかを、彼とまともに議論しなければならないことになる。それはあまりにも酷《こく》な話だからね」

「自殺であることは紛れもない事実なのか」

「残念だがそうなのだ。彼の姉さんも当時はまだ十九才だったので、私は少年補導員をしていた立場から警察に実情を訊く機会があったんだが、その点では疑問の余地がなかった。彼女自身が書いた魚住君宛ての遺書が彼女のマンションの部屋で見つかったのだ。それに、彼女が夜の十一時にマンションの六階のベランダを乗り越えて飛び降りるところを、三人の証人が目撃していた。その証言では、事故はもちろん他殺の可能性などまったくないことがはっきりしている。ベランダにいたのは彼女だけで、彼女自身が自分の意志で、誰の強制も助けもなく飛び降りたことが目撃されているんだ。あっと言う間の出来事で、すぐ向かいの建物から見ていた目撃者も声をかける暇さえなかったということだった」

「にもかかわらず、彼は《あの姉がそんなことで自殺するはずがない》と言っている?」

「確かに、理窟に合わない話だと思うよ。しかし、十七、八才の少年が姉の自殺の原因が自分にあるということを、そんなに簡単に受け入れられるものだろうか。しかも、それが本当に自分の過失だということなら諦めもつくかもしれないが、彼の場合は濡れ衣だったんだ。しかも、彼はそのために子供のころからの夢だった野球への道も断たれてしまった……第三者の眼には確かに理窟に合わない話だが、姉の死が彼の心に一種のトラウマとして、深い傷痕を遺したまま今日にいたったとしても、それは誰にも責められないことじゃないだろうか」

草薙の意見は理解できないものではなかった。それが正しければ、魚住彰が必要としているのは心理学や精神分析に通じたカウンセラーであって、探偵ではなかった。

私は魚住の姉のことを訊いてみようとしたが、草薙は彼女の生前のことはほとんど何も知らなかった。そうでなくても、十九才で自殺した娘の心の中をのぞくような真似をしたところで、くたびれた中年男にろくな成果が上げられるはずがない、というのが草薙と私の結論だった。

私は礼を言って電話を切り、電話をしているうちにどこかに消えてしまった食欲を捜しに出かけた。

自分のアパートに戻ったとき、錦織の部下たちの捜索の痕跡を調べてみたが、さすがにプロらしい仕事ぶりだった。渡辺との接触の証拠を見つけようとしたのだろうが、いかに熟練したプロといえども、存在しないものを発見することはできなかった。

17

翌日の朝から午後にかけて、私は以前に仕事で関係のあった興信所や探偵事務所を訪ねてまわった。東京に帰ってきたことを知らせて、下請《したう》けにまわしてもいい仕事があれば連絡してくれるように頼んで歩いたのだ。普通なら電話ですますようなことだが、長い不在による影響が大きいことを考えると、電話では埒《らち》があかないという気がした。実際に、どこの事務所でもまるで過去の亡霊が現われたような応対ぶりで、私が東京に戻ってきたことを素直に信じてくれる者はいなかった。一年余のあいだに、どの事務所でも顔見知りの所員は半分以下に減っていた。バブル崩壊とその後の不況で、どの事務所でも仕事の量は半分以下に減っていた。

池袋の西口から埼京線《さいきょう》沿いに七、八歩いたところにある興信所では、仕事の量に合わせた人員削減がうまくいったので、会社の収益はなんとか横這い状態だが、外部にまわせるのは半端な仕事しかないだろうと言われた。以前だってまわってきたのは半端な仕事ばかりだったので、よろしくと頼んで引きあげた。帰り際に、渡辺に昔世話になったことがあるという所長が、渡辺の消息をおざなりに訊いたので、おざなりに答えた。

東京駅に近い茅場町《かやば》の裏通りの、調査員が五人しかいない探偵事務所でも不況の影響は同じだった。ここは同じ規模の支所が大阪と九州の博多にあって、相互に連絡を取りながら、出張や単身赴任のサラリーマンの素行や仕事ぶりを調査するのが専門だった。年長で関西訛《なま》りの主任が、出張や単身赴任の絶対量が減り、彼らに素行を乱すような元気がなくなり、それを調査しようという元気もないので、どもならんと言った。この事務所との付き合いは、こっちが手の届かない関西や九州での調査を持ちこむ立場だったので、うちの支所に何かええ仕事はないやろかと先手を打たれてしまった。

最後に行った恵比寿《えびす》の興信所が三軒の中では最も脈がありそうだった。池袋の興信所と同じで早めに人員削減に踏み切ったのはいいが、給料の高いベテランの所員を馘にしようとしたのがそもそも間違いの因《もと》だった。その男が所員全体の半数にあたる子飼いの部下を引き連れて退社してしまったので、この時期に所員だけでは仕事を処理しきれないという贅沢な悩みを抱えているのだった。だが、初対面の人事の責任者が正式に入社して九時出勤を厳守することが条件だと言うので、少し考えさせてくれと答えて帰ってきた。仕事のできる人間をそう簡単には集められるはずはないので、入社などしなくても仕事がまわってくると見こんだのだった。

西新宿の事務所に戻ったのは、午後三時を過ぎてからだった。デスクに坐って新聞をひろげると、囲碁十段戦の第一局の結果――〝攻めの大竹緒戦《しよせん》を飾る〟という見出しが眼に飛びこんできた。昨日の紙面でバンコクでの第一局がスタートしたことは知っていたが、錦織警部や魚住彰の来訪ですっかり頭から消えていたのだった。武宮十段と挑戦者の大竹九段の和服姿の写真が載っていた。終局は日本時間の八時二十分、二六〇手までで白番の大竹九段が九目半勝ちしたと報じていた。残り時間は武宮十段の二分に対して、大竹九段の二時間余というべつもの消費時間である。これだけ時間を残されて敗けると、二度負かされたような気分になると言った対局者がいた。十段戦は〝五番勝負〟だが、先勝した大竹九段が十二年ぶりの十段位に一歩接近したと言えそうだった。

五時少し前に電話が鳴った。受話器を取って、渡辺探偵事務所だと告げたが、相手は無言のまますぐに電話を切ってしまった。たぶん間違い電話だったのだろう。

六時に食事に出て、七時前には事務所に戻った。昼間電車を使って興信所回りをしたせいか、昨日よりも少しは食欲があった。七時になる直前にふたたび電話のベルが鳴った。こんども相手は一言も喋らずに受話器を置いた。間違い電話でなければ悪戯電話だろう。もし三度目がかかってくれば、こっちも無言の行で応じるだけだった。彼らは被害者たちが予期した通りの反応を示さなければあまり楽しくないのだ。でたらめに選んだ番号にかけているのではなくて、私を特定してかけている悪質な電話であればもう少し厄介だった。

二度目の電話からしばらくして、ビルの階段を昇ってくる足音が聞こえた。足音はやがて廊下から事務所のドアに近づいてきた。このところ人の足音に耳を澄ましてばかりいるような気がした。錦織警部でも魚住彰でも浮浪者の桝田でもないことはわかっていた。足音はハイヒールのものだったからだ。ドアにノックの音がしたので、私はどうぞと応えた。

その女の美しさには眼を瞠《みは》らせるものがあった。間違いなくこの十九年間に事務所に現われた女の中で最も美しい女だった。三十代の半ばぐらいの年齢で、すでに若いとは言えないが、その年にならなければお眼にかかれないような美貌の持ち主だった。ちかごろでは〝日本人離れした〟という形容も当たらなくなってきた彫りの深い顔だちに、少し濃いめの化粧がむしろ自然な印象を与えていた。無雑作に後ろで束ねた長い髪と、簡素でシックなブルー・グレーのスーツの襟もとに緩《ゆる》く巻いた濃紺のスカーフが、背後の廊下の暗がりに溶けこんで、色白の顔がくっきりと浮かびあがっていた。憂いをふくんだ眼はいかにも相手の言葉を待っているように見えるが、言葉の選択を間違えればたちまち冷たく凍りついてしまうのではないかと思われる眼差しだった。

私は芸もなくどうぞと繰りかえした。立ちあがって、彼女がドアを閉めるのを見守っていたが、ドアを閉めるのは自分の役目ではなかったかという気持にさせられた。相手の魅力の大小にかかわらず、そういう労力を男の役目としている西洋人の習慣は、十数年に一度を除けばすべて欺瞞《ぎまん》的な行為に違いなかった。

女性にしてはやや背が高く、細身のわりに胸や腰回りは豊かで、すらりと伸びた脚の先の黒いハイヒールは、帰るときにこの部屋の埃りの量を測定できるくらいに完璧に磨かれていた。彼女は部屋の中央に歩み寄ると、私がすすめた来客用の椅子の脇で、肩に軽く羽織っていた灰色の薄地のトレンチコートを脱ぎ、紺色のハンドバッグと一緒に膝の上にのせて腰をおろした。来客用の椅子がこんなに古ぼけて薄汚れて見えたことはなかったが、彼女はまったく気にする様子はなかった。

私も自分の椅子に戻って訊ねた。「どういうご用件ですか」

「ある調査をお願いしたいんですけど——」彼女は少しかすれた声で二、三度咳きこみ、濃紺のスカーフを首のまわりに引きあげた。「暖かくなったら風邪をひいてしまって、ごめんなさい」

彼女はバッグから外国製の細長いパッケージのタバコとカルチェのライターを取りだした。

「それでもタバコだけはやめられないんですの」

私は錦織が贈ったものだというW型の灰皿の中身を屑カゴにあけて、デスクの彼女に近いところに置いた。

彼女は優雅な手つきでタバコの火をつけた。「お願いしたい調査のことをお話しする前に、あなたのことを少しお訊ねしても構いません？」

「どうぞ。しかし、あなたが訊ねて、私が嘘を答えたとしても、あなたには見極めがつかんでしょう。だとすれば時間のむだということになる」

彼女は気分を害した様子もなく、私の言葉を面白がっていた。「あなたの嘘の見極めがつかないかどうか、試してみてもいいでしょう？」

私は微笑《ほほえ》んでうなずいた。四回目の〝どうぞ〟を言うのは気がひけたからだった。

「あなたはこの世に正義というものが存在すると思ってらっしゃる？」

「すいません。何が存在するかと訊いたんです？」その馬鹿げた質問、あるいは人を馬鹿にしたような質問は聞こえていた。

「正義ですわ」彼女は怯《ひる》まずに繰りかえした。

質問が馬鹿げているという意見は撤回する。私には彼女の真意がわからないだけのことだった。

「存在しないでしょう」と、私は答えた。

「ほら、あなたは嘘ついてるわ」

彼女のタバコの煙が私の鼻先へ漂ってきた。タバコではなく、加味された香料の独特の匂いがした。

「正義があると信じたい人がいれば、その人のそういう心が存在するとは言えるでしょう。それ以外にこの世の中に正義の名で呼べるものは存在しない。私自身は正義があると信じたい人間ではない。嘘はついていませんよ」

「では、あなたは何故探偵をしていらっしゃるの」

「仕事だからです。食うための」

「こんどは本当に嘘だわ……でしょう？」

彼女が初めて私の顔を真正面から見つめた。見憶えのある顔だという気がした。美人というのはどうしても類型的にならざるをえないから、映画やテレビに登場する誰かに似ているのかもしれなかった。それとも彼女がそういう仕事をしている本人だろうか。東京を留守にしていたあいだに多少はテレビを観《み》る機会があったが、もともとそういう世界に詳しくない私には確かなことはわからなかった。

「まさか、あなたはその年で、映画や小説に出てくる探偵と私をごっちゃにしてはいないでしょうな」

「その年とはご挨拶ですこと」

「失礼。しかし、この事務所を訪ねるからには、ここでは赤ん坊のお尻《ケツ》みたいなきれいい事が行われていないのはご存知でしょう」

「あなたはご自分を悪く見せるのがお好きなようね」彼女の声がかすれて、から咳《せき》をした。彼女は五ミリぐらい短くなっただけのタバコを灰皿で消して、言い足した。「あなたがその辺のお金目当ての探偵さんじゃないことはうかがっているんですのよ」

「誰がそんなことを言ったんです？　あなたはどうして私の事務所を選んだのです？」

「あなたに捕まえられた犯人が推薦してくれたってことじゃどうかしら。それとも、お宅はどなたかの紹介がなければ調査を引き受けてはもらえないんですの？」

「そんなことはない」私はデスクの上のタバコを取って火をつけた。

「用件に入りましょうね」と、彼女は言った。「わたしの彼氏の浮気を調査してほしいんですの」

それを早く言ってくれればお互いにむだな時間を使うことはなかったのだ。

「残念だが、その種の調査はお引き受けできません」

「あら、ここはきれいい事じゃないとおっしゃったのはあなたのほうですよ、沢崎さん」

この女は確かにどこかで見たことがあった。しかも女は私の名前を知っていた。この事務所を初めて訪ねてきた者は、私を渡辺と呼ぶのが普通だった。

「私は仕事の選《え》り好みをしているわけではないのです。この事務所には私一人しか探偵がいない。浮気の調査は少なくとも二名の人員で当たらなければ、きちんとした調査はできないのです。それも調査の対象がサラリーマンとか本人が店に出ている自営業の商店主のように、一日の三分の一は衆人環視の立場にいる場合のことで、もっと自由な生活時間で暮らしている――例えば、金利生活者とか芸術家とか女のヒモとか、そういう調査対象の場合は最低三名の人員が必要になる。大っぴらでずぼらな浮気者なら話は別ですが、浮気していることを隠すことに長《た》けた相手だとすれば、それだけの人員で当たらなければきちんとした調査結果は保証できないのです。それがお断わりする理由ですよ」

「でも、そんなに堅苦しく考えなくても――」

「あなたは冷やかしですか。浮気の調査を依頼するのに、調査結果が不確かでいいという依頼人にはまだお眼にかかったことがない」

「いいえ、そんなこと……」彼女は答えに窮して汗を掻いていた。バッグの中からハンカチを取りだして額を拭い、首のまわりのスカーフを引きさげた。何か言おうとして、唾をのみこんだ拍子に女性にしては大きな喉仏がごくりと上下した。

「いい加減に芝居はよそうぜ」と、私は言った。「きみの名前は確か、清瀬《きよせ》琢巳《たくみ》だったな」

彼女は、いや、来客用の椅子の人物ははっと全身を硬くして私を見つめた。だが、すぐに大きな溜め息をついて緊張を解いた。

「腕のいい探偵って言われてるわりには、気づくのが遅かったじゃない」声の調子がオクターブ近く下がった。五年前に真壁清香《まかべさやか》という少女の誘拐事件に捲きこまれたとき、電話で何度か耳にした〝従犯者〟の声が甦った。

「見違えた」と、私は言った。「きみの部屋で見た写真はもう少し色気のない恰好だった……その後どうしていたのだ？」

「そうね。確か、あれからすぐに念願の女性になる手術をしてくれる国へ飛んで、そのあとはパリとニューヨークでの生活がそれぞれ二年ずつってとこかしら。去年の秋に真壁さんが〝仮釈《かりしやく》〟で出たと聞いたので、ほとぼりのさめるのを待って、先週挨拶に帰ってきたの」

真壁というのは清香という少女の父親だった。

「もうそんなになるのか……」私はタバコを灰皿で消して訊いた。「慶彦《よしひこ》という少年はどうしている？」

「どこにでもいる二十才《はたち》の悩み多き若者に成長してるわ。真壁さんの出所までは、実父の甲斐《かい》教授宅に世話になっていたようだけど、今は真壁さんのうちに戻って、あと少しで出られる母親の帰りを待っているわ。もっとも本人はコンピュータ・グラフィックによる現代版画とかに夢中で、親たちのことなんか大して気にしてないようだけど」

「実父は音楽家で、育ての親は小説家で、息子は版画家というわけか。そういう血筋らしいな」

「真壁さんは、わたしがあなたに会うのは危険じゃないかって言ったけど、慶彦君が会ったほうがいいってすすめてくれたの」

私は二十才になった慶彦がどうしてそんなことを言ったのか解らなかった。

清瀬は笑みを浮かべて言った。「慶彦君に「本当はあなたのほうが会いたいんでしょ」って訊いたら、「あの人はそういうのは嫌いな人だ」って言ってたわよ」

私は話題を変えた。「父親のほうはどうしている？」

「新しいペンネームを使って、少しずつ執筆活動を再開してるそうよ。あの事件の経緯《いきさつ》を手記に書いてくれという馬鹿な出版社ばかりらしいけど、それだけは断じて拒否してるって」

「きみはもう書いていないのか」

「わたしが？　とんでもない。あなたは意外とその辺のことはわかってないのね。女になるってことは、頭の中身や腕っぷしや財産の多寡《たか》を競い合うことを宿命みたいに思っている馬鹿なオトコにおさらばするってことなのよ。こんなことを言うとフェミニズムの怖いおばさんたちに怒られそうだけど、わたしはこの外見通りのわたしで生きて行くつもりなのよ。ものを書くなんていう、黴《かび》臭くて、埃り臭くて、汗臭い真似なんか二度とご免だわ」

私は椅子に背中を預けて、もう一度彼女、いや、彼、いや、彼女を見なおしてみた。「きみは、つまり一〇〇パーセント女になっているのか……何か間の抜けた質問だな。自分でも質問の意味がよくわかっていないが」

「どう見える？」

「一二〇パーセント女に見えるようだな」

「そう？　あなただけに教えるけど、心は二〇〇パーセント女だけど、実際は九〇パーセントってとこかしら」

私は自分の想像力の限界を感じて、とりあえずうなずいた。

「さっきの、彼が浮気をしてるという話だが――」

「ああ、あれはまんざら嘘でもないんだけど、ここへうかがった第一の目的はあなたに会うことだったの。その浮気男はニューヨークにいるんだから、気にしないで」

「何故おれに会いに？」

「そうね。真壁さんとわたしが知恵の限りを尽くした計画を見破った男を見てみたかったからかしら」

「それで？」

「普通の男でちょっとがっかりしたってとこかしら」

私は苦笑した。九〇パーセントの彼女は立ちあがって、コートの袖に腕を通した。「そろそろ失礼するわ。慶彦君に伝言はない？」

私は少し考えて答えた。「ない」

「あなたはそういうのが嫌いな人だったわね」彼女は仕方がないというように肩をすくめた。

「さっきの二度の無言電話はきみか」

「ごめんなさいね。最初はあなたがいるかどうか確かめたの。二度目はここへくる勇気を奮《ふる》い起こすため」

「もう捕まる心配はないのか」私も椅子から立ちながら訊いた。

「事件の真相は解明されたんだし、真壁さんがわたしは完全な従犯だと証言してくれたお蔭で、警察もわたしには興味をなくしているようね。それに来週にはもうニューヨークだし、パスポートではまったくの別人なんだから」

「偽造か」

「これが偽造だったら、世の中には本物のパスポートなんて存在しないことになるわ」

彼女はドアのところまで行って振りかえった。

「じゃ、さようなら」

「エイズに気をつけろ」と、私は言った。

彼女は艶《つや》やかに微笑《ほほえ》んで「ありがとう」と答え、去って行った。

私は深夜の十二時近くまで事務所にいたが、魚住彰は姿を見せなかった。

18

翌週の月曜日から三日間、私は西新宿の事務所をあけていた。見こみ通り恵比寿の興信所が仕事をまわしてくれたのだった。それは東横《とうよこ》線の中目黒の駅の近くにある〈フラミンゴ〉という喫茶店と、その向かいの〈舞鶴屋《まいづるや》本舗〉という和菓子の老舗の依頼で、喫茶店の不審な客を監視する仕事だった。フラミンゴは舞鶴屋の主人の次男が経営している喫茶店だった。

その不審な客というのは四十代半ばのおとなしそうな小男で、二週間ほど前からフラミンゴに通い続けていた。毎日午後一時から向かいの舞鶴屋が閉まる夕方の七時まで、窓際のテーブルにじっと坐ったままで、身じろぎもせずに舞鶴屋のほうを見つめているのだった。フラミンゴにとっては一日に二千円相当の売上げに協力する上客なので、わざわざ客を失うようなことはしたくなかったが、そのまま放置しておくにはいささか不気味な客だった。舞鶴屋には合計五人の若い女性従業員がいるので、目当てはそれだろうと思われたが、彼女たちの誰もがその小柄な男に心当たりはなかった。男のほうも閉店後に帰る彼女たちに接触をしようとする様子はなかった。

フラミンゴの経営者と恵比寿の興信所の所長が大学時代の友人だったので、念のために調査したほうがいいだろうということになった。興信所の身上調査では、とくに怪しむような素性の男ではなかったが、最近五千万円ほどの大金を使途不明で失っているというかなり信憑性のある噂が確認されていた。しかも、舞鶴屋の三軒先に〈協和銀行〉の中目黒支店があったので、ひょっとしたら銀行強盗の下見ではないかという疑いもあった。だが、興信所の監視が始まって一週間がたっても、その男は何の行動も起こそうとはしなかった。

私が交替したのはその後の段階で、さらに月曜日から水曜日まで監視を続けて何もなければ、監視は打切りにする予定になっていた。私はフラミンゴの厨房の配管工事の作業員という触《ふ》れこみで店に入り、厨房で作業をしているように見せかけて、その男を監視した。一日目と二日目は何の変化もなかったが、三日目の夕方の五時ごろ、男がいきなり勘定も払わずに店を飛びだして行った。私も彼を追って店を出た。男は向かいの舞鶴屋に駈けこむと、彼と同じぐらいの年恰好の男に摑みかかって「おれの金を返せ」と大声で喚《わめ》き散らした。子供の喧嘩のように絡み合っている二人をどうにか引き離すと、私は舞鶴屋の店員に警察を呼ぶように言った。

喫茶店の男は自分の五千万円を詐取《さしゅ》した相手が、たった一度だけ口にした「中目黒の舞鶴屋の〝あしべのたづ〟という和菓子の美味《おい》しさは日本一だ」という言葉を頼りに、二十日以上も粘ってその男を捕まえたのだった。だが、詐取された金は借金の穴埋めや遊蕩に使われて、五分の一しか残っていないという話だった。警察での取り調べや興信所での報告書作りなどをすませて、西新宿の事務所に帰ってきたのは水曜日の夜の八時半ごろだった。

けていた。魚住彰が缶ビールを手にして、事務所の前のベンチに坐っていた。私が事務所のドアを開けているあいだに、彼は大儀そうに立ちあがって身体を前後に揺らしていた。眼のまわりを赤くして、よくまわらぬ舌で少し前に来たばかりだと言った。彼は私の右肩のあたりを相手にして話していた。視線を合わせたくないのか、合わせたくても合わせられないのかわからなかった。私は事務所の明かりのスイッチを入れると、頭を傾けて中に入るように合図した。魚住はベンチの上に置いていた缶ビールの半ダース入りのパックと〈ヨドバシ・カメラ〉の紙袋を取って、私のあとからついてきた。

私は事務所のドアを閉め、作業服などの着替えの入ったビニール袋をロッカーに入れ、窓を少し開け、デスクの椅子に坐った。魚住は右手に飲みかけの缶ビール、左手にビールのパックと紙袋を持ったまま、放心したように来客用の椅子の脇に立っていた。私が椅子を指差すと、椅子に腰をおろし、デスクを指差すと、缶ビールのパックと紙袋を置いた。

「駐車場に車があったんで、きっと戻ってくるだろうと思って、待たせてもらいました」彼は一語ずつ確かめるように喋った。

彼の判断は間違っていた。私が帰ってしまったあとも、ブルーバードは駐車場に残っている。私は間違いを正さなかった。間違いを正すことは、魚住の今夜のような訪問を認めることであり、さらに次の機会も認めることになるからだった。

「喉が渇いているんだ。ビールをもらおうか」

魚住は共犯者に対するような笑みを浮かべ、パックから一缶抜きとって、私に渡した。国産のビールのようだったが、最近は品名やラベルが目まぐるしく変わるので、馴染みのない缶だった。私はプルトップの蓋《ふた》を開けて一口飲んだ。空腹だったことに気づき、ビールの味の苦さだけが口の中に残った。私は上衣のポケットからタバコを出して火をつけた。

魚住はデスクの上に置いたヨドバシ・カメラの紙袋を私のほうへ差しだした。「これは大沢君から頼まれたヴィデオです。全部で七本入っているそうです」

「そうか……」あれからもう二週間近くが過ぎていた。

「代金の残りがあったはずだが？」

魚住が金額を言い、自分が立て替えておいたと言った。領収書は発行できないそうですと付け加えた。私はその金額を魚住に払い、ヴィデオを届けてくれた礼を言った。

私たちはしばらく窓外の車の騒音に耳を傾けながら、押し黙ったままでいた。私はビールをもう一口飲み、タバコの煙を吐きだした。魚住は私が帰ってきてからはビールを口にしていなかった。手にしていたビールの缶を、自分はいったいどうしてこんなものを持っているのだろうかと訝《いぶか》るように、デスクの上に置いた。

「大沢君が久しぶりに一杯奢《おご》るって言うんで、近所のスナックで飲んだんです。あなたが訪ねてきたことで、好奇心をおこしたらしくていろいろ訊かれましたよ。でも、どうやらぼくは彼女を待っているあいだのつなぎだったようなので、適当なところで遠慮してきたんです……それから、たぶん〈ダッグ・アウト〉へ行ったみたいだな」

「出入り禁止だと言わなかったか」

「そんなことまで話しましたっけ。今日は水曜日だから、階下《した》のスポーツ店が定休日なんです。それで監督が奥さんの代わりにダッグ・アウトに出ているので、ぼくが行っても構わない日なんですよ。ぼくに会いたくない連中も水曜日の早い時間には顔を出さないように用心しているみたいです。でも、九時ごろには奥さんが店に現われるので、こっちはその前に退散するって寸法です」

「普通の男の倍も体力がありそうな男たちが、女ひとりの眼を掠《かす》めてこそこそしているんだな。元監督の奥さんと選手というのは母子《おやこ》みたいな間柄かと思っていたが、そうとは限らないんだ」

「当時は監督はまだ独身で、結婚したのはあれから二、三年たってからでした。奥さんと死んだ姉の夕季《ゆき》とは高校までずっと一緒の友だちでしたから、あれ以来ぼくにはいい顔はしてくれないんですよ」

「すると、亭主の藤崎監督とは少し年が離れているようだな」

「ええ、奥さんがぼくより一つ年上の三十才で、監督は確か去年四十才になったと言ってましたから、十一離れているんですか。姉も生きていればもう三十か……」

魚住の視線が宙に浮いたまま静止した。三十才になった姉の姿を思い描いているような表情だった。さっきよりは酔いが醒《さ》めたようだが、まだ眼の焦点が定まらないのかもしれなかった。

彼はデスクの缶ビールを手に取り、しばらく重さを計るように持っていたが、口をつけずにまたデスクに戻した。「沢崎さん、変なことを訊きますが、ぼくでも探偵になれますか」

私はタバコを灰皿で消してから答えた。「なれないだろう」

「どうしてですか」と、彼は眉をしかめて言った。彼にしてはめずらしく感情を表に出した声だった。「探偵って、そんなにむずかしい仕事なんですか」

「そんなことはない。どちらかと言えば、速球に馴れているバッターをスローボールで討ちとるような仕事さ。きみの得意な投球だな」

魚住は苦笑いして言った。「そんなことまで調べたんですか。大昔の話ですよ。でも、それじゃどうして、ぼくは探偵になれないんです?」

「探偵になれるのは他人のトラブルが飯より好きな人間なんだ。きみのように十一年間も自分自身のトラブルにはまりこんでいるようでは、自分に払う調査費だけで破産してしまうだろう」

「なるほど。自分の問題も片付けられないのに、他人の問題を扱えるはずがないってことか。でも、あなたが他人のトラブルが好きだなんて、そんな下劣な性格には見えませんよ」

「私の性格で外から見えないものは多いんだ。それに仕事と名がつけば、どんな仕事でもまず自分の性格を抑えるところから始めるんじゃないのか」

「どんなことを訊いても、あなたにはいつもぴったりの答えが用意されてるんですね」

彼はこんどは柄にもなく皮肉っぽい口調を使った。これもアルコールの効用なのだろうか。アルコールが人間の本音を引きだすと言う者もいるし、人格を変えると言う者もいる。もともと所有していないものが表に現われるはずはないのだ。私に言わせれば、素面《しらふ》のときにはそれがうまく隠されていると思っているのは本人だけだった。

「きみの質問がつまらないからだ。つまらない質問にはいくつでも好きなだけ正しい答えが見つけられるんだ。だが本当の質問には簡単には答えられないものだ。たぶん、質問そのものに答えなどより重要な意味があるからだろう……偉そうに言ってるんじゃない。この世の中で、われわれ探偵ほどつまらない質問をすることに明け暮れている人種もいないから、職業柄知っているんだ」

魚住は頭痛でもするのか首を大きく左右にまわした。首筋を拳《こぶし》で叩きながら小さな声でつぶやいた。「馬鹿な上に、頭までまわらなくちゃどうしようもないな……酒なんか飲むんじゃなかった」

「酒に当たってみたところで仕方があるまい。きみはこの事務所に入ってくるときに、友だちに会いにきたのか、探偵に会いにきたのか、自分でもわからないから混乱しているんだ。私は誰かの友だちであって、同時にその男の探偵であるようなことはできない。そろそろけじめをつけるべきときがきているんじゃないのか」

「何だか悪酔いしてしまいそうな話題になってきたな。そういう話は次の機会にしてくれませんか、ぼくが素面のときに」

「次の機会はない」と、私は言った。私は思い通りに自分の言葉を冷たく響かせることができた。

魚住はその日初めて私の眼を正面から見つめた。

「いいでしょう。ぼくのようなふらふらしている青二才があなたの友だちになれるかどうかわかりませんが、それでもほかの誰に対するときよりも、自分の心が自然に開かれるのを感じているんです。ぼくはあなたを雇ってもいないのに、あなたを探偵として見るようなことはしていないつもりです」

「では、きみの問題について話し合うことを、何故それほどまでに恐れているのだ？」

「ぼくが？　ぼくは何も恐れてなんかいませんよ」

「きみは十一年前の出来事をいまだに直視していない」

「そうですか。ぼくはそうは思いません。本当は何があったのかわからないのに、納得できないことも無理に納得してしまうことが〝直視する〟ということなんですか」

「では、あの事件から眼をそらさずに正視できると言うんだな？」

「もちろんです」言葉とは裏腹に、彼の顔には懸念の色が浮かんでいた。

「十一年前の夏――」私はどういうふうに話を始めればいいのかわからず、結局発端から順を追って話すことにした。「魚住彰という高校野球の投手が八百長試合の誘いを受けた」

「ちょっと待ってくださいよ」と、魚住が抗議した。「本気でそんなことを始めるつもりなんですか」

私は無視して続けた。「魚住選手は断わった。だが試合には敗けた。そして彼のバッグから五百万円の札束が転がり出た」

魚住は椅子から立ちあがり、薄笑いを浮かべながら言った。「やめてください。そんなことをいまさら蒸《む》しかえしてみたって――」

「黙ってその椅子に坐れ」と、私はきつい口調で言った。「さもなければ、今すぐこの事務所から出て行ってもらおう。そして二度とここへは戻ってくるな」

魚住の顔から薄笑いが消えた。気分が悪くなったように胸のあたりを手で押さえ、しきりに生唾をのみこんだ。やがて自分の内部の危険信号に耳を澄ましているかのように眼を閉じ、身体を伸ばして呼吸を整えた。この若者は簡単に打ちひしがれたりするにはあまりにも体力がありすぎるのだ。彼は大きく深呼吸をして、ゆっくりと肩の力を抜いた。彼がいまから投球動作に入るのだとしたら、こっちはバッターボックスをはずして間合いを取るべきだった。

「……いいでしょう。馬鹿な男の話を続けてください」魚住は椅子に戻った。

「魚住選手のバッグから五つの札束が転がり出て、八百長試合の疑惑についての調査が行われることになった。一週間後、魚住選手の疑惑は解けたが、その前日に彼の姉が自殺した。彼女はマンションの六階のベランダから飛び降りたのだ」

魚住は眉一つ動かさずに耳を傾けていた。

「目撃者の証言によれば、それは明らかな自殺であり、事故や他殺の可能性はまったくなかった。だが、魚住選手は《あの姉がそんなことで自殺するはずがない》と十一年間言い続けている……これはどういうことだ？」

「それは、ぼくが、夕季は――姉は自殺なんかするような人間ではないことを、知っているからだ」

「それは自殺者の周囲にいて、その人間のことを少しも理解していなかった連中が、手遅れになってから必ず口にする言葉だ。だが、当事者のきみがそんなことを口にするからには、誰もが知らない、もっとはっきりした理由があるはずだ」

　魚住の顔に不安な色が広がっていった。「沢崎さん、あなたは何が言いたいんですか」

「十一年間、きみが一日も忘れることのできなかったあることだ。そして今はわれわれの眼をそこから遠ざけようとしているあることだ」

　私がそのことに気づいたことを知って、魚住は愕然となった。そして、そうすれば私の言葉を打ち消せるとでもいうように執拗に首を振り続けた。

　私は構わずに言った。「八百長の話を持ちこんだのは、きみの姉さんだったんだ」

　魚住は大きく喘《あえ》ぎ、吐きそうになった口もとを片手で押さえて、事務所を飛びだして行った。

19

私は事務所を出ると山手通りへ向かって、最初に見つけた食事のできる店で遅い夕食をとった。すでに十時半を過ぎていたが、そのままアパートに帰る気にならず、もう一度事務所に戻った。戻ってみれば、要領の悪い探偵が依頼人にありつけなかっただけのことで、事務所はいつものように何の変哲《へんてつ》もなかった。私はタバコを一本喫ってから帰るつもりで、デスクの椅子に腰をおろした。デスクの上のぬるくなった缶ビールの周囲に小さな水溜りができていた。私は何故か魚住彰のことが気になった。彼の姉があの八百長事件の被害者ではなく加害者の側にいたのだとしたら、十一年前の一連の事件はもっと別の顔を持っていることになる。

気疲れする下請けの仕事が片付いたせいか、私は急に睡魔に襲われた。気持の上でいくら自分を叱咤《しった》してみたところで、すでに若くない身体は正直なものだった。見たこともないような大きな興信所のオフィスで、私より一回り以上も年下の人事担当者が履歴書を提出させようとして、私の名前を繰りかえし呼んでいた。頭のどこかでこれは夢だとわかっているのに、私はその年下の男と顔を合わせるのが怖かった。理由は定かではないが人に知られたくない履歴を持っている私は、ほかの所員とは違う小学校のころの粗末な木の机のようなデスクにしがみついて、私を呼ぶ声が聞こえないふりをしているのだった。

はっと眼が覚めた。私を呼ぶ声が現実のものであるのに気づくのに数秒かかった。何事につけても反射神経が鈍くなっているのだ。

「沢崎さん！　探偵さん！　いるんだろう？　返事をしてくれ、沢崎さん！」

私は椅子を立って、ドアのほうへ向かいかけてから、その声が反対の窓のほうから聞こえてくるのに気づいた。私は窓のほうへ引きかえし、急いでブラインドを上げ、窓を開けた。窓下の薄暗い駐車場に眼を凝らすと、浮浪者の桝田啓三が私のブルーバードのそばに立っていた。

「大変だ、すぐきてくれ。あの魚住という青年が大怪我をしているんだ！」

事務所の明かりをうけ、桝田の額が汗に光っていた。

「彼はどこだ？」と、私は訊いた。

「兜神社の入口の鳥居のところにいる。頭を怪我して血を流しているんだ」

「救急車は呼んだか」

「いや、まだだ。彼が必死であんたを呼んできてくれと言うもんだから――」

「よし、わかった。あんたはここへ上がってきて、救急車を呼ぶんだ。おれは神社へ行く」

私は返事を待たずに事務所を飛びだした。廊下を走り、階段を駈け降りたところで桝田と擦れ違った。お互いに眼を合わせただけで言葉は交わさなかった。私は桝田が厚地のオーバーをはためかせながら階段を駆けあがって行くのを確かめると、神社をめざして全速力で走った。

　ビルの前の通りを二十メートルほど走り、神社の前の道に通じている脇道に曲がったとき、私はその暗さのせいで一瞬恐慌《パニック》状態に陥った。道を間違えたと思ったのだ。さっき事務所で見ていた夢の中に引き戻されたような感覚に襲われた。だが、自分の記憶を信じて走り抜けると、通りの向かいに神社への入口が見えた。急いで通りを渡ろうとすると、車のライトとクラクションと急ブレーキの音が一度に私に襲いかかってきた。止まらずにそのまま走り続けたので、緑色の車体のタクシーと運転手の罵声がぎりぎりのところで私の背後を走り去った。私は神社の入口から鳥居までの十数メートルの参道を一気に駆け抜けた。

　魚住彰は神社の鳥居の右の柱のそばに横たわっていた。桝田が清和会の暴力団員に連れ去られたときに捲きぞえをくった浮浪者が魚住のそばに付き添っていた。彼は魚住の首の下に右腕をまわして支え、左手に持ったタオルで魚住の左の側頭部をしっかり圧《お》さえていた。鳥居の脇の外灯の明かりでも、そのタオルが血に染まって真っ赤になっていることがわかった。その色に反比例するように魚住の顔から血の気がなくなっていた。

　私は二人のそばに駆け寄った。

「どうだ⁉」

「血が止まらないんだよ！」と、若い浮浪者が泣きそうな声で言った。彼自身の唇の怪我はほとんど消え、あごの痣《あざ》がかすかに残っているだけだった。

「桝田が救急車を呼んでいる。もう少しの辛抱だ」私は二人に向かって言った。彼らはまるで二人で一つの生命体であるかのように見えた。どちらかが息絶えれば、あとに遺《のこ》った命も危ないように頼りなかった。

「待たせるじゃないですか」と、魚住が絞りだすような声で言って、閉じていた眼を開けた。

「大丈夫か」と、私は訊いた。こんな場合に誰もが口にする決まり文句が口をついて出た。

「いや……」魚住は右の肩を起こしかけたが、激しい頭部の痛みに襲われて顔を歪めた。

「動くんじゃない」と、私は言った。私は上衣を脱いで丸めると、魚住の右肩と浮浪者の腕を支えるように、その下に押しこんだ。

魚住は力を振り絞って右手を自分のジャンパーの懐《ふところ》に入れ、内ポケットを探った。

「無理をするな。じっとしているんだ」

魚住はポケットから葉書ぐらいの大きさの半透明のビニールの袋に入ったものを引っ張りだして、私のほうへ差しだした。

「これは何だ?」私はそれを受けとってから訊いた。ビニールの袋の中身がどこかの銀行の預金通帳であることはすぐにわかった。一部分が少し膨《ふく》らんでいるのは、黒い印鑑のケースが入っているせいだった。

「調査を、して……ください」魚住が苦しそうな声で、しかし一語ずつはっきりと言った。

私はうなずいた。魚住のほとんど色のない唇の端に、かすかに笑みが浮かんだ。彼は自分の意志ではなく眼を閉じようとした。

「おまえをこんな目に遭《あ》わせたのは誰だ？」

「いや……」魚住の眼が少し開いた。「後ろから、いきなり、襲われ、誰か……わから……ない」

魚住は気を失って、頭を垂れた。

「お、おい、だ、大丈夫か⁉」若い浮浪者が驚いて声を震わせた。「まさか、死んだんじゃないだろうな⁉」

「落ち着け」と、私は言った。「人間はそう簡単に死なない」

「おっさんは何してるんだ？　遅いじゃないか」

「騒ぐな。怪我人に響くだけだ」

私は魚住から預かった通帳と印鑑入りの袋をズボンのポケットにしまった。

それからの一秒ずつの時間は果てしなく長いように感じられた。一秒ずつの時の刻みは、眼の前の魚住の命を刻んでいるとしか思えなかった。だが、実際のところは救急車のサイレンの音が聞こえるまで十分、いや五分とはかからなかったはずだった。

参道の向こうの表通りにサイレンの音が近づくと、スピーカーを通した救急隊員の声が聞こえた。桝田が彼らを誘導しているに違いなかった。救急車のライトが一度参道を明々と照らしてふたたび暗くなった。間もなく救急車がバックで参道に入ってくるのが見えた。救急車と一緒に桝田も戻ってきた。

助手席から飛び降りてきたヘルメットに白衣の救急隊員が魚住に駈け寄った。救急用の医療鞄《かばん》を抱えていた。彼はわれわれに質問をしかけたが、魚住の側頭部の出血を見るとすぐに応急の止血処置に取りかかった。隊員二名が担架《たんか》を運んできて、すばやく魚住を乗せて固定した。

「これは相当な重傷だ。頭蓋骨を骨折しているおそれもある。一番近い〈東京医大病院〉へ行こう」

魚住を乗せた担架は慎重に救急車の後部の扉から車内へ運びこまれた。医療鞄の隊員は救急車の助手席に駈け戻った。

「通報者は乗ってください。二名までは乗れます」と、担架の隊員の一人が言った。

私は桝田に先に乗るように合図して、丸めた上衣を拾いあげた。ポケットからいくらかの金を出すと、血に染まったタオルを持って呆然と立っている若い浮浪者の手に押しこんで、小声で言った。「怪我人とおれとのやりとりは忘れろ」

私が救急車に乗りこんで、後部の扉が閉められると、車はサイレンの音とともにスタートした。救急車の中で聴くサイレンの音は、ふだん街中で聴いている救急車のサイレンの音とはまるで違った響きを持っていた。音量はかえって小さくしか聴こえないのに、心の底を震わすような響きだった。自分に関わりのない他人の不幸はほとんど気にかけていないということの証《あか》しだった。

20

救急車は青梅街道に出ると、いったん新宿駅の大ガードのほうへ向かった。新宿署の前で強引に車の流れを止めると、誰に遠慮もなく堂々とUターンした。反対の車線を二百メートルほど走って、巨大な東京医大病院の建物に到着した。そのあいだ魚住彰は二人の救急隊員の手でなるべく車の振動を受けないように支えられていた。救急車は病院の玄関を通り過ぎ、スピードを落として建物の角を迂回すると、裏手の救急患者専用の入口に接近した。そこには連絡を受けた病院の医師と看護人たちが待機していた。救急車の後部の扉が開けられ、魚住は担架ごと台車の上に移された。口ひげのある医師が魚住の瞼《まぶた》をめくって両方の眼をのぞきこんだだけで「急いで！」と鋭い声で言った。魚住を乗せた台車は看護人と救急隊員の手ですばやく病院内に運びこまれて行った。

救急車から降りた私と桝田のところへ、助手席を降りた救急隊員が近づいてきた。さっきの医療鞄の代わりに今は書類挟みのようなものを手にしていた。

「ついてきてください」彼は私たちを病院の中に導き、業務用の大型のエレベーターのうちの一台に乗せた。上昇中のもう一台には魚住たちが乗っているに違いなかった。私たちは三階で降りた。魚住を乗せた台車と医師たちが、廊下の奥の手術室に吸いこまれて行くのが見えた。

「すぐに手術が始まると思いますよ。あなた方はこちらへ」救急隊員は私たちを右手のロビーのようなところへ案内した。「出動日誌に記載しなければならないので、話を訊かせてもらいます」

怪我人の氏名、年齢、住所、通報者の氏名、通報した時間、怪我の状況あるいは発見したときの状況などを隊員は手際よく訊いていった。桝田が答えるべきところは桝田が答え、私が知っていることは私が答えた。

「すると、彼が怪我をしたときの状況はわからないんですね？」

「そうです」と、桝田は答えた。「神社の泉水のところで手を洗ったあとで、タバコを喫っていると、鳥居のほうで突然男の叫び声と争うような物音が聞こえたんです。恐る恐る近づいてみると、あの青年がすでに血を流して倒れていた」

桝田は私を振りかえって付け加えた。「彼のそばへ駆け寄ったときは、あたりには彼に怪我をさせたと思われるような人影は全然見当たらなかった」

救急隊員は桝田の薄汚い着衣や外見と、彼のきちんとした話しぶりのちぐはぐさにとまどっているような顔つきだった。

「怪我の状況からして、警察に通報しなければなりませんね。あなた方の名前も報告しなければならないので、ご協力お願いします」

私たちが質問に答えているときも手術室への廊下を医師や看護婦たちがひっきりなしに往来し、手術に必要な医療器具や機材などの搬入も行われていた。さっき階下で待機していた口ひげのある四十代の医師が私たちを見つけ、暗緑色の手術着のようなものに袖を通しながら、ロビーのほうへやってきた。

「緊急に手術をします。左の側頭部の頭蓋骨に陥没がみられ、硬膜外血腫《こうまくがいけっしゅ》や脳挫傷《のうざしょう》を起こしている疑いがあるので、なるべく早く開頭して処置したいのです。付き添いの方で身内の人はいらっしゃいますか」

「いや」と、救急隊員が応えた。

「そうですか。では仕方がありませんね。われわれの判断で手術を開始します」

「彼には父親がいるのだが連絡先がわからない」と、私は言った。「しかし、それを知っていそうな心当たりがあるので連絡を取ってみよう」

「お願いします」と、医師が言った。「こちらは患者の事故の現場に居あわせた人たちなので」「手術にはたぶん相当な時間がかかると思います。術後にも身内の方にいろいろと相談しなければならないことが生じると思いますので……では、よろしく」

医師は手術室のほうへ急ぎ足で去った。救急隊員も入ってきた経路から引きあげて行った。

手術室への廊下の角にある〝ナース・ステーション〟の右の奥にトイレがあり、その入口のところに公衆電話があった。私は桝田に待つように言って、電話のところへ行った。受話器を取る前に時間を確かめると、夜中の十二時までにあと五、六分しかなかった。手帳から例の名刺を取りだして番号を確認し、荻窪の〈ダッグ・アウト〉に電話を入れると、すぐに藤崎夫人らしい声が電話に出た。

「藤崎さんはいらっしゃいますか」と、私は訊いた。

「……おりますが、あなたはどなたですか」

私の声を聞いただけで私が誰かまだわかっていないのに、彼女の声には反射的に不審の念があらわれていた。私が死んだ川嶋弘隆の名前を騙《かた》ったときの驚きが頭にこびりついているに違いなかった。

「沢崎です」

「ああ、あの探偵さんね。あなた、いい加減で何の役にも立たないような仕事を一週間も十日も続けて、調査費だか何だか知らないけど、まだ子供みたいな魚住君から騙《だま》し盗《と》るような真似はやめなさいよ」酒の勢いもあるような口調だった。

「何のことだかわかりませんね」と、私は応えた。

魚住は周囲の人間に、私を雇って調査をさせているように思わせていたのだろうか。〝子供みたいな〟人間は時として大胆な手を使うものだった。

「私が彼に雇われることになったのは、たった十五分前のことです」

「嘘ばっかり言って！」電話の声が遠くなって、誰かと話している声が聞こえてきた。「ほら、あの探偵よ。いいわよ、あたしが話すから」

受話器を取りあげるために争っているような音が聞こえた。

「お電話替わりました。藤崎ですが……」

「沢崎です」

「ああ、魚住からあなたのことはうかがっています。彼はこちらにはいませんが……」

「わかっています。彼は怪我をして、救急車で病院に運びこまれたのです」

「何ですって⁉　いったいどうして⁉」

「詳しいことを話している時間はないのです。藤崎さん、あなたは彼の父親の連絡先をご存知ですか」

「えっ？　ええ、もちろん魚住のもとの住所ですから、調べればすぐにわかります。しかし、そんなにひどい怪我なんですか」

「頭を怪我していて、すでに緊急の手術が始まっているはずです」

電話の向こうで藤崎が息をつめるような音を立てた。

「わかりました。ぼくのほうですぐに連絡を取ります。しかし、あの父親は……つまり、その……」

「前妻の見舞いにも、葬式にも行かないような男」

「そ、そうなんです。連絡を取っても、腰を上げてくれるかどうか……」

「とにかく連絡をしてみてください。病院は新宿西口の新宿署のそばの東京医大病院ですが、ご存知ですか」

「ええ、知っています。ぼくもすぐに病院へうかがいます。構いませんか」

「もちろんです。ただし、監督だけにして、元選手や外野席の応援団には内緒にしてもらいたい」

「わかりました」

私たちは電話を切った。私はロビーのレザー張りのベンチに腰をおろしている桝田のところへ戻った。

「彼は助かるだろうか」と、桝田が心配そうに訊いた。

「そうあってほしいな」私は桝田の隣りに坐った。

「彼と話はできたのかね？」

「魚住彰は、私の依頼人だ」

「……やっとだね。あたしがあんたに会って、最初に彼のことを話したのはいつのことだろう？」

私は上衣のポケットからタバコを取りだした。さっき魚住たちのクッション代わりに使ったせいで、パッケージがつぶれてしまっていた。桝田にもすすめようとすると、彼は駄目だと言うように手を振って、背後の壁を指差した。見るまでもなく〝禁煙〟の表示に違いない。そう言えば周囲のどこにも灰皿が見当たらなかった。私はタバコをしまった。

「二週間ほど前だな」

「そうか……あれからもう、何カ月もたっているような気がするよ」

「一つ頼みがある」と、私は言った。

「何だろう？　言ってくれ」

「明朝、明るくなってからでいいが、神社の鳥居の周辺を調べて、魚住を襲うのに使われた凶器が見つかるかどうか探してみてくれないか。怪我の様子では、おそらく血痕が付着しているだろう。となると、あのあたりに棄てていった可能性が高い」

「いいよ、やってみよう」

ナース・ステーションの向かいにある一般用のエレベーターの扉が開いて、二人の制服警官が出てきた。彼らは私たちが傷害事件の関係者であることを確認すると、さっきの救急隊員とほぼ同じような手順で、私たちから事情聴取した。違いは、救急隊員が魚住がどのようにして負傷をしたかに関心を持っていたのに対して、警官たちは誰がどのようにして被害者を襲ったのかに関心を持っていることだった。私たちは彼らが期待しているような情報は何も提供できなかった。

警官は被害者と私たちの関係を訊いた。桝田が事件の現場近くの神社で一度会って、酒を奢《おご》ってもらったことがあるが、名前を知っている程度の知り合いだ、と答えた。私は桝田の知り合いで、現場の近くにある私の事務所へ彼が怪我人がいると知らせにきたので、救急車を呼ぶのに電話を使わせて、それから手を貸したのだ、と答えた。桝田は私の答えを黙って聞いていた。私は嘘をついたわけではなかった。事実のすべてを話さなかっただけだ。

私はさっき電話をしたときの名刺をポケットから取りだして、こんどは嘘を言った。

「怪我人が意識を失う直前に、この電話番号の藤崎という人に連絡してくれと言ったので電話をしたら、すぐこちらへ向かうということだった」

「その藤崎というのは？」あごの張った年長の警官が名刺を一瞥して訊いた。

「高校の先輩にあたるらしい。荻窪からだからそんなに時間はかからないだろう」

年上の警官は私の上衣の肩口を見つめていた。「あんたの上衣に付着しているのは血じゃないのか」

私は彼が指差すところを見た。確かに赤黒いしみが付いていた。「救急車を待っているあいだ、丸めて怪我人のクッション代わりに背中の下に押しこんだので、そのときに付いたんだろう」

警官はそれが事実かどうか確かめるように桝田を見た。桝田がうなずいたので、彼は納得したようだった。

警官たちは私たちの名前と連絡先を確認した。桝田が夜はいつも兜神社にいると答えると、二人で顔を見合わせて苦笑した。初老の浮浪者とその知り合いだという暇な中年男を、まともな市民とは思っていないことが露骨に態度にあらわれていた。

「最近、この手の強盗事件が西口界隈でも頻発《ひんぱつ》しているんだ。今月に入って、これで三件目か」若いほうの警官がうんざりしたような声で言った。

「昔は東口や歌舞伎町に較べたら静かなもんだったが」

彼らの口振りでは、浮浪者のもう一人の知り合いが、物盗りに遭って負傷したと思われる事件を少しも重大なものとは考えてないようだった。凶悪な犯罪が急増している新宿で、こんな時間に人が頭を強打されたぐらいで驚いていては警官は勤まらないのだ。

二人の警官は相談して、年上の警官が病院の医師たちから事情聴取し、若いほうが事件現場の捜索にまわることを決めた。年上の警官は看護婦たちを笑わせる下品なジョークでも考えているような顔で、ナース・ステーションへ向かった。脚ばかりが伸びてしまったような長身の若い警官は羨《うらや》ましそうに同僚を見送りながら、私たちのうちのどちらかが現場まで同行してくれと言った。枡田が自分のほうが事情に詳しいからと言って立ちあがり、警官と一緒に一般用のエレベーターのほうへ向かった。

私は枡田たちが乗ったエレベーターのドアが閉まるのを待って、トイレに行った。あいている大便用の仕切りに入って、ドアを閉めた。魚住から預かったビニールの袋に入った銀行の通帳を出して調べた。魚住の義母だろうと推測される松永季江《まつながとしえ》名義の普通預金の通帳で、残高は二百八十万円と端数だった。そのとき通帳のページのあいだに挟まれていた何かが滑り落ちそうになった。折り畳んだ紙片のようなものだった。紙片は広げてみると、能楽鑑賞の入場券のようで、日付は今月の十二日の金曜日になっていた。明後日《あさって》の切符だということだ。〝大築流《おおつきりゅう》三月定期公演能〟という表題のほかに『船辨慶《ふなべんけい》』などの演目や大築右近《おおつきうこん》という出演者の名前なども印刷されていた。しかし、魚住彰と能楽という組み合わせはまるで狐につままれたような感じだった。

そこまで調べると、切符は自分の手帳に挟んで、魚住の義母の通帳とは別に上衣のポケットに入れた。それから小便をすませて、トイレを出た。ナース・ステーションをのぞいたが警官の姿はなかった。私は点滴の準備をしている若い看護婦に訊ねてみた。

「手術にはまだ最低でも一時間以上かかると聞いて、いったん署に戻られるそうです。午前一時ごろにまたくるとおっしゃってましたよ」

「そうですか。魚住彰の手術の経過はわかりますか」

「いいえ、わたしでは……でも、さっき婦長さんが、手当てが早かったので、生命の危険はもうないだろうとおっしゃってました」

一般用のエレベーターのドアが開いて、出てきた男がまっすぐナース・ステーションに近づいてきた。

「ぼくは救急車でこちらに運ばれた魚住彰の知り合いで、藤崎という者ですが……」

かつてはかなりの運動量をこなしていた人間がその減少につれて肥満したような身体つきだったが、堅太りで長身の男だった。四十一才にしては前頭部がすっかり禿《は》げあがっていて、その下に選手がバントを失敗しても明るく笑っていられそうな柔和な顔があった。元スポーツマンらしい白のポロシャツとスラックスの上に、死んだ川嶋弘隆が勤めていた〈ハザマ・スポーツ・プラザ〉のロゴが入ったジャンパーを着ていた。

私は看護婦を制して、沢崎だと名乗った。彼をレザー張りのベンチに案内し、それまでの経過を簡潔に話して聞かせた。

「魚住彰の父親に連絡はつきましたか」

「それが、電話をかけてもつながらないんです。例の〝おかけになった電話はお客様の都合でただいま通話ができなくなっております〟というやつです。電話料金が未払いなんでしょう。自分で直接知らせに行こうと思ったのですが、今夜は遅いですし、こちらのほうがどうしても気になったものですから……明朝一番で知らせに行くつもりなんですが」

「父親の住まいはどこですか」

「三鷹駅の近くで、三鷹市の〈日本無線〉からすぐのところなんですが」

私はうなずいた。そして、上衣のポケットから魚住の義母の預金通帳を出した。「これは救急車を待っているあいだに魚住彰から預かったものです。彼の母親が遺《のこ》したものらしい。彼はこの通帳の金で、私にある件についての調査を依頼したのです」

「ある件と言いますと？」

「それを言うわけにはいかないのです。しかし、あなたにはだいたいの察しはついているでしょう」

「ええ、まァ……でも、魚住はもうだいぶ前から、あなたに調査を依頼していたのではなかったのですか」

「そう思わせていただけで、本当に依頼を受けたのは、彼が重傷を負ったあとです」

「ということは……あいつは、つまり――」

「自分を囮《おとり》にしたのかもしれません。もし、そうだとすれば、相手は見事に引っ掛かったことになる」

「相手が誰かわかっているのですか」

「それを言う前に彼は意識を失ってしまった」私は事実とは違うことを言った。「彼の恢復《かいふく》を待たなければ、その点はわかりません」

「そうですか……」

「この通帳はあなたに預かってもらいたいのです。すぐにも彼の手術の費用や治療費が必要になるでしょう。それから彼の代理人として、私の調査の必要に応じて然《しか》るべき料金を払っていただきたい。たぶん彼の意識が戻るまでは、実際に請求する必要はないと思いますが」

「それは、構いませんが……しかし」

「それが彼の意思だと思って、あなたにお願いしているわけだが、あなたがそれに賛成できないということなら、無理強《むりじ》いはできない」

「いや、そんなことはありません。もちろんぼくも魚住の意思を尊重しますよ」

「では、確かに」彼はそれをジャンパーの内ポケットにしまった。

私は預金通帳の入ったビニール袋を藤崎に渡した。

「もう一つ相談があります」と、私は言った。「実は、その通帳のことも彼から依頼された調査のことも、担当の警官たちには一切話していないのです。さらに、そのほかにもいくつか私と魚住彰の関係を警察には伏せていることがあります」

私はそれらについても説明した。

「それで、あなたに積極的に嘘をついてもらう必要はないが、警察が何かを訊くことがあれば、その線に沿って答えておいてもらいたいのです。その理由は依頼された調査に支障がないように、というだけのことです」

「……そうですか。わかりました。ぼくにできるだけのことはやってみましょう」

私は時計を見た。年長の警官が戻ると言った午前一時が近づいていた。私はその時間には

この病院の外に出ていたかった。

「では、魚住彰の父親の住まいの正確な場所を教えてもらいたい」

私はようやく探偵に復帰した思いだった。

21

都心を離れるにつれて車の量は著しく少なくなった。私は病院からブルーバードを取りに事務所へ戻って、青梅街道と五日市街道経由で車を走らせた。魚住彰の父親である魚住彪《ひょう》の住居は三鷹市下連雀《しもれんじゃく》六丁目の〝吉祥寺通り〟を西に少し入ったところにあった。通りの東側一帯には藤崎が目印として教えてくれた日本無線の三鷹工場の敷地が広がっていた。近くの保育園の金網のフェンスのそばにブルーバードを駐車したときは、午前二時になろうとしていた。

魚住の家はかなり古びた木造の二階建の建物で、そのまわりを胸ぐらいの高さのブロック塀が囲んでいた。ブロックは緑色の苔《こけ》におおわれ、塀と建物とのあいだに植えられた何本かの立木は何年も手入れをした様子がなかった。正面の門には鉄格子の門扉《もんぴ》が付けられていた。門柱に墨の色が薄くなった魚住の木の表札が掛かっていた。その脇にある郵便受けの名札には、世帯主の魚住彪の名前だけが残っていた。彼の名前の下に、病死した前妻の季江、自殺した娘の夕季、家を出た息子の彰の三つの名前が黒い線で消してあるのだが、日光や雨に晒《さら》されてふたたび読める程度に浮かびあがっていた。それがかえってこの家族の崩壊の記録の鉄格子のあいだから手を入れてハンドルのついた止め金をはずすと、門扉は簡単に開いた。私は雑草のはびこった一坪ぐらいの前庭を通って、玄関のドアに達した。磨《す》りガラスのはまったドアの脇の呼鈴を押して、しばらく待ったが何の反応もなかった。もう一度押して、もう少し長く待ってみたが、同じことだった。呼鈴そのものに少しも手応えがなく、家の中で何かが鳴っているようなかすかな音さえもしなかった。たぶん呼鈴は壊れているのだろう。

玄関の手前の左側に、立木のある庭に通じる古びた木戸があった。把手の横木を動かして、何年も手を触れた様子のない木戸を苦労して開けると、数メートル先のカーテンの閉まったガラス戸に明かりがついていた。カーテンの明かりの色と明るさがしきりに変化して、かすかに音楽も聴こえていた。誰かがテレビを観ているのだ。

私は木戸の中へ入った。膝までの雑草がびっしりと生《お》い茂っていて、庭の奥のほうへは誰も入れそうになかった。木戸に沿ってガラス戸に手が届くところまで何とか近づいて、ガラス戸を数回叩いた。しばらくは何の反応もなかった。もう一度叩こうとすると、カーテンに黒い影が立ちあがるのが映った。影はカーテンに近づいて小さな隙間を作り、こちらをじっと凝視した。やがて、カーテンがガラス戸一枚分ぐらい開けられ、立っている影が浴衣《ゆかた》のような寝間着を着た六十才前後の男であるのがわかった。年齢のわりには背が高くて筋張った身体つきの男だった。彼は自分の姿を見せるためにカーテンを開けたのではなかった。玄関のほうを指差して、私に庭を出るように指示しているのだった。私は玄関に戻った。

すぐに玄関の明かりがつき、さっきの人影が出てきて磨りガラスのドアの鍵を開けた。ドアがドア・チェーンの長さの十センチほど開けられ、その隙間から魚住彰の父親らしい男が私を睨《にら》んでいた。

「何してるんだ？　こんな時間に」

男の声は妙に粘《ねば》ついている感じで、しかも怒りがこもっていた。腫れぼったい眼のふちは赤黒かった。おそらく、酒を飲んでいい気持で眠りこんでいたところを、私に起こされたのだろう。

「魚住彰の父親だね？　遅くて申しわけないが、急用があって訪ねたんだ」

魚住彪は息子の名前を聞いても、ほとんど表情を変えなかった。

「あいつが何をしたのか知らんが、あいつはあいつ、おれはおれだ。おれには何の責任もないよ。さっさと帰ってくれ」

彼は手荒くドアを閉めた。十一年前に息子が八百長試合の疑惑をかけられたときも、この男は同じような態度で同じような言葉を口にしたのではないだろうか。狼狽している人間は一定の反応を示すものだ。彼は一度閉めたドアをまた開けて、私が立ち去っていないのを確認した。

「こんな時間に、おれのうちの中を勝手にうろうろされるのは我慢できない。よし、警察に電話するから、そのままそこで待っていろ」

「そうしてくれ。そのほうが話が早そうだ」

彼は一瞬当惑したような顔をした。胸がむかつくのか、はだけた寝間着の襟もとに手を突っこんで掻きむしるような仕種《しぐさ》をした。さらに怒りがこみあげてきたようだった。

「よし、そっちがその気なら、本当に電話をするぞ」彼は玄関から足音高く立ち去った。

私は上衣のポケットからタバコを出し、火をつけて待った。一分もしないうちに、ふたたびふらつくような足音がして、魚住彪が戻ってきた。

「すぐに警察がくる。不法侵入で訴えてやるからな」

彼の口からあごにかけて濡れたあとがあった。たぶん台所へ行って、水でも飲んできたのだろう。酒かもしれない。

「いい加減にしろよ」と、私は言った。「このうちの電話が不通なのは知っている。私の話を聞くんだ」

「何だって？　あんた、ここへ電話をしたのか」

「電話をしたのは藤崎監督だ。藤崎謙次郎は憶えているだろうな」

彼は身体の揺れに逆らうように二、三度うなずいた。予想したより重大なことが起こっていることに気づいた顔だった。

「監督の代わりに私がきたんだ。今夜、あんたの息子が新宿で誰かに襲われて重傷を負ったんだ。私はそれを知らせにきた」

「彰が、重傷だって⁉」

「このドアを開けてもらおう。こっちも疲れているんだ。いつまでもこんな隙間越しにあんたの血走った眼を見ていると、催眠術にかかってしまいそうだ」

彼はドアをいったん閉め、ドア・チェーンをはずして、ドアを開けた。「重傷って、どういうことなんだ?」

彼は玄関の三和土《たたき》に裸足《はだし》で立っていた。私がドアの中に入ると、彼は後ろへ退《さ》がって式台から上にあがった。

私はドアを閉めて言った。「息子さんは頭を殴られて、新宿の病院に運びこまれ、緊急手術を受けている。看護婦の一人が生命の危険はないだろうと言っていたが、予断を許さないような状態だと思う」

「何てことだ……」父親は身体の力が抜けたようによろめいて、二階への階段の手摺りに寄りかかった。

「大丈夫か」と、私は訊いた。

彼はうなずき、手摺りに摑まったまま身体をまわして、階段の一番下の段に腰をおろした。白いものが混じった頭髪はぼさぼさで櫛目《くしめ》が通っていなかった。広い額と高い頬骨のあたりに息子と共通の骨格を思わせるところがあったが、息子に較べて妙に赤味を帯びた皮膚と弛《ゆる》んだ口もとは父親の現在の生活状態を表していた。

「あいつもついてないやつだ……しかし、いったい誰がそんなことを?」

「灰皿を貸してもらえないか」と、私は訊いた。

彼は下駄箱の上の四角い焼物の花器を指差して、それを代わりに使ってくれと言った。錆《さび》だらけの剣山と何年分もの埃りだけの花器に、私はタバコの灰を落とした。

「息子を襲ったのが誰か、父親のあんたにも心当たりはないのか」

彼は首を横に振った。「父子《おやこ》だと言っても、彰とはもう五、六年は会っていないんだから、こっちはあれがどんな生活をしているかも知らないんだ」

「最後に会ったのは三年前じゃないか。別れた奥さんの松永季江の病気のことを知らせにきたはずだ」

「そうだったか……」彼は私の顔をまじまじと見つめた。「しかし、あんたはどうしてそんなことまで知っているんだ。だいたいあんたは誰なんだ？」

「名前は沢崎。職業は探偵。あんたの息子に雇われて、ある調査をしている」

「探偵だって？ 彰は探偵なんか雇っていったい何をしているんだ？」

「それは言えない」と、私はおさだまりの返答をした。相手の反応を見るためだった。

「フン、訊かなくったってわかっているよ。どうせ姉の夕季のことを調べてくれと言ってるんだろう。あいつはいつになったら眼が覚めるんだ」

彼は渇いている喉をなだめるように喉仏のまわりを撫《な》でまわした。

「あんたも調べる価値はないと思っているのか」私はタバコの煙をゆっくりと吐きだしながら訊いた。

「こっちは十年以上も昔のあんな事件のことは、一日も早く忘れたいだけだ」

「忘れることができたのか」私は花器でタバコを消してから言った。「そんなふうには見えないな」

彼は上目使いに私を睨んだ。

「そう簡単に忘れられるものか。この家はあの事件を境にして、坂を転がり落ちるようにひどいことになってしまったんだから」

タバコの火で埃りが焼けるような臭いがしたので、私はもう一度吸殻の火を消しなおした。

「息子が八百長試合の疑惑をかけられたことや、娘さんが飛び降り自殺をしたことを言っているのか」

「そうだ。だが、それだけじゃないんだ。あの事件の被害者は二人の子供たちだけだと思っているのか。とんでもないよ。おれや家内——別れたあいつだって同じようにつらい目に遭ったんだ。いや、一番の被害者は家内の季江《としえ》かもしれないな」

彼は玄関のドアの向こうの、夜の闇を透かして見るような眼をした。「あの日は、季江も三鷹商業の応援で、地元の応援団と一緒に甲子園まで出かけて行った。相手は強敵のPL学園だったから敗けるのは覚悟の上で、よく頑張ったと褒《ほ》めてやって、息子たちと一緒に新幹線で帰る予定だったんだ。ところが終わってみると、三鷹商業の関係者のうち、息子の彰と監督と野球部長の三人は一緒には帰れないと言われたんだ……何故なら、彰に八百長試合の嫌疑がかかっているからだと知らされた。新幹線の三時間は、季江にとってはまさに地獄の針の筵《むしろ》ってやつだった。東京駅のホームで倒れて、そのまま入院するほどのショックだった。もともと糖尿を患っていたんだが、その症状が眼に出ていてほとんど網膜剥離《もうまくはくり》を起こしかけていた。入院したらすぐに手術をしなければならなかったんだ。手術後の一番安静にしていなければならないときに、こんどは娘の自殺だ……あれで失明せずにすんだことのほうが不思議だよ」

彼は視線を私に戻した。「すまんが、タバコを一本もらえないか。やめて何年もなるというのに、当時のことを思い出したら急に喫いたくなった」

私はタバコを出して彼に与え、火をつけてやった。

「娘の夕季も勤めていた会社にいられなくなって、死ぬ前に辞表を出していたそうだが、おれだって二十五年も勤めた電機メーカーを結局は辞《や》めるしかなかったんだ。だって、そうだろう？　彰の甲子園出場が決まったときも、ベスト8まで勝ち進んだときも、会社を挙げての応援をしてくれたのが、あんなひどい結果になったんだ。なかには家内の病気も娘の自殺も当然という顔をするやつもいた。いっそのこと、彰が八百長試合をやっていればよかったよ。それなら、こっちが小さくなっているだけですんだんだ。ところが一週間もたってから、お宅の息子さんは潔白でしたっていう裁定じゃないか。会社ではもう誰もおれの顔をまともに見るやつはいなくなった。話しかけるやつもいなくなった。みんな申しわけなさそうな顔で、こそこそとおれを避けて通るんだよ。そんな会社で仕事なんかできるか。おれが辞表を出したとき、それを受けとった上司は、上からの命令で、円満に退社してくれるように相談に行く予定だったと言ったよ。おれはそのときまで、辞表は預かっておくと慰留されるものだと思っていたんだから、いい気なもんだ」

魚住彪は眼に涙を滲《にじ》ませて、乾いた笑い声をあげた。笑っているうちに、タバコの煙にむせて咳きこんだ。

「栄光の蔭に屈辱ありだな」と、私は言った。「私の知っている興信所員の一人に、性格が実に陰険で、ひねくれていて、周囲の誰もが彼の失敗を期待しているように思いこんでいる男がいる。彼はかつての甲子園児だそうだ。二点差で勝利目前の九回裏だった。2《ツー》アウト満塁のピンチで、投手が打者を三塁後方のイージー・フライに討ちとったとき、サードの守備についていた彼がぽろりと落球してしまった。おまけにホームにとんでもない悪送球をしてサヨナラ敗けを喫《きっ》したんだ。野球にミスは付きものだが、十七、八才の少年がそんな失策を演じることがあるというのに、日本中が注目してテレビの中継で観ているというのも、どうかと思うね。晴れの入場行進をしているときは、自分が、あるいは自分の息子がそういうみっともないほうの主役を演じるかもしれないとは、誰も思っていない」

「でもミス・プレイをした甲子園児がみんなひねくれた人間になるわけじゃないさ」

「そうだ。優勝校の選手や好プレイをした選手がみんな立派な人間になるとも限らない」

「ミス・プレイをしたぐらいのことと、八百長の濡れ衣を着せられるのとは大違いだ」

私はうなずいた。「しかし、あんたの息子はその試合のことで泣き言を言っているわけではない。彼には被害者意識はない。姉の自殺に疑問を抱いているだけだ。姉が自分のせいで自殺したのかどうか、姉の死に本当に責任があるのかどうか、それを確かめようとしているのだ。だが、誰も取り合おうとはしない……世の中も、監督も、父親さえも」

私は玄関のドアを開けて、出て行こうとした。

「ちょっと待ってくれ」と、魚住彪は言った。「彰の入院している病院はどこなんだ？　それをまだ教えてもらっていない」

「息子を見舞うつもりがあるのか。さっきからの御託《ごたく》は、嫌なことは避けてここで酒を飲んでいるための口実を並べていたんじゃなかったのか」

「まさか……」彼ははだけた襟もとを繕《つくろ》った。「あんたの話では、彰の手術や治療には相当な費用がかかりそうだ。おれだって日雇いのその日暮らしだが、いざとなればこの家や土地を担保にして、彰の治療費ぐらいは出せる」

「費用のことは病院にいる藤崎監督と相談したほうがいいだろう」私は玄関のドアをもう一度閉めた。「手術を担当する医者が、手術の後でも身内の者に相談しなくてはならない事態が生じるだろうと言っていた」

「……わかった。病院へ行くことにするよ」

彼はゆっくりと階段から腰を上げると、花器でタバコを消した。私がきたときに較べると、少しは酔いが醒めているようだった。「それに、言いそびれていたが、息子がいろいろ世話になって申しわけない」

「病院は新宿の東京医大病院だが、私はどうせ新宿に戻らなければならない。私の車で送ろう」

「そうしてもらえればありがたい。急いで着替えるよ」

彼は奥へ続いている廊下に向かいかけた。

「水を一杯もらいたいのだが」と、私は頼んだ。

「ああ、構いもしないで悪かった。持ってこよう」

「いや、眠気覚ましに顔も洗いたいんだ」

「じゃ、あがってくれ」彼は廊下の奥へ行くと、右側のガラス戸を開け、明かりのスイッチを入れて「ここだ」と言った。そして、自分はその向かいにある襖《ふすま》を開けて、左側の部屋に入って行った。

私は靴を脱いであがり、廊下を通って、台所に入った。初老の男鰥夫《やもめ》の一人暮らしの台所は散らかっていたが、少なくとも〝アル中〟のそれのようにひどい乱雑さではなかった。私のアパートの台所よりも片付いていた。私は水道の蛇口を捻《ひね》って水を出し、コップを探すふりをして別の物を探した。台所の奥の風呂場やその周辺では見つからなかった。勝手口に通じる一畳の土間に洗濯機はあった。

私は振りかえって、魚住彪のいる部屋のほうに耳を澄ました。聞こえてくる物音はこちらの行動を疑われるおそれがないくらい遠かった。私は洗濯機の蓋《ふた》を開けて、入っている衣類を引っ張りだした。ベージュ色の作業衣の上下と白いワイシャツだった。すばやく広げて見ると、作業衣とワイシャツの右の袖口と、ズボンの膝のあたりに、黒っぽく乾いた多量の血痕が付着していた。

私はそれらを洗濯機の中に戻して蓋を閉め、水道の蛇口のところへ引きかえして、冷水を顔に浴びせた。

22

ブルーバードで五日市街道を戻り、環八《かんぱち》通りと交差する高井戸《たかいど》陸橋の下をくぐってしばらく走るうちに、雨が降ってきた。魚住彪《ひょう》は緊張した姿勢を崩さずに助手席に坐っていた。深夜のこんな時間に車に乗るのも、身内の身を案じるのも久しぶりのことに違いなかった。灰色のニットのシャツの上に着ているくたびれた合物《あいもの》の紺のスーツは、十一年前のあの事件以前に買ったものではないかと思われた。胸や袖のあたりが少しダブついていて、年齢のわりに大柄な身体が急に縮んだような印象を与えた。

私が車のワイパーのスイッチを入れると、彼は天気予報が当たったなとつぶやいた。タバコを出してすすめたが、こんどは断わった。私は自分のタバコにダッシュボードのライターで火をつけた。右折して青梅街道に入ったころから雨脚が強くなった。

「息子が頼んだという調査のことだが」と、魚住彪が言った。言葉を続けるまでにしばらく時間がかかった。スピードの遅い大型の貨物トラックを追い越すあいだ、その吠えるようなエンジンの音や雨を弾く音で会話をするのが無理だったせいでもあった。貨物トラックが後方に去るにつれてもとの静かさが戻り、それに促されたように彼は言葉を継いだ。

「……いや、おれは反対してるわけじゃないんだ。反対する権利もないだろうが、つまり、その調査はうまく進んでいるのかね？」

「申しわけないが、さっきも言ったように、私はそういうことを喋って歩くために、あんたの息子から報酬を得ているわけではないのだ。それより、彼の出費をむだに遣わずに調査を進めるために、あの当時のことで少し訊ねたいことがある」

　魚住彪は少し考えてからうなずいた。「いいだろう。おれに答えられることなら……どうせ、思い出したくなくても思い出してしまった、過去の亡霊のようなことばかりだから」

　私は喫いすぎて味がわからなくなったタバコを灰皿で消しながら、何から質問をすればいいかを考えた。車は高円寺《こうえんじ》の環七《かんなな》通りとの交差点の陸橋の下をくぐった。

「夕《ゆ》季《き》という娘さんが自殺をしたマンションというのはどこにあるんだ？」

「自由が丘だ。正確には東急大井町線の九《く》品仏《ほんぶつ》の駅のほうが近いんだが、そう言うと娘は嬉しくなさそうな顔をしていたな。「あたしたちは〝ガオカ〟って言うんだけど、お父さんにはとても無理だわね」と笑っていたな。雛鳥《ひなどり》が羽ばたくように楽しそうに引っ越して行った日のことを思い出すよ」

　雛鳥が必ずしも可愛いだけの小鳥に育つとは限らなかった。

「娘さんがあの事件のために辞めたという仕事は何だったんだ？」

「夕季は〈リュミエール化粧品〉という当時できたばかりの会社に入っていたんだ。フランスに本社のある外資系の会社だった。日本ではある大手のデパートが資金的にバック・アップしていたが、リュミエール化粧品の経営は社長以下重役もすべて女性という新しい会社だった。その会社の社員募集があったとき、娘は経理のほうに応募したのだが、父親のおれが言うのもおかしいが、夕季はかなりきれいな娘だったので、モデル販売員のほうで採用すると言われたらしい。そのほうが給料も多かったようだが、娘は三鷹商業を出ていたので、どうしても得意な経理の仕事をしたいと言って譲らなかった。それがかえって重役たちに気に入られたようで、なんとか採用試験にも受かり、あの年の四月から働きはじめたばかりだった」

杉山《すぎやま》公園の信号が赤に変わったので、私はブルーバードを停めた。

「十九才の娘がマンション暮らしをしていたというのが私にはピンとこないのだが。十一年前のことだから現在とはかなり事情が違うはずだ」

「自由が丘のマンションは社宅のようなものなんだ。マンション自体はさっき言った大手のデパートの所有で、一階にリュミエール化粧品の支店の店舗があった。三階から上は一般の賃貸マンションなんだが、いくつかの空室を社宅替わり使っていたようだ。たいがいはモデル販売員たちが二人一組で住んでいたらしいが、娘だけは赤坂見附《あかさかみつけ》にある本社勤務で出勤の時間も違うので、一人だけで住まわせてもらっていた」

経理が得意だった十九才の夕季という娘にも、野球賭博や八百長試合に関わることがもたらす結果の計算まではできなかった。彼らの人生における〝悪路〟は、言わば停止することも後戻りすることもできない高速道路のように危険なもので、赤や黄の信号はどこにも設置されていないのが普通だった。信号が青に変わったので、私は車をスタートさせた。

「彼女は、すでに辞めていた化粧品会社の社宅で自殺したことになるな」

「夕季からの最後の電話では、親身《しんみ》になってくれる上役の一人に辞めることを相談していると言っていた。そのときマンションを出る話をしたら、会社を辞めるにしても部屋はその月の末まで使っていいと言ってくれたそうだ。夕季としてはそうもいかないので、早めに家へ帰ってきてもいいか、と言っていた。あれはそんな矢先の出来事だったんだよ」

「その電話はいつかかってきたんだ？」

「たぶん、あの日の前日か前々日だったと思うが、どっちだったかはどうしても思い出せないんだ」

「そのときはとくに変わった様子はなかったのか」

「家内からも彰からもそう言って責められたが、おれは何も気づかなかった……あの娘《こ》がまさか、あんなことを考えているなんて……」

彼の膝に置かれた両手の拳に力が入って、骨の部分が白くなった。

「彰の裁定が決まるまでの何日かは、おれだって死んだほうがましなような気持でいたんだから……」

新宿方面からくる対向車ほどではなかったが、また少しずつ車の量が増えてきた。ダッシュボードの時計を見ると九時十五分のように見えたが、実際は二時四十五分を過ぎたところだった。長針が半分に折れて短針のように見えるせいだった。

「あんたの息子にかかってきた例の八百長を唆《そそのか》した電話のことだが、それについて本人から何か訊いたことはあるのか」

「彰が甲子園から帰ってきたときに訊いた。しかし、あいつはそのことに触《ふ》れられると決まって機嫌が悪くなって、口論みたいになってしまった。こっちはどうして監督や大会の関係者に相談しなかったんだという文句になるし、彰は試合に出場できなくなるのが嫌だったの一点張りだからな。それでも彰の言葉のはしばしから推測すると、当時のスポーツ紙にも書いてあったが、関西弁を喋る暴力団ふうの男だったようだ」

「その後、それについての捜査は具体的な成果は何も挙《あ》げていないのか」

「その後も何も、あの当時から犯人が見つかる可能性はないだろうと言われていたよ。関西の暴力団で高校野球を対象にした賭博行為に手を出していないものを捜すほうがむずかしいと言われたし、そのうちの大半は三鷹商業が敗けないと大損害を蒙るところばかりだったと言うんだ。ひどい話だ。向こうの警察なんか、必ずしも関西の暴力団による賭博犯罪とは限定できないと責任逃れを言っているような始末だったよ」

中野署の少し手前で、夜間の道路工事に引っ掛かってしまった。新宿方面は一車線を除いて通行止になっていたので、病院へ着くのは少し遅れそうだった。私は質問の内容を変えた。

「川嶋弘隆という男を知っているか」

魚住彪は小首を傾げた。聞き憶えのある名前だが、誰か思い出せないという感じだった。

「ハザマ・スポーツ・プラザというスポーツ用品の製造販売会社に勤めていた男だ」

「ああ、彼のことを言っているのか。彰の野球部の先輩だったと思うが……確か、監督の藤崎さんと同期だったはずだ」

「彼が先月の末に死んだことは知っているか」

「いや、知らなかった。あんたも見ての通り、おれの暮らしはずっとあんなものだったんだ。そんなことは知りようもないじゃないか。しかし、彼はまだ四十才かそこいらだろう。何でまた？」

「事故だった。ゴルフの後で狭心症の発作を起こしたらしい」

「そうか……わからないものだな。おれみたいに死んだって誰も気にしないような暮らしをしている年寄りが、いつまでも生きているのに……川嶋というのは、陽気で、明るくて、どちらかと言うと、いい加減な感じのする若者だったような記憶があるんだが」

「当時、川嶋は亡くなった夕季さんと付き合いがあったという話を耳にしたが、本当か」

魚住彪は小さな笑い声を漏らした。彼の顔には当時を思い出しているような表情が浮かんでいた。

「それが本当なら、いや、つまり、二人の付き合いが真剣な交際だったと言う意味なら、父親のおれが知っているはずはないだろう。そういう交際は父親なんかには知れないように進行するものだから。逆におれが娘たちのことを知っているというのが、少なくとも夕季に関してはまだ子供のお付き合いの範囲だったって証拠だよ」

「付き合いがあったことは事実なんだな」

「そう……確か、最初は藤崎監督の奥さんになった典子《のりこ》さん——夕季とは小学校からの幼馴染みで、吉祥寺駅の周辺にあるビル経営者のお嬢さんだったが——典子さんとその川嶋という彰の先輩が親しくなったのが、あれたちの付き合いの始まりだったはずだ。二人の交際が目立たないように、川嶋の同期の藤崎監督と典子さんの友だちの夕季が引っ張りだされて、四人でグループ交際のようなことをしていたと、夕季は話していた。ところが、典子さんはすぐに藤崎監督のほうに熱を上げるようになって、ふられた恰好の川嶋が可哀相なので、自分が代役で相手をしているだけだと言っていたな。でも、彰が——自分の姉と野球部の先輩である藤崎監督や川嶋たちが付き合うことは、弟が野球部内で気まずい思いをすることになるのは夕季にもわかっていたから、交際と言ったってほどほどにしていたようだ。夕季だって、勤めた化粧品会社でちゃんとした仕事ができるようになるまでは、そんな遊びどころじゃなかったはずだよ」

「藤崎監督がその典子という娘と結婚したのは、それからすぐなのか」

「いや、しばらくしてからだった」彼の声が急に低くなった。言葉を続けるまでにかなり時間がかかった。

「三年か、四年ぐらいたってからだろう。典子さんも当時はまだ夕季と同じ十九才だったから、結婚には少し早かったんじゃないかな……」彼の声は一段と低くなり、話しづらそうだった。「そのころ、おれは吉祥寺のデパートやホテルの清掃の仕事をしていたんだ。東急デパートかどこかの結婚式場で、偶然にその日に藤崎監督とその川嶋という男の合同の結婚式が行われるという看板を見てしまった。そのときは、いたたまれないような、堪《たま》らない思いがしたな……おれはその場から逃げだして、その日はとうとう仕事をサボってしまったよ」

魚住彪は顔をそむけ、雨の流れ落ちるウィンドーのほうに視線を漂わせていた。

ブルーバードは中野坂上の交差点を過ぎて、新宿に近づいた。成子天神下の交差点で右折し、〈東京ヒルトン・ホテル〉を迂回して、東京医大病院に着いた。私は夜間の通用口の前に車を停めて、父親に息子の手術室のある区域へ行く要領を教えた。

「あんたは帰るのか」と、彼は訊いた。

「私はここにいてもあんたの息子の役に立つようなことは何もできない。それより、早く寝て、早く起きて、調査に専念する」

「そうか。じゃァ――」彼は車のドアに手を掛けた。

「降りる前に、あんたの右腕を見せてもらいたい」

「えッ、何だって？」彼は怪訝《けげん》な顔をしていたが、腕時計でも見るように自分のスーツの右袖をたくしあげた。そこに自分でも知らない何かが見つかるかもしれないというように。腕は無傷だった。

「では、あんたの家の洗濯機に入っている衣類の血痕はどうして付いたんだ？」

「あれは、昨日、工事現場の後始末の仕事で、指を怪我した仲間の治療をしてやったときに付いたものだが……しかし、あんた、どうしておれの洗濯機の中なんかを？」

彼はそう訊きながら、その理由に思い当たった。「あんた、まさか、このおれが息子に怪我を――」

彼は絶句して、私を虚《うつ》ろな眼で見つめた。その眼に怒りとも悲しみともつかぬものが広がっていった。彼はドアを開けて、車の外に降り立った。雨に濡れながら二、三歩ふらふらと病院の夜間通用口のほうへ歩きかけたが、急に立ちどまって振りかえり、車のほうへ戻ってきた。彼は腰を屈《かが》めると、車内の私に抗議するような声で言った。

「おれは情けない父親だが、あんたはひどい思い違いをしているよ。いったいどうして、おれが彰を襲うような真似をしなきゃならないんだ？」

思い違いするほどの材料は私の頭にはまだ蓄えられていなかった。

「私は調査をするためにあんたの息子に雇われている。報酬をもらって、何かを調査するというのは、こういうことなのだ」

「彰は、とんでもない人間を雇ってしまったんだな」

傷ついた父親は私に背を向けると、息子の横たわっているベッドのある巨大な建物の中へ重そうな足を運んで行った。

私は病院をあとにして、自分の事務所に戻った。外科病棟のナース・ステーションに電話を入れて、藤崎謙次郎を呼びだしてもらった。病院であの警官たちと顔を合わせたりするのは避けたかったからだ。藤崎は電話に出ると、魚住の父親を連れてきてもらった礼を言った。私は魚住彰の手術の経過を訊ねた。三十分ほど前に終わった手術は成功で、可能な限りの処置が施され、すでに生命の危険は去った――という執刀医の報告を聞かせてくれた。今後は意識の恢復《かいふく》を待って、後遺症などについての検査と術後の治療に専念しなければならないという話だった。私は明日はなるべく早めに病院へ寄ると伝えて、電話を切った。

続けて電話応答サービスのダイヤルをまわした。

「もしもし、こちらは電話サービスのT・A・Sでございます」聞き憶えのあるオペレーター嬢のハスキーな声が応えた。

「渡辺探偵事務所の沢崎だが、久しぶりだね」

「あら、今晩は。やっと戻ってらしたんですね。お客様リストにまたお名前が載っていたので、いつお話しできるか楽しみにしていたんですよ」

「こちらこそだ。飲みすぎ、働きすぎ、遊びすぎの亭主は元気かね」

「ずいぶん元気になったらしいですよ、わたしと別れてからは」

ここでもまた一つ家庭と呼ばれていたものがこの世から消えてなくなったわけだ。

「そういうことか……きみの離婚の経緯《いきさつ》を聞かしてもらってもいいし、私への伝言を聞かしてもらってもいい。私はこれでなかなか聞き上手なんだ」

彼女は小さく笑った。「伝言のほうにしましょう。昨夜の十一時ちょうどにニシゴリ様から〝会いたい〟、以上です。それから、今日の二時少し過ぎにマスダケイゾウ様から〝探し物はまだ見つからない。明朝明るくなってからまた探す〟、以上です」

私は礼を言って電話を切り、アパートに帰って寝た。家庭の名には値しない場所だった。

23

翌朝、九時に私は東京ヒルトン・ホテルのロビーで市会議員の草薙一郎と会った。そこが東京医大病院に最も近い待ち合わせの場所だったからだ。それより一時間前、彼の自宅に電話を入れたときは、彼はまだ魚住彰が重傷を負ったことを知らなかった。私は昨夜の経緯を詳しく話した。それから私ではどうにもならないある件について、彼の協力を頼んだ。彼は快諾し、東京医大病院へ魚住彰を見舞いに行く前に私と会う約束をしたのだった。

「雨があがった。一別以来だが、あんたはあまり変わらんな。こっちはこの通りだ」

草薙は背の低いがっちりした体格で、四年前に較べていくらか大きくなった胴回りに手をやって笑った。だが顔つきはあのころよりもむしろ若返ったように見えた。市会議員という仕事が向いているのか、選挙が目前に迫っているからだろう。

「魚住君のことはとても残念だった」と、彼は私の前のソファに腰をおろして言った。「こういう事態になってみると、われわれは彼の言っていたことや、彼が何を考えていたかということに、もう少し注意を傾けなければいけなかったな。いまさら言っても始まらないが」

私はうなずいた。時間が早かったので、フロントの周辺ではチェック・アウトの泊まり客が眼についたが、ロビーのソファに坐っている者は少なかった。少し離れたソファで散歩でもしてきたような老人客が居眠りをしていた。そのすぐそばのソファに、明るい水色の帽子をかぶった三十代の母親と白い服を着た三、四才ぐらいの少女が一緒に坐っていた。

「魚住夕季の自殺についての警察の調書を見ることはできるだろうか」私はすぐに用件に入った。

「たぶん入手できると思う」と、草薙は答えた。「魚住君の姉さんの自殺の取り調べを担当したのは、玉川警察署の笹岡《ささおか》という刑事だったことが、当時の私の手帳を調べてわかった。その刑事にはあのとき私も一度会って事情を訊いているんだ。彼は現在目黒警察署に異動していることがわかった。実は、三鷹警察署の刑事課長で友人と言っていいほど懇意にしている刑事が調べてくれたんだ。その刑事課長が笹岡刑事に連絡を取って、私の名前を出し、青少年の自殺問題の資料として当時の調書を閲覧したいということで、許可を取ってくれた。だから玉川警察署でその調書を見つけ次第、友人の刑事課長宛てに送ってくれることになっているんだ」

草薙は紺色のダブルのブレザーの前を開けて、吐息を漏らした。「まわりくどい方法だが、ああいうものは下手をして誰かのつむじを曲げたりすると、閲覧できるものもできなくなったり、やけに時間を食う手続きを取らされたりするから、慎重な方法を取った」

「そうだな」と、私は同意した。

草薙は腕時計に眼をやった。「三鷹警察署へ電話を入れてみよう」

彼はソファから立ちあがって、出入口の脇にある案内所へ向かった。電話のある場所を訊いていたが、案内所の右後方にある凹《へこ》んだ一角が電話室になっていた。草薙は私に合図して、その中へ消えた。

ソファの母子《おやこ》を振りかえって見ると、母親は誰かと待ち合わせをしている様子で、腕時計とホテルの入口に交互に眼を配っていた。少女は近くのソファで居眠りしている老人の前後に大きく揺れる頭の動きに見とれて、半ば催眠術にかけられているようだった。

約三分後、草薙が電話室から出てきた。彼は私のほうへ戻ってきて「調書は三鷹署に届いている」と告げると、その足でフロントへ向かった。フロントでは、大理石でできているようなカウンターの中の年長のホテルマンを手招きして呼んだ。草薙が何かを頼もうとしていたが、相手は少し渋っているように見えた。私はタバコに火をつけて待つことにした。

草薙が急に私のいるところまで聞こえるような大きな声を出した。「それでは部屋を取ってもらおう。手ごろな空室がなければ、ここの最高級の部屋でも構わんよ。しかし、急用でファックスを受信してもらうだけなのに、部屋まで取らされたとあっては、ヒルトンのサービスが疑われるんじゃないのか」

「急用とは存じませんでしたので、大変失礼を……」ホテルマンは頭を下げて、すばやく態度を改めた。彼はカウンターの上に積まれたカードのようなものを一枚取って、草薙に渡した。「これに当ホテルのファックス番号が印刷してございます」

草薙はカードと交換に自分の名刺を渡した。「草薙宛てで送らせるので、よろしく。私はロビーにいる」

彼はもう一度電話室へ行ってファックスの番号を知らせてから、ロビーの私のところへ戻ってきた。

「すぐに届くはずだ」彼は腰をおろしながら言った。「ただし、原則として署内で閲覧すべきものなので、送られてきたファックスは夕方までに、その刑事課長に返却しなければならない」

「一度眼を通すことができればそれでいい」

「どこかでコピーを取ろうか」彼は周囲を見まわした。

私はタバコの灰をソファの脇の円筒形のスチール製の灰皿に落として言った。「それも禁じられているだろう。私はいつ誰にポケットの中身を探られてもおかしくない仕事をしている。その手のコピーを所持しているのはあまり賢明とは言えないな。十五分ほど時間をもらえれば、それで十分だ」

「そうか。それでは、私は一足先に魚住君を見舞っておくことにしよう。十一時には市役所で人に会わなければならない用事もあるし」彼は腰を浮かして言い足した。「本当は一緒に行って、あんたのことを魚住君の父親や藤崎君などにも説明し、調査に協力してくれるように話しておこうと思っていたんだが――」

「その必要はない」と、私は言った。「私たちが知り合いだということや、魚住君に私を紹介したのがあんただということは、当分のあいだは伏せておいてもらいたい」

「ほう……？」

「二人が通じているとわかった場合、それぞれに対して人の口は堅くなるものだ」

「ということは、あんたは病院にいる人たちも調査の対象にしているというわけか」

「必ずしもそうではないが、彼らが与えてくれるかもしれない手掛りを、こちらから拒否することはない」

「そうだな。いいだろう、あんたの言う通りにしよう」

彼は立ちあがって、少し考えていた。「……となると、私は魚住君が襲われたことをどうして知ったのかを考えておかなくちゃならんわけだ。警察からにするか、新聞記者からにするか……まァ、なんとかなるだろう。私は遅くとも十時にはここへ戻るつもりだ」

草薙はフロントに寄ると、送られてきたファックスはロビーにいる私に渡すようにホテルマンに指示して、ホテルをあとにした。

私はタバコを喫い終えて、しばらく白い服の少女を眺めていた。彼女は船を漕いでいる老人には興味をなくして、ロビーのあちこちを探検していた。水色の帽子の母親は腕時計と少女とロビーの入口を順繰りに見守っていた。五分ぐらいたって、私の前にホテルの制服を着た若い女性が立った。

「草薙様宛てのファックスが届きましたので、お持ちしました」

私は礼を言って受けとった。彼女のすました表情からはファックスの内容に眼を通したかどうかはわからなかった。ファックスは週刊誌ぐらいのサイズで、枚数にして六、七枚あり、最初の一枚に、事件の概要が書式に従って記入されていた。

魚住夕季の自殺は昭和五十七年の八月二十四日の夜、十時五十分から十一時五分のあいだに起こっていた。現場は本人の住所地と同じ、世田谷区奥沢《おくさわ》六丁目にある〈奥沢TK《ティーケー》マンション〉だった。本人の居住する六階の六〇三号室のベランダから同マンションの前庭に転落して、即死したものと見られていた。発見者は、通行人および道路を隔てた向かい側のマンションの住人（別項参照とあった）およびマンションの管理人ほか若干名となっていた。警察および消防署の救急隊への通報者も同マンションの管理人と書かれていた。遺体の身許確認は父親の魚住彪と、本人の会社の上司である女性によってなされていた。私は上衣のポケットから手帳を出して、必要だと思われることをメモした。

次のページは、遺体の〝解剖所見〟だった。死因は落下による頭蓋骨折と頸椎《けいつい》骨折および全身打撲と記入されていた。そのほかにも外傷および遺体各部に関する専門的で詳細な検査の結果が記されていたが、私には理解できなかった。一つだけ私の注意を惹《ひ》いたのは、魚住夕季が妊娠満七週から八週（一ヵ月の終りから二ヵ月の初めと注記があった）と診断されていたことだった。彼女の妊娠のことは初耳だった。だが、結論としては他殺や事故死の根拠となるような外傷および医学的・生化学的な所見は一切ない、と書かれていた。

次からの数ページは三人の目撃者の証言だった。目撃者は向かい側のマンションの住人である女性が一名、その隣りの雑居ビルの外階段にいた通行人の男性が一名、さらに奥沢TKマンションから約三十メートル離れた電柱の上で夜間工事をしていた〈東京電力〉の職員が一名だった。三つの証言を比較すると、細かな部分では多少食い違いや見落としがあったが、一番肝腎な点――魚住夕季以外にはそのベランダには誰もおらず、彼女は自分の力で胸の高さのコンクリートのベランダの囲いによじ登って、その上端に腰かける体勢をとると、ほとんどためらうことなく飛び降りてしまった――という点では、ほぼ完全に一致していた。私は三人の名前と住所、さらに証言の食い違いなどをできるだけ詳しくメモした。

白い服を着た少女が私のすぐそばに立って、ファックスをのぞきこんでいた。

「おじちゃんは、なんのお勉強をしているの？」

「勉強じゃない。仕事だ」

「なにを読んでるの？」

「警察の書類だ」

「ケイサツって、ドロボーをつかまえたりする、ケイサツのこと？」

「その通り」

「おじちゃんは、ケイサツのひと？」

「いや、違う」

「じゃ、ドロボー、さん？」

「そんなようなものだな」

水色の帽子の母親が、おじさんの邪魔をしてはいけないと、少女を呼んだ。少女は母親のところへ駈け戻ると、私から得たばかりの最新の情報を母親の耳もとで報告した。母親は苦笑して、私に小さく頭を下げた。
ファックスに戻ると、次のページは夕季が魚住彰宛てに書いた遺書と見なされるもの（と書かれていた）のコピーだった。

あなたには申しわけないけど、わたしは自分で決心した通りにします。それはとてもつらいし、おそろしいことですが、決めた以上はやり通す勇気が出てくると思います。わたしの希望は、あなたはわたしなんかとは何の関係もなしに強く生きていってほしいと思います。

わたしはあなたが甲子園へ行くことはいやな予感がしたんです。あなたのことを非難するひともいるかもしれないけど、わたしはそれが間違いであることを知っています。

時間がたてば、そんなことも忘れられるでしょう。

でも、あなたが最後に言ったことが気になって

文面はそこで途切れていた。こういう手紙によくありがちな、書いた本人だけが得心しているような文脈だった。走り書きの文字にも書いた人間の不安定な心理がうかがわれるようだった。ページの下のほうに筆蹟の略式鑑定の結果が添付されていて、魚住夕季のものに間違いないことが証明されていた。よく見ると、遺書のコピーの紙面全体にひび割れのような線が縦横に走っていた。その理由は欄外の注記に説明されていた。

魚住夕季が飛び降りたマンションの部屋は、いつでも引っ越しができるようにきれいに荷造りと片付けが終わっていた。もともと社宅なみに調度品などが完備した部屋であり、夕季のそこでの生活は五カ月にすぎなかったので、彼女の荷物は少なかった。問題の遺書は途中まで書かれて中断したあと、反故《ほご》にするつもりで細かく破られたようだった。その状態で段ボールにいっぱいになった引っ越しのゴミの中に棄てられていたのを発見し、復元したものであると書かれていた。

最後の一枚のファックスは、玉川署の笹岡刑事（担当捜査官）の最終報告だった。彼は三人の目撃者の証言を第一に挙げ、第二に〃遺書と見なされるもの〃の内容と、それに符合する魚住彰の八百長事件とを傍証《ぼうしょう》にして、魚住夕季が置かれていた困難な状況を述べ、第三に彼女の妊娠と、その子供の父親に該当する人物が容易に特定できないことを留意すべき参考事項として、彼女の死が自殺であると結論づけていた。左端の欄に並んでいる署長以下の四つの認印がその結論を諒承したことを表していた。

私は夕季が最後に書き遺した文面を手帳に書き写してから、ファックスを一まとめにして折り畳んだ。それからタバコに火をつけた。水色の帽子と白い服の母子は私が気づかないうちにロビーから姿を消していた。隣りのソファでは相変わらず老人客が居眠りを続けていた。タバコを喫い終えて十分ほど待っていると、ホテルの正面入口から草薙一郎が戻ってきた。彼の表情の硬さが私を不安にした。

「まだ意識を恢復しないそうだ」彼は重苦しい声で言って、ソファに腰をおろした。「手術は成功だったと、担当医は言っているんだがね。詳しいことは、検査をしてからでないとわからないらしい。意識の恢復が遅れているだけだと思われるが、場合によっては、それが多少長引くことも覚悟しておいてもらわなければならない、と言っていた」

彼はネクタイを緩めて、大きな溜め息をついた。「それは最悪のケースで、おそらくは数日中に意識は戻るはずだと、担当医は言っていたが……」

私はうなずいた。それから折り畳んだファックスを草薙に返した。

「どうだった？」と、彼は訊いた。「何かこんどの事件につながるようなことは見つかったかね」

「まだわからない。なかなかよくできた調書だ。だが、惜《お》しむらくは、捜査官は初めからこの件を自殺と決めこんでいたような気がする」

「そうなのか」彼は手にしたファックスを非難するような眼で見た。「それでは正当な捜査が行われたとは言えないじゃないか」

私は首を横に振った。「そうでもない。もともと自殺というものは、衆人環視の中で行われたとすれば別だが、目撃者のいない状況で行われる普通のケースでは、完全に自殺だとは断定できないものだ。疑えばどこまでも自殺に偽装《ぎそう》した殺人ではないかと疑える。だから自殺、他殺、事故のいずれとも断定しにくいような事件で、警察が自殺説や事故説を否定して捜査を開始するためには、よほどの疑問点がなければならない……例えば、その死者を殺さなければならないような明らかな動機を持っている人物の存在とか、偽造された遺書とか、自殺にしては著しく不自然な死に方とか……」

「魚住夕季の場合には、そんなはっきりした疑問点はなかったはずだな」

「そうだ。その調書を読んでもらえばわかるが、目撃者のあいだにごく小さな矛盾はないわけではない。彼らの記憶も完璧ではないのだから、証言にはよくある程度の食い違いだ。それに対して、自殺説を肯定する材料としては〝衆人環視の中で〟とまではいかないが、彼女が一人でベランダから飛び降りるところを三人もの人間が目撃していた。警察はこれだけで十分に自殺と断定するに足ると見ている。彼らの調査は、この三人の目撃者を敢《あ》えて疑わなければならないほどの矛盾があるかどうかを確認しただけのことだろう」

「それほどの矛盾は見つからなかったわけだな」彼はファックスの束を振った。「とすれば、この三人の目撃者の証言もほとんど疑われることなく受け入れられた。そういうことか」

「少なくとも、その調書には三人の証言を疑っているような形跡はない。要は、彼女が一人でベランダから飛び降りたことは三人の証言で明らかなのだから、自殺以外ではありえない――それが結論だ」

「つまり、最初からの結論、と言いたいのだな？」

草薙はファックスの束を二つに折って、上衣のポケットに押しこんだ。

「そこから調査を始める」と、私は答えた。

24

にわかに春めいたような軽薄な空気が電車の中に溢れていた。三月の中旬の東京にしては気温が上がっているようだった。入学試験も終わり春休みが近いせいか、ただでさえ喧《やかま》しい学生たちの甲高《かんだか》い声が車中に響いていた。新聞では、逮捕された金丸という代議士の隠し金庫の中身が三十六億円だと騒いでいた。暴力団員が正業につきたいと短銃と実弾をＪＲの駅のロッカーに棄て、〈統一教会〉で合同結婚式を挙げた元オリンピック選手が行方をくらまし、卒論が間に合わないと自殺した学生に卒業証書が送付されていた。春の訪れにはおもに人間の頭のネジを弛《ゆる》める作用があるらしかった。

私は渋谷から東横線に乗って、自由が丘の駅で降りた。魚住彰の父親が、娘のマンションは隣りの九品仏の駅のほうが近いと言っていたのを思い出したが、乗り換えの手間と待ち時間を考えれば、自由が丘で降りたほうが適当なはずだった。それ以前に自由が丘へ来たのはいつのことだったかよく思い出せなかった。おそらく二十数年前に一度か二度来たことがあるだけだろう。仕事で来たのは初めてのはずだった。きっと馬鹿げた町の名前のせいに違いない。こんな名前の町に住んでいる人間は探偵を雇ったりしないのだ。

二十数年前に来たときはいかにもという感じだった駅前の繁華街も、新興のターミナル駅や乗り換え駅などの小ぎれいな町並みに較べると妙に薄汚れた印象を与えた。ロータリーに沿って生い茂っているしだれ柳の並木もその汚れを隠すために植えられているように見えた。私は商店街を抜けてバス通りへ出ると、東急大井町線の踏み切りを渡って、奥沢六丁目へ向かった。

〈奥沢TKマンション〉は奥沢六丁目のバス停の先にある〝等々力《とどろき》通り〟を右に曲がって、しばらく行ったところにあった。魚住の父親が言ったように、通りに面した一階の左側に〈リュミエール化粧品〉があった。陽灼けした半裸の若い女をあしらった夏向けの特大の宣伝用のポスターが両サイドのショーウィンドーに貼ってあった。そのあいだにガラス張りの自動ドアの玄関があって、その奥に受付のデスクが見えた。ここは化粧品を小売りするための店舗ではなくて、製品の卸業務や販売員たちの詰める営業所のようだった。

リュミエール化粧品の隣りにマンションへの入口があった。その右側に〈TK不動産〉と〈スノーホワイト〉という名前のクリーニング店の店舗が並んでいた。建物の前には車が駐車できるくらいのスペースがあった。だが、赤茶色の煉瓦《れんが》を敷きつめて舗装され、歩道とのあいだも花木の植え込みのある同じ色の煉瓦の生け垣で仕切られているので、実際には車は進入できなくなっていた。そこが玉川署の調書に〝前庭〟と書かれていた場所で、そのどこかに魚住夕季は落下したに違いなかった。

私は七階建の建物を見上げた。前庭の赤茶色とは色を変えたベージュ色の煉瓦造りの建物だった。私の立っている位置からは近すぎて、各階のベランダの囲いの部分だけが層をなして見えるだけだった。私は道を隔てた向かい側のマンションに眼を転じた。こちらは〈パレス自由ケ丘〉という名前の白いタイル張りの建物だった。各階に二棟ずつしかない鉛筆のように細身のマンション・ビルだった。ベランダではなくて、大きめのサッシの窓が道路に面しているのは、北向きのせいだろう。このマンションに目撃者の一人である女性が住んでいるはずだった。調書の住所ではパレス自由ケ丘の七〇二号室となっていた。

パレス自由ケ丘の右隣りは、よく茂った庭木の多い一戸建の住居で、まわりには石垣の上に本格的な築地塀《ついじべい》をめぐらしていた。少なく見積もっても建てられて二十年はたつ年季の入った住居だった。ということは、反対の左隣りにある五階建の雑居ビルが、もう一人の目撃者がいた建物とみて間違いないだろう。確かにビルの左側にそれぞれの階へ通じる外階段があった。二人目の目撃者はその外階段のどこかにいたと調書には書かれていた。

三人目の目撃者である電力会社の工事人が登っていたという電柱を探してみた。私の立っている位置から見ただけでも可能性のありそうな電柱が二本ないし三本もあって、すぐにはどれと特定できなかった。

私はざっと下見をすませると、通りを渡ってパレス自由ケ丘の正面の入口に近づいた。入口の左側に〈テディ・ベア〉という名前の喫茶店があった。看板のそばのポスターによると、足柄山《あしがら》の自然水で淹《い》れたというコーヒーを売り物にしていた。私はマンションの玄関から入って、郵便や新聞を入れるロッカーのところへ直行した。七〇二号室のロッカーのネーム・

プレートには、目撃者の秋庭朋子《あきばともこ》と同じ姓の秋庭功一郎《こういちろう》と印刷した古びた名刺が入っていた。十一年という長い時間の経過に対して抱いていた不安の三分の一が解消される思いだった。私はエレベーターに乗りこんで、七階のボタンを押した。腕時計で時間を確かめると十一時二十分になるところだった。

七〇二号室には先客があった。エレベーターを降りたときに、作業服の若い男が塩化ビニールのパイプを専用の鋸《のこ》で切断しているのを見て、何かの工事が行われていることはすぐにわかった。七〇二号室のスチール・ドアが開いていて、その中からも作業の音が聞こえていた。私は出なおしてくることを考えたが、目撃者が今も住んでいるかどうかを確認し、面談の約束だけでも取りつけられれば損はないと考えなおした。この仕事では相手の家のドアを開けさせるだけでもなかなか容易ではないのに、現在そのドアは開いているのだ。私はドアの脇の壁に取りつけられた呼鈴を押した。

返事の女の声がしてしばらく待つと、オリーヴ色のセーターとオリーヴ色のスラックス姿の四十代後半の女が玄関へ出てきた。玄関にも塩化ビニールのパイプの切れ端や工具類や頑丈そうな黒い安全靴などが散らかっていた。女は呼鈴を押したのはてっきり工事の関係者の誰かと思っていたようで、私を見てちょっと驚いた様子だった。

「秋庭朋子さんはおいでですか」と、私は訊いた。

「わたしですけど……？」

私は玄関の工具類などを指差して言った。「お取り込み中のようですね」

「ええ、お風呂を新式のものに取りかえることになって、一緒にトイレや洗面所の配管の古いところも――」

奥のほうで電動工具のまわる大きな音がして、秋庭朋子の言葉の最後は聞こえなかった。彼女は安全靴の隣りにあるオリーヴ色のサンダルを履いてドアロまで出てきた。

「どういうご用件ですか」

「実は少し古い話ですが、十一年前に向かいの奥沢TKマンションから飛び降りて自殺した、魚住夕季さんのことで少し訊ねたいことがあるのです」

「ああ、あれですか……ほんとに古い話ですわね。あれから、もう十一年になるのかしら」彼女は遠くを見るような眼をした。それに訝《いぶか》しげな表情が加わった。「それで、何か問題でもあるのかしら、いまごろになって」

「そのあたりのことをお訊ねしたいのです」

「あなたは？」

私は上衣のポケットから名刺を出して彼女に渡した。

「沢崎さん、ですか。探偵さんなの？　警察の人じゃないのね？」

私はうなずいた。彼女の顔をほっとしたような表情がよぎったように見えた。だが、警察を敬遠する人間が必ずしも後ろ暗いことのある人間だとは限らなかった。

「玉川署の笹岡刑事から当時の捜査報告はうかがっています」私は事実を少し粉飾して言った。報告書の内容を知っているという意味では嘘ではなかった。

「そう、あの東北訛《なま》りのある若い刑事さん、笹岡さんていったわね。でも、それだったらあのときお話したこと以外に何も言うことはありませんよ」

「それで結構です。ただ、当時のことを思い出して、もう一度話してもらえばいいのです」

「そうォ……」彼女は自分のマンションの工事の音のするほうを振りかえった。

「都合のいいときを決めてもらえば、出なおしますよ」

「いいえ、わたしはここにいたって何の役にも立つわけじゃないし、工事が終わるまではテレビも観られなくてうんざりしていたんだけど……」

「どこか話のできるところがありますか。一階の喫茶店でもいいのですが」

「間もなくお昼でしょう？　それじゃ、工事の人たちのお茶の用意をしてすぐ行きますから、隣りのビルの中にある〈ダンヒル〉という喫茶店で待っててくださる？　一階のテディ・ベアはママさんとちょっと仲違《なかたが》いをしてるからまずいのよ。二十分ぐらいで行きますから」

「お願いします」と、私は言って、エレベーターへ向かった。

夜はカラオケ・スナックに様変わりしそうなダンヒルという喫茶店は、隣りの雑居ビルの二階にあった。私はダンヒルに行く前に、コンクリートの外階段を下から順に昇って、踊り場から斜向《はすむ》かいの奥沢TKマンションを眺めてみた。最上階の五階に達したとき、ようやくTKマンションの六階のベランダが見通せるようになった。調書にあったもう一人の目撃者の証言は、この階にいなければ無理なはずだった。調書では、目撃者は通行人となっている。ということは、夜の十一時前後にこの階にあるテナントのどれかへ行くところか、どれかから出てきたところだったに違いない。私は念のために五階にある四つのテナントの名前を手帳に控えた。当時とは変わっている可能性もあるが、その場合は仕方がなかった。それから二階まで降りて、ダンヒルの店内に入った。

予想した通りの店だった。折角のやや渋めの英国調のインテリアの雰囲気を、店の一番奥のステージに取って付けたように鎮座しているカラオケ・セットが台無しにしていた。経営者の趣味も客の嗜好《しこう》には譲歩しなければならないのだろう。学校の音楽教室以来、人前で歌ったことのない人間には、ステージの器械を見ただけで異次元の世界に迷いこんだような気分になった。私は店内を半分に仕切っているカウンターの席を避けて、右手のボックス席に腰をおろした。カウンターの中の痩せて蒼白い顔をした店主が嫌な顔をしたので、あとで連れがくると告げると、黙ってうなずいた。客は一番奥のボックス席に一組の男女がいて、カウンターに男が一人いるだけだった。

コーヒーを頼み、タバコを喫って、三十分ばかり待っていると、秋庭朋子が姿を現した。すぐには彼女だとわからなかった。念入りに化粧をした上に、ちょっとしたよそ行きの服装に着替えていたからだった。彼女は私の向かいに腰をおろすと、店主に「いつもの」とだけ注文した。

「ついでだし、お昼の食事にしようかしら」と、彼女は私に訊いた。

「どうぞ」と、私は答えた。

彼女は店主に「いつもの」と繰りかえした。それから、手持ちの小さなバッグから〝マイルドセブン・ライト〟と使い捨てのライターを取りだして火をつけた。

「それにしても、えらく古いことを調べてるのね。そんなことを調べてどうするのかしら」

「私も詳しいことは聞いていないのですが、ある市会議員の議会報告のために青少年の自殺についての調査をしていましてね」

私は彼女の緊張を解くために、どうでもいいお役所仕事の片棒を担いでいるような口振りで言った。彼女がそれを信用したかどうかはわからなかった。

「そう……どんなことを話せばいいのかしら」

「当時の警察の調書に従って訊ねます。いいですか」私はポケットから手帳を出した。

「なにしろ十年以上も昔のことだから、思い出しながら答えることにするわ」彼女はタバコの煙を吐きだして、さァどうぞと言うように背中を椅子に預けた。

私は手帳のページを繰った。「あの夜は連日の熱帯夜続きで、あなたは眠れそうにもなくて、外の空気でも吸おうと思って寝室の窓を開けた、と言っていますね」

「ええ、その通りよ。ほんとに暑い夏だったわ」

「すると、向かいのTKマンションの六階の、六〇三号室のベランダでも誰かが涼んでいるのに気づいた」

「ええ」

眠たそうな顔のウェイトレスが秋庭朋子のいつもの
ビールを運んできた。私はコーヒーのお替わりを注文した。

「気にせずにやってください」と、私は言った。

「わたしだけ、悪いわね」彼女はコップに注《つ》いだビールに口をつけて言った。

私は手帳のメモから離れて訊いた。「魚住夕季という娘を以前からご存知でしたか」

「名前は知らなかったけど、昼間ベランダの物干しに洗濯物を干しているのを何度か見かけたことがあるし、顔見知り程度には知ってましたよ。若いのに好感の持てる娘さんで、通りで出会ったらちょっと頭を下げるくらいに礼儀正しかったわね」

「向こうは六階で、あなたのほうは七階というと、少し見下ろすような位置ですか」

「ほんの少しね。TKマンションは一階に会社なんかがあって、天井が高くできてるんじゃないかしら。向こうの七階はいくらか見上げるような感じで、どちらかというと六階のほうが同じぐらいの高さに見えるけど」

私は手帳に戻った。「魚住夕季のそのときの服装や表情はよく憶えていないと、答えていますね？」

「そうなのよ。向こうも暑くて涼んでるだけだと思っていたから、そんなことまで気にしやしないわね。わたしが男だったら、彼女が洋服を着ていたか寝間着姿だったか、しっかり憶えていたでしょうけど」

秋庭朋子が同意を求めるように笑ったので、お義理とわからないように私も笑った。彼女はタバコを灰皿で消し、コップのビールを飲み干した。私は彼女のコップにビールを注いでやって、質問を続けた。

「それから、彼女はベランダのコンクリートの囲いによじ登った？」

「ええ、いきなりね。それでもわたしはまだ彼女が何をしようとしているのかわからなくて、ただ何となくぼんやりと見ていたのかな」

「彼女は囲いの上に坐るような姿勢を取ると、髪を留めていたヘア・バンドのようなものをはずして、髪が自然になるように一、二度頭を振ったということだが、あなたはそれもはっきりとは憶えていないと、答えている」

「そう……だって、まさか彼女が今から飛び降り自殺をするなんて考えもしないから、きっとそのときは眼をそらしていて、気がつかなかったんだと思うわ」

「それから、彼女は声をかける間もなくすっと飛び降りてしまった」

「そうなの。その瞬間は、わたしまでがどこか高いところから落下しているような恐ろしい錯覚に陥って……」

「彼女が地面に墜《お》ちたときの音は聴こえましたか」

「えッ？　いいえ、とんでもない。わたしは呆然として、何が起こったのかよくわからなくて、ベッドの上に坐りこんでしまったわ。ほんとはそういう音がしたのかもしれないけど、下のほうが騒がしくなって、救急車のサイレンの音が聴こえてくるまで、窓から下を見るどころか、窓に近寄ることもできなかったんですから」

彼女はビールのコップを取って飲もうとして、噎《む》せてしまった。あわててバッグからハンカチを取りだすと、口もとに当てて咳きこんだ。

私は彼女の咳が鎮まるのを待って訊いた。「あなたが目撃したことを証言したのは、翌日、玉川署の警官たちがお宅のマンションの各部屋へ聞き込みにまわってきたときでしたね？」

「ええ。だって、わたしは自殺はもう誰もが知っていることと思っていたから、あんな夜遅くにわざわざこちらから証言するために出向くなんて考えもしなかったわ。あの夜はこっちの神経もすっかり昂《たか》ぶっていたみたいで、やっと朝方になって眠れたんですから……それで、お昼近くにお巡りさんのブザーの音で眼が覚めて」

ウェイトレスが彼女のもう一つの〝いつもの〟であるスパゲッティと、私のコーヒーを運んできた。

「しばらく休憩しましょう」と、私は言った。「どうぞ、食事をしてください」

私はコーヒーを一口飲み、ポケットからタバコを出して一本くわえた。秋庭朋子がスパゲッティに手をつけるのを待って、ゆっくりとタバコに火をつけた。

25

私はタバコを喫《す》い終わると席を立って、入口近くのレジのそばにあるピンク電話を借りに行った。電話の脇に置かれた竹のカゴに、外国タバコの〝ダンヒル〟のデザインを使った宣伝用の紙マッチが入っていたので、一つ手に取った。電話応答サービスに電話を入れると、若い声の男のオペレーターが二件の伝言を受けていますと応《こた》えた。

「一つは、午前十時十五分にマスダケイゾウ様から〝探し物はまだ見つからない。関係があるかどうかわからないが少し気になるタバコの吸殻を見つけた〟、以上です。もう一つは、十二時五分前にニシゴリ様から〝会いたい〟、以上です」

浮浪者の桝田には、魚住彰を傷つけた凶器を探してみてくれと頼んでいた。タバコの吸殻が何を意味するのかはわからなかった。私は礼を言って受話器を戻し、もう一度受話器を取りあげて、東京医大病院のナース・ステーションの番号をダイヤルした。

「魚住さんの恢復は大変順調です……残念ですが、まだ今のところ意識は戻っていません」

私は付き添いの藤崎監督を呼びだしてもらって、病院へ行くのは夕方になると知らせようと思った。だが、電話に出ている看護婦は藤崎と言っても心当たりがなさそうだったので、諦めることにした。私は礼を言って、電話を切った。

席に戻って、秋庭朋子にゆっくり食事をしてくれと言った。もらってきた紙マッチで三本目のタバコに火をつけてから、自分の手帳のメモに眼を通した。

私は三人の目撃者の証言が得られた時間をもう一度確認した。秋庭朋子の証言は、やはり翌日の警官の聞き込みをもとにしたものだった。電柱の夜間工事の作業中に飛び降り自殺を目撃したという電力会社の工事人の証言は、工事がすべて終わったあとの翌朝の早い時間に取られていた。斜向《はすむ》かいの雑居ビルの外階段にいた目撃者の証言が三人のなかでは一番早く、現場に駈けつけた警官を相手に自分からすすんで証言していた。調書での順番がその逆になっているのは、おそらく証言者たちの居住地が自殺の現場ないし玉川署に近い順に整理されたのかもしれなかった。

私はコーヒーを飲みながら、もう一度じっくりと三つの証言の特徴を比較してみた。ヒルトン・ホテルで最初に調書のファックスに眼を通したときから漠然と気になっていたことが、証言した本人を眼の前にしてある意味を帯びてきた。タバコの煙の向こうにおぼろげながら一つの疑惑が浮かびあがってきた。もしその疑惑が的《まと》を射ているとすれば、秋庭朋子の証言の特徴にぴたりと符合していることになる。

彼女はスパゲッティを半分ほど残して、フォークを置いた。「あのときのことを思い出すと、食欲がなくなってしまって……ごめんなさい」

彼女はコップに残っていたビールを飲み、紙ナプキンで口のまわりを拭《ぬぐ》った。

「しかし、地面に墜ちた魚住夕季の遺体を見たわけではないでしょう?」

「それはそうだけど、あの娘が飛び降りるところを目撃すれば――」

「あの娘《こ》が飛び降りるところを目撃したのも、たぶんあんたではない」私は断定的な口調で言った。

「何ですって⁉ あなたはわたしが嘘をついているとおっしゃるの?」

私は黙って彼女の眼を見つめた。彼女は私から眼をそらした。だがすぐに視線を戻し、挑むような眼で私を見た。彼女の胸が怒りでいっぱいになっているのが、外からでも察せられた。その怒りに正当な根拠があるかどうかは疑わしい。私は彼女を観察しながら、ゆっくりとタバコの火を消した。彼女は私に対抗するように、タバコを一本抜きとってくわえ、ライターで火をつけた。タバコの先端がかすかに震えていた。

「じゃァ、いったい誰が見たって言うの?」

「あんたのご主人ではない。ご主人はあの夜仕事で出張していて留守だったと、調書に書かれている」

「じゃァ、誰が見たって言うのよ?」と、彼女は繰りかえした。最初のときより声に力がなくなっていた。

「魚住夕季が飛び降りるのを実際に目撃し、それをあんたに話した人物だ。その人物は、魚住夕季がベランダの囲いによじ登って、その上に坐るような姿勢を取り、飛び降りたことをあんたに話した。しかし、彼女の服装や、彼女が囲いの上に坐ってヘア・バンドをはずしたことまでは話さなかった。人が飛び降りたことに較べればそんな細かなことはどうでもいいからだ。そういう細かなことまで警察の質問に答えられたのは、実際に飛び降りを目撃していた電力会社の工事人だった。あんたの部屋で実際に飛び降りを目撃した人物なら、その工事人と同じように、自分の記憶をたどりながらそういう細かなことまで答えられたに違いない。だが、あんたはその人物から聞いたことだけしか答えられなかった」

彼女はタバコをせわしなく喫い続けながら、私の言葉を聞いていた。反論はしなかった。

「あんたは聞いていないことは、よく憶えていないと答えて、ほかの目撃者と食い違った証言をしたりしなかったので、警察はとくにあんたの証言に疑いを持つことはなかった。警察の第一の関心は、あの飛び降りが自殺かそうでないかということの判断だったから、三人の目撃者の証言が自殺であることを示している以上、そういう細かなところまでは問題にしなかった。おそらくは、あの翌日警官があんたのマンションを聞き込みで訪れたとき、どういうはずみかわからないが、あんたはつい自分が飛び降りを目撃したと言ってしまったのではないか」

「そんなこと、何の証拠もないわ……」

私はテーブルの上の伝票を手に取った。「一晩ゆっくり考えてもらいたい。私が知りたいのは、実際に目撃した人物は誰かということだけだ。それさえ教えてもらえば、あんたの証言が別の人物からの〝又聞《またぎ》き〟だったことが外部に漏れるようなことはない」

私は立ちあがって両手をテーブルにつき、彼女のほうにぐっと顔を近づけた。「だが、あんたがそれを隠し通すつもりなら、私の疑問を然るべきところに報告しなければならなくなるだろう」

私は恐慌状態《パニック》に陥っている秋庭朋子をその場に残したまま、勘定をすませて店の外に出た。雑居ビルの外階段の踊り場まできたとき、秋庭朋子が走ってきて、私に追いついた。

「秘密は、絶対に守ってくれるわね？」彼女は息を弾ませながら訴えるような声で言った。

「そのつもりだ」と、私は答えた。

彼女は踊り場の囲いに近寄って、通りを隔てた斜向かいの奥沢ＴＫマンションを見上げた。

「あなたが言った通り、あの飛び降りを目撃したのはある男だったのよ。そのときわたしはちょうどシャワーを浴びている最中だったの。わたしが浴室から出てくると、その男が窓辺に立って、蒼い顔をしていた。そして大変なものを見てしまったって言ったわ。それから話を聞いて、飛び降り自殺があったことを知ったのよ」

彼女の横顔には、マンションの入口で最初に会ったときの、たいていのことには動じない中年女の開きなおったような表情が戻りつつあった。

「その男は誰だ？」と、私は訊いた。

彼女は視線を宙に漂わせて、それに答えずにすますロ実を見つけるための最後の努力をした。だが努力の甲斐はなかった。

「あなたも知っている通り、その夜は亭主が出張で留守だったでしょう。わたしはちょっと羽根を伸ばすつもりで、渋谷に出て、買い物をしたり映画を観たりしたの。『チャタレイ夫人の恋人』っていう映画だった。エマニエル夫人になったあの女優が主演の映画だけど、そんなことはどうでもいいわね。映画館を出たら外は夕立みたいな激しい雨になっていた。そのとき、どこからともなくその男が現われて、私に傘を差しかけてくれたのよ。そして「よろしかったらお茶でも、食事でも、お酒でも付き合ってくれませんか」って、映画のせりふみたいなことを言ったのよ。それでついふらふらと、お茶を飲んで、食事をして、お酒を飲んで……気がついたら、最後はうちまで連れてきてしまっていたの」

「男の名前は？」

「カノウ。それだけしか知らないのよ」彼女は怒ったような声で言った。「カノウって聞いただけで、後で考えてみると、狩りをする野原の〝狩野〟か、加える・納めるって書く〝加納〟か、それとも願いが叶うの〝叶〟か、それさえちゃんと確かめていないのよ」

「カノウが本名だとして、だ」

「……そういうことね」

「その男についてほかに知っていることは？」

「単身赴任で関西からきているということと、年齢はわたしより少し下だってことぐらいかしら。お酒を飲んでいたころまでは結構ロマンチックなムードだったけど、いざうちへ連れてきてみると、お互いに何となくぎごちなくて、お互いに早くすませてしまおうって感じで、お互いに一晩だけの付き合いにしようと思っているのがありありで……わかるでしょ？　そこへあの飛び降りの騒ぎなのよ。誰がどこで見ているかわからないから、近所が静かになるのを待って、夜中の三時過ぎに彼がマンションを抜けだすまで、二人とも気が気じゃなかったわ」

「そういう男を自分のマンションへ連れてくるのは、少し不自然じゃないか」

「焼き餅やきの亭主が十一時前後に必ず出張先から電話をかけてくるので、うちに帰っていないとまずいのよ。その習慣だけは今でも変わらないわ。わたしはこんな婆さんになっているっていうのに」

「この質問にはよく考えて答えてもらいたい。たいていの男はそういう場合、ホテルか、独身ならむしろ自分のアパートへ行きたがるものだと思うが、その男はあんたのマンションへ行くことに反対はしなかったのか」

「……しなかったわ」

「逆に彼のほうがあんたのマンションへ行きたがったということは？」

「そんなことはなかったと思うわ。十年以上も昔のことだから、そこまではっきり憶えていないけど、わたしがうちに行こうと言って、彼もすぐに同意したと思うけど……でも、彼のほうからわたしのマンションへ行きたがったというのは、どういう意味？」

なかなか頭のまわる女だった。こういうことでは女の感覚は男の数倍も鋭かった。彼女の男を惹きつける器量が問題になっているのがすぐにわかるのだ。

「あなた、まさか、あの男が最初からあの飛び降り自殺を目撃するつもりで、わたしのマンションにきたのだと言うんじゃないでしょうね？　彼はあの飛び降りに関係のある男だって言うつもり？」

「私がそれを訊いているのだ」

「でも、いったい何のために？　第一、わたしが何も証言しなければ……」彼女はそこで口を噤《つぐ》んだ。

「だが証言した」と、私は言った。「二十才《はたち》やそこらの若い娘ではないのだから、あんたにはわかったはずだ。その男があんたとの情事を楽しむためにマンションへきたのか、それとも、あの部屋の窓から何かを見たと言うためにきたのか」

秋庭朋子は私の顔を睨んで、十数秒間考えた。

「……わからないわ。あのときすぐにそう訊かれたら、答えられたかもしれないけど……あの男とのことは、今となってはぼんやりと霞《かす》んでしまった遠い昔の記憶にすぎないもの。それよりも、実際には見ていなくても、あの娘さんがベランダから落下していく姿のほうが、よっぽど鮮明に眼に浮かぶわ」

私は過去の秘密を話してくれたことに礼を言い、何かほかに思い出したことがあったら、さっき渡した名刺に連絡してくれと言って、先に階段を降りはじめた。

「ひどい仕事をしているわね」と、彼女が私の背中に言った。

私は振りかえらず、歩みを止めず、何も応えずに階段を降り続けた。三人の目撃者の証言のうちの一つが、疑惑の色を帯びることになった。魚住夕季の死を自殺と断定することになった証言の一つだった。

26

訪ねあてた住所にコンビニエンス・ストアの〈ファミリー・マート〉が建っているのを見たとき、二人目の目撃者にとって十一年の歳月はあまり平坦なものではなかったのではないかという予感がした。私は自由が丘から東急大井町線に乗り、二子玉川園《ふたこたまがわえん》で新玉川線に乗り換えて、三軒茶屋《さんげんぢゃや》の駅で降りた。バスを利用すればもっと近道がありそうだったが、分秒を争っているわけでもないので久しぶりに郊外を走る電車に揺られてきた。警察の調書によれば、電柱の上で飛び降りを目撃した電力会社の職員は世田谷区の三軒茶屋駅から歩いて十数分のところに住んでいるはずだったが、その住所は新時代のガラス張りのよろず屋に取って替わられていた。

早くも冷房を効かしているストアの中は昼食時を過ぎているのであまり客はいなかった。学生アルバイトのような店員が二人連れの女子高生にアイスクリームを売るのを待って、私は勘定場に近づいた。

「この店ができる以前に、この土地に住んでいた中牟田《なかむた》義男《よしお》という人を訪ねてきたのだが」

店員は首を捻った。「さァ、ぼくは先月から働きはじめたばかりのアルバイトですから、そういうことはわかりません。店長だったらわかるかもしれないけど」

「店長は？」

「ちょっと……」彼は勘定場の奥のドアをちらっと見て言った。「店長は配達に出ているんですが、たぶん三十分ぐらいで戻ってくると思います」

店員の態度から推測すると、店長はドアの奥の部屋で午後の休憩でも取っていそうだったが、こっちの都合で文句を言っても仕方がなかった。昼寝をしているところを無理に叩き起こして、不機嫌な受け答えをされてもプラスにはならない。時間は二時十五分になるところだった。私は三時にもう一度訪ねると言って、ストアを出た。

こちらも午後の休業時間で暖簾《のれん》をはずそうとしている蕎麦《そば》屋に滑りこんで、私は遅い昼食をすませた。隅のテーブルで食事をはじめた店主夫婦と一緒に、死んだ俳優が二人も三人も出てくる再放送のテレビ時代劇のおさだまりのクライマックスにうんざりしながら時間をつぶして、三時ちょっと前にストアに戻った。

コンビニエンス・ストアの店長は三十代半ばのやや肥満体の男で、冷房の効いている店内にもかかわらずうっすらと額に汗を浮かべていた。中牟田義男は当時四十三才で、現在は五十三、四才になっているはずだから、この男ではありえなかった。こういう形式の店にはその土地の所有者を店主にして、屋号の権利や商品管理のシステムなどを貸与する共同経営の方法――フランチャイズ方式というのか――を取っている場合もあると聞いたことがあるので、一縷《いちる》の希望を抱いていたのだが、そんなに楽はさせてもらえなかった。

「この店ができる以前に、この土地に住んでいた中牟田義男という人を訪ねてきたのだが」

私は若い店員に訊ねたのと同じことを繰りかえした。

「だそうですね。バイトの子から聞きましたよ。ですが、ぼくも開店当時はこちらにいなかったもんですから、その辺のことはよくわからないんですよ」

「中牟田という人がこの土地の大家《おおや》さんだということはないだろうね」

「いや、それはないはずです。それだったら、毎月その土地代の支払いをするのもぼくの仕事になりますから。ここはめずらしく土地もうちの所有になっていますので、その必要はないんですよ」

「そうですか」中牟田義男についてはどうやら不安の三分の一が的中しそうな気配だった。店長は腕時計に眼をやった。「もしよかったら、三時の定時報告で本部に電話を入れる用があるので、その辺のことを訊いてみましょうか。事情のわかる者がいてくれればの話ですがね」

私はそう願いたいと頼んだ。

「店の用事を先にすまさなければならないので、少し時間がかかりますよ」

私はそのあいだに買い物をしているから構わないと答えた。店長の眼が客を見る眼に変わり、商品の点検をしていたさっきのアルバイトの店員とレジを替わって、ドアの奥の部屋に消えた。私は病院で魚住彰に付き添っている父親や藤崎監督たちのために、すぐ口に入れられるような食糧や週刊誌などの雑誌を少し余分に買って、ビニールの覆いのかかった紙袋に入れてもらった。

私の知っている興信所の探偵で、仕事には必ずこういう紙袋を持ち歩いている男がいた。その男によると、一般的に手ぶらの男は警戒されるし、紙袋をさげている男は人が好さそうに見られると言うのだった。しかも、情報に金を払う習慣に乏しいこの国では、探偵の調査で金銭をやったり取ったりすることはめったにないのだが、彼の経験では、紙袋をさげているると大概の人間がその中に謝礼としてもらえる何かが入っているような期待をするので、舌のまわりがずっと滑らかになると言うのだった。真偽のほどはわからないが、今日のこれからの仕事に効果があれば一石三鳥の買い物をしたことになる。

買い物をすませてしばらく待っていると、店長が勘定場に戻ってきた。

「本部に訊いてみたんですが、お客さんのおっしゃった、えーっとどなたでしたっけ?」

「中牟田義男」

「残念ながら、その人のことはわからなかったんですが、うちがここを購入したのは三軒茶屋の駅の近くにある〈丸信《まるしん》商事〉という不動産屋さんからだそうなんですよ。ですから、そちらへ行ってお訊ねになれば、元の所有者のこともわかると思うんですがね。これが、その丸信商事の住所と電話番号です」

私は店長からメモを受けとると、礼を言ってストアをあとにした。

〈三軒茶屋中央劇場〉という映画館の近くで、メモの住所がなかなか見つからないので、私は電話をかけてみることにした。〝なかみち通り〟に戻って、くるときに見つけていた薄汚れた赤電話のところまで行くと、そこに電話の蔭に隠れるほど狭い丸信商事の入口があった。間口が一間に奥行が二間の古びた木造の事務所で、さっきのコンビニエンス・ストアで土地購入の話を聞いていなければ、ここで商売が成り立っているとは信じられないようなちっぽけな不動産屋だった。私は物件のビラを貼りめぐらした立て付けの悪いガラス戸を開けた。かなり年配の老人が事務所の真ん中に置かれたデスクの上に新聞を広げて読んでいた。老人は面倒臭そうに顔を上げるとずり落ちた老眼鏡の奥から私を見つめた。

「新聞の売り込みならむだだよ。わしは四十年間〝東京新聞〟しか取ったことはない。理由はたった一つ、安いからだ」老人は私のさげている紙袋を一瞥して言った。

新聞の勧誘員に間違われたのは、紙袋の効用と言えるかどうかわからなかった。

「東京新聞よりも値段を下げるというのなら、何新聞でも取ってやるがね。ただし、野球やプロレスのつまらん駄じゃれの見出しがでかでかと載っているようなやつは、お断わりだ」

「新聞の売り込みじゃないんだ」と、私は言った。

「客かね？　だったら気に入るような物件は何もないよ。わしが気に入るような物件が一つもないんだから、客のあんたが気に入るはずがない」

私は事務所の中に入って訊いた。「お宅で扱った〈明治薬科大学〉の近くのコンビニエンス・ストアの敷地のことは憶えていますか」

「あんた、失礼なことを言うな。わしは四十年間この商売をやっているが、売った土地のことは一坪たりとも忘れちゃおらんよ」

「それはありがたい。以前にあの敷地に住んでいた中牟田義男という人を訪ねたいのだが、現在の住所をご存知ではないですか」

老人は興味を惹《ひ》かれたような顔つきでデスクから立ちあがった。後ろのガラス戸を閉めてくれと言うと、ブリキの灰皿を置いたデコラ張りのテーブルを挟んで粗末な折り畳み椅子が二脚置いてある接客のための場所を指差した。

「中牟田の息子にどんな用件があるのかね」

私たちはテーブルの両側の椅子に腰をおろした。

「中牟田さんの父親をご存知なんですね？」

「知っとるさ。お互いにガキのころからの知り合いだ。三軒茶屋の町名の由来がまだ遺《のこ》っている時分からの――と言うのはわしたちの親父《おやじ》の代の口癖だったから法螺《ほら》だが、とにかく古い友だちだった」

「町名の由来とは？」

「茶店《ちやみせ》が三軒あったに決まっとるだろ。面白くもなんともない町名だな」

私には自由が丘よりましな名前に思えたが口には出さずに、話をもとに戻した。「中牟田さんの家族は、まだこの近くに住んでいるんですか」

「義男の父親は死んだよ。戦死だ。ガキの時分からわざわざ自分のほうから鉄砲の玉に当たりにいくような不運なやつで、ただ殺されるために出征したようなもんだ。義男とカミさんをあとに遺してな」

私は老人のペースで話させることにした。上衣のポケットからタバコを取りだして、老人にもすすめた。彼は当然のように一本抜きとると、デスクの上からホルダーを取ってそれに差しこみ、口にくわえた。私は彼のタバコと自分のタバコに一本のマッチで火をつけた。

「そのカミさんがまた亭主にひけをとらないように不運な女で、女手一つで義男を育てあげ、息子が東京電力のようなちゃんとした会社に就職して、これから楽ができるというところでぽっくり死んでしまった。それで、義男に何の用があるのか、まだ訊いていないな」

「十年以上も昔のことですが、中牟田さんがある事件の目撃者として警察の証人になっているのです。私はその事件のことを再調査する仕事をしていて、彼に当時のことをもう一度訊ねたいと思っているのです」

「警察の証人だって？　そんなこともあったかな。まさか警察にしょっぴかれるような話じゃないだろうな？」

「違いますが、そういうこともあるのですか」

「いや、そんな度胸のあるやつじゃなかった。競輪に凝《こ》ったり、宝くじに凝ったり、会社をずる休みしたり、だらしない男というだけのことさ。母親が健在のころは親孝行でまじめな若者だったんだが、母親が死ぬと人生の目的をなくしたようにころッと人間が変わってしまった」彼はホルダーの先のタバコの灰を灰皿の縁をなぞるようにして落とした。「結婚して一人息子ができてからは、そんな癖も治るかと思ったが、息子が大きくなるにつれてだらしなさはもっとひどくなった。自分が親父を知らないので、息子にどんな接し方をしたらいいのかわからないと、酒に酔って愚痴をこぼしていたことがあったな」

私はタバコを灰皿で消して言った。「私の用件は、彼の当時の証言を確認するだけのことだから、迷惑がかかるようなことはない。彼の現在の住所をご存知だったら、教えてくれませんか。必要なら本人の許可を取ってからで結構ですが」

「それは無理だな」と、老人はきっぱりとした口調で言った。「義男は十年ぐらい前から、家を出て行方不明になっているんだ。〝蒸発〟ってやつさ」

「それは正確にはいつのことです？」

「そうだな……義男の奥さんが癌で亡くなったのが、うちの家内が死んだのと同じ年だったから、五年前の昭和六十三年だろう。義男の一人息子の肇《はじめ》が両親ともいなくなったからあの土地を処分したいと言ってきたんだ。義男の失踪から満七年がたって死亡と同じにみなされたので、土地の売却ができたのが翌年の昭和六十四年だから、逆算すると……昭和五十七年になるかな。そうだな、昭和五十七年の秋には義男はもうあの電力会社を辞めていて、冬がくる前にどこかへ行ってしまったはずだ」

昭和五十七年の夏が魚住彰の甲子園の夏だった。

「では、中牟田義男さんの息子さんの住所を教えてもらえませんか」

そのドアが開いたとき、私はてっきりアパートの部屋を間違えたのだと思った。栗色の髪に緑色の眼をした外国人女性が応対に出てきたからだった。

「中牟田肇さんのお宅ですか」私はあわてて訊いた。

「そうです。ジムはお仕事で出かけています」彼女は妙な抑揚《アクセント》はついているが、はっきりした日本語で答えた。

「ジム？」と、私は訊きかえした。

「ああ、ごめんなさい。ハジメです。彼の仕事は五時で終わりだから、もうすぐ帰ってきます」

腕時計で時間を見るとまだ四時二十分だった。丸信商事の老人が教えてくれた中牟田肇の住所は、三軒茶屋の駅から東へ十分足らず歩いた下馬《しもうま》の都営住宅だった。老人は中牟田肇の仕事が大学の事務員だということは憶えていた。私は彼女に彼の職場を訊いた。

「〈昭和女子大〉です。すぐそこです。だから、五時に仕事が終われば、五分くらいで帰ってきます」

「もしよければ、ご主人に連絡を取ってもらって、五時過ぎに大学の近くのどこかで会えるかどうか、訊いてもらえませんか」

「ああ、いいです。あなた、お名前は？」

「沢崎です。ご主人のお父さんのことで少しお話がしたいと、伝えてください」

「サワザキさん？　彼のファーザーのことね。ちょっと待ってね」彼女はアパートの奥へ去った。間もなく英語にときどき日本語の混じる彼女の声が聞こえてきた。電話は長くはかからず、彼女はすぐにドアロに戻ってきた。

「オーケーよ。ジムは三軒茶屋の駅に行く途中の、ライオンズ・マンションの前の〝ツリシノブ〟という店に、五時十分にくるように、言いました。オーケー？」

私はサンキューと言って、都営住宅をあとにした。

和菓子店の一角に作られた〈釣忍《つりしのぶ》〉という和風喫茶で三十分ぐらい待っていると、中牟田肇は約束の時間よりも数分早く現われた。ほかには中年の女性客が一組いるだけだったので、お互いに相手がすぐにわかった。中牟田肇は外人女性を妻にするだけあってかなりの長身だったが、風貌はむしろ平凡で平坦な典型的な東洋系の顔だちだった。そのほうが西洋の女性には異国風《エキゾチック》で魅力があるのかもしれなかった。三十才前後で、女子大の事務員らしいきちんとした服装に薄手の書類鞄《かばん》をさげていた。

「父は去年の暮れに死にました」と、彼は挨拶が終わると先手を打つように言った。「入院していた熱海の病院から連絡があって、駈けつけてみると、肝臓がもう手の施しようがなくて、一週間足らずで息を引きとりました」

和服を着たウェイトレスがコーヒーを運んできたので、話が中断した。彼はコーヒーに角砂糖を二個入れてよく掻き混ぜると、一口飲んでから続けた。

「父のことでお話があるということでしたが、もし父の生死が問題になるようなことでしたら、死亡を確認できる証明書がうちにありますのでお見せします」

「いや、そんな必要はない。あなたは、父上が十一年前にある若い女性の自殺を目撃したことを憶えていますか」

「ええ、そんなことがありましたね。あれは確か、ぼくが大学受験に失敗して浪人をしているときでした」

「父上はそれから半年以内に会社を辞めたり、家を出たりされたわけだが、それと自殺を目撃したことには何か関係があったのではないですか」

「さァ……そんなふうに考えたことは一度もないですが。確かに、電柱の上で仕事をしていたときに、すぐ近くで女の人が飛び降りたのには相当ショックを受けたようで、何度も繰りかえし話していました。でも、その後のことは生来《せいらい》ずぼらな親父の身から出たことですから、それと直接関係があるとは思えません」

「一家の主がいなくなったのでは、生活は大変になったのでありませんか」

「いや、それほどではありません。母が亡くなったあとで手放してしまいましたが、三軒茶屋の通りに祖母の代からの食料品と雑貨の店があったので、食べるのに不自由はなかったですから。競輪などにむだ遣いをする父が蒸発してからは、経済的にはむしろ楽になったはずですよ」

「父上が会社を辞めた理由はわかっているのですか」

「さっきも言ったように生来のずぼらとしか考えられませんが……近所の人たちは、競輪で大穴を当てたんじゃないかとか、宝くじが当たって大金が入ったんじゃないかと勝手に騒いでいましたがね」

「それは事実ではない？」

「いや、本当のところはわかりませんね。もともとあまり馴染《なじ》めない親父だったし、こっちは面白くない浪人時代でめったに口をきくこともありませんでしたから」

「亡くなるときもあまり話さなかったのですか」

「父は身体の苦痛を訴えているか、くどくどと詫び言を言っているばかりでしたが、やはり父子《おやこ》ですから可哀相だと思う気持はありました……ですから、連絡をもらって最後を看取《みと》ることができたのはよかったと思っています」

中牟田肇は鼻をぐすりといわせた。照れ臭そうにコーヒーに手を伸ばしかけたが、急に手を止めた。「そう言えば……父が死んだ日のことですが、危篤状態になったときに譫言《うわごと》で何度も「これだけは言っておかなければならない」と繰りかえしていたのを思い出しました」

「何を言ったのですか」私は声を抑えて訊いた。

「いいえ、結局はそれだけで、何も言わずに息を引きとってしまったんです」

私たちはそれからしばらく故人のことを話していたが、調査に関係のありそうなことは何も出てこなかった。私は父親の話をしてもらった礼を言うと、勘定書を手に立ちあがった。

二人目の目撃者である中牟田義男の証言の真偽を確認する方法はなくなった。

27

私は七時少し前に魚住彰が入院している新宿の東京医大病院に着いた。夕闇に包まれた建物は妙に静かで、けだるいような空気が立ちこめていた。夕食からしばらくたった時間なので、ロビーや廊下には患者や看護婦の姿はあまり見られなかった。その代わりエレベーターやロビーを往《ゆ》き来《き》する見舞い客が目立った。どの顔にも患者の前では見せないような不機嫌さがあった——冗談じゃない、こっちこそベッドで横になっていたいよ。病院である以上は外科病棟にも当然死に対する恐怖の影が漂っていないわけではないのだが、内科の病棟に較べると一種の自棄的な明るさのようなものがあった。

ロビーのレザー張りのベンチに、川嶋弘隆の葬式の日に藤崎スポーツ用品店で店番をしていた早稲田の野球部の学生が坐っていた。藤崎の姿はなかった。早稲田の学生は私に気がついてベンチから立ちあがった。

「ご苦労さまです」と、彼は言った。「あのとき監督の店でお会いした、梶原《かじわら》です」

私は差し入れの紙袋を渡しながら訊いた。「魚住君の容体は?」

「意識はまだ戻らないそうです。手術は成功だったし、その後の経過もいいんだそうですが

「……」

「彼の病室は決まったのだろうか」

「いいえ、集中治療室に入ったままで、お父さんがほんのちょっと顔を見られただけだそうです。まだ面会謝絶の状態が続いていると聞いています」

「そうか。藤崎さんは帰られたのだろうか」

「どうしてもはずせない用事ができて、ぼくと交替して店に戻りました。六時に店を閉めてからまたくると言っていました。今夜はぼくがいますから、ゆっくり休んでくださいと言ったんですが、先輩の意識が戻るまでは安心できないからって……」

ベンチの離れたところに坐っている四十代の前半ぐらいの和服の女が私の顔をしばらく見ていて、それから眼をそらした。後ろで結った地味な髪型が模様のない納戸色《なんどいろ》の和服に似合っていた。

「お父さんは？」と、私は梶原に訊いた。

「担当の医師《せんせい》に呼ばれて、これからの治療の説明を受けに行かれました」

「そうか。では、また明日寄ってみることにしよう」

私は梶原にあとのことを頼むと言って、エレベーターのほうへ向かった。その階に止まったままドアの開いたエレベーターに乗りこむと、ベンチに坐っていた女が私のあとから入ってきた。

「一階へ降りますが、構いませんか」

「はい……」女は逡巡《しゅんじゅん》しながら訊いた。「あの、沢崎さんでしょうか」

「そうですが」私は一階のボタンを押して、彼女を振りかえった。

「わたしは彰さんの義理の叔母にあたる者で、新庄慶子《しんじょうけいこ》と申します。彰さんが大変お世話になっていると、お父さんの魚住さんからうかがいました。わたし、叔母とは言っても、義姉《ねえ》さんが魚住さんとお別れになったので、本当は叔母とは言えなくなったんでしょうけど……わたしの兄が松永季江さんと結婚して夕季ちゃんが生まれ、夕季ちゃんが六つのときに兄は亡くなりました。夕季ちゃんの叔母であることは確かなんですけど、季江さんが魚住さんと再婚なさって、彰さんは夕季ちゃんの弟になったわけですから、彰さんの叔母でもあるわけです……なんだかややこしい説明になってしまって」

エレベーターが一階に着いて、ドアが開いた。

「あなたのお兄さんが、夕季さんのお母さんの前のご主人ということですか」

「そうです」

階上でエレベーターを呼ぶ者がいて、ドアが閉まろうとした。私は先に降りてドアに手を当て、新庄慶子と名乗る女性が降りるのを待った。

「どうも……彰さんが怪我をなさったことが、今日の新聞に載っているのを知らせてくれた方があって、驚いてお見舞いにうかがったんです」

新宿へ戻る電車の駅で買った夕刊にも同じような数行の記事が載っていた。甲子園の元球児が新宿で襲われて重傷を負ったという小さな記事だった。十一年前の八百長疑惑のことは書かれていなかった。スペースさえあれば書きたかったろうが、なかったから書かなかったのだろう。

私たちは一階の玄関のほうへ足を向けた。

「彼のお父さんから、私がどういう仕事をしているのか、お聞きになりましたか」

「はい」

「では、私が彼から依頼されて、ある調査をしていることもご存知ですね」

「ええ、うかがいました」

私たちはロビーの一角に設けられた喫煙コーナーの前で立ちどまった。

「お急ぎですか」と、私は訊いた。

「いいえ、そんなことはありません。八時にここを出る予定ですし、もう一度上へ戻って、お父さんに挨拶して帰るつもりですから」

「では、少しお訊ねしたいことがあるのだが」

「どうぞ。わたしでお役に立つことなら」

喫煙コーナーには、松葉杖を持った高校生ぐらいの患者と女子高生ぐらいの見舞い客のペアが一組と、病室を抜けだしてタバコを喫っている中年の患者が一人いるだけだった。私たちは彼らから離れた場所を選んで、レザー張りのベンチに腰をおろした。

「夕季さんの実のお父さんが亡くなられたのは、いつのことですか」

「兄は昭和四十四年の暮れに、北アルプスの冬山に一人で登って遭難し、死亡しました。都内のある私大の助教授になったばかりで三十一才の若さでした。十才年上の兄でしたから、わたしが二十一才のときです。大学紛争が激しくなっていくころのことで、兄は学校側と学生たちのあいだに立って疲れ果てていたようでした。兄の登山の経験と実力では無謀な計画だったと言って、覚悟の上の死のようにおっしゃる兄のお友だちの方もありましたが、一人娘の夕季ちゃんが可愛い盛りのときですから、そんなことがあるとは思えませんでした。兄は生還するのはむずかしいと知って、凍死する前に家族や友人宛てに簡単な遺書のようなものを遺していました。あの若さで死ぬことをとても悔しがっている文面でした。妹のわたしにも、学生運動なんかやめて、自分にもしものことがあったら夕季の姉代わりになってくれ、と書いていました」

「お兄さんの忠告に従ったのですか」

「学生運動のことですか。いいえ……と言うのも、わたしはすでにそのときは学生運動も大学もやめてしまっていたからです。美大の先輩の世話で、和服の柄のデザインの仕事をする会社に入って見習いのようなことを始めていました」

私は彼女の和服を眺めた。「それもあなたのデザインですか」

彼女は微笑した。「違います。もし、有名デザイナーたちのファッション・ショーなどでご覧になるような特別な着物のことをお考えでしたら、まったく世界が違います。女の必需品としての昔からの着物業界に身を置いていますから、高い収入にも縁がない代わり、世の中の好不況の影響は多少受けることもありますが、もっとずっと堅実な仕事なんです」

「夕季さんの姉代わりのほうはどうでした？」

「わたしにできるだけのことはやったつもりです。兄が亡くなった当時はまだわたしたちの父親が経済的に余裕がありましたから、嫁と孫の生活を助けていたようです。それから三年ぐらいたって、父も定年退職して以前ほどは余裕がなくなりました。そのころから、父に代わってわたしが夕季ちゃん母子の手助けをさせてもらいました。と言っても月々ほんのわずかのことですし、二年足らずのあいだのことでした。夕季ちゃんが十一才のときに、季江さんは魚住さんと再婚されたので、二人にもまた幸せな家庭が戻ってきたのです」

「その後は？」

「魚住さんのお宅とはそれからもずっと親類付き合いが続いています。わたしはその時分には茅ケ崎《ちがさき》に住んでいましたので、夕季ちゃんは夏休みはもちろんですが、ほかの休みのときもよく泊まりがけで遊びにきてくれました。新しくできた自慢の弟を連れて」

「魚住君のことですか」

「ええ。彰さんは中学に上がってからは、お姉さんと歩くのが照れ臭くなったせいか、野球の練習が忙しくなったせいか、ぱったりとついてこなくなってしまったので、とても残念でしたけど」

「では夕季さんの姉代わりはずっと後まで続いていたわけですね」

「そう思います」

「十一年前のあの事件のときも？」

彼女は少しためらってから言った。「ええ、わたしはそのつもりでしたけど……」

「魚住君の八百長の疑惑が問題になっていたとき、あなたは夕季さんと会ったり話したりしましたか」

「それがどういうわけか、あの数日間だけがぽっかりと空白になっているんです。あのころは魚住家は彰さんの甲子園出場や夕季ちゃんの就職が決まって、いつも以上に話題の多いときでしたから、夕季ちゃんもよく電話をくれたり会いにきたりしていたんですよ。それなのに、あのときだけは連絡がなかったのです。わたしも心配で二度ほどマンションに電話を入れたのですが、つかまりませんでした。そうしているうちに、あんなことになって……」

彼女は紺色の手持ちのバッグから白いハンカチを取りだして、涙の滲んだ目もとに当てた。

「当時はわたしも引っ越しをしたり、仕事のほうが忙しかったりで、十分には夕季ちゃんの相手をしてやれなかったようで、今でもとても悔いが残っています」

「夕季さんが自殺をするような原因に心当たりはありませんか。弟の八百長疑惑のことは除外しての話ですが」

彼女は顔を曇らせた。「まるでありませんし、想像もつきません。ただ、彼女が自殺したことを聞いたとき、どうしても死んだ兄のことを思い浮かべてしまいました。わたしなどもこれまでの人生でつらい思いをした経験がないわけではありませんが、わたしのような生まれつきの楽天家ではない性格の人が、そのつらい思いが何倍にも大きい場合には、死ぬことを考えることがあるのかもしれないって思いました……それに女は弱いものですから」

「いったん心を決めると、強いとも言いますよ」

「そうですね」彼女は少し微笑《ほほえ》んだ。「強いは弱い、弱いは強い、ですから」

「魚住君が、夕季さんは自殺したりするはずがないという考えを持っていることはご存知ですね」

彼女はうなずいた。「夕季ちゃんのお通夜の席で、少し取り乱している彰さんがそういうふうにおっしゃるのを耳にしたことがあります。まだ十七、八才の少年なのに、あんな濡れ衣の罪を着せられて大変な目に遭ったばかりだったのですから、無理もないと思いました。でも……それから何年もたって彰さんに会ったとき、やはり同じような意味のことをおっしゃるのを聞いたときは、少し心配になりました」

「あなたは、あれが自殺でなかったとは思っていないのですね」

彼女はうつむいて、ほとんど聞きとれないような声で言った。「本当のことは、わたしにはわかりません。夕季ちゃんが自殺したのではなかったということがわかれば、わたしだってどんなに救われた気持になれるか……」

彼女は急に顔を上げた。「でもそうすると、実際にはもっと恐ろしいことが起こったことになるわけですから、それも耐えられることではありません」

私たちはしばらく無言でお互いの顔を見つめ合った。私はポケットからタバコを出したが、パッケージはからになっていた。すぐそばの壁際に自動販売機があった。

「失礼。ちょっとタバコを買ってきます」

魚住父子《おやこ》が夕季とは義理の関係であり、夕季の母親が死亡している今となっては、この新庄慶子という女性が夕季に最も近しい親類というわけだった。私は夕季の死の直前の二つの〝秘密〟のことを、彼女に訊ねる必要があった。探偵という稼業は人の気持を快適にするために存在しているわけではなく、おおむねその逆なのだった。

自動販売機には両切りのピースがなかったので、〝ピース・ライト〟を買ってきた。私はフィルターをちぎりとって火をつけた。

秘密の一つである夕季の八百長への関与については、私はそれを口にすることができなかった。それを口外しないことが、魚住彰の依頼の暗黙のうちの条件だからではなかった。二日前であれば、私はそんな条件など無視していたに違いない。だが今は事情が変わったのだ。私がその条件に違反しても、依頼人は一言の抗議もできない意識不明の状態で、この建物の階上のベッドに横たわっていた。それでは違反はできなかった。私はもう一つの秘密のことを訊いた。

「あなたは、夕季さんが亡くなられたときに妊娠していたことをご存知でしたか」

彼女は肩を落としてうなずいた。「そのことは、夕季ちゃんの死から一年近くたってから聞きました。魚住さんのお父さんから教えていただいたのですが、たぶん彼女の一周忌のときだったと思います」

「子供の父親が誰かご存知ですか」

「いいえ」

「誰か心当たりはありませんか」

「いいえ、そういう相手がいたことさえも存じませんでした。彼女は高校を卒業してまだ半年たつか、たたないかでしたから、そういうことはまだこれから先のことだとばかり思っていました……姉代わりなどと自分はそのつもりでいても、夕季ちゃんのことは何も理解していなかったのだということを思い知らされました」

彼女の言葉にはことさら嘆きを装っているようなところはなく、悲しい事実を冷静に語っているようだった。

私はすでに彼女に質問することがなくなっていた。

「また何かお訊ねしたいことができた場合の連絡先を教えてもらえますか」

彼女はバッグから仕事の名刺を一枚取りだし、裏に自宅の住所と電話番号を書き加えて渡した。勤務先の住所は中央区の京橋《きょうばし》で、自宅は中野区の鷺宮《さぎのみや》だった。私も自分の名刺を渡して、ほかに何か思い出したことがあったら連絡してくれるように頼んだ。私たちは立ちあがって、喫煙コーナーを出た。

「一つだけ教えていただけますか」と、私は言った。急に思いついたことだった。「夕季さんの墓はどこにあるのですか」

「杉並の〈永福寺《えいふくじ》〉です。あそこにうちの曾祖父の代からの墓があるのです。あの当時皆さんでそういう話になったときに、わたしからお願いして、兄の墓の隣りに葬ることにしていただいたのです。魚住さんのお父さんも、あんなに若くして死んでしまって、誰も知っている者のいない魚住の墓に入るより、実の父のそばで眠るのが一番寂しくないだろうとおっしゃってくださったので……」

「では、夕季さんのお母さんは？」

「一緒です。今年の一月に季江さんが亡くなったときに、こんどは彰さんが相談にみえて、元の家族三人を一緒にしてやることはできないかとおっしゃったので、そうさせてもらうことにしました」

私は礼を言って立ち去ろうとしたが、新庄慶子は心残りな顔で私のほうを見ていた。

「どうかしましたか」と、私は訊いた。

「夕季ちゃんのお墓の話で思い出したのですが、実はあれから十年間、毎年欠かさずに彼女の命日にお花を供えてくださる方があるのです」

「ほう……」

「ところが、どなたが供えられるのかまったくわからないのです」

「魚住君やお父さんでもないのですね」

「お墓参りのときに何度か一緒になりましたが、お二人もとても不思議がっていらっしゃいましたから」

「あなたの口振りでは、誰が供えるのかを調べてみたようですね」

「調べるなんて大袈裟《おおげさ》なことじゃありません。お寺の方に訊いても何もご存知ないのです。何年か前に少し早い時間に出かけて、どなたがお供えになるのか確かめようと待っていたのですが、それでも駄目でした」

「届けたのは花屋の配達人ですか」

「そうです」

「花屋は依頼主は匿名だと答えた？」

「ええ、そうでした。でもいったい誰がそんなことをなさるんでしょう」

うら若い女性の自殺にはそういうことがあっても不思議ではないだろうが、それが十年も続いているとなると不思議ではすまされないことのようだった。

私は新庄慶子に挨拶をして、病院の玄関に足を運んだ。外に出ると、冷たくなった風に向かってつぶやいた。いずれわかるときがくるだろう。

私は新庄慶子が既婚者かどうかを訊かなかった。彼女もそのことには触れなかった。それもいずれわかるときがくるだろう。

28

桝田啓三と連れの若い浮浪者は兜神社の社殿の右側の石垣に坐っていた。すっかり陽が落ちて、彼らの重ね着スタイルが羨ましくなるくらい気温が下がっていた。日中はあれほど春らしい日和だったのに、また冬へ逆戻りしたような冷えこみようだった。私は桝田に電話応答サービスの伝言は聞いていたが、調べることがあって一日中歩きまわっていたので遅くなったと詫びを言った。

「気にしないでくれ」と、桝田が言った。「あたしらの時間はあんたたちの時間とは違うんだから」こっちの時間のほうが下等であるかのように聞こえた。

二人は魚住彰の容体を訊いた。若い浮浪者は昨夜魚住の頭部の傷口を押さえていた縁《えん》もあるし、同じ年ごろなので気になる様子だった。私が手術の結果と意識がまだ戻っていないことを教えると、彼はワンカップの酒を不味《まず》そうに口に運んだ。

「あの魚住という青年を襲うのに使われた凶器だが、それらしいものは見つからなかったよ」桝田が気を取りなおすような口調で言った。「襲った犯人が鳥居のそばの現場から逃げた方角をかなり広い範囲で考えて、二回も探してみたが駄目だった。最初は、そういう目的で使われそうな道具を――ハンマーとかスパナとか野球のバットのようなものを想定して探していたが、二回目はもっとほかのものにまで範囲を拡げて、手ごろな大きさの石や煉瓦や棒切れのようなものまで注意してみたが、それらしいものはなかった。あんたは知ってたかい、この都会《まち》には石ころだってろくに落ちていないんだからね」

私はうなずいた。「仕方がないな」

「でも、こっちは専門家じゃないから、見落としたものがあるかもしれない。でもまァ、二人で時間だけはたっぷりかけたから、これが限度というところだね」

「伝言では、気になるタバコの吸殻を見つけたということだったが？」

「それなんだが、見つけたのは彼なんだ」桝田は連れのほうに首を傾けた。「彼はタバコの吸殻の拾得にかけては、この辺では右に出る者がいないほどのエキスパートだからね」

若い浮浪者がまわらぬ舌で注釈をつけた。「三センチ以下のシケモクは対象外だ。おれが拾うのは半分以上の長さがあるちゃんとしたタバコだけだ」

「今も二人で話していたところだが、見つけたときはかなりの手掛りを発見したような気がして有頂天になったんだがね……そのうちにだんだん自信がなくなってきてね。あのタバコの吸殻を魚住という青年を襲った犯人のものだと決めつけてしまうのは、いかにもこじつけのような気がしてきたんだよ」

「見せてもらおうか」と、私は言った。

「とにかく案内するから、そのつもりで見てくれ」

桝田は石垣から立ちあがったが、若い浮浪者は坐ったままだった。「おれはここにいる。おれたち二人が一緒にくっついて行ったんじゃ、変に目立ちすぎるから」

「じゃァ、荷物を頼む」と、桝田が言った。

桝田と私は神社の鳥居のほうへ向かった。私は上衣の脇のポケットを膨《ふく》らませているピース・ライトのことを思い出して取りだし、振りかえって若い浮浪者にほうってやった。自分のタバコはここへくる途中でフィルターのないピースを買いなおしていた。

桝田は鳥居のそばを通り過ぎるとき、魚住が倒れていた場所を見て眉をひそめた。「どんな理由があったのか知らないが、ひどいことをするもんだよ。あんたは仕事柄、ああいう暴力が振るわれる場面には何度も出会ったことがあるんだろうな」

「そんなことはない。私の知っている人間であれほどの暴力を振るった者はいない」

短い参道から表通りに出るところで、桝田はいったん足を止めた。

「あんたに言われた凶器を探しているとき、最初のうちは襲われた現場を中心に探していたんだが、何も見つからないので、少し考えてみたんだ……彼を襲った犯人は、彼があんたの事務所を訪ねようとした道のりのどこかで、彼と接触したわけだろ。襲った現場は兜神社に近いが、その前に彼を待ち伏せたり尾行したりしたと仮定すれば、犯人のスタート地点はあんたの事務所じゃないか、とね」

「なるほど。続けてくれ」

「それで、二回目の凶器探しは、ここからあんたの事務所のほうへ拡げていったんだ」

彼はその言葉通りに私の事務所の方角へ歩きはじめた。昨日の夜、彼が魚住彰の負傷を知らせてくれたとき、私が走ってきたコースを逆にたどっているわけだった。私がタクシーに轢《ひ》かれそうになった通りを渡り、暗くて道を間違えたと思った脇道に入り、事務所のあるビルの前の通りへ出た。二十メートルほど先に、その老朽ビルの一部が見えていた。車の往来は多少あったが、すでに八時をまわっているので人通りはほとんどなくなっていた。そこで桝田はもう一度足を止めた。

「次に考えたのは、あんたのビルの入口の出入りが見張れるところで、ついでにあんたの窓の明かりが確かめられるような場所があるかどうかを探してみることだった。しかも相手には見つからないような場所でなければならない。そうなると、どこでもいいってわけにはいかなくて、かなり限られるんだ」

彼はふたたび歩きだして、前方に手を振った。「あのあたりを全部確かめてみたんだ。あんたのビルの向かいに薬局があるだろう。その二軒ほど手前に空き地がある。たぶん間もなく建築工事が始まるはずだが、そこの資材置き場以外にはそんな恰好な場所はないんだよ」

私たちはその空き地の前に着いた。一週間前までは確かに百坪ぐらいの空き地だったが、いまでは通りに面した部分に二メートルぐらいの高さの棒杭を五、六本打ちこみ、それに青いビニール・シートを張って遮蔽《しゃへい》した建築現場に変わっていた。

「入れるのか」と、私は訊いた。

「大丈夫だ。まだ整地の段階だから、このシートは防犯というより防塵《ぼうじん》用に——埃りをあまり飛ばさないように、垂らしてあるだけなんだ。大した効果があるわけじゃないんだが、近所の手前があるからね」

かつての建築の専門家が言うのだから間違いはないだろう。桝田は二枚のシートのちょうど真ん中にある境目のシートの下の部分を摑んでめくるように持ちあげた。

「まずいな」と、彼は言った。「こう暗くては肝腎の場所が見にくいだろうな。ここを見つけたのは今朝の五時ごろだったんで、そのときはもっと明るかったんだ」

「懐中電灯を取ってこよう」

私は急ぎ足で通りを横切って、自分の事務所のビルの駐車場へ行った。ブルーバードのダッシュボードから懐中電灯を取りだして、建築現場に引きかえした。

桝田は持ちあげたシートの中に入り、私が入るのを待って、シートをもとに戻した。薄暗かったがまだ懐中電灯をつけるほどのことはなかった。桝田は先に立って、左側の私の事務所のビルに近いほうの敷地の隅に据《す》えられたコンクリート・ミキサーのほうへ向かった。敷地の暗がりのほうに眼を凝らすと、一週間前までの一面の雑草が跡形もなく消えてなくなり、真ん中あたりに停めてあるローラー車の向こう側はすでにきれいに整地が終わっているのがわかった。桝田はコンクリート・ミキサーと砂利や砂の山のあいだを進んで、ミキサーの背後に私を案内した。

「いいかい、ここに隠れて、このシートをちょっとずらすと、あんたのビルの入口がはっきり見える。事務所の窓は角度が悪いので窓全体は見えないが、少なくとも明かりがついているかどうかははっきりわかるはずだ。ここなら相手に気づかれる心配もないだろう」

彼は場所を私に譲って、それを確かめさせた。その通りだった。

私が振りかえるのを待って、彼は言った。「明かりをつけて、コンクリート・ミキサーの台座の下の、ここの部分を見てくれ」

桝田は腰をかがめて、少し張りだした台座の下を指差した。私はなるべくシートの外に明かりを洩らさないように注意して懐中電灯をつけた。台座の下に、用途のわからぬ五十センチぐらいの高さのブリキの箱が少し傾いた恰好で放置されていた。箱の側面に長さ三十センチ、幅二センチぐらいの細長い板の出っ張りが付いていた。その上に茶色いフィルターの付いたタバコの吸殻が縦に同じ向きで整然と四つ並べられていた。

どれも四、五センチほどの長さで、桝田の連れの浮浪者が言った〝ちゃんとした〟タバコの吸殻だった。ミキサーの台座がちょうど傘の役目を果たしているようだった。このタバコがいつ喫われたのかはわからないが、少なくとも昨夜の雨に濡れた形跡はなかった。ブリキの箱の側面のところどころに、タバコの火を押しつけて消した跡が残っていた。四つとも同じ銘柄のタバコのようで、茶色いフィルターのすぐ上に二本の金色の細い線が輪になって印刷されていた。そのうちの二つは二本線のそばに同じ金色の文字で〝BARCLAY〟と印刷されているのが見えた。外国タバコのようだが、私は知らない銘柄だった。ちかごろではタバコの種類も国産のものと外国産のものを合わせれば相当な数に増えているようだし、私はタバコの銘柄に詳しいほうではなかった。

「バークレイと読めるようだな」と、私は言った。

「ああ、タバコ拾いのエキスパートが言うには、アメリカ産の洋モクで、そんなに喫っているやつは多くないが、といってそんなにめずらしいタバコでもないそうだ。自動販売機で売っているそうだから」

そのとき表の通りのすぐ近くで車が停止する音がした。私は反射的に懐中電灯の明かりを消していた。

「どうしたんだ？」と、桝田が驚いた声を出した。

私は静かにするように合図した。車のドアの開閉の音がして、間もなく足音が聴こえてきた。足音は二つでこっちに近づいてくる。私たちはコンクリート・ミキサーの蔭で身体を小さくした。青いシートがめくられる音がすると、表通りの明かりが内部に差しこみ、それが人の影で揺れていた。私の隣りで桝田が緊張するのが感じられた。

「ここが〈大豊《たいほう》建設〉の工事現場の、えーッと、七番目のチェック・ポイントとして、来週から警備スケジュールに入ることになるから、憶えといてくれ」

「さっき車を停める前に、左手のほうでちらっと明かりが見えたような気がするんですけど、大丈夫ですか」

「そうかい。おれは見なかったが、たぶん向こうのビルの明かりが反射でもしたんだろう」

「一応、内部を見ておきましょうか」

「その必要はないさ。契約は今日からではなくて、来週からなんだぜ。本格的に資材が搬入されるのは来週からだって言うんだから、いいだろう。それに今夜のうちに何か盗難でもあれば、来週からの警備体制が一ランク上がるかもしれない。そうなると我が社にはプラスってわけさ」

「……そう言えばそうですね」

「だいたいあそこはしみったれた会社なんだ。今日警備の依頼にきたんだから、来週からだなんてケチなことは言わずに今日からの契約にすればいいじゃないか、なァ」

シートがおろされる音がし、足音が遠ざかり、車のドアの開閉する音に続いて、車が走り去る音がすると、桝田が大きな吐息を漏らした。しばらく様子を見て、私はもう一度懐中電灯の明かりをつけた。

タバコのフィルターの先端の部分を見ると、外側の茶色い巻紙と中身の白いフィルターの境目に空気穴のようなものが等間隔に四カ所開けてあった。最近のタバコは健康な喫煙のためにフィルターに工夫を凝らしたり、ニコチンやタールの量を少なくしたものが増えていた。健康のためにはタバコなど喫わないほうがいいに決まっている。だが、健康な七十才の老人になったときにいったい何をしたらいいのかと考えると、タバコを喫うこと以外には大したことは思いつかなかった。

もう一度よく見ると、四つの吸殻すべてのフィルターのちょうど真ん中あたりにかなり深い嚙み跡のようなものが残っていた。だが、タバコを喫うときにフィルターを嚙む癖のある人間は意外に多いものだった。

私は懐中電灯の明かりで足もとの地面を照らした。靴の感触から思った通り、地面は何かの油で滑りやすい状態だった。明かりの反射が油特有の色を帯びていた。そう言えばここが空き地だったときに、このあたりにドラム缶が何本も放置されていたのを思い出した。あの雨の後でこの状態だとすれば、雨の前はもっと油がひどかったはずだ。喫煙者が吸殻を地面に棄てなかった理由はそれかもしれなかった。この程度の油で引火するはずがないことはわかっていても、身を隠している立場であれば危険は犯したくないものだ。しかし、単にタバコの吸殻を整然と並べるのが好きな工事関係者の仕業《しわざ》かもしれなかった。灰皿に吸殻を一本ずつきれいに並べる者もいる。

「手掛りになるかな」と、桝田は訊いた。「これが、あの魚住という青年を襲った犯人が喫ったタバコだという可能性はあるだろうか」

「あるだろう。だが、このミキサーの運転をしていた男のタバコだという可能性もあるし、近所の中学生という可能性もある。ちょっと吸殻のところを照らしてくれ」

私は懐中電灯を桝田に渡した。上衣のポケットから新しいタバコを取りだして封を切り、覆っているセロファンを抜きとった。四つの吸殻のうちの二つをフィルターの部分に触れないように注意してその中にいれた。セロファンの口を閉じると、もう一つの喫いかけのほうのタバコのパッケージの中にいれて、上衣のポケットに戻した。

私たちは敵の秘密の基地から戦利品を奪ってきた子供時代のように押し黙って、入ってきた経路を引きかえした。桝田が懐中電灯を私に返して、青いシートをめくろうとしたとき、私は彼の腕を押さえた。「ちょっと待て」

表の通りの向こうで車のエンジンの音と人の声がしたような気がしたからだった。私は足音を忍ばせて、もう一度タバコの吸殻のあったコンクリート・ミキサーの背後に戻った。桝田も後ろからついてきた。私たちは例の位置でシートをずらして、表通りの様子をうかがった。

私の事務所のビルの駐車場に、車のフロント部分を突っこむようにして一台のパトカーが停まっていた。二人の警官が私のブルーバードのそばに立って何か話していたが、話の内容までは聴きとれなかった。二人は明かりのついていない私の事務所を見上げて、また何か言葉を交わした。ということは、ただの巡回パトロールではないということだった。二人はビルの正面のほうへまわると、一緒に入口の階段を昇って行った。遠くて暗かったのではっきりしたことは言えないが、魚住彰が襲われた事件の担当で病院に現われた二人の警官のようにも見えた。

私は振りかえって桝田に言った。「彼らが上にいるうちに神社に戻ってくれ」

「あんた、大丈夫か」と、桝田が心配そうに訊いた。「連中はいったい何のためにきたんだろう？」

「誰も出たがらないパーティに招待するつもりなのさ。また会おう」

29

新しく建て替えられた新宿署に入ったのは初めてのことだった。しかし、署内の様子が変わって少しは見てくれがよくなったところで、新宿署の取調べ室は私にとってあくまで新宿署の取調べ室だった。最後にそこに入れられたのがいつかも正確には思い出せなかった。警察の取調べ室には時間の経過をあらわすようなものは何もない。暴力の痕跡――肉体的なものだけでなく精神的なものも含めて――を消すためか、周囲の壁は四六時中塗り替えられて懐かしがるようなしみさえないのだ。人間の興味を惹くようなものは何一つ置かれていなかった。ここに入るものは取り調べる側も取り調べられる側も、まず人間であることを放棄することになっているので、それですこぶる理に適っているのだった。

私の事務所を訪れた二人の警官は魚住彰が負傷した事件で病院に現われた警官たちだった。事務所の前の薄暗い廊下で顔を合わせると、あごの張った年長の警官が訊きたいことがあるので新宿署まできてくれ、と言った。脚の長い若いほうの警官は、私が抵抗でもしてくれれば一汗掻いて警察学校で教えられたことを実地に訓練できるのに、という顔つきで私を見つめていた。

「送ってもらおう」と、私は言った。「捜査課の錦織警部に呼ばれていたので、ちょうどよかった」

二人の警官は予期せぬ答えに驚いて、顔を見合わせた。「警部に、いったいどういう用件で？」年長の警官のとまどった声が廊下に力なく響いた。

「その理由をきみたちが詮索したということは、警部には内緒にしておく」

彼らは急に無口になり、お互いに相手の意気阻喪《そそう》した姿から眼をそらすようにして、私を新宿署の四階にある捜査課の取調べ室に連行したのだった。

五、六分たち、待たされるのを覚悟してタバコに火をつけると、それが合図であるかのように、私と同年代の私服の刑事が黒表紙のついた書類ファイルを手に部屋に入ってきた。刈りこんだ頭髪にはかなり白髪《しらが》が混じっていたが、童顔のせいでそのわりには老《ふ》けて見えない刑事だった。新宿署の刑事は錦織のほかに何人か知っていたが、この男には初対面だった。私を連行した二人の警官もその刑事と一緒に入ってきた。刑事は若い警官に灰皿を持ってきてくれと言って、私の向かいの椅子に腰をおろした。

「沢崎さん、だね？　西新宿で探偵事務所をやっているそうですな」

私はうなずいた。若い警官がステンレスの灰皿を持ってきたが、間に合わなかった。長くなった私のタバコの灰が灰皿の数センチ手前で落ちた。童顔の刑事が灰皿を手に取って机の縁《へり》のところに当て、黒表紙の書類を箒《ほうき》の代わりに使って掃き入れた。机の上に灰の筋が白く残った。

若い警官はドアの前に戻り、年長の警官は私からは見えない後方のどこかに移動した。被疑者や参考人たちを不安にさせる彼らのお得意の陣形だった。

「私は昨夜の魚住彰の負傷事件を担当している垂水《たるみ》刑事です」

私はもう一度うなずいた。垂水と名乗った刑事は机の上の灰の残滓《ざんし》が気になるようで、書類ファイルを団扇《うちわ》の代わりにして灰を吹き飛ばした。それでもこびりついて取れない灰を自分の掌で拭《ぬぐ》いとった。それでやっと安心したようにファイルを机の上に置いた。

「あんたと被害者の魚住さんとの関係を教えてくれませんか」

私は彼の問いには答えずにタバコを喫い続けた。タバコの灰をもう一度灰皿の外に落としてみたい強い衝動に駆られた。

垂水刑事は書類の黒表紙を指で叩いて言った。「あんたは担当者だった彼らの質問に対して、もう一人の通報者の住所不定・無職、桝田啓三との関係だけを答えて、被害者の魚住彰とは面識がなく、昨夜の事件のときに偶然出会ったように答えているが――」

「私は面識がないとも偶然出会ったとも言っていない」

「そうは言わなかったとしても、彼らがそう取り違えるように仕向けている」

「仕向けてなどいない。たとえ私が仕向けたとしても、きちんとした調書を取ることに時間をかけるより、看護婦たちと駄弁《だべ》っていたほうがましだという警官でなければ、取り違えることなどなかったはずだ」

垂水刑事は二人の部下に鋭い視線を送った。彼らが落ち着かない態度を取っていることは気配でわかった。

「私と魚住彰が昨夜の事件以前から関係があると、誰が言ったんだ？」

「そんなことは……あんたに教える必要はない」

「そうだな。こっちもきみたちに教えてもらうつもりはない。だがな、折角やる気のない警官たちが、昨夜の暴力事件はどうせ新宿の夜のいつもの暴力沙汰だろうと決めこんでいるのに、そいつはいったい何故「発見者の一人は被害者と関係のある男で、しかも探偵だ」などという余計なことを知らせたりしたのか。その真意を確かめてみたか」

私は推測を交えて垂水刑事の反応を探ってみた。彼は浮かない顔で私の話を聞いていた。私の推測は的《まと》はずれではなかったのだ。私はタバコを灰皿で消して、続けた。

「私を連行して訊問するよりも、そいつの真意を確かめるほうがよっぽど捜査に役立つのではないか。ひょっとすると、私が魚住彰の依頼を受けて進めている調査を妨害するためだと正直に答えてくれるかもしれない。ついでに魚住を襲ったのも自分だと告白してくれるかもしれない」

「それは……」冴えない顔で垂水の言葉は途切れた。

「匿名の通報、ということか」

垂水刑事は唇を噛んだ。答えたも同然だった。彼は質問の鋒先《ほこさき》を変えた。「それより、あんたが被害者から依頼されていた調査がどんなものか訊かしてもらおう。あんたが協力的な市民だったら、そのことは昨夜のうちに事情聴取した彼らに話しておくべきだったんだ」

「その質問には答えられない」

「まさか、守秘義務を持ちだすつもりじゃないだろうな。あんたみたいな私立探偵にそんな義務も、したがって権利もないことを知らないわけじゃあるまい」

「義務や権利だけがどうしてそんなに幅をきかすんだ。私はただ自分の仕事を守ろうとしているだけだ。依頼人の秘密を口外するようになったら、それは探偵の看板をおろすときだ」

「いつまでそんな恰好をつけていられるか。われわれとしてはあんたの上衣に付着していた被害者の血痕を問題にすることもできるんだぞ」

「できないね。あれが被害者の血痕であることも、それが付着した理由もすでに答えている。それはその調書に書かれているはずだ」

私は手を伸ばして、垂水刑事の前に置かれた書類ファイルを指差した。彼は私からそれを守ろうとするように黒い表紙を手で押さえた。

「ほう……そのことには調書は触れていないのか。どこまでも正直な刑事だ。匿名の通報があった後でなされた、口頭による事後報告というやつだな」

私は背後の年長の警官を振りかえって見た。彼は腹立たしさを隠そうともせずに舌打ちをした。

「いまさらそんなことを問題にしても、昨夜の事情聴取に手落ちがあったことが明るみに出るだけのことだ。私が昨夜の上衣を処分していたとしたら、そっちがいい笑いものになるだけだ」

垂水刑事は落ち着きのない様子で腕時計をのぞき、時間を確かめた。そして誰かに期限を切られているような、性急な口調で言った。「とにかく、こっちは事を荒立てるつもりじゃなかったんだ。われわれとしては、あんたのやっている調査が――」

「私としては、私のやっている調査が昨夜の傷害事件の捜査を妨害することになるとは思わない。私は魚住彰を襲った犯人を捜しているわけではない。だが、私の調査の過程で得られた手掛りで、きみたちに通報すべきことがあれば必ず通報する」

「われわれがあんたに釘を刺しておきたかったのは、そのことだ。いまの約束を破るようなことがあれば、こんな穏やかなことではすまないぞ」

こんなことですむのは、彼らが昨夜の傷害事件も西口で頻発している強盗事件の一つと見ているからだろうか。

私は机の上に置いていたタバコのパッケージから、セロファンに包んだ二つの吸殻を出して、垂水に渡した。

「これがその最初の手掛りだ」

私はその吸殻の出所と採取してきた根拠を手短かに説明した――魚住彰が襲われた事件には何の関係もないおそれがあることも含めて。

垂水刑事はセロファンとその中身を若いほうの警官に渡して、すぐに鑑識にまわすように命じた。彼は自分の役に立つ何かを手に入れたことで、それが今まで隠されていたことを気にしないでいられるタイプの人間だった。たいていの人間がそうなのだが、刑事にはすこぶる向かないタイプだった。

「もう一度念を押しておく」と、彼は言った。「さっきの約束に違反するようなことがあれば、捜査妨害として然るべく対処する」

垂水は黒表紙の書類ファイルを摑んで立ちあがり、二人の警官と一緒に取調べ室を出て行った。彼がドアの蔭にいる誰かに頭を下げるのが見えた。

錦織警部がそのドアから入ってきた。不機嫌さを通り越した表情のない顔で、疲れたように垂水刑事が坐っていた椅子に腰をおろした。捜査の指揮を取る警官が夜の九時にこんな状態でいるということは、よほど未解決の事件が山積みになっているに違いない。六十才までにあと数年はあるはずだから、まだ老けこむような年齢ではなかった。彼は私の事務所に現われたときと同じ濃いグレーのスーツの上衣のポケットからタバコを取りだして、使い捨てのライターで火をつけた。

「一年以上も東京を離れていたというのに、帰ってきたばかりでもうこそこそと泥棒ネコみたいな仕事を始めているのか」

私は黙って聞き流した。

「大金を手に入れても、おまえみたいなやつはどう使ったらいいのかわからないのだろう」

私はそれも黙って聞き流した。彼の話の筋は見え透いていた。

「部下たちの意見によれば、おまえが東京に舞い戻って、また探偵の仕事を始めたのは、大金を手に入れたことをカムフラージュするためだと言うんだが、違うな。おまえは泥棒ネコみたいなのぞき屋の仕事が根っから好きなんだ。そうだろう？」

私は三度黙って聞き流した。そろそろ前置きは終わるはずだった。彼は喉まで出かかっていることを、いつまでも引き延ばしておけるような気の長い男ではなかった。

「あのショルダーバッグの内側の底に近い部分から、一つだけ渡辺の指紋が出た」

錦織はタバコの煙の向こうから、表情を変えずに私の反応を見つめていた。

「もともと渡辺のものだったバッグに彼の指紋が付いていることが、そんなに不思議か」

「不思議だ。あれが渡辺のバッグなら、どうして彼の指紋がもっとあちこちに付いていないんだ？　それは、おまえがわざわざ手間暇かけて指紋を拭きとったからだ。手の届きにくいところに付いていた一つを消し忘れたんだ」

「バッグは渡辺のものだった。おれは清潔好きだからバッグの掃除をした。あんたがわざわざ手間暇かけて見つけた指紋から、それ以外のことは何も証明されない」

錦織は唇の端にあるかないかの薄笑いを浮かべた。

「指紋はもう一つ出た。洗面具入れの中の電気カミソリにも、渡辺の指紋の一部が残っていたんだ」

「渡辺のものだった電気カミソリに渡辺の指紋が残っているのが、そんなに不思議か」

「馬鹿を言え。あれから十三年間もおまえが使っていたとしたら、あんなつるつるのプラスチックの表面にいつまでも前の持ち主の指紋が残っているものか」

「十三年間おれが使っていたと誰が言ったんだ？　こんど東京を出るときに、彼の電気カミソリがあることを思い出して持って行った。使ったのは数えられるくらいだ」

錦織の薄笑いが広がった。「だったら、どうしてカミソリの中におまえのひげだけしか残っていないんだ?」

「おれは清潔好きだと言わなかったか。徹底的に掃除したからさ。それでもひげの一本や二本は残るはずだと言うつもりだろうが、残らないこともありうる」

「馬鹿なやつだよ、おまえは。あの電気カミソリは九年前に売り出された製品だぞ。九年前にこの世に登場した品物を、その四、五年前に失踪した渡辺がどうしておまえに残していけるんだ?　いい加減にしろ。あの指紋は最近おまえが渡辺に会ったという決定的な証拠だ」

「……思い出した。渡辺の電気カミソリはあれからすぐに壊れたので、その後買いなおしたのだった。非常に似た型のものを買ったので勘違いしたんだ」

「そのカミソリに渡辺の指紋が付いているということは、彼の失踪後に彼と会ったことを認めるんだな?」

「認めないね。渡辺は八年前におれの留守に事務所に立ち寄って、事務所の鍵などを返していったことがあった。都知事狙撃事件に絡《から》んだ佐伯というルポライターの失踪を調べていたときのことだ。依頼人だった当時の佐伯夫人が事務所で渡辺と顔を合わせているから、彼女が証言してくれるだろう。おれ自身は会っていない。そのとき、渡辺はデスクの引き出しに入っていたその電気カミソリを借りて不精ひげでも剃ったんだ。それで辻褄《つじつま》は合ったか」

錦織の薄笑いが消え、両眼に怒りがこもった。だが意外なことにそれも長続きしなかった。

彼は気持を抑えるようにゆっくりとタバコを消した。

「沢崎、おまえはいくつになった?」年齢のことを訊いているようだったが、答えを期待しているふうではなかった。「おれは五十八才になった。ということは渡辺はもう六十七才になっているんだ。知っていたか。いつまでも今のような生活が続けられるはずがない。酒だってもう大して飲んでいるわけじゃないだろう? そうでなければ、とっくに廃人になっているはずだ」

錦織の口調にはいつもと違う響きがあった。たぶん仕事で疲れているだけなのだ。

「いいか、この際余計な駆け引きなしで話をしよう。はっきり言って、おれが渡辺のことを考えてやれるのはこの一、二年が最後だろう。今のうちならまだ何とかしてやれる。おまえも知っているだろうが、十三年前の渡辺の事件は警察内部の極秘捜査だった。だから本当に躍起《やっき》になってこの事件の解決に力を注いでいたのは、あの事件の責任を負うべき立場にあった当時の本部長と、その反対勢力だけだった。本部長派は保身のためだし、反対派は敵の弱味を握るためだ。そいつらのどっちにも渡辺を利用させないために、おれはあの事件を自分の手で早期に解決したかったんだ……ところが、今ではその二つの派閥も両派のうちの要領のいい連中だけが生き残って、彼らもすっかりお偉方《えらがた》ってわけだ。いまさらあんな事件があったことを蒸しかえしたいやつは誰もいやしない。だから渡辺のことも今のうちなら、おれの裁量一つで一番穏やかなかたちで処理できるんだ。一年後や二年後はわからないぞ。おれもそのころは窓際に坐って、年下の上司の機嫌を損ねるようなことは何もできなくなっているだろう」

錦織は言葉を切って、私が話を聞いていることを確かめた。机の上に置いたタバコに手を伸ばし、少し考えて、照れ臭そうに私のほうへ差しだした。この男が私にタバコをすすめたのは、知り合って以来初めてのことだった。私は断わって、自分のタバコに火をつけた。錦織は断わられてほっとしたような顔で、自分のタバコに火をつけた。

「だから渡辺の居所を知っていたら教えてくれ。いや、おまえが知っているのはわかっているんだ。彼のためを思うなら、そうしてやるのが一番いい解決法だと思わんか。年を取れば注意力も著しく低下する。おまえが一年ぐらいの追跡で彼を見つけたということは、彼の逃走本能がかなり落ちているという証《あか》しだろう。清和会の連中に捕まってからでは取り返しがつかなくなるぞ。あいつらは決してあの事件を忘れていないからな」

「条件は何だ」と、私は訊いた。

「あのとき横領した覚醒剤三キロと一億円の残金を返済すること、それだけだ。そうすればごく微罪で処理できる。清和会からの安全の保証を含めて、彼の余生を平穏なものにしてやれる。それもこれもおまえの協力次第だ」

私は十秒間考えて、言った。「おれは現在の渡辺の居所は知らない。だが、あるいは早急にそれを突きとめることができるかもしれない」

錦織は反論しかけたが、思いとどまった。そして私の言葉を信じてはいなかったが、うなずいて見せた。

「もし渡辺の居所を突きとめられたら、あんたの意向を伝えて、あとの判断は渡辺本人に任せる」

錦織は納得できないような顔つきだったが、自分を抑えて私の提案を考慮していた。

「つまり、渡辺の居所を知っているということだな？」

「いや、知らないと言ったはずだ」

「よし、とりあえずはそういうことにしておく。だが、いつまでに突きとめられる？」

「おそらく、いま扱っている仕事の目処《めど》がつくころだ」

「間違いないな？　この機会を逃したら、おまえも渡辺も後悔することになるぞ」

最後の脅迫めいた言葉が清和会の橋爪のせりふとまったく同じであることは指摘しなかった。実を言えば、新宿署に連行されてきたときは、ここの留置場に何日か泊められることもありうると覚悟していたのだった。魚住彰の依頼に関する調査が滞《とどこお》ることを避けるためには、錦織の筋書にそって波風を立てない、こういう対応以外には方法がなかった。私はタバコを灰皿で消してから、立ちあがった。

「会いたい、と言った用件はそれだけか」

錦織はいつもの不機嫌な声に戻って言った。

「おれの考えが変わらないうちに、消えてしまえ」

30

三人目の目撃者は魚住夕季の自殺の現場からはもっとも遠い世田谷区の経堂《きょうどう》に住んでいた。小田急線の経堂駅から歩いて七、八分ぐらいのところにあるその住所に着いたのは、翌日の午前十時を過ぎたころだった。一階に〈ナカノ・レコード〉という看板を出した三階建の小さなビルが建っていた。二階と三階はベランダの干し物の感じではレコード店の住まいのようで、建物の構造からするとそれ以外の住人がいるアパートのようには見えなかった。目撃者の名前が〝ナカノ〟ではないことが私の気を重くした。

レコード店はちょうど店を開けたところだった。宣伝のための音楽がまだ流れていなくてありがたかった。レコード店とは言っても、もはやかつてのレコード盤は売っていなくて、CDと称するコップ敷《コースター》きのお化けのようなものが主な商品なのだった。四方の壁面を音楽家や歌手のポスターが飾っていたが、年端も行かない少年少女か化粧と扮装を凝らした異形《いぎょう》のポートレイトばかりが並んでいた。奥のトイレのドアに貼ってある褪色《たいしょく》した『美空ひばり大全集』のポスターを別にすると、私が名前を知っている歌手は一人もいなかった。私は子供相手の駄菓子屋を訪れたような気分だった。

奥のレジに六十才に届かないぐらいの小柄で身ぎれいな女主人が立ち、その脇の木の丸椅子に六十才を過ぎたぐらいの白髪の主人が坐っていた。二人でお茶を飲んでいた。駄菓子屋に酔漢が入ってきたようなものだったのだろう、二人は私が客でないことは一目で見分けた。

「江原尚登《えばらなおと》という人を訪ねているのですが」と、私は言った。

夫婦はどちらもかなり驚いた顔をした。酔漢ではなくて暴漢でも押しかけてきたような反応だった。妻のほうが湯飲みを下に置いて気丈な声で答えた。「そんな人はここにはいませんよ」

この国の警察の調書に誤りがあることはめったにない。私は彼らが余計な不安を抱かないように、微笑を浮かべて言った。「現在はいない、という意味ですね」

「そういうことだ」夫のほうが思い出すのも腹立たしいという口調で言った。

妻が説明した。「江原というのは娘の晴子《はるこ》の前の主人のことですよ。二人は離婚しましたのでね。もう江原はこちらにはおりませんよ」

「離婚されたのはいつですか」

妻は夫のほうに訊ねるような視線を向けた。

「昭和六十年のことだ。八年前だな」

魚住夕季の自殺から三年が経過していたことになる。

「江原さんの現在の住所をご存知ですか」

こんどは夫が妻のほうに訊ねるような視線を向けた。

「いいえ、わたしたちは知りませんよ。娘なら、別れた当座の住所ぐらいは憶えてるかもしれませんけど」

「お嬢さんはどちらにお住まいですか」

「ここでわたしたちと同居していますよ」母親は階上を指差した。「今は留守です。子供を学校へやって、小田急のカルチャー・センターへ英会話の勉強に出かけている時間ですから。午後からは店に出ますけど」

「時間は取りませんから、江原さんのことを少しお訊ねしたいと伝えてもらえませんか」

夫婦は顔を見合わせた。「いったいどんな——」と、二人が同時に言った。妻が代表して先を続けた。「どんなことで江原を捜していらっしゃるの。もう赤の他人ですけど、それでも迷惑になるようなことは困りますから」

後半はあまり正直な言葉には聞こえなかった。

「十一年ほど前に、江原さんはある事故を目撃して、その証人になっておられる。そのことで少し訊ねたいことがあるのです」

「そう言えば、そんなこともあったな……二人が結婚してまだ間もないころだったか」

「それがどうかしたんですか」と、妻は訊いた。好奇心の表れた声だった。

「その証言が嘘だったという可能性がありましてね。私はある市会議員の要請で再調査をしている者です」

「まァ、そんなことなの」妻は夫に言った。「この人、朝早くからおいでになっているんだから、晴子に会わせてあげたら」

夫はうなずいた。妻の言葉に従っているだけで、家庭内の決定権を握っているのは女たちのようだった。

「娘は十一時四十五分には授業が終わって、お昼には戻っていますから、その時間にまたきてくださいな」

江原尚登の別れた妻は仲野《なかの》晴子といった。彼女は両親たちほど好奇心に富んでいなかった。私は建物の裏にある階段を昇って、三階の入口のところで立ち話をする程度にしか歓迎されなかった。歓迎される必要はないが、必要な情報は手に入れなければならなかった。

「これが離婚した当時の江原の住所です」

彼女はあらかじめ用意しておいたメモを私に手渡した。練馬区氷《ひ》川台《かわだい》の住所が書かれていた。

「お母さんから話があったと思いますが、江原さんが目撃者として証言されたときのことは憶えていますか」

「あまりよく憶えてません。そういうこともあったかなァというぐらいで……わたしたち、その後がいろいろとありすぎましたから」

「彼が夜のあんな時間に自由が丘にいた理由は、勤めの関係ですか」

「いいえ、いつもの麻雀ですよ。勤めは市ケ谷《いちがや》にあるレコード会社でしたから」

「遊びにしては会社からもここからも少し遠いですね」

「学生時代からの行きつけの麻雀荘だったようです。〈慶応〉の日吉《ひよし》のころからの」

「なるほど。結婚されたのはいつですか」

「昭和五十五年ですから、たった五年間の結婚生活でしたわね。でも、別れてからもう八年もたつのに、あの五年間のほうがうんと長かったような気がします」

彼女の口調は少しずつ滑らかになり、最初の警戒するような態度は薄らいでいた。

「お子さんは？」

「一人だけです、娘が。もう小学校五年生です」

「よかったら、離婚の原因を訊かしてもらえますか」

「月並みなことですよ。女癖が悪くて、酒癖が悪くて、お金にだらしなくて……でも、本当はあの人自身に問題があったんです。本人がもっとしっかりしていたら、わたしだって多少のことには眼をつぶったと思うわ。あの人は音楽を創る現場の最先端に就職したつもりだったのに、入社と同時にいきなり営業にまわされてしまって、結局そのことから立ちなおれなかったんだわ。わたしと知り合って結婚することになったのも、営業の外回りの仕事でここにきたことがきっかけになっているっていうのに、彼の気持の中では商品になった音楽を売るだけの仕事が恥ずかしくって仕方がなかったのよ。それじゃわたしの立つ瀬がないわ。女も酒も、そういう気持からの逃避でしかなかったのよ。そういう男だから愛想《あいそ》が尽きてしまったんです」

「再婚は？」

「もう、男はこりごりだわ。とくに亭主はね」

私は江原の住所と時間をさいてもらった礼を言って、階段を降りかけた。

「ちょっと待って」と、彼女が呼びとめた。「その住所は離婚当時の江原の住所には間違いないんだけど、今は訪ねて行ってもそこにはいないと思うの」

身の上話に耳を傾けたお蔭で、私はむだ足を踏まずにすみそうな気配だった。

「レコード会社も何年か前に辞めたそうだし……」

「では、江原さんに会うにはどうしたらいいかな」

「これは二週間ほど前に、江原の会社の後輩の営業マンが店にきたときに話していた噂で、確かめたわけじゃないんだけど」

「いいですよ、手掛りがないよりは」

「下北沢の南口にジャズのライブ・ハウスで〈ラッシュ・ライフ〉というのがあるんですけど、そこのオーナーが江原の大学時代からの知り合いらしくて、いまはそこに転がりこんで、彼女を――オーナーというのは女性だそうだけど――手伝っているようなことを言ってました」

ラッシュ・ライフというジャズの店は下北沢の南口商店街のだらだら坂の途中を左に折れて、バス通りに出るまでのわかりにくい一角にあった。見つける前に若者たちを捕まえて店の場所を訊ねてみたが誰もそんな名前の店は知らなかった。ジャズに関することを二十代の若者に訊くのは間違いだった。

午後一時を過ぎたので通りすがりの蕎麦屋《そば》で昼飯をすませて、電話帳で調べてみると、ラッシュ・ライフはちゃんと掲載されていた。この手の店は電話帳には載っていないだろうと決めてかかるのも間違いだった。

電話帳の住所で探すと、剝《む》き出しのコンクリートの建物に小さな青いネオン・サインの看板を掲げた店がすぐに見つかった。ネオンはまだついていなかったが、こういう店を昼日中《ひるひなか》に訪ねても、シャッターをおろした入口が待っているだけだろうと思うのも間違いだった。防音効果のありそうな分厚いレザー張りのドアを開けると、ジャズの演奏が聴こえてきた。中は薄暗かったが、右手にクロークのようなものがあり、左手に化粧室の入口があった。正面の奥に入口と同じようなドアがもう一つあった。そのドアを開けると、ジャズの音量が大きくなった。私は中に入ってドアを閉め、ドアの内側に立った。

店内の奥にあるステージで、五人編成のバンドが演奏中だった。店内を埋《う》めているテーブルと座席には客の姿は一つもなかったが、一番前のテーブルのそばにライオンの鬣《たてがみ》のようなヘアスタイルに真っ赤なコートを肩に羽織った女が立っていた。彼女は私がドアを開けたとき、こちらを振りかえったが、すぐに演奏のリズムに戻って身体を揺らしはじめた。やけに長いタバコをくわえていた。左側にバーのカウンターがあり、ボディビルダーのような体格のランニングシャツ姿の男が中で開店の準備をしていた。彼も私が入ってきたことに気づいたが、私がおとなしくドアの前に立っていることを確認すると、自分の仕事に戻った。店内にはほかに人影はなかった。ステージの演奏はしばらく続いて終わった。ピアノを弾いていた男が椅子から立ちあがって、赤いコートの女に「どうですか」と訊いた。何かテストのようなものが行われているようだった。女は即答せず、タバコをそばのテーブルの上の灰皿で消した。彼女は私のことを思い出した。

「何かご用かしら」

彼女のテーブルから二つ離れたテーブルで誰かがむっくりと起きあがるのが見えた。演奏中は座席に横になって聴いていたのだろう。

「お客さんだったら、いまはオーディションの最中ですから、店が始まる七時においでください な」

「ここに江原尚登という人がいると聞いて、訪ねてきたのですが」

女もカウンターの中のボディビルダーも、座席から起きあがった男のほうを見た。

「江原はおれだけど？」

「あなたに少し訊ねたいことがあるのだが、十分ほど時間をさいてくれませんか」

「構わないが……こっちの用がすんでからでいいかな」

「どうぞ」と、私は答えた。

「たぶん、五分とかからないよ」

「じゃァ、あなたの意見から聞きましょう」赤いコートの女が江原に言った。江原の前妻が言ったこの店の女性オーナーのようだった。

「全然駄目だな」と、江原がステージの男たちに向かって言った。「可もなし不可もなし、取りたてて欠点もないところが、ある意味で最悪だな」

「そんな言い方ってないわよ。欠点がないならいいプレイだってことじゃないの？」

「女はそれだからな。あるよ、欠点はあるさ。しかしね、彼らがそれを欠点と思っていなきゃ、指摘したってしょうがない」

「言ってあげなさいよ」

「是非聞かしてください」と、ピアノの男が言った。

「なら言うけどさ。リーダーのピアノは、ハービー、チック、キースのラインを追っかけてるのはわかるけど、その程度の消化の仕方じゃ、まるで消化不良だね。鍵盤の右から左まで両手の指をただ転がしてるだけじゃ、いったいどれがあんたの聴かせたい〝歌〟なのかわからんよ。もっと音を少なくして弾けないものかね」

ピアニストは言葉を選ぶようにして言った。「しかし、今の時代に、そんな演奏をしたら、ピアノを弾くテクニックがないと思われるんじゃないですか」

「だから、欠点とは思っていないと言ったんだ。〝馬鹿テク〟の時代だからね。馬鹿テクっていうのは、すごくテクニックがあるという意味だと思ってるんだろ？　馬鹿テクっていうのは馬鹿げたテクニックしか持っていないってことだよ」

「それじゃ、どうしろって言うの」と、女性オーナーが言った。「頭ごなしに圧《お》さえつけるようなことを言っても、若い人に納得がいくもんですか。彼のやりたいことを理解した上でアドバイスしてあげなきゃ、意味ないわ」

「おれはそんなに親切じゃないからね。ベースの彼、あんたはどうしてそんなにベロンベロンのひどい音しか出せないんだい。マイクやアンプにばかり頼っているからだよ。そんなんじゃエレキ・ベースでも弾いてろよ。ウッド・ベースの音はもっと美しくて、柔軟で、切れが良くて、しかも重厚な音でなくちゃ。指先で撫でるんじゃなくて、手首のスナップを効かせて叩くように弾くんだよ。ベースの音がそんなに不安定だから、フロントの演奏が情けない音になってしまうんだ」

「だって、今のベースはみんなそうじゃないの」

「みんなそうだから、それでいいのか。青信号を青で渡るだけか」

「あなた、この人たちに何か恨みでもあるの？」

「大いにあるね。つまらない演奏を小一時間も聴かされたんだから。ドラムは何だい？　リズムは遅れるし、音はでかすぎるし、ブレークのセンスはないし。フロントのサックスとペットは欠点以前の問題だ。ジャズ以前だよ。ここはアマチュアの学生バンドが出演する店じゃないんだぜ。ソプラノだテナーだフルートだなんて、三本も楽器を持ってたら驚くと思ったら大間違いだ。一つの楽器をちゃんとマスターしなよ。ペットはもっとひどい。マイルスじゃないんだから、ちゃんと朝顔を上に向けて吹くことから始めてくれよ。あんたの音は朝顔の先からあんたの足もとにポテッと落ちてるだけで、この店の後ろまでも聴こえやしないよ。なァ、あんた、彼の音がそこまで聴こえたかい？」

江原は私に訊いているようだった。私は黙っていた。もちろんトランペットの音は聴こえたが、私の答えを待っている者はいなかった。

「もう、いい加減にしてよ！」と、女性オーナーが嚙みつくような声を出した。「ここから出て行って。あなたには若いミュージシャンを育てるっていう気持はゼロなんだから。そんな人の意見なんて聞きたくない。今すぐここから出て行って！」


江原尚登と私は下北沢の駅のほうへ少し戻って、結婚式場のあるビルの一階の客のいないレストランにいた。江原はビールを、私はコーヒーを注文した。

「確かに憶えてるよ。眼の前で人が飛び降りるなんていう体験をしたのは、後にも先にもあれっきりだからね」

江原は調書によれば三十六才だったが、明らかに年長の私にも同輩に対するように気安い口調で話す男だった。それが自然にできるタイプの男だった。

「自由が丘へは麻雀をするために出かけたそうだね」

「そう。あの夜もさっぱりつかなくて、交替できる面子《メンツ》が現われたのを潮に切りあげたんだった。ふらふらと外へ出たら、いきなり女が空から降ってきたんだ」

江原はコップのビールを飲み干した。酒を飲んでもまったく顔に出ない体質らしく、ラッシュ・ライフでの一幕もアルコールの下地があったようだった。彼は私のそういう眼に敏感だった。

「なに、心配ないよ。いくら飲んだって話はちゃんとするからさ。さっきの店での騒ぎ、ちょっと驚いたろう。あれは完全なお芝居なんだぜ。あれがおれの仕事なんだよ。おれがあいつらを徹底的にけなして、彼女が優しく慰め、おだてる——これで、連中はほかの店よりかなり安いギャラで彼女のために演奏してくれるってわけ。連中の実力はあれで結構水準以上なんだ。それを安く働かせるための、彼女とおれとの馴れ合い芝居なのさ」

「なるほど」私はインスタントのような味のするコーヒーを一口飲んだ。「私も率直に訊くが、きみが目撃したあの飛び降りが、自殺ではなかったという可能性はないか」

彼はすぐに答えた。「それはないよ。誰かがあの娘を突き落としたとか？　それはありえないね。だけど……」

江原は誰もいない店内を意味ありげに見渡し、声を落として言った。

「一つ秘密を教えてやろうか。ここだけのオフレコの話だよ。あの晩、あの飛び降りを目撃したあと、おれの知らせを聞いた雀荘《ジャンそう》の連中やあの付近の住人や通行人たちで、あっという間にまわりは人だかりができただろう。そんな連中を相手に、いま目撃したことを興奮して喋っていたら、急にどこからか二人の男が現われて、おれを誰もいない物蔭にそっと連れて行くんだよ」

「誰だったんだ？」私は自分の気持を抑えて訊いた。

「それがいまだに謎なんだ。最初は駈けつけてきた刑事かと思ったんだが、違うんだな。刑事にしちゃ着ているものが上等だし、少し品が良すぎる。年齢はどちらも四十代の半ばってところかな。新聞記者だろうかと思ったが、それも違っていた。彼らは自分たちはあの娘が飛び降りたマンションのオーナーだと言うんだよ」

「ほう……」

「彼らは、きみはあれが正真正銘の飛び降り自殺で、マンションの欠陥による事故だとか殺人だとかでないことを目撃していたようだから、その点を是非積極的に警察に証言してもらいたいって言うんだよ」

「どんな条件で？」

江原は不ぞろいな歯を見せて笑った。「これは向こうが言いだしたんで、おれがそんな要求をしたわけじゃないんだよ。そこのところは誤解しないでもらいたいね」

私はうなずいて、先を促した。江原はコップにビールを注いだが、口をつける前に話を続けた。

「それをやってくれれば、今ここで二十万、証言をしたあとでさらに八十万円を払うって言うんだ。百万だぜ。そして、名刺でいいから、おれの名前と送金先のわかるものをくれと言ったんだ」

「きみは相手の名前を訊くか、名刺をもらうか、しなかったのか」

「今から考えるとそうなんだけどさ。眼の前に二十万円の現金を見せられると、なかなかそんなふうに相手を問い質《ただ》すような真似はできないもんだよ。第一、相手は眼の前に建っているマンションのオーナーだと言ってるわけなんだから」

「そうか」

「そうだよ。それにおれは別に偽証するわけじゃないんだよ。見たことをそのまま言えば、百万円が手に入るんだからほっとく手はないだろう。おれがちょっとためらっていると、じゃァ誰かほかの目撃者を捜しましょう、なんて嫌味なことを言うんだよ」

「不自然だとは思わなかったのか、そんなことに百万円を払うのは」

「あとで考えてみればね。そのときは、きみはマンションとかホテルなどの経営をしたことがないからおわかりにならないでしょうが、建物の欠陥だとか殺人だとかいう悪い噂を未然に防げるとしたら、これくらいの出費は微々たるものです、と先手を打たれたよ」

江原はビールを一口飲んだが、不味《まず》そうにコップをテーブルに戻した。「こっちは麻雀の借金が相当溜っていて、当時の女房にばれる寸前だったから、何があろうと結局はあの誘いに乗っていただろうけどね」

「残金の八十万は？」

「警察で証言してからきっかり一週間後に、全額きれいに送ってきた」

「彼らはマンションのオーナーなどではなかった？」

「その通り」

「そうなると百万円は少なかったのではないかという気になるものだ」

「まあ、そんなところだ。百万円は微々たるものだと言ったのは向こうだからね。あのマンションの持ち主に会ってみると、まったくの別人だった。懐ろが寂しくなると思い出すのはあの二人のことでね。おれは考えてみたよ。百万円を払ってまで、あれが自殺であることをはっきりさせておきたかったということは、自殺した娘の近くに住んでいて、警察の捜査があると困るような立場の人間じゃないかとね。あのマンションや周辺の住人をずいぶん調べてみたんだが、二度とあの二人には出会わない」

「彼らの人相を教えてくれ」

「そうだな……身嗜《みだしな》みがよくて、品のいい、四十代半ばの、紳士然とした男たちという記憶しかないんだ。あのときは、暗がりに連れていかれたし、実を言うとおれの眼はもっぱら一万円札のわが母校の創立者の顔に釘付けになっていたから……でも、もう一度会えば、絶対にわかるはずだ」

私は冷めたコーヒーを口に運んでから言った。「もう一つ訊きたいことがある。きみはあの雀荘を出てから、どこへ行くつもりだったんだ？」

「どこへも行かないよ。金はないし、腹は減るし、熱帯夜続きでクソ暑いし、うちへ帰って寝てしまうつもりだったさ。どうしてそんなことを訊くんだ？」

「あのビルの五階にどんなテナントが入っているか知っているか」

「知るもんか。おれは雀荘のある三階から上なんか一度も行ったことはないよ。雀荘を出て三階の階段のところまできたとき、どんぴしゃのタイミングであの飛び降り自殺を目撃したんだ」

「二人の謎の人物までが登場しているとなると、あの娘の死を自殺で片付けるわけにはいかないな」

「それは違う。おれは偽証なんかしていない」

「偽証をしたとは言っていない。しかし、あのビルの雀荘のある三階の階段からは、彼女が飛び降りるところを見上げることはできても、あのベランダの内側はまったく見えない。彼女の背後が見えないのに、彼女が完全に自分の意志だけで飛び降りたのかどうかを断定することはできないだろう。それを見極めるには、あのビルでは少なくとも最上階の五階にいる必要があった」

「でも、彼女はベランダの上に腰をおろして、ちょっと髪に触ったかと思うと、ひょいと飛び降りたんだぜ」

「そのとき、彼女の背後に誰もいなかったかどうか、きみは知らない」

「それはそうだが……しかし、おれ以外にも二人の目撃者がいて、口をそろえてあれは自殺だったと証言したじゃないか」

「昨日その二人の目撃者についてもきみと同じように調べてみた。どちらの証言も完全には信用できないような疑問点が出てきた」

「あれは自殺じゃなくて、殺人だったと言うのか」

「殺人だということを示す証拠はまだ何もない。だが、自殺だとする三つの証言はどれもあいまいなものになった」

江原尚登の身体を悪寒《おかん》のようなものが走った。

「それじゃ、おれが会ったあの二人の男たちはいったい何者だったんだ？」

私もそれが知りたかった。

31

五時過ぎに、私はいったん事務所に戻った。医大病院のナース・ステーションに問い合わせると、魚住彰は午前中に短い時間だが意識を恢復したという返事だった。藤崎監督に替わってもらって様子を訊ねると、まだ意識は混乱していて断片的な言葉しか口にしなかったらしく、依然として面会は禁じられているという話だった。気持は病院へ向かいかけたが、探偵の仕事のどこを捜しても依頼人のベッドの近くで気を揉《も》むことは含まれていなかった。私は駐車場からブルーバードを出して、自分にできる仕事に専念することにした。

文京区の関口《せきぐち》は新宿から眼と鼻の先と言えるぐらいに近い距離だが、ふだんはあまり足を向けないところだった。〈大築《おおつき》能楽堂〉は〈椿山荘《ちんざんそう》〉の東、〈東京カテドラル〉の南東の関口三丁目にあった。私は駐車場にブルーバードを停めてから、このあたりではあまり見かけない檜《ひのき》の造林に囲まれた浅葱《あさぎ》色の六角形の建物へ向かった。開演時間の六時が近づいていたので、ほかにも能楽堂へ向かう人たちが多かった。その八割が中年以上の女性だった。和服で着飾った有閑婦人もかなりいたが、たいていは普通の家庭の主婦のような女性が三人、四人というグループを作っていた。扇子や謡曲本のようなものを携《たずさ》えているところを見ると、おそらくは彼女たちが能の家元制度を土台から支えている会員たちだと思われた。熱しやすく冷めやすいと言われる日本人のうちの最も熱伝導率の悪い部分だろう。

石造りの幅の広い階段があって、そこを上がると黒い玉砂利を敷いた歩道が正面の六角形の建物へ行く道と、左手の三階建のビルへ行く道に分かれていた。三階建のビルの屋上には〈大築会館〉という看板があった。私はほかの客たちと一緒に正面の六角形の建物の入口に向かった。外はまだ明るかったが、入口の両脇の門柱にさげられている一対の特大の提灯《ちょうちん》にはすでに火が入っていた。提灯は丈が二メートルほどもあり、三つの亀甲《きっこう》の中に花菱《はなびし》の紋をあしらってあった。正面入口の頭上に〝大築能楽堂〟という金属製のプレートが掲げられていたが、意外だったのはその両端に日の丸と星条旗が彫りこまれていることだった。

私は魚住彰から渡された義母名義の預金通帳に挟まっていた入場券を上衣のポケットから出して、入口で渡した。受付嬢が半券と一緒にパンフレットを渡してくれた。女の能面を中央に描き、そのまわりを金泥《きんでい》で飾った贅沢な表紙のパンフレットで、〝大築流定期公演能〟という表題が書かれていた。

能楽堂の内部に入ったとたんにぷんと木の香りが鼻をついた。建築そのものはもちろん鉄筋コンクリートの現代建築なのだが、内装にふんだんに檜材を使用しているせいだった。そのあたりから入場料の一〇、〇〇〇円也が〝さもありなん〟という数字に思えてきたが、その入場料はもちろん私が払ったわけではなかった。

ロビーの中央に二つの銅像が並んで建っていた。その背後にも日の丸と星条旗が交差した恰好で立てられていた。銅像は上半身の胸像で、洋服姿の左の銅像には〟始祖・大築右京春《うきようはる》高《たか》〟とあり、和服姿の右の銅像には〟開祖・大築右近春重《うこんはるしげ》〟とあった。二人は一九二〇年代に没しており、どちらも秀でた額と高い頰骨のあいだから人を射るような眼を光らせていて、銅像で見る限りはまるで同一人物のようによく似ていた。

ブザーの音が聴こえ、開演の六時までに五分という時間で、ロビーにいた入場者たちがいくつかある会場への入口の扉のほうへ移動をはじめた。私もその流れに混じって会場に入った。場内は客席だけが明るかったが、それでも眼は自然に正面の暗がりの中に威風あたりをはらうように建造されている切妻《きりづま》の屋根のある能舞台に吸い寄せられた。私は入場券の番号を見て、自分の座席を探した。会場の半ばよりやや後方で、舞台に向かって左に寄った通路のそばの座席だった。舞台の奥から左の壁まで伸びている渡り廊下のようなものが見えた。〟橋掛《はしがか》り〟というものらしいが、それを知ったのは後日パンフレットに眼を通してからのことだった。

客席を見渡すと、やはり中年前後の女性が圧倒的に多かった。それにロビーでも見かけた外国人のグループが会場のあちこちに屯《たむろ》して坐っていた。能楽は国際的にも高い評価を得ている芸術らしいが、それにしても外国人の数が多すぎるような気がした。日本ツアーの観光コースにでも入っているのかもしれないが、彼らは能について何の知識もない私などよりもはるかに落ち着いた態度と期待に満ちた面持《おもも》ちで、舞台に注目していた。私は何の意味もない手掛りを追っているような気がしはじめていた。

しばらく待つと、もう一度ブザーが低く鳴り響いた。客席のざわめきが鎮まるのを待つようにして会場全体が暗くなり、能舞台の前面にだけ照明が当たって明るくなった。舞台の前の土間に二人の男女が立っていた。

「大変お待たせいたしました」と、若い女のほうがマイクを通した声で言った。地味な服装の学者のタマゴのような女性だった。「ただいまより大築流三月定期公演能を上演いたしますが、演能に先立ちまして、〈国際能楽研究所〉所長、〈カリフォルニア大学〉教授、〈法政大学能楽研究所〉客員教授で、大築流能の始祖であります大築右京春高の曾孫《ひまご》にあたられる大築春雄《はるお》先生――プロフェッサー・ハリー・エルウィン・オオツキのお話をうかがうことにします」

「みなさま、今晩は。ただいまご紹介いただきました大築春雄です」

容貌も体格も喋り方もまったく日本人にしか見えない五十代のロマンス・グレーの男だった。

二人は舞台前面の、土間へ昇り降りができる木の階段の左脇のところに腰をおろして話しはじめた。

「今日三月十二日は、大築流能が樹立されてちょうど二十七年目の記念の日でもあるわけですので、初めにその歴史と沿革《えんかく》について、先生にお話をお願いいたします」

「大築流能は一九〇七年、明治四十年に、始祖と呼ばれている大築右京春高と、開祖と呼ばれている大築右近春重の二人の兄弟によって興されたものです。もと二人は観世《かんぜ》流に所属し、将来を嘱望《しょくぼう》された新進能楽師だったのですが、この年、観世流においても『関寺小町《せきでらこまち》』『姨捨《うばすて》』とともに三老女と称され、〝重習別傳《おもならいべつでん》〟の最奥の秘曲とされた『檜垣《ひがき》』の曲を、観世宗家《そうけ》の許可を得ずに、しかも大胆な新解釈と大幅な改訂を加えて上演し、そのために即刻破門となりました」

「そのとき右京・右近の兄弟はすでにそれ以前から予定されていたアメリカ合衆国での招待公演に出発していたのですね？」

「そうです。そして全米十二の都市において絶賛を博したのです。二人はそのまま一種の亡命的な定住を決心し、アメリカの演劇界を中心とする文化的な諸団体や日系人社会からの絶大な支援をもとに、アメリカおよびヨーロッパでの能楽の紹介と普及に全力を注いだのでした。時移って、一九二七年、昭和二年、右近春重の子である宗重《むねしげ》とその子重三郎《じゅうざぶろう》の父子は、アメリカでは自分たちの技芸が枯渇してしまうことを憂えて、ふたたび日本へ渡ったのです。時に宗重三十二才、重三郎七才でした」

「昭和二年と言いますと、日本もいよいよ混迷の時局へ向かって一歩ずつ歩きはじめる時代ですね」

「はい。宗重・重三郎父子は簗山某と名を変えて、宝生流《ほうしょう》で七年、観世流に戻って十一年の研鑽《けんさん》を重ねました」

「と言いますと、何か隠密に他流の技芸を盗みに帰ってきたように聞こえますが？」

「いいえ、そうではありません。名を変えたのはこの世界での筋を通すための便宜上の処置でした。大築の才能を惜しんで、宝生も観世もそんなことはすべて承知の上で、彼ら父子を迎え入れてくれたのでした。とくに能楽研究の第一人者・野上豊一郎《のがみとよいちろう》先生の当時のお骨折りは一方《ひとかた》ならぬものがあったと聞いています」

「アメリカに残った右京春高のほうはいかがだったのですか。先生の曾祖父《ひいじい》さんですが」

「ええ、アメリカでの能楽の普及に尽力しましたが、残念ながら能楽における跡継ぎにはめぐまれませんでした」

　彼は初めて外国人らしく肩をすくめて苦笑した。「皆さんもよくご存知の不肖の息子・高《たか》雄《お》、つまり私の祖父タック・オオツキの登場というわけです」

「まァ」相手役の女性のリードで、場内にもさざ波のように笑いが起こった。

「彼は能の才能には恵まれていませんでしたが、金儲けの才能には大変恵まれていました。企業家としても投機家としても才覚を揮《ふる》い、またほとんど賭博師と言ってよいほどの大胆さと幸運にも恵まれて、日系人としては信じられないくらいの資産を築いたのであります。タックの子で私の父の明雄は祖父春高の能に対する情熱と、父タックの才覚をバランスよく受け継ぎました。父親の事業を引き継いで商売にも精を出しましたが、儲けたお金を能楽のために惜し気もなく使ったのです……一方、これは大変残念なことで、当時の日本の能楽界の苦況を象徴するようなことですが、能楽に関する貴重な史料、文献、さらには能面、能装束《しょうぞく》に代表される掛け替えのない文化遺産が海外流出の憂《う》き目に遭っていた不幸な時代にあって、彼の最大の功績は、これをできる限り買い求めたことでした。お蔭で私は幼いころからそういう貴重な文化遺産に取り囲まれて育ってきました。中には父の会社の一年分の純益がたった一面の能の面《おもて》の購入のために支払われたこともあると聞いています。それらはすべて購入されると同時に父の創設した〈国際能楽研究所〉に寄贈されました。そういうこともあって、のちに私の父は経営権を剝奪された名前だけの名誉会長の座に退けられ、私自身も金持の坊っちゃんの身の上から、自分の身を立てるためにカリフォルニア大学で能楽を専攻する貧乏学生になってしまいました」

ふたたび会場に笑いが広がった。外国人たちはイヤホーンで同時通訳の説明を聴いているらしく、ほかの入場者より少し遅れて笑い声をあげていた。教授の話から、会場に外国人客が多い理由やロビーに日の丸と一緒に星条旗が飾られている理由が私にも解ってきた。

「私の家族の話はそれぐらいにして、大築父子の話に戻りましょう。父の宗重は観世流の重鎮《じゅうちん》の一人として生涯を終えましたが、重三郎のちの二世右近《うこん》重高《しげたか》は〈能楽協会〉の推輓《すいばん》を得て、一九六六年、昭和四十一年の三月十二日に日本の地で初めて大築流を興すことができたわけです」

「昭和四十一年といえば、戦後の復興著しいときですね。現在、先生が所長を勤めておられる国際能楽研究所の所蔵する貴重な文化遺産のうち、世阿弥《ぜあみ》の伝書の断片をはじめとする文献史料などはカリフォルニア大学内の本所に保管されていますが、演能に必要な能面・能装束などはすべてこの大築能楽堂に隣接して建てられている大築会館内の分所に移籍されたのですね」

「その通りです。今夜の上演でもその貴重な文化遺産の一部を鑑賞できると思います」

「アメリカに渡った右京春高を第一代とし、右近春重を第二代とし、さらに父宗重を第三代として、当代の宗家の右近重高は第四代ということになるわけですね。それから、宗家にとっては昭和五十八年という年は、とくに忘れられない年になりましたね」

「ええ、ええ」と、彼は相好《そうごう》を崩して言った。「一九八三年の五月に、秘曲『檜垣』の演技などを対象として重要無形文化財、所謂《いわゆる》〝人間国宝〟の指定を受けました。これは非常に名誉なことです」

彼は名誉という言葉をあたかも日本語ではない言葉のように発音した。日本人には名誉という言葉の意味が解らなくなっているのではないかと思っているような言い方だった。

「いつもですと、先生にプログラムの解説をお願いするのですが、本日は能の『花月《かげつ》』、狂言の『月見座頭《つきみざとう》』、それから能の『船辨慶《ふなべんけい》』と、みなさまにもお馴染みの演目ばかりが並んでいますので、解説はお手もとのパンフレットで省略させていただきたいと思います」

舞台の左手の橋掛りの奥の白、青、赤、黄、黒の五色の垂れ幕の向こうから笛、小鼓《こつづみ》、大《おお》鼓《つづみ》などの音が聴こえてきたかと思うと、またすぐに鳴りやんだ。

「では、最後に本日の最大の見どころは？」

「もちろん『船辨慶』で前シテの静御前《しずかごぜん》と後シテの平知盛《たいらのとももり》を演じます当年とって七十三才の宗家ですが、もう一人、子方《こかた》の源義経《みなもとのよしつね》役でお祖父《じい》さんの宗家と競演するお孫さんの重樹《しげき》君——いや、先月私の曾祖父の名を継いで二世右京を襲名したばかりの、右京君です。まだわずか八才の少年ですが、すでに才能の片鱗《へんりん》をうかがわせる演技をどうぞご覧になってください」

「大築先生、本日はどうもありがとうございました」

二人は立ちあがって一礼し、客席からの拍手を受けながら退場した。客席が一段と暗くなると同時に、能舞台全体にくすんだような独特の照明が入った。さきほどの垂れ幕の片端が開いて、紋付き袴《はかま》姿の笛、小鼓、大鼓の三人が登場し、橋掛りを進んで、舞台の後方のそれぞれの位置についた。小鼓と大鼓は折り畳み式の床几《しょうぎ》のようなものに腰をおろし、笛だけがじかに床に正座した。同時に舞台後方の右側にある小さな出入口から入ってきた十人ほどの紋付き袴姿の男たちが、能舞台の四本の柱の右外に張りだしたベランダのような場所に二列に並び、客席の正面ではなく橋掛りのほうを向いて正座した。そのうちの二名は舞台の左奥の、ほとんど橋掛りと接するところに並んで坐った。もらったパンフレットの出演者の一覧表を見ると、二人いる〝後見《こうけん》〟というのがそれで、ベランダのようなところに坐った八人が〝地謡《じうたい》〟というものらしかった。

やがて一際高くて鋭い笛の音が会場に流れ、僧侶のような扮装をした人物と、狂言方のような扮装をした人物が舞台に登場して、『花月』の幕が開いた。能というものは、ほかのほとんどの演劇のように幕が開く以前にあらゆる準備が整えられているのではなく、何もないからの舞台から始まって、その準備の過程をも観客に披露するものらしかった。

私は初めての能楽鑑賞という体験をしながら、これは魚住彰の依頼とは何の関係もないに違いないと確信しはじめていた。

『花月』という能は、旅の僧が桜の季節に京都の清水寺《きよみずでら》に参り、そこで七才のときに天狗にさらわれた我が子に再会するという筋書で、その子の花月が披露する小唄や舞が中心になっていた。パンフレットによれば、大築流の能の新機軸の一つは、江戸時代に格式と重厚さを強調するためにあまりにも長時間化した能を、その原点に還ってスピードアップしたことにあると解説されていたが、それでも『花月』が終わるまでに四十五分以上の時間を要した。能面の味わい、能装束の美しさ、舞の抑制された動き、謡の響きなど、素人の私にもただならぬものを感じさせたが、鑑賞に不馴れな人間にとってはやはり退屈なものだった。正直に言えば後半は睡魔との戦いだった。

休憩時間にロビーでタバコを喫いながら、私はこの入場券が魚住の義母の通帳に挟まれていたことを思い出していた。能楽鑑賞はたぶん松永季江の趣味だったのだろう。すでに納めていた会費などの都合で彼女の死後も入場券が送付され、それが通帳と一緒に魚住の手に遺されることになっただけのことではないだろうか。

狂言の『月見座頭』は眼が見えないのに月見を楽しむ座頭と、それに興味をもった目明きの男が、前段は仲良く酒を飲み、歌い、舞って、別れる。後段は悪戯心を起こした目明きが別人を装って、座頭を突き倒し、悪態をついて、去る。座頭は「いまのやつは最前の人にひきかえ、情けもないやつだ」と嘆き、くしゃみをして寂しく帰っていくという筋書だった。『花月』に較べれば解りやすく、おかしく、時間も短いので、素人の私にも鑑賞するのが楽だった。

いつかどこかで、狂言を能以上の芸術のように持《も》て囃《はや》す記事を読んだことを思い出したが、狂言はあくまで能との対比で観るべきもののようだった。能の荘重に対する、狂言の軽妙である。狂言が独立して横行したとしても、それほどの面白さがあるとは思えなかった。日ごろ笑いに縁のない学者たちの過大評価にすぎないだろう。狂言にそれだけの力があるとすれば、その興隆期か全盛期にとうに独立しているはずだった。能の幻想《ファンタジー》に対して狂言のリアリズムを指摘する者があるが、眼の見えない座頭が仲良く酒を飲み交わした相手を簡単に間違えるはずがなかった。盲人の聴覚や臭覚をみくびってはいけない。狂言も能と同じようにリアリズムではなく、両者は幻想の表と裏なのだ。そんなことを考えているうちに『月見座頭』は終わった。私はここまできたら上演の最後まで観ていくつもりになっていた。

『船辨慶』は歴史を題材にしているので『花月』よりもいくらか解りやすかった。兄の頼朝《よりとも》に追われる身となった義経とその家来たちが大物《だいもつ》の浦《うら》に着く。第一場では、辨慶に諫《いさ》められて都に帰されることになる静御前が義経との別れの舞を舞う。第二場では、その静御前に扮した同じ演者が、こんどは平知盛の怨霊に扮して、船上の義経たちを海底に沈めようと襲いかかるという筋書だった。この二役を演じるのが、七十三才になる大築流宗家の大築右近だった。静と動の見事な対比だった。とくに知盛の怨霊は、黒い長髪を振り乱し、解説によれば〝怪士《あやかし》〟と呼ばれる面を被《かぶ》り、長刀を手に、急調子の囃子《はやし》に合わせて、勇躍乱舞する。そのくだりでは、私の中の日本人の血が知らず知らずのうちに沸《わ》き立ってくるような興奮を覚えた。笛、小鼓、大鼓に太鼓を加えた、たった四人だけの楽士が奏でる音曲が、何十人編成の管弦楽オーケストラよりも強く、電気増幅されたロック音楽よりも激しく、私の皮膚の下の血を流動させるのは一種の驚異だった。

知盛の怨霊に立ち向かう義経役は開演前の解説にもあった通り、八才の少年が演じた。確かに態度も堂々としており、「そのとき義経少しも騒がず」と自ら実況中継する声も凛《りん》としていたが、才能を云々するよりも、どこにでもいる普通の少年のように見えたのが好ましかった。橋掛りを往来しながら二度、三度と襲いかかる知盛の亡霊も、やがて弁慶の唱える五《ご》大明王《だいみょうおう》への祈禱《きとう》に鎮められて波間に消え去ることになる。

唐突な連想のようだが、十一年前の姉の死の亡霊に苦しんでいる魚住彰と、幼い義経の姿が重なって見えた。予測もつかないような展開を見せはじめたこの事件の真相は、七十三才の名人の舞う知盛の亡霊のように〝怪《あやか》し〟に満ちているようだった。しかも私には弁慶の法力も器量も持ち合わせがないのだった。

静寂に襲われてふと眼を上げると、いつの間にか舞台は誰もいないもとのから舞台に戻っていた。

32

その車椅子の女はどこからともなく現われて、大築能楽堂のロビーに出てきた私に声をかけた。

「失礼ですが、魚住さんでしょうか」

三十代後半の小柄で色白の女性だった。細い黒縁の眼鏡の奥から生《き》まじめそうな眼が私を見上げていた。明るい紺色のブレザーとスカートや濃紺の靴は間違いなく女性のセンスだったが、身体の脇に置いた茶色の書類鞄は大きくて実用的で、女の持ち物にしては武骨な感じだった。

私は彼女の問いに対して正否どちらの返答も与えずに、「あなたは？」と訊きかえした。

「私は大築流宗家や〈大築会《おおつきかい》〉さらに当能楽堂のあらゆる法的な問題について顧問弁護士をしている〈矢島《やじま》弁護士事務所〉所属の佐久間《さくま》という者です」

彼女は大きな書類鞄の中から名刺入れを取りだし、一枚抜いて私の前に差しだした。差しだしただけで、渡そうとはせずに彼女は言った。「魚住さんは三十才以下のはずですから、あなたは魚住さんではありませんね」

私が何者であるかをはっきりさせなければ、この名刺は渡せないというつもりのようだった。

「魚住彰と大築流能のあいだには弁護士が介入する余地があるということらしい。それがわかっただけでもここへきた甲斐があった」

佐久間という女弁護士の表情が変わった。弁護士というのはどんな場合でも自分は相手より優位に立っていると思いこんでいる人種だった。そうでなければたぶんやっていけない職業なのだ。私はあなたより世の中のことを十倍もよく知っていますよ、だから安心して何でも相談なさい。彼らが〝世の中〟と言うのは単に〝法律〟のことにすぎなかった。彼らの優位が認められないところでは、彼らは時として単に法律に詳しいだけの礼儀を欠いた人間に成りさがることがある。彼女は今その岐《わか》れ道まで行って、引きかえしてきた。

「魚住さんはどうしておみえにならなかったのですか。開演の前に三十分ほどお話をする予定でしたのに、受付においでになりませんでした」

「彼は事故に遭《あ》って、ここへはこられなくなったのです」

彼女はかすかに首を傾けてうなずいた。魚住の事故のことを知っていたかどうかはわからなかった。

「あるいは約束の時間に間に合わなかったのかもしれないと思って、お送りした切符の座席を調べてみたのです。すると、あなたが坐っておられたので、声をかけさせてもらったのですが……では、あなたを魚住さんの代理と見なして、話を進めて構わないのですね？」

「どうぞ」と、私は答えた。

彼女はこんどは渡すつもりで名刺を差しだした。私は受けとった。彼女は私が交換に名刺を渡すものと決めて、待っていた。私は彼女の名刺をポケットにしまっただけで、それを無視した。

「あなたのお名前は？」と、彼女は辛抱強く訊いた。自分の罪を自分で重くしようとしている被疑者に対しているような顔つきだった。

「沢崎です」

「魚住さんとのご関係は？」

「彼の依頼で、ある調査をしている」

彼女は八王子署の刑事のように私を自分の同業者と間違えたりはしなかった。たいていの人間がこんな場合にするように反射的に何の調査かと訊いたりもしなかった。答えが返ってこないことを知っているからだ。

「……なるほど、そういうことですか」

相手の隠し事は決して見逃さないと決心し、そのためにかなりの修練を積んだような視線を、彼女は私に注いでいた。

私はわざと軽い口調で言った。「いつもそんな探るような眼で相手を見ていると、最初から見えている何でもない平凡な事実を見落としてしまいますよ」

彼女は苦笑し、眼鏡に軽く触った。眼鏡を掛けている人間は、自分の眼について言われたことは何ごとも眼鏡のせいだと思いたがるものだった。

「ご忠告をどうも。でも、あなたは利害が絡まなければ能の鑑賞などに時間を費やしたりしないタイプの人間であることは見落としていませんよ」

「はずれてはいないようだ」

「それに、あなたは魚住さんの代理というには、自分が何故こんなところにいるのかよくわかっていないように見えるわ」

「それもはずれてはいない」

「あなた、警察の方かしら？」

〝警察〟という言葉を口にしたとき、彼女が民事専門の弁護士であることがわかった。刑事弁護士は彼女のように嫌悪感を抱いてその言葉を口にしたりはしないからだ。

「それははずれている」私は身体を前に傾けて、彼女の顔をのぞきこんだ。「魚住彰の事故のことはすでに知っていたわけですね」

「矢島弁護士事務所は五人の弁護士のほかに四人のスタッフを抱えている法律事務所ですからね。事務所が扱っていることに関連のある名前を、新聞の紙面やテレビのニュースで見逃したりはしません」

よくよく見逃すことが嫌いな性分のようだった。彼らは魚住が現われないことは予想していたのだ。

「魚住さんがわれわれにどういうことを言ってきたのか、あなたはご存知なのですか」

「大築流に関係のある誰かに、十一年前のことで訊ねたいことがあった」

「そう、それはご存知なのね……でも、それがかなりあいまいな話だったので、われわれとしては慎重に対処しているわけです」

「あいまいというと？」

「魚住さんは、十一年前にお姉さんを亡くされたということでしたね。そのお姉さんが亡くなる少し前に、自分と同じくらいの年齢の女性と友だちになったという話をしていたことがあると言うのです。名前は聞いていないのでわからないが、自分たちとは育った世界がまったく違う〝能の家元の娘さんらしい〟と話していたのを憶えていると言うのです。でも、その程度の漠然とした理由で、大築家に三十才ぐらいの娘さんがいたら会わせてくれと、一方的に面会を求められましてもね。おいそれと承知するわけにはいかないのです。そうでしょう？」

「彼の姉の死についての経緯《いきさつ》は聞かれたのですね？」

「ええ、うかがいましたよ。それにわれわれのほうでも多少調べさせてもらいました。魚住さんはお姉さんの自殺について不審な点を調べているのだということだったので、ご同情はしますし、協力を惜しむつもりもありませんが、それにしてもあまりにも唐突な話なので、うちの事務所があいだに立たせてもらうことになったわけです」

佐久間弁護士はすぐ近くにあるソファを指差し、坐って話しましょうと言った。親切で言っているのではなく、車椅子に坐っている自分を上から見下ろされているのが不快だという口振りだった。私はソファに腰をおろし、そばに灰皿があるのを確認して、タバコに火をつけた。彼女も書類鞄からタバコを出して、火をつけた。あまり見かけない外国タバコだったが〝バークレイ〟ではなかった。彼女の後方の檜材の壁に掛かっている振子のついた時計が九時半を過ぎたことを示していた。

「ということは、大築流の家元の身内に、彼の言う年齢に該当するような女性がいるわけですね」

「ええ、まァ……しかし、能の家元といえば、大築家のほかにシテ方だけでもざっと五つの流派と十の家元があるわけですし、ワキ方や囃子方の家元を合わせれば、ゆうに三十以上の家元がありますからね」

「彼はそういうことを大築流以外の家元にも問い合わせているのですか」

「ええ、いくつか当たってみたということでした。そのうちのいくつかには該当するような身内がいなかったし、何人かの女性とは電話口で話をして、お姉さんと知り合いになったことなどないという返事だったそうです」

「そちらの女性も彼の電話に応《こた》えてやるわけにはいかなかったのですか」

彼女は首を横に振った。「他流はいざ知らず、大築家では身内の方たちがそういう電話にじかに出るようなことはありません。そのためにわれわれが控えているわけですからね。しかし、魚住さんのほうも大変熱心にそのことを知りたがっていらっしゃるようなので、今日わたしが会ってお話をうかがった上で、魚住さんのお訊ねに応えられることがあれば、ご協力しようと思っていたところだったのです」

　私はタバコの灰を円筒形のステンレス製の灰皿に落とした。車椅子の彼女からは灰皿の位置が遠いので少し押して移動させた。

「ご本人は魚住の姉のことをどう言っているのですか」

「お姉さんの名前は夕季さんとおっしゃるそうだけど、そういう娘さんと知り合ったことはないそうですよ。十一年前の昭和五十七年の夏には、本人はアメリカの親類の世話で、同じ日系人の方と婚約が決まって渡米する直前だったそうですから、その準備でとてもそんな余裕はなかったと言っています」

「それは家元の娘さんですか。それとも、姪とか孫にあたる人ですか。さっきの舞台に出演された七十三才の方が家元だとすると、少し年齢が離れすぎているようだが」

　佐久間弁護士は答えるのをしばらくためらっていたが、そういう態度はかえって疑惑を招くことになると判断したようだった。

「大築流では家元と呼ばずに宗家《そうけ》と呼びならわしていますが、宗家の下のお嬢さんの百合《ゆり》さんです」

「日系人の方と婚約というと、会場で解説をしていた大築春雄という教授のことですか」

「いいえ、大築教授は上のお嬢さんの真弓《まゆみ》さんのご主人です。百合さんのご主人は、お子さんの重樹さんが生まれた直後にアメリカで交通事故で亡くなられています。重樹さんというのは今日の舞台に子方で出られた右京さんのことですが」

「宗家には息子さんはいないのですか」

「ええ。本当は二人のお嬢さんのあいだに、男のお子さんが一人あったのですが、ずっと小さいときに亡くなられたそうです」

「能の家元の格式などがどういうものか、私にはわからないが、話をうかがってみると、何も顧問弁護士が登場しなければならないようなことでもなさそうだが……本人同士が電話でちょっと話せばすむことなのに、えらく大仰《おおぎょう》なことだな」

「沢崎さん、それはあなたがこの世界のことをご存知ないからそんなことをおっしゃるんですよ。テレビなどで騒いでいる芸能界に較べればおとなしくて静穏な世界だと思われるかもしれませんが、どうしてどうして能というのはかつては芸能の最先端であり、その派手やかさはある意味では歌舞伎の世界以上ですからね。五十才、六十才の〝追っかけ〟のお婆さんたちがどんな嬌態《きょうたい》を示すか、あなたには想像もつかないでしょう。われわれがこういうことに関して非常に高いガードを設けているのは、決して大袈裟なことではないのですよ」

彼女はタバコを灰皿で消しながら言い足した。「一例を挙げれば、昭和の名人とまで言われた他流のある宗家に対して、楽屋口で声をかけたのに返事をしてもらえなかったというだけのことで、二十年以上もカミソリの入った脅迫状を送り続けたという偏執的なファンがいたくらいですから」

「……そんなものかな」私もタバコを灰皿で消した。

そのときロビーの一角が急に騒がしくなった。おそらくは建物の左奥にある楽屋への通路に近いあたりだった。十人前後の一行が現われ、談笑しながらゆっくりとロビーを縦断して、正面入口のほうに向かった。彼らの中央を歩いている和服姿の老人が、おそらくは宗家の大築右近だろうと思われた。その場の雰囲気からそれ以外に考えられなかったが、舞台では能面を付けた姿しか見ていないので確かなことはわからなかった。その老人と解説役を務めた大築春雄という教授のあいだにいる少年が、大築右京と紹介された宗家の孫のようだった。トレーナーに半ズボンという恰好なので、さっきの舞台での義経とはあまり結びつかなかった。その周囲を贔屓《ひいき》筋の会社重役ふうの夫婦、芸術家タイプの中年の男女、新聞の文化部の年配記者という感じの連中が取り巻いていた。彼らの中には少なくとも三十才より若い女性は一人も混じっていなかった。

佐久間弁護士は私の視線から考えていることを読んで、言った。「下のお嬢さんの百合さんはこういうところへはほとんど顔をお出しにはなりませんよ。お姉さんの真弓さんとは対照的で、お年のわりにはとても地味で、社交的ではない方ですからね」

私はうなずいて「あれは?」と訊いた。

「ええ、あの真ん中にいらっしゃる方が宗家の大築右近です。こちらの関係の仕事にかかわるようになって三年になりますが、わたしもまだ宗家とお話したことはありませんわ」

一行は迎えの車を待っているらしく、正面入口の近くでしばらく屯《たむろ》していた。彼らの中にいた五十代の小太りの男が弁護士に気づいて近づいてきた。

「佐久間先生、こんなに遅くまで何をしてらっしゃるんですか」

黒に近いダークグレーのスーツに、明るい鼈甲縁《べっこうぶち》の眼鏡が目立つ男だった。一見しただけでは会社の重役のようでもあり、骨董品の鑑定家のようでもあった。

佐久間弁護士が説明した。「例の、宗家のお嬢さんに再三面会を申しこんでこられた魚住さんという方の――」

「おや、さきほどは約束の時間にはおみえにならなかったという話でしたが」

「ええ、そう思ったのですが、その後、こちらが魚住さんの代わりにおみえになった沢崎さんだということがわかったのです」

彼女は私を振りかえって、その男を紹介した。「こちらはこの能楽堂と大築会の理事長をしていらっしゃる――」

「石動《いするぎ》です。石が動くと書いて、いするぎと読みます」

男は何百、何千回と繰りかえした口調でそう言って、佐久間弁護士の車椅子の背後をまわり、私の向かいのソファに腰をおろした。

「魚住さんというのは、ちかごろめずらしいくらいの姉さん想いの青年のようですね」彼の言葉に皮肉な調子はなかった。「私事で恐縮ですが……実は、ぼくの兄も自殺で死んでいるものですから、魚住さんの気持は痛いほどよく解るんですよ。五つ年上の兄で、戦後の昭和二十三年に二十才で死んだのですが、身体が弱くて病気を苦にしての自殺だということでまわりの者は納得しています。しかし、そんな単純なことで人間は自分の命を絶《た》ったりはしないものですよ。魚住さんのお姉さんの場合とは事情は違うかもしれませんが、遺された弟の気持としては同じだと思います。ぼくなどは俗物だから、いつまでも兄の死に拘《こだわ》っていてはとても生きてはいけないと割り切って、こんな人生を送っていますが、魚住さんのように十年以上もお姉さんの死に想いを凝らして生きている青年を見ると、正直言って羨ましいような気持がします……」

彼は鼈甲縁の眼鏡をはずし、その重さを量るような仕種《しぐさ》をした。「しかし、理事会の諸君や佐久間先生たちのような専門家からは、ぼくのような感傷的な気分ではきちんとした問題の処理はできないと叱られましたよ。慎重な対応は結構だし、大築家に迷惑がかからないということは当然のことですが、今回に限ってはぼくの意見を通させてもらって、できるだけ魚住さんの要請に応じてあげるようにということで、佐久間先生にこの件の処理を一任したわけなんです。そうでしたね？」

佐久間弁護士はうなずいた。正面入口の近くにいた、宗家たちの一行が能楽堂を出て行くのが見えた。

私は少し考えてから言った。「新聞では詳しいことは報じられていなかったが、魚住彰の事故というのは、何者かに襲われて、一時は生命の危険があるほどの重傷を負っているのです」

佐久間弁護士と石動理事長は驚いたように顔を見合わせた。

「犯人はまだ捕まっていません。襲われた動機としては、彼が十一年前の姉の死の真相を調べなおそうとしていたからではないかと考えることもできる。警察ではまだ事件をそこまで絞りこんではいないし、いつもの新宿の暴力沙汰だろうという見方に傾いているようですがね。しかし、魚住彰が姉の死の真相について何か具体的な手掛りを摑もうとしていたということが明らかになれば、彼らの重い腰も上がるはずです。例えば、彼女の死の直前に彼女の前に現われて、その死後に姿を消した人物の存在とか」

弁護士が抗議した。「でも、さっきも言った通り、こちらのお嬢さんは魚住さんのお姉さんには会ったことがないのですよ」

「私は警察の捜査が何の関係もない家庭にまで及ぶことを望んでいるわけではない。こちらにはせっかくあなたのような専門家がいるのだから、大築家のお嬢さんが魚住彰の姉とは何の関係もなかったということを、納得のいくように証明してもらえれば、何もわざわざ騒ぎを起こすことはないのです」

「証明だなんて。だって十一年も昔のことなんですよ。いくら結婚を控えた大築家の箱入り娘だといっても、実際に箱に入れられていたわけではないのですからね」

「証明できなければ？」と、石動理事長が訊いた。眼鏡は顔のもとの位置に戻っていた。

「お嬢さんに会わせてもらうことになるでしょう」

「まァ、それが一番手っ取り早い解決法でしょうね」彼は苦笑しながら言った。「ただそんなふうに大築家を煩《わずら》わしては、理事会や顧問弁護士は何をしていたのかということになる。ですから、この件はわれわれできちんと調査した上で、佐久間先生のほうから連絡していただくことにしましょう。沢崎さん、とおっしゃいましたね。あなたの連絡先をうかがっておきましょう」

私は上衣のポケットから名刺を一枚取りだして、石動理事長に渡した。

「渡辺探偵事務所の沢崎さんですね」石動は名刺を佐久間弁護士に渡した。

「あなた、探偵さんなのね。道理でおっしゃることが素人の方とは少し違うと思っていましたよ」彼女はあらためて私の顔を見なおしたが、そこには明らかに侮蔑の色が混じっていた。

「では連絡を待っています」私はソファから立ちあがり、正面入口のほうへ向かった。

大築流の宗家たちの一行の姿はもうどこにも見当たらなかった。振りかえると、石動理事長が「車まで送ります」と言って、佐久間弁護士の車椅子を押しているのが眼に入った。魚住彰は車椅子どころか、病院のベッドで意識さえも満足でない状態だったが、一つだけは脈のありそうな手掛りを残していたのだった。私は檜の造林で囲まれた前庭の玉砂利を踏みしめて、大築能楽堂をあとにした。


西新宿の事務所に戻って、電話応答サービスのダイヤルをまわすと、例のハスキーな声のオペレーター嬢が伝言が入っていると応えた。

「夕方の十六時三十分と一時間ぐらい前の二十一時十五分に、〈パレス自由ヶ丘〉のアキバトモコ様から〝ちょっと気になる情報があるので、連絡をください〟、以上です。二回目のときは〝今夜は主人は留守なので、何時でも構わない〟ということでした」

私はオペレーター嬢に秋庭朋子が単なる証人にすぎないことを説明したいような衝動に駆

られた。だが、礼を言っただけで電話を切った。

33

金曜日の夜の道路は混んでいた。知っている限りの抜け道を走って、十一時十五分ごろに自由が丘に着いた。幹線道路を経由したより早く着いたかどうかは、神のみぞ知るだった。パレス自由ケ丘の駐車場の〝12〟の番号のあるスペースにブルーバードを停めてしばらく待っていると、打ち合わせた通りに秋庭朋子がマンションの通用口から出てきた。彼女は私の車の運転席に小走りに駈け寄ってきた。彼女の証言が一晩だけの付き合いの男からの〝又聞き〟つまり伝聞《でんぶん》証拠にすぎなかったことを暴かれたときの動揺からは、すっかり立ちなおっているようだった。明るいグリーン系統のワンピース姿で、昨日ほどはめかしこんでいないが、普通の主婦がこんな時間に向かいのマンションを訪ねるにしては派手な服装だった。

「三十分ぐらい前に部屋に明かりがついたから、須賀《すが》さん夫婦は帰っているはずよ。すぐ訪ねてみましょう」

私は車から降りながら訊いた。「先方には連絡済みと言っていたが、こんな遅い時間に構わないのか」

「いいのよ。須賀さんは代官山《だいかんやま》でアンティークの家具や装飾品の店をやってるご夫婦なんだけど、店を開けるのは午後からだから二人とも宵《よい》っぱりなのよ。わたしたち、この辺のカラオケの店でいつも一緒になる夜の遊び仲間ってわけなの」

私たちは歩いてパレス自由ケ丘の表に出ると、等々力通りを渡って、奥沢TKマンションの玄関を入った。この時間だから、リュミエール化粧品もほかのテナントもシャッターをおろしていた。エレベーターで六階まで上がって、エレベーターを出るとひやりとした夜の空気に包まれた。六階の各部屋への通路を歩いて行くと、胸の高さのコンクリートの囲いの向こうに自由が丘の駅周辺の明かりが見下ろせた。

須賀という夫婦の住まいは六階の一番奥にある六〇五号室だった。その二つ手前の六〇三号室が、魚住夕季が死ぬ前に住んでいた部屋だった。その部屋の前を通るときにスチール・ドアのネーム・プレートを見たが、何も書かれていない白いプラスチックが入っていた。

「ここが彼女の部屋だったのよね」と、秋庭朋子はあたりを憚《はばか》るような小声で言った。

「現在は誰が使っているのだろうか」

「リュミエール化粧品の男子社員の寮になったり、倉庫代わりに使ったりしているらしいけど、ちかごろの若い子たちは霊がどうの祟《たた》りがどうのって、なかなか入りたがらないって話よ。物干しの洗濯物を見ている限りでは、この十年の半分ぐらいはあいていたようだわね。家賃が安くてすむなら引っ越したいもんだって、いつもうちの亭主と話しているわ」

六〇五号室の前に着くと、彼女はドアの脇の呼鈴を押した。こちらのネーム・プレートには〝須賀〟という名前の下に〈アンティーク・スガ〉という店の名前も併記されていた。ほとんど待たされることもなくドアのロックをはずす音がして、ドアが開いた。六十才前後の白髪《しらが》混じりの髪をショートにした女が立っていた。

「あら、朋子さん、意外に早かったわね。電話じゃ十二時過ぎるかもしれないって言ってたでしょう。うちのダンナはいつもの仲間から麻雀の誘いがあって、そっちへ行ってしまったんだけど、構わないわね？　どうせあのことはダンナもわたしと同じことしか知らないわけだから」

「そうだわね。こちらがお昼に話した、沢崎さんよ」

私たちは簡単に挨拶を交わした。中国服の上下のような部屋着、指の爪の銀色のマニキュア、手首で音をたてているブレスレットなどすべての服飾品が、自分の夫のことをダンナと呼ぶ初老のショート・ヘアの女にぴたりと決まっていた。

「さ、どうぞ入ってちょうだい。いつものように散らかりっ放しだけど」

秋庭朋子と私はマンションの中に入り、リビング・ルームに案内された。言葉とは違ってよく片付いた住まいで、インテリアはどれも安売りの大型家具店で買ってきたばかりのような、月並みなデザインの家具で統一されていた。アンティークふうの家具だらけの部屋も落ち着かないものだろうが、アンティークは商売だとここまで割り切っているのもやや興醒《きょうざ》めな感じだった。

私たちはリビング・ルームの奥のほうにセットされた応接用のソファに案内されて腰をおろした。すぐそばの大きなサッシの窓ガラスの向こうは魚住夕季が落下したのと同じベランダのはずだったが、青みがかった灰色のカーテンに遮《さえぎ》られて何も見ることはできなかった。「飲み物はビールでいいかしら?」と、須賀夫人がキッチンのほうから訊いた。秋庭朋子が構わないと答えた。

夫人がビールを運んできて、それぞれのコップに注ぎ、私たちの向かいのソファに坐った。私は車の運転を理由にコップに一杯だけにしてもらった。夫人がコーヒーかジュースを持ってきましょうかと言ったが、ビールで結構だと断わった。部屋のどこにも灰皿が見当たらないし、秋庭朋子も喫おうとする気配がないので、タバコは遠慮することにした。

「あの娘さんの自殺のことを調べてらっしゃる探偵さんだそうだわね」と、夫人が言った。「お昼にお茶を飲みながら朋子さんから話を聞いてびっくりしたわ。あれは自殺じゃないかもしれないんですって?」

すでに他殺だと決めてかかっているような口調だった。そういう証拠はまだ何もないのだが、それを言うのは控えておいた。わざわざ相手が話しにくくなるような状況をつくる必要はなかった。

「その可能性があるようです」と、私は答えた。

「あのときは自殺に間違いないってことになっていたでしょう。高校野球の選手の弟さんの八百長事件なんかがあったし……だから、あれからしばらくして朋子さんの証言は実は彼女のアバンチュールの相手が目撃したことだったっていう〝衝撃の告白〟を聞かされたときも――それって、もちろん女同士の秘密だったんだけど――あれが自殺じゃなかったとは考えもしなかったわよね」

秋庭朋子は恥ずかしがる様子もなく同意した。男は自分の秘密を知られることによって恥ずかしさは一段と増すものだが、女はその瞬間から恥ずかしさが減っていく場合もあるらしかった。

「それに、朋子さんのほかにも何人か自殺だって証言した人があったでしょう？」

須賀夫人は年齢にふさわしくあくまで慎重だった。期待されている情報を披露する前に舞台をきちんと整えさせるつもりなのだ。

私はほかの二人の目撃者の証言にも疑問が生じていて、魚住夕季の死を簡単に自殺と断定することはむずかしくなっていることを手短かに説明した。

須賀夫人はうなずいた。「……そういうことだと、あの娘さんが自殺したと決めてかかるわけにはいかなくなるわね」

「そうでしょう」と、秋庭朋子は話が今夜の会見のスタート地点までくるのが待ちきれないような口調で言った。「だから、お昼に奥さんが話していたあのことは、ひょっとしたらとても重要なことじゃないかって気がしてきたのよ。それで沢崎さんに連絡して、話を聞きにきてもらったわけなの」

「本当にそんなに重要なことかしらね」須賀夫人の小鼻が膨《ふく》らんだ。アンティークの掘り出し物を見つけたときに逆に声を抑えるような言い方だった。

「朋子さん、あなたがお昼にあの娘さんは自殺じゃなかったのかもしれないと言いだしたときに、わたしはあのときのことがパッと頭に浮かんだのよ。十一年も昔のことだというのに、まるで昨日のことのようにね」

須賀夫人はビールのコップを手に取って一口飲み、ビールの気泡の中にそのときの記憶があるとでもいうように、明かりにかざして見た。「あれは、たぶん、あの娘さんの飛び降りがあった夜の前々日だったと思うわ。わたしは下の駐車場で車の助手席に坐って、うちのダンナが部屋に忘れてきた大事な商品を取りに戻ったのを待っていたのよ。さっきお店を出る前に昔の帳簿を調べてみたら、その品物を納品した日付はあの年の八月二十二日になっていたんだけど」

「確かにあの事故の二日前ですね」と、私は言った。

「やっぱり。それでわたしが助手席で待っていると、車の後ろのほうで、あの亡くなった娘さんの声がしたのよ。わたしが車にいることを気づかなかったみたいだわ。彼女はかなり感情的になっている声で、預けていたマンションのスペア・キーを返してくれって頼んでいたの」

「ここの六〇三号室のキーということですか」と、私は訊いた。

「だと思うわ」

「相手が誰かわかりましたか」

「オートバイに乗っている若者なの」

「知っている人ですか」

須賀夫人は首を横に振りかけて、途中から縦に振りなおした。どう答えればいいのかとまどっている様子だった。

「初めて見る男だったのですか」と、私は訊いた。

「いいえ、このマンションで何度か見かけたことのある若者だったの。彼のバイクが下の駐車場に勝手に停められていることが何度かあって、うちもだったけどほかにも迷惑した人があったのよ」

「しかし、このマンションの住人ではない？」

「ええ、管理人さんがあれはうちの入居者じゃないと言っていたから間違いないわ。うちのダンナが苦情を言うと、管理人さんは一度注意したんだが返事もせずに走り去ってしまったって言ったの」

「では、亡くなった魚住夕季という娘と話しているところを目撃する以前から、このマンションに出入りしていた男なのですね」

「そうなの」

「いつごろからかわかりますか」

「最初にうちがあのバイクで迷惑したのが、確か五月の末だったわね。連休明けにダンナと二人で、上海《シャンハイ》と香港《ホンコン》とそれから韓国へ商品の仕入れを兼ねた観光旅行に出かけて、帰ってきてみると、うちの駐車スペースの真ん中にそのバイクがでんと停めてあったのよ」

「魚住夕季の事件は八月ですから、その二ヵ月以上も前ということになる」

「そうだわね」

「スペア・キーの話から推測すると、そのオートバイの若者は彼女のところに出入りしていたということになりますね」

「それがよくわからないのよ。それまでは、その二人が一緒のところを見かけたこともなかったし、その若者をこの六階で見かけたこともなかったので、二人がそんな話をしているところを見たときは、正直言ってちょっと意外な気がしたわ。だって、あの娘さんの印象からは、会社の寮みたいな部屋にああいう男を出入りさせたりするようには見えなかったから……」

「スペア・キーを返してくれと言う彼女に、その若者は何と答えたのですか」

「何も答えずに、黙ってバイクにまたがっているだけだったわ。彼女はすぐにこのマンションを出なければならないのだからキーを返してくれって、もう一度繰りかえしたの。そのときはまだ、彼女の弟さんが八百長事件で新聞を賑《にぎ》わしている甲子園の選手だなんて知らないものだから、わたしはせっかく挨拶もするようになった娘さんが、ここを出て行くのは残念だなって思ったことを憶えているわ。そうするうちに、ダンナが忘れ物を取って駐車場に戻ってきたのよ。二人は不意に人が現われたのでびっくりしたような感じだった。オートバイの若者はいきなりエンジンをふかすと、あっと言う間に駐車場から飛びだして行ったわ。娘さんのほうは可哀相に駐車場に置き去りにされたような恰好だったわね。そのとき、うちのダンナが「あの二人は知り合いだったのか」って訊いたのを憶えているから、やっぱりそれ以前には二人を結びつけるようなことはなかったのよね」

「それ以後は？」

「娘さんが亡くなったあとということ？」

「ええ」

「おそらく、その男もオートバイも一度も見ていないはずよ」彼女はビールのコップをのぞきこんで、はっきりと言い足した。「そう、一度も見ていないわね」

須賀夫人がコップのビールを飲んで、秋庭朋子が注ぎ足した。彼女は私を振りかえって言った。「ね、奥さんの話を聞くと、どうしてもそのオートバイの男があの事件に無関係とは思えないでしょう？」

私はうなずいた。少なくとも、魚住夕季がベランダから落下した時点での六〇三号室のすべてのキーの所在を明らかにする必要があるかもしれなかった。

「その若者の人相か特徴を何か憶えていますか」と、私は須賀夫人に訊いた。

「それなんだけど、わたしはさっきからオートバイの若者とか、あの男とか言ってきたでしょう。ところが、うちのダンナがあるとき「あいつは男かい？　女じゃないだろうな」って言ったことがあるのよ。わたしも男にしてはちょっと線の細いところがあると思っていたの。でも、本当のところはどっちかわからないのよ。わたしたちがこのマンションの駐車場やエレベーターで彼を見かけたのはいつも夜だったし、彼はいつもヘルメットを被《かぶ》っていて、バイクに乗る人がよく着ているあの黒いレザーの服を着ていたのよ。ああいう恰好をしているとつい男の子だと思ってしまうのよね。でも男だったという証拠があるかと言われるとまるで自信がないわ」

「あの事件は八月だったが、そのころもレザーの服を着ていたのですか」

「いいえ、暑くなってからはジーンズの上下だったわね。上衣は袖を切り落としたような感じだったかな。その恰好でも男か女かはっきりしなかったけど」

「話すところを聞いたことはないのですか」

「ないわね、一度も」

「ヘルメットを被っていたとしても、顔は見えませんでしたか」

「近くで顔を見たことはないようだわ。エレベーターの中で一緒になったときは、何だか怖いような気がして、わたしのほうが背を向けていたのよ」

「髪はヘルメットの中ですか」

「そうだったわね」

「体格は?」

「女だったらちょっと大柄で、男だったら少し小柄ってところだったんじゃないかしら。だから一メートル六十から七十センチのあいだかな。それに、例えばグラマーな女だったり、筋骨隆々の逞《たくま》しい男だったら、男か女かわからないなんてことはないはずだから、きっと標準的でスリムな体型だったってことよね」

それ以上は須賀夫人からオートバイの人物の特徴を訊きだすことはできなかった。

秋庭朋子がビールで眼のまわりを赤くして言った。「男か女かもわからないなんて、まるでテレビ・ドラマの犯人みたいに怪しくなってきたわね」

須賀夫人がオートバイの若者と言ったとき、私の頭に最初に浮かんだのは魚住夕季が妊娠していたという解剖所見のことだった。その若者は女かもしれないという話に変わったとき、こんどは三時間ほど前に聞いたばかりの〝能の家元の娘さん〟という言葉が頭に浮かんだ。だが、オートバイに乗っていた人物はそのいずれとも何の関係もない人間かもしれなかった。十九才の娘の交際範囲など、たとえその娘をよく知っていたとしても、とうてい限定しきれるものではなかった。

私は少し質問の方向を変えた。「その男あるいは女が、魚住夕季と知り合いだったことに意外な感じを受けたと言うことでしたが、魚住夕季以外にこのマンションでその人物と付き合いがあったと思われるような居住者は誰かいませんか」

「それがわからないのよ。ほかの誰かと一緒のところを見た憶えはないと思うわ」

「ここの居住者でオートバイを乗りまわしているような人はいませんか」

「いないわね。ここはわりと入居の基準がうるさくて、そういうタイプの人は入れてもらえないし、だいたい若い人が少ないのよ。あの娘さんやリュミエール化粧品のセールスガールたちは社宅の入居者だから例外だけど」

「さっき話に出たこのマンションの管理人なら、その男あるいは女のことを知っているかもしれませんね」

「そうね。わたしたちのあとも、ほかの入居者の駐車場に勝手にバイクを停めたりして、揉《も》めたことがあったらしいけど、しばらくすると駐車場の端にあるゴミ置き場の横にきちんと停めるようになったから、その後管理人さんと話をしたのかもしれないわね」

私は腕時計で時間を確かめた。すでに十二時をまわっていたので、明日にでも出なおしてきて管理人を訪ねることにした。

好奇心とビールの酔いでかなり興奮気味の二人の女に、私は魚住夕季の弟が姉の死の真相を調べようとして、どういう目に遭ったかを話した。

「それは、この事件の真相を暴かれるくらいなら人を殺すことも辞さないという人物が存在する可能性があるということです。だから、今後はあの娘の死が自殺ではなかったかもしれないということを、誰にも口外しないようにしてもらいたい。しかもそのオートバイの男あるいは女がこの事件に関わりがあるとすれば、その危険人物の所在はこのマンションにぐっと近くなるわけだから」

女たちのほろ酔い加減の顔から血の気がひいた。これぐらいの脅しで彼女たちの口を完全に封じることができるとは思えなかったが、少しは言動に注意するはずだった。

私は話を聞かせてもらった礼を言って、須賀夫妻のマンションを辞去することにした。夫人は秋庭朋子を引き止めようとしたが、彼女は一人で帰るのが怖くなったから私に送ってもらうと言って、一緒にマンションを出た。

私はパレス自由ケ丘のエレベーターの前まで彼女を送って、須賀夫人の話を聞いてすぐに連絡をくれたことに礼を言った。彼女はエレベーターが降りてくるのを待っているあいだ、タバコに火をつけている私の横顔をじっと見つめていた。

「その弟さんの怪我は元通りに治るのかしら」

「今のところはまだ何とも言えないな。私は医者ではないからね」

「あなたは探偵なのよね」

私は彼女が何を言いたいのかわからずに、うなずいた。

「あの娘さんを殺した犯人がいるのなら捕まえて」

彼女は厳しい声でそう言った。私は依頼人のことを念頭において、もう一度うなずいた。

「それから、あの夜わたしがマンションに連れてきた男の目的が、本当はあの娘さんが飛び降りるところを見たとわたしに言うためだったのかどうかも突きとめて」

十一年前のあの夜、自分にはあの男を惹《ひ》きつけるだけの魅力があったのかどうか――それを確かめずにはおかないという女の心情に畏怖《いふ》の念を覚えながら、私は三度うなずいた。

秋庭朋子はお寝《やす》みなさいと言うと、私のタバコの煙と一緒にエレベーターに乗りこんで、ドアを閉めた。

34

私は環八通りを北上して、荻窪に向かった。〝川南《かわみなみ》〟の信号を右折して、大田黒パークサイド・ビルの前に着いたときは間もなく一時になろうという時刻だった。一階の藤崎スポーツ用品店はシャッターが下りていた。二階のスナック〈ダッグ・アウト〉も看板の明かりはすでに消えていたが、前にここにきたときは下りていたシャッターが胸の高さぐらいの位置で半開きになっているのが見えた。

私はブルーバードを路上駐車して、ビルの左側にある二階への外階段を上がった。ダッグ・アウトの前に着くと、シャッターの下から白いパネル・ドアを数回ノックした。ダッグ・アウトというネーム・プレートの下に〝試合中は選手・スタッフ・関係者・水虫以外は立ち入り禁止〟と書いた貼り紙があった。単なるジョークのようでもあり、常連以外の店の事情に通じていない客を暗に断わろうとしているようでもあった。

パネル・ドアが数センチ開いて、どなたですかと言う男の声がした。藤崎監督の声のようだった。藤崎夫人に会って話を聞くつもりで足を伸ばしたのだが、こちらの思惑通りには運ばないものだった。

「沢崎です」と、私は答えた。

「ああ、少し前に店を閉めたばかりでした。ぼくはさっき病院から戻ったところです。どうぞ」

ドアが大きく開けられ、頭に気をつけてと藤崎が声をかけた。私は腰をかがめてシャッターの下をくぐり、店の中に入った。藤崎は病院で最初に会ったときと同じジャンパー姿だった。店内は照明を落としているようで薄暗く、眼が慣れるのに少し時間がかかった。

十坪に足りないスペースの左側がカウンター席、右側がボックス席になっている、ありふれたスナック・バーのようだった。普通の店と変わっているのは、店内のあちこちに野球に関係のある品物や写真などが装飾代わりに展示されていることだった。と言っても、特定のプロ野球チームを熱狂的に応援しているようなチーム・カラー一色の店とは違って、OBたちが野球部で過ごした高校時代を懐かしむようなノスタルジックな雰囲気の店だった。とくにボックス席側の壁を埋めつくしている三鷹商業野球部の年度別の集合写真を見ると、私のように無関係な人間は間違って野球部の部室に迷いこんだような気分にさせられた。

「カウンターに坐ってください」と、藤崎が言った。「あれが女房の典子です」

カウンターの中で洗いものをしていた女が手を休めて、私のほうを見た。こんな時間にいったい誰だろうという不審な気持が顔に表れていた。私が誰かわかれば、電話で話したとき以上の嫌悪感を示すに違いなかった。魚住夕季と同い年の幼馴染みだからちょうど三十才になるはずだった。この店の照明の中ではそれより少し若く見えたが、店の外で濃いめの化粧を落とせば三十五、六才に見えるかもしれなかった。アップにした髪に合わせたワイン・カラーのシルクのブラウスが前掛けのエプロンに半ば隠れていた。絵に描《えが》いたようなスナックのママという感じで、魚住の父親が話していたような〝お嬢さん〟の面影はすでになかった。

私はカウンターの丈の高い椅子に腰をおろした。

「新庄さんの奥さんには、病院でお会いになったそうですね」藤崎はぐるっと手をまわして、私の注意をボックス席のほうへ向けた。

魚住夕季の叔母、つまり夕季の母の松永季江の前夫の妹だという新庄慶子が、五十才前後の男性と一緒に一番奥のボックス席に坐っていた。今夜の彼女は和服ではなく、黒っぽいハイネックのセーターの上にベージュ色のジャケットを羽織っていた。テーブルにはビールと二人分のグラスが置かれていた。

「新庄さんのご主人がご一緒です」と、藤崎が紹介した。「こちらは、魚住がいろいろ世話になっている沢崎さんです」

私たちは挨拶を交わした——新庄慶子はかすかに親しみの感じられる微笑を浮かべ、彼女の主人はただの微笑を浮かべて。

「話題の人、ついに登場ってわけね」藤崎典子が棘《とげ》のある声で言った。「電話のときに受けた印象で想像していた通りって感じだわね。探偵という仕事は、亡くなった人の名前を騙《かた》るような非常識な電話をかけたり、非常識な時間に人を訪ねたりしないではやっていけない商売なの？」

「典子、よさないか」

藤崎が低いが強い声でたしなめた。しかしどちらかと言えば、二人ともそういうやりとりが半ば習慣的になっているような平静な態度だった。

藤崎は私のほうを振りかえると、妻の言葉が私のところへ届く前に追い越そうとしているように早い口調で言った。「病院では、担当の医師《せんせい》の話で、魚住の意識も戻ったし、もう生命の危険はなくなったから、あとは十分な静養を取って、ゆっくりと混乱している意識が正常に恢復するのを待てばいいということでした。それで、事故以来ずっと付き添っているお父さんを休ませてくださいと言われたので、さっき新庄さんの車に乗せてもらって自宅まで送ってきたところなのです」

彼は水割りのグラスが置いてあるカウンターの自分の席に坐って、付け加えた。「不通になっていたお父さんの自宅の電話はあれからすぐに支払いをしておきましたから、緊急の場合はいつでも連絡できるようになっています」

私はうなずいた。「魚住君に面会することはできたのですか」

「いえ、お父さんがほんのちょっと顔を見に行かれただけです」

「どんな様子だろうか」

「頭は繃帯《ほうたい》でおおわれて、顔全体が少しむくんだように腫《は》れているので、誰か別人のようだったと……まだ、言葉を交わすことはできなかったらしいですが、ずっとお父さんのほうを見ていたそうです」

「魚住さんには最初の夜以来会っていないが、大丈夫ですか」

「元気ですが、やはりお年だから、無理をさせないようにと医師から言われました。魚住が恢復に向かっているからでしょうが、本人は全然疲れていないと言ってました。病院にきてから酒は一滴も口にしていないので、かえって体調がよくなったと冗談を言っていたくらいですから」

「男ってほんとに情けないんだから」と、藤崎典子が横から口を出した。「酒を断《た》ったから元気になったと言っているかと思えば、次は酒を飲んだから元気になったと言っている。元気にしているだけでいちいち理由がいるなんて、あなたたちには一日だって女は勤まらないわね。ねぇ、慶子さん」

「……そうね」新庄慶子は逆らわずに同意した。

「いい加減にしてくれよ」と、藤崎が妻に言った。「いつまでも片付けなんかしていないで、沢崎さんに何か飲み物を作って差しあげろよ」

「あら、こちらの探偵さんはお客さんとしておみえになっているの？」

「おい、おまえは――」藤崎は声を荒くして、カウンターの椅子から立ちあがりかけた。

「待ってください」と、私は藤崎を制して言った。「私は客としてここへきたわけではないので、構わないでもらいたい」

「そんなわけにはいきませんよ」藤崎は妻のほうを振りかえって言った。「沢崎さんは魚住の命の恩人と言っていい人なんだぞ」

「そうかしら？　高い料金を払って、身の安全一つ守ってもらえないようじゃ、いったい何のための探偵なのよ」

「そんなことはないって話したじゃないか。魚住が沢崎さんを雇ったのは襲われた後なんだから」

「いや、依頼人の命を救《たす》けたのは私ではない。それに彼が襲われたことの責任の一端は私にあるかもしれない」

私は藤崎典子に言った。「非難を受けるのも仕方がないが、今日は奥さんに二、三訊きたいことがあって、ここへ訪ねてきたのです」

彼女は洗っていたグラスを手荒に水槽の中に戻して言った。「わたしがどうしてあなたの商売の手伝いをしなきゃならないのかわからないわね」

「奥さん、あなたが私にあまりいい印象を持っていないことは十分承知している。私が魚住君に雇われていることが気に入らないことも承知している。しかし、現に彼があういう目に遭ったことは事実なのだから、その原因を調べることに協力してもらうわけにはいきませんか」

「でも、警察ではあれは新宿の夜のいつもの暴力沙汰だろうという見方をしているそうじゃないの」彼女はエプロンの前の部分で手を拭きながら言った。

穏やかに話していては埒《らち》があかないので、私は方法を変えることにした。

「彼の姉さんの自殺のときも、警察がそうだという結論を出したから、その通りを信じたのですか。それとも、姉さんの親しい友だちだったあなた自身が、彼女は自殺してもおかしくないような娘だったと思っているのですか」

「そんな！」彼女の顔が怒りで歪んだ。「わたしは夕季が自殺なんかには縁のない、誰よりも明るくてしっかりした人間だったということをよく知っているわ。でも……そんな夕季でも、彰君の八百長事件があったり、会社にいられなくなったり、あの年ごろのわたしたちのような娘が抱えていたいろんな悩みのことなどを考えたら……」

「例えば、彼女が妊娠していたこと、ですか」

「えッ、あなた、そんなことまで調べているの？」

「彼女は妊娠していたのですか」藤崎は初耳のようにびっくりした顔つきだった。

新庄慶子の夫も同じように驚いていた。「どうしてそんなことがわかったんですか」

「警察の解剖所見です」と、私は答えた。

そのことを知らされていたのは女性たちだけのようだった。

「おまえは知っていたのか」と、藤崎は妻に訊いた。

「ええ、夕季が亡くなって何年もたってからだったけど、慶子さんがそっと教えてくれたの。そういうことは言い広めるようなことではないから、あなたにも話さないでいたのよ。もう過ぎ去ったことだし……」

「わたしは一周忌のときにお父さんから教えていただいたの」新庄慶子は自分の夫に言った。

「典子さんと同じ気持で、身内のこういうことは男の人にはあまり話したくないことだったから」

「夕季の名誉のために」と、藤崎典子は言った。それから私に冷たい視線を向けた。「この人たちの仕事って、結局は他人の秘密を暴くようなことでお金を稼いでいるだけなのよ」

私は私の仕事についての彼女の意見は無視して言った。「彼女の妊娠が不名誉なものだといったい誰が決めたのです。あなた方は、魚住夕季は不名誉な妊娠をして、不名誉な疑惑をかけられた弟がいたために、不名誉な自殺をしたと決めてかかっている。どこにそんな証拠があるんです？　本当は、彼女は誰に恥じることもない妊娠をし、弟の事件にも何も恥じるところはなく――実際、彼の八百長疑惑は晴れている――そして、あの死は自殺ではなかったのかもしれない。そんなふうに考えているのは、どうやら私の依頼人だけらしい。もしそうだとすれば、彼女は死んだ上にさらに泥を塗られているようなものではありませんか。それも最も親しい人たちによって」

二組の夫婦はそれぞれ顔を見合わせてしばらく黙りこんでいた。

やがて藤崎典子が言った。「恥ずかしくない妊娠だったとしたら、どうして親友のわたしに話してくれなかったのよ」

「彼女には恥じるところはなくても、あなたなら不名誉と決めつけてしまいそうなことだったかもしれない。結婚前の娘だからありえないことではない」

「つまりは、そういうことなのよ。第一、恥ずかしくないような妊娠だとしたら、何故その相手の父親が名乗り出てこないの？」

「彼はまだ何も知らされていなかったのかもしれない。そういうことは男に話すのは少しためらわれるという話だったようだが」

「そんなこと、あるもんですか。本当に好きな人の子供ができたのなら、誰に恥じることもないし、一日だって黙っていられるわけがないわ」

「そうかな」と、私は言った。私は藤崎典子からほかの三人に順に視線を移していった。どの顔にも深い疲労の色が滲んでいた。私は口調を穏やかにして言った。

「私はあなた方の魚住夕季の死を悼む気持にケチをつけにきたわけではない。あのときの状況では、あなた方のように反応するのがむしろ当然で、依頼人の反応のほうが不自然だったかもしれない。だが、十一年という長い年月がたった今も、彼がそれを信じて生きているということは、そう簡単に無視できることではない。あなた方も少なくとも一度は、あれは自殺ではなかったのかもしれないと考えたことがあるはずだ」

「もちろん、あるわ」と、藤崎典子が全員の気持を代表するように答えた。

「だったら、そう考えて十一年間生きてきた依頼人に少しは手を貸そうという気になれませんか」

「でも、彼は自分のせいで夕季が死んだのかもしれないと思っていて、その良心の呵責《かしやく》から――」

「魚住彰をその程度の男だと見損なっているとしたら、姉の魚住夕季に対する気持も高《たか》が知れているようだな」

「何ですって⁉　勝手なことばかり言わないでよ。わたしたちがどんなに信頼し合っていたか知りもしないで！」

藤崎が妻に向かって何か言おうとしたが、私は彼の腕を抑えて言った。「信頼し合っていた友だちなのに、彼女はあなたには一言の相談もせずに、あのビルの六階から飛び降りたのですか」

「やめてよ！　わたしがそのことでどんなにつらい思いをしたか……」

「つらい思いをしても、あなたは依頼人と違って、彼女のために何の行動も起こさないし、むしろ彼の邪魔をしているだけだ」

「だって、彰君やわたしが何かをしたところで、十一年も昔のことをどうやって調べられると言うのよ」

「彼やあなたにはできなくても、私にはあの事件の真相を蔽《おお》い隠している何かを捜しだせるかもしれない。それを引き剝がして、その下に何があるか見つけることができるかもしれない」

「フン、きっとできるでしょうね、高い料金を取って。どうぞ、おやんなさいよ。でも、そんなことをしても死んだ夕季は帰ってこないわ」

「そんな陳腐な決まり文句をどこで憶えてきたんです。確かに死んだ人間は二度と帰ってこないだろう。だが、それは死ぬということがどういうことかを知っている者が口にすることだ。あなたには人間が死ぬということがどういうことか、解っていない」

「じゃア、あなたには解っているというの？　人間が死ぬというのはいったいどういうことなのよ」

「一つだけはっきりしていることがある。人は死ねば、生き残った人間の想い出の中でしか生きられなくなる。親しい友人や家族やあるいはほかの誰かが、あいつは自殺したんだろうと勝手に納得してしまったとしても、それに一言の抗弁もできなくなるということだ」

藤崎典子は唇を噛んで、私の顔を穴が開くほど睨《にら》みつけた。私はそのとき信用してもいい人間の協力を失いかけていたことに気づいた。

35

演出を間違えた三文芝居の舞台のように、登場人物たちはいっせいに動きを止めて眼の前にある小道具に救いを求めた。藤崎はカウンターの水割りのグラスに、新庄夫妻はテーブルのビールのグラスに、そして藤崎典子は洗い場の水槽の中のグラスに。私の前には何もなかった。

私は軽率にこの店を訪れたことを後悔しはじめていた。藤崎典子のような女に会うためには細心の注意が必要だった。彼女のようなタイプの人間はそのときの状況次第で、彼女自身を演じる〝女優〟になってしまうからだ。それを避けるような会い方をしなかったのは私のミスだった。少なくとも観客のいないところで会うぐらいの知恵がなければならなかった。

しかし、いったん始まった茶番劇は、その中で平和を乱す敵役《かたきやく》を割り振られている私には幕をおろすこともできないし、最後まで見届けるしか方法はなさそうだった。

「典子さん、あなたの気持はよく解るわ」

ボックス席の新庄慶子が沈黙を破って言った。「夕季ちゃんがあんなふうに死んでしまったときのショックは、わたしもほとんど同じだったから……」

彼女は私に視線を移した。「沢崎さん、あなたや彰さんのような男の方には解らないことかもしれませんが、女の場合は身近な人間を亡くしたときに、それがどんな死に方であっても、その悲しみに耐え、それを受け入れることがまず先決なんです。長い年月が過ぎて、ようやく夕季ちゃんの死を受け入れられるようになってきたときに、彰さんがあの事件をもう一度蒸しかえすようなことを始めたわけですが、たとえそれが正しい行動だと言われても、すぐにはそれに従うことができないんです。典子さんもきっと同じ気持だと思いますわ」

「それは必ずしも彼女たちばかりではないんですよ」

新庄慶子の夫が初めて私の顔をまともに見て言った。

「私にしても藤崎さんにしても、本当のところは家内たちと同じ心境なんです」

彼は年齢よりはやや若向きのグリーン系のチェックのジャンパーのポケットからタバコを出して、青いチタン仕上げのジッポのライターで火をつけた。〝セブンスター〟かそれに類したタバコで〝バークレイ〟ではなかった。

彼はタバコの煙を吐きだして、感慨にふけるような声で話しはじめた。「私たち夫婦には子供がありませんし、私自身は一人っ子で兄弟がなかったので、甥とか姪もいませんでした。私にとっては夕季さんや彰君が一番身近な子供たちだったのです。だから夕季さんが亡くなったときはとてもつらかったんですよ……私は彰君が希望することがあるなら、自分の息子にしてやるようなことは何でもしてやろうというぐらいの気持でいるんです。でも私たちがどう思おうと、夕季さんの自殺にはたくさんの目撃者の証言があって――」

「目撃者は三人です」と、私は言った。

「そうでしたか。しかし、たとえ一人でも、夕季さんが自殺したことを目撃した人がいるのなら、私たちとしてはどうにもしようがないのではありませんか。第一、あれから十一年もたっているのに、彼らがどこに住んでいるのかもわからないでしょう？」

「私はその目撃者たちに会ってきたばかりです」

四人の視線が初めて私に集中した。長いむだな時間を過ごして、私はようやくこの店を訪ねた目的のとば口にたどりついたようだった。

「最初の証人は女性だった。彼女は自分の眼で魚住夕季の飛び降りを目撃したわけではなかった。あの夜自分の部屋に連れこんだ男が見たことを、又聞きで証言しただけだった。しかも、その男はどこの誰だか知らない、と言っている」

藤崎夫妻と新庄夫妻の顔に証人に対する不審の念がはっきりと表れるのを確かめてから、私は続けた。

「二番目の証人はすでに死亡していた。彼は証言をした直後に会社を辞め、その年のうちに家族を棄てて蒸発している。会社を辞めたのは、どこからか大金を手に入れたからだという噂もあった。しかし、本人がすでに死亡しているので、目撃証言の真偽も噂の真偽も今となっては確かめようがなかった」

四人の聞き手の中では藤崎典子の反応が一番早くて、大きかった。自分の気持に馴染まないものを排斥しようとする傾向も強いが、いったん自分の気持の中に疑念が生まれるとそれが広がるのも早かった。彼女の性格もあるだろうが、ここにいる者のうちで最も若かったからに違いない。

「最後の証人は、そもそも魚住夕季の飛び降りが自殺かどうかをはっきりと確認できるような場所にいなかった。ところがそこに二人の不審な人物が現われて、飛び降りが自殺であることを証言すれば大金を払うという話を持ちかけた。証人はその話に乗ったが、自分では自殺だと信じていて偽証をしたつもりはなかった。しかし、本当は彼にはその判断をする資格はなかった。今では彼自身が自殺にもその二人の人物にも強い疑惑を抱いている」

「その二人の人物っていったい誰なの？」と、藤崎典子が訊いた。

「まだわからない」

私は彼らがその証人を大金と嘘で巧妙に操って、自殺だという証言をさせた経緯を手短かに話した。

「ひどい証人だわね」と、藤崎典子が蔑《さげす》むような口調で言った。「その人だけでなく、当てにならないということでは最初の女性も、もう一人の証人も同じだわね」

「ということは、現時点ではあれが自殺だと証言できる人間は一人もいないわけですね」新庄慶子の夫が私の代わりに、私が言おうとしたことを言った。

私はうなずいて、上衣のポケットからタバコを取りだした。藤崎がほとんど無意識にカウンターの隅に重ねて置いてある灰皿を取って、私の前に置いた。ホームベースの形をした白い陶製の灰皿だった。

「しかし……」と、藤崎は言いにくそうに言った。「自殺だという証言がなくなったことは確かだが、だからといって自殺ではなかったというはっきりした証拠が出てきたわけではないですね」

「その通りです」と、私は言った。「そういう証拠があれば、こんな時間に皆さんに迷惑をかける必要もないし、とうに警察が再捜査を開始しているでしょう」

私はタバコに火をつけてから先を続けた。「魚住君の依頼に関する私の調査はやっとスタートの位置についたばかりなのです。その後の調査でわかったいくつかの事実について、藤崎さんの奥さんに少し訊ねたいことができたので、こちらにうかがったのだが、それはほかの皆さんにも聞いてもらいたいことです」

藤崎典子はカウンターの中を入口のほうへ移動し、レジとのあいだの仕切りのところから、エプロンをはずしながら出てきた。彼女は夫のすぐ近くのボックス席に腰をおろした。

私の位置から四人全員がおよそ一目で見渡せるようになった。

「これは夕季さんが住んでいたマンションの住人の一人から得た情報です。あの事件の二カ月ほど前からあのマンションに出入りしているオートバイ乗りの若者がいたというのですが──」私はそこで言葉を切って、四人の反応を待った。誰も思い当たることがありそうではなかった。

「夕季さんは亡くなる前々日に、その若者にマンションのスペア・キーを返してくれと頼んでいるところを、そのマンションの住人に目撃されています。そういう若者に誰か心当たりはありませんか」

四人の顔はやはりいずれも否定的だった。

「そのキーは返してもらったのですか」と、新庄慶子が訊いた。

「いや、その場ではキーが返されるところは目撃されていません」

新庄慶子の夫が妻の疑問を引き継いだ。「すると、事件の夜に彼女のマンションに自由に出入りできる人物がいた可能性があるわけですね」

私はタバコの灰を灰皿に落として、もう一度藤崎典子に訊いた。「そういう若者に心当たりはありませんか」

彼女は首を横に振った。「男の友だちができたような話は夕季の口からは一度も聞いたことがないので、とても信じられないのよ。さっきの妊娠のこともそうだったけど、夕季がマンションのキーをそんな男に渡したりしていたなんて……」

「私は若者と言ったが、それはオートバイを乗りまわしていて、例のライダー用のレザー・スーツやジーンズ姿からの推測でもあるので、必ずしも若いとは限定できないかもしれないのだが」

それでも彼女は首を横に振り続けた。「心当たりはないわね」

「亡くなったハザマ・スポーツ・プラザの川嶋弘隆氏はバイクに乗ったりはしませんでしたか」

藤崎典子はかすかに苦笑しながら答えた。「ああ、あのころの噂を誰からか聞いたんでしょう？　二人がいい仲だったって言う。でも、それは勘違いだわ。わたしと主人はいずれは結婚するつもりで付き合っていて、夕季はわたしといつも一緒だったから、結果的に二人がペアのようになることはあったけど、全然そういう間柄じゃなかったのよ。少なくとも夕季のほうはね。だから、彼女がマンションのキーを川嶋さんに渡すことなんか絶対にありえないことだわ。それに、川嶋さんがオートバイに乗っているところなど見たことないわよね？」

最後の言葉は夫への問いだった。

「そうだな」と、藤崎は答えた。「川嶋とは中学以来三十年近い付き合いだったが、彼がオートバイに乗るところは一度も見たことがないですね。少なくとも彼がバイクなんか持っていなかったことは確かです」

私は新庄夫妻のほうに視線を移した。

「わたしたちもそういう人にはまったく心当たりはありませんわ」と、新庄慶子が言った。

新庄慶子の夫がつぶやくように言った。「その男が、夕季さんの子供の父親だということがあるだろうか」

妻がそれに応《こた》えるように言った。「その人が、夕季ちゃんのお墓に毎年お花を供えている人なのかしら」

藤崎典子が言った。「そのお花のことを彰君から聞いたときは、夕季にもせめて一人はそんなふうに彼女のことを偲《しの》んでくれる人がいるんだなって、思っていたけど……でも、そんなロマンチックなことじゃないのかもしれないわね」

「ひょっとすると、その男が夕季さんの死に責任を負わなければならない〝張本人〟ということだって考えられなくはないな」新庄慶子の夫は私を振りかえって訊いた。「そうじゃないですか」

「まだわかりません」と、私は答えた。「それに、実はあのマンションの住人の情報によると、そのオートバイ乗りは女性ではないかという証言もあるのです」

四人は話の要点《ポイント》が一八〇度変化したので驚いていた。

「そのオートバイの人物は目撃されている範囲では常にヘルメットを被っていて、目撃者たちの前ではまったく口をきいていないので、男とも女とも確定することができないのです。当時の夕季さんと親しい関係にあった女性で、オートバイを乗りまわしそうな女性には心当たりはありませんか」

四人の顔にはこんども思い当たるような表情は浮かばなかった。

「わたしはこう見えてもオートバイの運転はできないわよ。慶子さんは自転車だって無理な口じゃないの？　もしわたしたちを疑っているならだけど」藤崎典子の口調からは最初のうちのような棘は影をひそめていた。

新庄慶子は微笑を浮かべて言った。「自転車には乗れるけど、オートバイは駄目だわ」

私はタバコを灰皿で消して言った。「これは依頼人の話ですが、彼は夕季さんが亡くなる少し前に、彼女と同じくらいの年齢の女性と友だちになったということを本人から聞いているのです。彼は名前は聞かなかったのだが、自分たちとは育った世界がまったく違う能の家元の娘さんらしいと彼女が話すのを憶えていたのです。そういう女性にも心当たりはありませんか」

「能って、能狂言の能ですか」と、新庄慶子が訊いた。

「そうです」

「その娘さんがオートバイに乗る女性なのですか」と、藤崎が訊いた。

「そうかもしれないし、別の女性かもしれない」

「思い出したことがあるんだけど」と、藤崎典子が両手で自分の額を包むようにして言った。「どこでだったか、いつだったか、はっきりしないんだけど、わたしと夕季がどこかの通路のようなところを一緒に歩いていたときのことだったけど……そう、わたしたちと同じぐらいの年恰好の女がその通路のフェンスにもたれて、じっとわたしたちのほうを見つめていたのよ」

彼女は両手の中から顔を上げ、思い出そうとするように眼を細めて遠くを見つめた。だが、逃げる記憶を捕まえるようにすぐにまた自分の額を両手に埋めた。

「いいえ、わたしたちというより夕季のことを見つめていたの。わたしと夕季はその女のそばを通り過ぎて、しばらく歩き続けたんだけど、急に夕季が「ちょっと待って」と言って、その女のところへ駆け戻って行ったのよ。そして二言か三言ぐらい言葉を交わして、すぐにわたしのほうへ引きかえしてきたの」

彼女はふたたび顔を上げて続けた。「わたしがあの娘は誰って訊くと、夕季は誰でもないって答えただけで、それからとても機嫌が悪くなったんだったわ。それで、わたしも不機嫌になって、仲直りして口をきくようになるまでにだいぶ時間がかかったと思う。どこだったかはよく思い出せないんだけど、あの事件のそんなに前じゃないはずよ。子供みたいな話だけど、まだ十九のときのことですからね。あの当時は、わたしたちはお互いにボーイフレンドができることはちっとも気にしなかったし、むしろ大歓迎だったけど、もし自分より親しい女の友だちを作ったりしたら、絶対に赦《ゆる》さなかったと思うわ。わたしも夕季もね。それからしばらくは、あの女のことが気になって仕方がなかったことを思い出したわ」

「その女の顔を憶えていますか」と、私は訊いた。

「とってもきれいな娘だったという、わたしが勝手につくりあげた印象なら残っているけど……残念ながら、実際の顔はまるで憶えていないわね」

「服装は?」

「……わからないわ。何だかジーンズの上下を着ていたような感じがするんだけど、それもさっきのオートバイの話からの連想のような気がするし、自信がないわね。もっと落ち着いてゆっくりと考えたら、何か思い出せるかもしれないけど」

「そのときは連絡をしてください」と、私は頼んだ。

それからしばらく雑談のような会話が私たちのあいだで交わされた。ダッグ・アウトを訪ねた私の所期《しょき》の目的はすでに果たされていた。藤崎が妻に私の飲み物を作るように催促したのを潮《しお》に、私はそこを辞去することにした。新庄夫妻も私と一緒に店を出ることにした。時間は夜中の二時を過ぎていた。

店の表まで見送りにきた藤崎が私に言った。

「女房のやつのひどい言葉に、どうか気を悪くしないでください」

「そんなことはない。あなたは彼女の外面に隠された中身に気づくのにどれくらいかかりました？」

「えッ？　ええ、まァ、少し……」

彼は照れ臭そうに笑い、私はお寝みと言って新庄夫妻のあとを追った。

裏通りの駐車場に車を預けているという新庄夫妻とビルの前で別れて、私は通りの反対側に停めたブルーバードに乗りこんだ。エンジンをスタートさせるのに二、三度失敗して手間取っていると、新庄慶子の夫が運転席のウィンドーを叩いた。妻のほうは少し先の舗道でこちらを見ながら夫を待っている様子だった。私はスムーズに動かないウィンドーを苦労しておろした。

彼は名刺入れから出した名刺を私のほうへ差しだした。こんな時間に改まった挨拶などよせばいいのにと思っていると、彼は意外なことを囁《ささや》いた。

「彼らには聞かれないところで、是非あなたにお話ししたいことがあります。明日私のほうから連絡します」

交換に私の名刺を受けとると、彼は急いで妻のほうへ走り去った。

36

私が魚住夕季の住んでいた奥沢TKマンションの管理人に会ったのは、翌日の土曜日の午後になってからだった。午前中に訪ねたときは、一階のエレベーターの前の管理事務所には誰もいなかった。私はアンティーク・スガの須賀夫人から訊いていた管理人夫婦の住まいの二階の二〇〇号室へ足を運んだ。男好きのしそうな管理人の妻が、主人はTK不動産グループの慰安旅行で伊豆《いず》の下田《しもだ》まで出かけていて、十二時ごろに帰る予定になっていると教えてくれた。自分は風邪をこじらせていたので行けなかったと残念そうに言った。事件当時の話を訊いてみようとしたが、彼女は四年前に再婚して管理人と一緒になったそうで、魚住夕季の自殺についてはほとんど何も知らなかった。私は自由が丘の駅の近くの喫茶店で時間をつぶしてから、十二時半にもう一度TKマンションに戻ってきた。

管理人の五十嵐睦男《いがらしむつお》は受付を兼ねている二坪ぐらいの管理事務所で私を待っていた。受付の小窓の脇に〝ご用の方はボタンを押してください〟と書かれたインターフォンがあるところを見ると、彼はこの事務所に常駐《じょうちゅう》しているわけではなく、午前中の無人の状態が普通なのだろう。

「家内から聞いたけど、昭和五十七年の飛び降り自殺のことを調べているんだって？」彼は受付の小窓から私の顔を点検するようにじろじろと見ていた。

私はそうだと答え、少し時間をさいてもらいたいと頼んだ。

「そりゃ構わないが、あれはもう十年以上も昔のことだろう。ほとんど忘れかけていたんだがなァ」

五十嵐はそう言って、頭を掻いた。五十代の後半という年配の男で、短く刈った頭髪は半分は白髪《しらが》になっていた。メタル・フレームの眼鏡の奥の眼が鋭く、右頬からあごの先にかけて長い傷があるので、もう少し若ければその筋の人間に間違えられそうな感じだった。このマンションの経営が大手の電鉄会社の系列であることを考えると、単にそう見えるだけのことで、顔の傷が暴力沙汰でできたものではないことは賭けてもよかった。そういう経歴の持ち主なら決して採用されることはなかったはずだ。だが、紳士であるだけではなかなか勤まらないマンションの管理人にはむしろお誂《あつら》え向きの人相だった。

「いずれにしても、ここの入居者に迷惑がかかるようなことには一切答えられないよ」

「入居者に迷惑のかかるようなことを知っているなら、是非訊きだしたいところだが、何か知っているかい？」

五十嵐は眼鏡の向こうの眼をつりあげそうになったが、私の言葉を冗談だと思って表情をやわらげた。

「そこの入口から入ってくれ」

私はビルの裏へ抜ける通路に面した管理事務所の入口のスチール・ドアを開けて、中に入った。紺色のスーツにノー・ネクタイの五十嵐は一回り小さい事務机の向こうに坐っていた。借り物みたいに見えるスーツは旅行から帰ってきたままの服装のようだった。彼は部屋の奥にあるロッカーの脇に立てかけてある折り畳み椅子を持ってくるように言った。私は五十嵐の机の脇に椅子を運んで、腰をおろした。

事務机とロッカーと二つの椅子のほかには、安物の額に入れた二枚の写真が二つの壁を飾っているだけだった。写真は素人にしてはなかなかうまく撮《と》れたカラーの風景写真だった。一枚はどこかの山中の滝の写真で、もう一枚はどこかの都会の夜景だった。午前中に訪ねた二階の五十嵐の住まいの玄関にも、同じような感じの風景写真が飾ってあった。そっちは鎌倉あたりのお寺の写真だった。

「カメラがおれの唯一の趣味ってところでね」

彼は私の視線をとらえて、少し得意げに言った。

「いいね。いろんなところへ旅行に出かけているようで羨ましいが、それで管理人の仕事に支障はないのかね」

「土、日ぐらいは休みをもらわなくちゃ、やってられないよ」

私は本題に入ることにした。「昼前にきたとき、奥さんに少し説明したのだが」

「あいつは暢気《のんき》で、いつも要領を得なくってね。前の女房は不細工な女だったが、おれには仕事をさせないくらいの働き者だったんだ。見てくれのいい女はその分だけ横着にできているよ……それにしても、いったいどういう理由であんな昔のことを調べているんだ？」

事務机の上に、私が午前中に彼の妻に渡した名刺が置かれていた。

「六〇三号室のベランダから飛び降りた魚住夕季の死因について、彼女の実の弟と彼女の出身地の三鷹市の市会議員が疑問を抱いて、その再調査を私に依頼したんだ。私は玉川署で当時の事件の調書を読んで、それを基にして調査を進めているところだ」

少し歪曲《わいきょく》した部分もあるが基本的に嘘ではなかった。

「彼女の弟っていうと、確かあの年の高校野球のピッチャーで、八百長試合をやったって言われたやつだろう？」

「いい記憶をしているので頼もしいな。ただし、その後彼の八百長疑惑は晴れている」

「そうだったかな……でも、あの娘さんが飛び降りたのは自殺に間違いないということだったと思うがね。確か、目撃者の証言もそろっていたようだし」

「その通りだ。しかし、私としては再調査を依頼された以上は、もう一度それを一つずつ丹念に調べなおさないわけにはいかなくてね」

「骨の折れそうな仕事だな。しかし、それだけ収入もいいんだろう？」

私は首を斜めに傾けて、イエスともノーとも取れない反応をしたつもりだったが、五十嵐は希望的にイエスと受けとった。彼は暇つぶしや親切で私の相手をしているわけではなかった。

「それで、おれにいったい何を訊きたいんだ？」

私は質問の順序を考えてから、質問を始めた。

「あの飛び降りがあったのを知ったのはいつだ？」

「飛び降りがあった直後だったな」と、彼は同じ話を何度も繰りかえした滑らかな口調で言った。「ちょうど十一時になるときで、おれはベランダに出てタバコを喫おうとしていた。前の女房は死ぬまでずっと喘息《ぜんそく》がひどくて、あいつがリビングにいるときはそばでは喫わないように心懸けていたんだ。観ていたテレビが終わって急にタバコを喫いたくなったのと、毎晩暑い夜ばかりで、ちょっと外の空気が吸いたくなってベランダに出たら、マンションの前庭のあたりがもうすでに騒がしくなっていたんだ。急いで下に降りて、何があったのかを確認してから、この電話で警察と救急車と、うちの会社に通報したんだ」

彼は机の上の電話を指差した。

「会社に？」と、私は訊いた。

「そうだよ。ああいう場合は、TK不動産の総務部の当直者に通報するように決められているんだ」

「なるほど。然《しか》るべき連中が飛んできて、会社にとって不都合がないように然るべく対処するってわけか」

「まァ、そんなところだな」

「あの夜も誰か飛んできたのか」

私は三人目の目撃者の江原尚登に大金を払って証言をさせた男たちのことを念頭において

訊いた。

「いや、何の役にも立たないヒラの社員が寝惚《ねぼ》け眼《まなこ》をして二時過ぎにのこのこと現われただけさ。お偉方は翌朝になってからちらっと顔を見せて、事情を訊くとすぐに引きあげていったよ」

私は上衣のポケットからタバコを取りだして、五十嵐にもすすめた。「ここなら誰に気兼ねすることもなく喫えるだろう？」

「二階じゃ禁煙させられていることもお見通しか。前の女房はおれが部屋でタバコを喫わないことに感謝していたが、今の女房はそれが当然だって顔だからね。ピースとは懐かしいなァ。十五年前、会社の営業にいたころはおれもまだモーレツ社員で、こいつを喫ってバリバリ働いていたんだがね」

彼はタバコを一本抜きとった。私は双方のタバコに火をつけてから、訊いた。「どうして管理人に？」

「同僚が運転していた車の事故で、負傷した右手に後遺症があってね。字を書くのがかなり不自由なんだ。カメラを始めたのも、そのリハビリのつもりだったんだよ。会社は総務の仕事をすすめてくれたんだが、いずれにしても手が不自由では満足な仕事はできないし、どうせ出世の見こみもないから、管理人の仕事を世話してもらった」

彼は事務机の隅からステンレス製の灰皿を出して、私とのあいだに置いた。灰皿の中に入っていた写真のフィルムの空《あ》き缶を摘《つま》みだして机の隅に転がした。

私は質問を続けた。「警察や会社に通報したあとはどうした?」

「マンションの前庭に戻って、もう一度飛び降りたのが六〇三号室の魚住という娘であることを確認した」

「彼女だということはすぐにわかったのか」

「もちろんだ。見るのはちょっと気持悪かったが、大量に流れている血の中に倒れていたのは、あの娘に間違いなかったよ。だいたい飛び降りた位置からして、二階の二〇三号室から七階の七〇三号室のどれかだということはすぐにわかったし、六〇三号室以外のマンションには彼女のような若い娘さんはいないんだ。それに彼女が着ていた明るいグリーンの縞のシャツとショートパンツもあの夏しょっちゅう見かけていたからね。それからまたここへ戻ってきて、マンションの入居者名簿を調べたんだ。保証人になっている父親と化粧品会社の上司に電話をかけて、事故を知らせなければならなかった」

五十嵐はタバコの煙でちょっと咳きこみ、ピースはやっぱり強いなと言いながら、灰皿で消した。

「警察が到着したとき、六階の彼女の部屋へ案内したはずだな」

「ああ、そうだった」

「管理人用のマスター・キーを持って?」

「そうだ」

「六〇三号室のドアは閉まっていたのか」

彼はほとんど考えずに答えた。「閉まっていたよ。おれがマスター・キーで開けたんだから」

「よく思い出してもらいたい。ドアの鍵は開いたままになっていなかったか」

「いや、間違いなくロックされていた。それをおれが開けて、警察の連中を中に入れたんだから、間違いないよ」

「そうか。部屋の内部はすっかり引っ越しの準備ができていたんだったな」

彼は眼を丸くして言った。「そんなことまで知っているのか。そうなんだ、おれはきれいに片付いている部屋を見てびっくりしたよ。彼女がすでにリュミエール化粧品を辞めていて、数日中に引っ越す予定だったということは、あとで会社の上司の人に聞いて知ったからね。あの部屋の契約をしているのはリュミエール化粧品だし、何も解約をするってわけじゃないが、あの娘も出て行くんだったら、こっちに一言挨拶ぐらいしてくれてもよさそうなものじゃないか」

「彼女は出て行かなかった。出て行く前に死んだんだ」

「……まァ、そう言えばそうだが」

狭い事務所内にタバコの煙が充満し、五十嵐は私が入ってきたときに閉めた小窓をまた開けた。私はタバコを灰皿で消した。

「六〇三号室のキーは部屋の中にあったのか」

「ああ、居間のテーブルの上にきちんと置いてあった。引っ越しと言っても、テーブルなどの家具類はリュミエールの備え付けだからね」

「キーはいくつだった？」

「えッ？　ああ、スペア・キーのことか。いや、一つだけだった」

「ここのキーはもともといくつあるんだ？」

「マスター・キーのほかに二つあって、それを入居者に渡すことになっている。だが、六〇三号室と二階の二〇五号室と二〇六号室の三つのマンションはリュミエール化粧品が借りていて、マスター以外の二つのキーの取り扱いも向こうでやっているんだ。だから、警察の調べが終わった段階で、そのキー一つをリュミエールに渡して、それで終わりだったさ。スペアはリュミエールで保管していると思っていたし、向こうも何とも言わないから」

「そういうことか」

その点は必要に応じてリュミエール化粧品の誰かに確かめなければならないようだった。しかし、魚住夕季がオートバイの人物に渡したスペア・キーは新たに作られた複製のキーかもしれなかった。

五十嵐は上衣のポケットを探って、〝キャビン・マイルド〟を取りだした。「いったん軽いタバコに変えると、ピースみたいに強いタバコはもう喫えないよ」

彼が自分のタバコに使い捨てのライターで火をつけるのを待って、私は質問を続けた。

「あの事件の少し前のことだが、このマンションの入居者ではないのに、オートバイに乗ってよく出入りしていた若者がいたのを憶えているか」

「オートバイだって？　いや、そんな若者はこのマンションには……このマンションの入居者でないと言ったんだっけ？　ああ、そう言えばそんなやつがいて迷惑をしたことがあったな」

「思い出したんだな？」

「そう、確かにいた。あれはあの時分のことだったのか。車の停まっていない駐車スペースにあたり構わずオートバイを停めるんで、よく苦情を言われたんだ」

「それで？」

「それでって？」

「そんなことがしばらく続いたあとで、オートバイは駐車場の端にあるゴミ置き場の横に停めるようになったそうだが」

「そう、そうだった。しかし、そんなことまでよく調べているな」

「それはあんたがそう指示したんじゃないのか」

「いや、おれじゃないよ。おれは文句を言おうと思って何度も捕まえようとしたんだが、そのたびにさっさとオートバイで逃げてしまうんだから始末に負えなかった。ゴミ置き場のところに停めるようになってからは、苦情は出なくなったが、こっちは頭にきていたので、一度文句を言ってやろうと思っていたんだ。でも、前の女房が下手《へた》に文句なんか言うと、腹いせにまた駐車場に停めるようになるかもしれないし、ここの入居者の誰かの知り合いだろうから、その人と気まずくなったりしても仕方がないから、そっとしときなさいと言うんだ」

「では、その若者と話したことはないのか」

「ないね。一度もない」

「それが男だったのか、女だったのか、知っているか」

五十嵐は私の顔を呆《あき》れたように見ていた。「あんたはまるで、あのころこのマンションで何もかも見ていたようなことを言うんだな。そう……おれは女だろうと思っていたんだが、女房は男じゃないのかって言っていたよ。実を言うと、おれが文句を言わなかったのは、女のくせにオートバイを乗りまわすようなフーテン娘に説教したって始まらないと思ったからなんだよ。しかし、本当のところはどっちかわからなかったな」

「その若者がこのマンションの誰を訪ねてきていたのか、知っているか」答えは想像がついていたが、念のために訊いた。

「それがわかっていれば、最初からそこへ苦情を持って行ってるよ」

「このマンションの誰かと話しているところを見たことはないか」

「一度もないな。だってそいつを見かけたのだって全部で四、五回ぐらいしかないんだから。停まっているオートバイはしょっちゅう見て、頭にきていたがね」

私は最後の頼みの綱である質問をした。

「オートバイの登録ナンバーを控えたはずだ」

「えッ？……そうか、そう言えばそうだったよ。あれ以上苦情が続けば、入居者を一軒ずつ訪ねて、あいつが出入りしているマンションを見つけるか、それでもはっきりしなければ警察に通報するしかないと思ったから、確かにナンバーを調べてメモしたんだが……そのうちにあんな具合に一件落着したので、そのメモをどこへやったか……何しろ十一年も前のことだから」

彼は事務机の上を一わたり見まわしたが、すぐに首を横に振った。「いや、ここじゃないな。ナンバーを控えたのは夜遅くオートバイの騒音を聞いてから、駐車場まで調べに行った憶えがあるから、メモは住まいのほうへ持って行ったはずだ。でも、たぶん、そのうちに棄ててしまったんじゃないかなァ。しばらくのあいだは保管していたかもしれないが……とくにこんどの女房はなんでもかんでも棄ててしまう整理魔だから」

「そのナンバーを知ることは重要なことなので、是非とも探しだしてもらいたい。もし、見つかれば然るべき謝礼を出すことができるはずだ」

「そうか」彼はタバコを灰皿で消しながら言った。「そういうことなら極力探してみるつもりだが……しかし、あのオートバイが六〇三号室の飛び降りとどういう関係があるのかね」

「そのオートバイの人物が、死んだ魚住という娘と話しているところを目撃されている」

「なるほど、そういうことか」五十嵐の眼鏡の奥の眼が好奇心できらりと光った。

「一つだけ忠告をしておく」と、私は強い口調で言った。「私の依頼人である魚住という娘の弟は、実はこの事件の再調査を始めてから、何者かに襲われて瀕死の重傷を負わされたんだ。この再調査を人を殺してまでも阻止したいという人間がいる可能性があるということだ。

だから、オートバイのナンバーやそのほかにも何か手掛りを見つけたとしても、私に知らせる前に自分で何か行動を起こしたり決してしないでもらいたい。それは場合によっては非常に危険なことになるかもしれないからだ」

五十嵐は少し怯《ひる》んだ。「……わかった。まず、あんたに知らせるよ。これは急ぐのか」

「早ければ早いほどありがたい。できれば明日、日曜日の夜までに頼みたい」

「探してみよう。で、謝礼のほうは当てにしていいんだろうね？」

「いくら欲しい？」

「そうだな。できれば二、三万……この不況のご時世だからね。ちかごろは唯一の趣味のフィルム代にまで、女房からぶつぶつ文句を言われなきゃならないんだ」

「オートバイのナンバーが見つかれば五万、見つからなくても三万出そう。いろいろと質問に答えてもらった謝礼だ。それでいいか」

五十嵐はうなずいた。彼はバリバリの営業マン時代に逆戻りしたように、この場合のより効率のいい収入について算盤《そろばん》をはじいているような顔つきだった。

「言っておくが、ガセネタで五万円を稼ごうなどという気は起こすな」

彼はあわててもう一度うなずいた。

私は連絡のための名刺を五十嵐に渡し、彼の事務所と自宅の電話番号を訊いて手帳に控えた。

37

私は食事をすませて、二時に事務所に戻った。翌日には何を食べたか思い出せないようなたぐいの昼食だった。電話応答サービスに電話を入れてみたが、男のオペレーターが愛想のない声で連絡は何も入っていないと答えた。北朝鮮（朝鮮民主主義人民共和国）が〝NPT（核拡散防止条約）〟から脱退する声明を発表したという新聞の一面の記事をながめているとデスクの上の電話が鳴った。こんどの仕事ではあちこちで名刺を渡してきていたので、誰からの電話か見当もつかずに受話器を取った。

「渡辺探偵事務所の、沢崎さんですか」

かすかに聞き憶えのある声だったが、誰だかわからなかった。私はそうだと答えた。

「私は東京医大の脳外科の医師で、粟津《あわづ》といいます」

魚住彰を救急車で運びこんだ夜に会った、四十代の口ひげを生やした担当医のようだった。

「突然で申しわけありませんが、患者の魚住彰さんのことでお話ししたいことがありますので、なるべく早く病院のほうへきていただけませんか」

「うかがいます」と、私は答えた。

「事務所は西新宿にあると聞きましたが、今日これからでも構いませんか」

私は構わないと答えた。

「三時に、五階の職員食堂の入口で待っています。私は白衣の胸に名札をつけているんですが——」

「あの夜魚住の手術をされた、ひげのある先生ですか」

「そうですが？」

「あのとき会っているので、わかります」

「そうでしたか……では三時に」

私たちは電話を切った。魚住のその後の容体を訊いておきたかったが、いずれにしても一時間後にはわかるはずだった。


私は病院に着くと、エレベーターでまっすぐ五階まで上がった。三階の外科病棟は通過したので、魚住の付き添いや見舞い客の誰かがいたとしても、顔を合わせることはなかった。職員専用の食堂の入口のところで、粟津医師は私を待っていた。右手で二枚の黄色いプラスチックのチップのようなものを弄《もてあそ》んでいた。

「あなたでしたか……確か、患者と一緒に救急車でおみえになったんでしたね。コーヒーでいいですか」

私はうなずいて、粟津と一緒に職員食堂に入った。入口に、正しくは職員兼学生食堂と書かれていた。彼は顔見知りの医師や看護婦と挨拶を交わしながら、食堂の奥の周囲にあまり人影のないところに私を案内した。

私たちが腰をおろすとすぐに、少し離れたところにいた職員たちの中から、まだ高校生ぐらいにしか見えない年若い看護婦が席を立って近づいてきた。

「ご注文は――」と、彼女は訊きかけて粟津の手の黄色いチップに気づいた。「コーヒーですか。わたし、持ってきますから」

粟津は礼を言って、食券代わりのチップを渡した。彼女はセルフ・サービスのカウンターのほうへ去った。

あの夜会ったときは、粟津医師の顔は手術の時に着用する帽子やあごに掛けたマスクなどで半ば隠れていた。それに彼を魚住の生命を預ける頼みの綱だと思う気持が強くて、手術にふさわしい年配の医者と思いたかったのだろうが、実際はまだ三十代の後半ぐらいの年齢だった。

「魚住さんの経過は大変良好です」と、粟津は言った。痩《や》せた身体に似合わない太くて自信に満ちた声だった。

年若い医者にありがちな、医学以外のこと、あるいは大学までの授業で学んだこと以外は何一つ知らないのではないかと不安になるような純粋培養の腺病質《せんびょうしつ》タイプの男ではなかった。お仕着せの白衣を着ていなければ、どちらかというと有機栽培の野菜を作っているか、売れない陶芸品を焼いているような土の匂いを感じさせる男だった。テーブルの上で組んだ両手は節太く頑丈そうで、しかも動作は滑らかだった。この手なら魚住彰の頭を切り開いて元通りに治療できそうに見えた。

「彼の身体は時間をかければ完全にもとの状態に復帰するでしょう……気になるのは彼の精神状態です」

「彼の記憶に障害があるということですか」

「いや、そうではなくて……」彼は言い淀んだ。

「付き添っていた藤崎さんの話では、多少意識が混乱しているということだったが」

「われわれも昨夜まではそういうふうに診断していたのです。彼の恢復が非常に早いので、今日術後初めての本格的な問診《もんしん》を実施したのです。それによれば、彼の意識は完全に戻っていて、しかも記憶もほとんど損なわれていないようです」

「ほう……？」

看護婦がコーヒーを運んできてくれたので、私たちが礼を言うあいだ会話はわずかに中断した。

「普通は、被害が最少の場合でも、〝逆行性健忘症《ぎゃっこうせいけんぼうしょう》〟といって、事故に遭った直前の記憶がはっきりしないことが多いのですが、彼の場合はどうやら何もかもはっきり憶えているようですね」粟津はコーヒーに入れたミルクを掻き混ぜながら言った。

「それは、良くないことですか」

「とんでもない。こんな結構なことはありませんよ」

彼はコーヒーを一口飲んで続けた。「ま、しかし頭部強打の後遺症としては、術後一定の期間をおいてからあらわれるものもありますから楽観は許されませんが、現段階で意識にも記憶にも何の損傷もないということは、あれほどの被害と手術の結果としては、最良の状態と言っていいでしょう」

私は少し安心した。「……すると、いったい何が問題なのです？」

「つまり、彼が昨夜までは意識的に自分の病状を悪く見せていたように思われるということです。意識的に意識が混濁しているように振る舞っていたらしいということです。それが気になるのです」

「なるほど」

「普通は、あの状態の患者は、言わば母親にすがる子供のようなもので、われわれに頼りきりになり、そんな駈け引きのようなことをする余裕なんかないものです。むしろ、病状がそんなに悪くないことを自分にもわれわれにも証明したがるもので、こちらが彼の記憶について訊ねれば、一所懸命に思い出して憶えていることは何でも答えようとするものなのです。それが時には行き過ぎて、実際には体験していない嘘の記憶まで喋ってしまうような、結果として意識混濁や記憶錯誤を自分から露呈してしまうような症状も起こったりするんです」

「彼は記憶があるのに、何故それをなくしたようなふりをしたのですか」

「そのあたりの事情をあなたに聞けるかもしれない、と思ったんですが」

私はコーヒーを飲んだ。どこにも灰皿がないのでタバコを喫うのは諦めた。

「何故、私にですか。先生は事故の夜に私と会っていることを忘れておられたようだが、その私にどうして連絡が取れたのですか」

「患者の希望があったからです。魚住さんはきょうの問診で、自分の意識も記憶も正常であることを訴えた上で、あなたに大至急会わせてもらいたいと言ったのです。あなた以外の誰とも会いたくないとも。しかし……」

「しかし、警察からの要請があるので、それを躊躇《ちゆうちよ》しているというわけですね。相手は新宿署の垂水刑事ですか」

「そうです。あの刑事さんをご存知ですか」

私はうなずいた。「私たちはお互いに相手の捜査や調査の邪魔はせず、事件については協力し合うということになっています」

「あの刑事さんから「患者から事情聴取ができるようになったら直《ただ》ちに連絡してもらいたい。われわれとの面接の前に、父親以外の人間には誰も会わせないように」と言われているんですよ」

「警察としては当然の要請でしょう。しかし、法的には魚住彰はあの傷害事件の単なる被害者にすぎない。逮捕されているわけでもないし、訴追《そつい》されているわけでもない。今の段階ではまだ事件の被害者あるいは参考人として召喚もされていないはずです。だから、彼は自分の会いたい人間に誰に遠慮もなく会える。医学的に彼の治療に支障がないという先生の許可が出さえすれば」

「それは、その通りでしょうが……」

「会って話すことはできるんですね？」

「ええ、ま、五分か十分程度なら。しかし、患者にショックを与えるような話題はもちろん厳禁です」

「彼の希望を叶えてやるほうが彼の気持を安静にすることになって、より治療に専念できるのではありませんか」

粟津は苦笑した。「そう言えなくもないですが……」

「これは自分の都合ばかりで言っているわけではない。私からも先生に話しておきたいことがあるのです」

私は粟津が真顔に戻るのを待って続けた。

「魚住彰が襲われた理由は、彼が私に依頼したある調査にあると思われるからです。彼が普通の患者とは違った態度を取って、先生たちを困惑させていることも、それと無関係ではないと思われるからです」

私は少し時間をかけて、この十一年間の魚住彰に関する事件のあらましを粟津に話して聞かせた。具体的に関係者の名前を出す必要はなかった。具体的に話しては支障のある事柄については、事件の筋道が理解できる程度に抑えて話した。私はぬるくなったコーヒーの残りを飲み干してから言った。

「魚住彰が事故に遭う直前に置かれていた状況はそういうものだったのです。だから、彼は自分の怪我のことよりも、私の調査結果のほうが気になって仕方がないのだと思う」

「……そうかもしれませんね。では、現在までのあなたの調査の結果を患者に知らせても、彼にひどいショックを与えることや、あるいは彼を極端に失望させてしまうようなことはないと、断言できますね？」

「たぶん……それと、先生にもすでにおわかりのはずだが、この調査の行方が魚住彰と私の抱いている疑惑のほうへもっと近づけば——つまり、彼の姉の死が自殺ではなかったということになれば、彼が誰かに命を狙われているという危険な状況は依然として続いているということです」

「そうなりますね」

「私たちの調査を阻《はば》もうとしている人間の行動は、今後さらにもっと予測のつかないものになるかもしれない」

「それは、どういうことですか」

「例えば、彼の姉の事件に関して何か手掛りや情報を持っている人物がどこかにいるとすれば、その人物と私が接触することで、事件の真相が明らかになるかもしれない。もしそういうことがあるとすれば、魚住を襲った誰かにとっては、その人物も排除しなければならない危険な存在になるということです。しかも、その人物は自分がそんな立場にいることなどまったく知らないでいるおそれもある」

「……なるほど。それは大変なことですね」

「だから、私は彼に会って、警察の事情聴取を受けるようにすすめたいのです。彼は十一年前の事件との関わりを警察に説明し、然るべき捜査体制を取ってもらうように要請しなければならない。しかし、依頼人である彼の許可を取らずに、私の独断でそれを警察に通報することはできないのです」

魚住彰は病院の三階の〝集中治療室〟に隣接する小部屋の一つに収容されていた。粟津医師に案内されて集中治療室を横断するときに、今にも死にそうな呻《うめ》き声をあげている何人かの患者のベッドのそばを通らねばならなかった。粟津は小部屋の入口で、比較的経過がよくて、夜間あの呻き声で眠れないぐらいに恢復している患者がここに収容されている、と説明してくれた。

その小部屋には四つのベッドがあった。そのうちの二つが仕切りの白いカーテンで囲われていて、残りの二つのベッドはあいていた。魚住は左側の奥のベッドにいた。その仕切りのカーテンに近づきながら、粟津はもう一つのカーテンのほうを指差して、向こうの患者はまだ話を聞けるような状態ではないから、気にすることはないと言った。

粟津はカーテンを開けて、私を中に入れた。彼はベッドに横になっている魚住が私に気づいたことを確認し、窓際の壁に立て掛けてあった折り畳み椅子を私に渡してから、カーテンの外に出た。

「十分間だけですよ」と、彼は言い、カーテンを閉めて立ち去った。

私は適当な位置に椅子を置いて、腰をおろした。

「すいません」と、魚住は謝った。少し声がかすれて、寝ている人間特有の身体の奥のほうから発するような低い声だった。謝っているのは、私を呼んだことなのか、私に依頼した調査のことなのか、自分が襲われて負傷したことなのかわからなかった。そのすべてのようでもあった。藤崎が言った顔の腫れはすでにかなりひいていたが、頭部を包んだ白い繃帯《ほうたい》と同じようにまだ蒼白かった。

「死に損なった気分はどうだ？」と、私は訊いた。

「久しぶりに、気持のいい午後って感じですよ……今が午後なら、ですが」

私はうなずいた。「もうすぐ四時になる。時間を限られているから、頼まれた調査のことから話そう」

「お願いします」と、彼は言った。

私は三日間の調査のあらましを順を追って話して聞かせた。彼に預かった通帳を藤崎監督に託したこと、彼の父・魚住彪《ひょう》と接触し、病院へ連れてきたこと、市会議員の草薙一郎の協力で事件当時の警察の調書に眼を通したこと、三人の目撃証人のこと、大築流の能を代理で見学して、顧問弁護士と大築会の理事長に会ったこと、奥沢TKマンションに出入りしていたオートバイの人物のこと、夕季の叔母の新庄慶子夫妻のこと、スナック〈ダッグ・アウト〉で藤崎夫人らに会ったことなどをなるべく簡潔に話した。すでに粟津医師との約束の時間の半ばを消費していた。

「ここまでで何か気づいたことはあるか」

彼は私の調査報告によって自分の積年の疑惑が少しずつ具体的に形を成しつつあることに、やや興奮しているようだった。

「驚きました……ぼくが調べていたのでは何年かかっても、そんなふうには――」

私は彼の言葉を遮《さえぎ》って言った。「何もなければ、少し訊ねたいことがある」

「どうぞ」と、彼は答えた。

「あの夜にも訊いたことだが、襲った相手のことは依然として誰かわからないのだな？」

「そうです」と、彼は悔しそうな声で言った。「あのときあんなにぼんやりしていなければ、もっと大事な手掛りを摑めたはずなのに……」

「仕方がないさ。そのお蔭で、おれの仕事ができたようなものだ。それより、この調査が姉さんの死の真相に迫っているのだとしたら、きみの身の危険は現在でも少しもなくなっていないことはわかっているな？」

彼はうなずいた。「あなたもその危険なことに捲きこまれたことになりますね」

「おれのことはいい。それがおれの仕事だし、危険は承知の上でやっている。だがな、そういう危険が自分の身に迫っていることを知らずにいる人間がどこかにいるかもしれないということだ。つまり、あの事件の真相を解明する手掛りを持っている人間がどこかにいて、きみを襲った犯人がその手掛りを抹消するために、その人間に危害を加えるかもしれないということだ」

「そうですね。あなたの報告を聞いて、ぼくもそれが気になっていたんです。しかし、それを防ぐにはどうしたらいいんです？」

「警察がきみから事情聴取をしたがっていることは知っているな。きみが襲われたことは十一年前のあの事件に深く関わりがありそうだということを、警察にできるだけ詳しく話すことだ。依頼人であるきみの許可があれば、おれからも話すつもりだ。一人では腰の重い彼らを動かすことはできないかもしれないが、二人で話せば彼らも無視することはできなくなるだろう」

「でも……それを話すとなると、姉のことを……」

魚住彰の顔色が急に健康を取り戻したように紅潮した。光を帯びた眼が私の顔を探るように見つめていた。彼が私に会いたがった最大の理由はそれだったのだ。

私は声を低めて言った。「姉さんが八百長をしてくれと頼んできたことだな」

彼は息を詰めて、私の言葉の行方を追っていた。

「心配するな。そのことは一度もおれの口から出ていないし、誰の耳にも入っていない。あれ以来一度も」

魚住はほっと音を立てるように吐息を漏らし、紅潮していた顔がゆっくりともとに戻った。私は説得するように言った。「そのことには触れなくても、警察に事情を話すことはできるはずだ」

魚住は少し考えてから言った。「たぶん、できると思います」

「しかしな、きみは姉さんをどこまでもあの事件の被害者の立場に置きたがっているようだが、おれたちの進めている調査次第では、姉さんについてはどんな不都合な事実が浮かびあがってきてもおかしくないはずだ。そのことはわかっているだろうな」

魚住はうなずいた。しかし、口をついて出てきた言葉はそれとは違っていた。「そんなことは絶対にありません。あなたは夕季が——姉がどんな人間か知らないから」

「少しは知っているぜ。弟に八百長をそそのかした女だし、きみも知っている通り未婚で妊娠していた女だし、今ではオートバイの人物にマンションの合鍵を渡していた女だということもわかっている」

魚住はベッドの中で、私から顔をそむけた。「だからって、姉について何がわかるというんです」

私に与えられた時間は残り少なくなっていた。こんなことで口論などしている場合ではなかった。

「姉さんが八百長を頼んできたときのことを、どうしても訊いておかなければならない」

「……どうぞ」彼は顔をそむけたままで答えた。

「姉さんからの連絡はいつ、どこで入ったのだ？」

「あの試合の当日の朝、甲子園の近くのぼくたちの宿舎になっていた旅館に、電話がかかってきました」

「きみに八百長をさせるようにそそのかすように頼んだ者が誰なのか、彼女は口にしたか」

「いいえ」

「名前までは口にしなくても、そういう者が背後にいることは口にしたのではないか」

「いいえ、そういう話は出ませんでした」

「では、彼女自身がその八百長で利益を得る立場にいて、八百長をそそのかしたのは彼女本人の意志だということもありうるな」

魚住はそむけていた顔を戻し、怒りのこもった声で言った。「いったいどうして姉がそんなことで利益を得られると言うんですか。きっと誰かに強制されたに決まっているじゃありませんか」

「だが、それが誰であるかは彼女は口にしなかった？」

「ええ」

「それで、きみはどう答えたのだ？」

「ぼくは、しばらく考えて……八百長はできない、だが、相手は強豪のＰＬ学園だから、必ず負ける。だから、心配することはない、と言いました」

「そんな返事で、姉さんが納得するはずがないだろう」

「ええ、お願いだから必ず負けてくれ、と泣くようにして頼まれました」

「それで？」

「最初の言葉を繰りかえしただけです。八百長だけは絶対にできない、でも、きっと負けるから余計な心配はするな。誰かに頼まれたんだったら、ぼくはオーケーしたと答えておけばい。でも、八百長はしないと言って、電話を切りました」

「報酬の五百万円のことは？」

「姉とはそんなことは何も話していません。ぼくのバッグから札束が出てきたときだって、いくらあるのかもわからなかったぐらいですから」

「阪神タイガースがドラフトで指名してくれるという条件もあったな？」

「あんなことはスポーツ新聞が勝手に書いたことですよ。姉と電話で話したのは、さっき言ったことだけです」

背後に足音が聞こえて、カーテンが開けられた。粟津医師が看護婦を従えて顔を出した。看護婦は点滴の容器や注射器などをのせた医療用のワゴン車をカーテンの中へ入れた。

「そろそろ時間です。これ以上患者に負担をかけることはできませんから」

私は椅子から立ちあがり、魚住に言った。

「先生と相談して、警察の事情聴取をなるべく早く受けるようにしてくれ。いいな」

魚住はうなずいた。私は粟津に礼を言い、これから診療があるという彼らを残して、集中治療室を出た。

38

東京医大病院を出て、青梅街道を二百メートルほど東に歩けば新宿署に着く。私は受付のカウンターの中にいる三十代の無帽の警官に、捜査三課の垂水刑事を呼びだしてくれと頼んだ。垂水刑事は現在は署内にはいないという返事だった。私はいったん出口のほうへ向かいかけたが、もう一度受付に戻って、こんどは錦織警部を呼びだしてくれと頼んだ。受付の警官は不審な顔をして、カウンターの所定の場所から葉書大の用紙の綴りを取りだすと、私の前に置いた。

「面会票に住所と名前を記入してください」

「何故だ？」と、私は訊いた。

「そういう決まりですから」

「垂水刑事のときは、そうは言わなかった」

彼は十二指腸潰瘍でも痛みだしたように急に気分を害して、こめかみに血管を浮きあがらせた。彼らは人を咎《とが》めるのには慣れているが、咎められることには慣れていないので、自分は咎められていると感じる度合いが普通の人間より強かった。それ以外のたいていの感性は逆だったが。

「さっきもそうすべきだったんだ……しかし、まァ、うっかりしていたということだ逆だったが。

「錦織に電話を入れて、面会票が必要かどうか訊いたらどうだ？ あの男が怒るとどんなに厄介か、この署の警官なら知っているだろう」

警官は私から与えられている不愉快さと錦織から与えられるかもしれない不愉快さを秤《はか》りにかけた。こっちは今だけのことだが、あっちは一生の不作ということにもなりかねない。

彼は気に染まぬ態度をあらわにして内線電話を取り、番号をまわしながら訊いた。「あんたの名前は?」

「沢崎」と、私は答えた。

「あ、捜査課ですか。錦織警部をお願いします……そうですか。どうも」彼は電話を切り、意地悪く笑って言った。「警部はもう帰ってるよ」

警官というのはこっちが会いたいときにはおおむね不在の人種だった。土曜日だからかもしれない。少なくとも面会票を一枚節約することはできた。税金のむだ遣いを阻止したことになるのだが、取りたてて嬉しくなるほどのことではなかった。

私は新宿署を出ると、さらに新都心歩道橋までの二百メートルを歩いて、青梅街道を渡った。空にはさっきまではなかったどんよりとして湿気を孕《はら》んだ雲が広がっていた。春へ向かうのか冬へ戻るのかはっきりしない三月中旬の灰色の雲だった。

五時過ぎに西新宿の自分の事務所に戻り、電話応答サービスに電話を入れようと思っていると、電話のベルが鳴りだした。

「渡辺探偵事務所ですか」

新庄慶子の夫の新庄祐輔《ゆうすけ》の声のようだった。昨日の夜渡された名刺には、彼の名前のほかに〈新庄美《び》工社《こうしゃ》〉という会社の名前や練馬区東大泉《ひがしおおいずみ》の住所などが印刷されていた。

「沢崎です」と、私は答えた。

「昨夜、ダッグ・アウトでお会いした新庄です。今日、これからお時間はありますか」

私はあると答えた。

「勝手を言って恐縮ですが、電話では話しにくいことなので、七時に大泉学園までご足労願えますか。仕事の都合で会社を離れられないものですから」

私はうかがうと答えた。

「場所は西武池袋線の大泉学園の南口から、そうですね、歩いて十分ちょっとのところなんですが」

「名刺の住所でいいのですか」

「そうです。車でおいでになりますか」

「そのつもりです」

「この時間だったら、たぶん環八通りを経由するのは避けたほうが賢明かもしれません……では、のちほど」

私たちは電話を切った。新庄祐輔が〝彼らには聞かれないところで、是非あなたにお話したいことがあります〟と言ったその話がどういうものか、私は推測してみようとした。だが思い浮かぶことは何もなかった。新庄という男のことはほとんど何も知らないのだった。

私は六時に事務所を出て、ブルーバードで青梅街道を西に向かった。阿佐ケ谷《あさがや》を過ぎるあたりで、小雨が降りだした。荻窪の先の四面道《しめんどう》で信号待ちをするとき、交差している環八通りの車の量がそれほどでもないことは見てわかったが、新庄の忠告に従って青梅街道をそのまま走り続けた。雨はひどくもならずやみもせず降り続けて、あたりは少し暗くなりはじめていた。あらかじめ道路地図で調べておいた〝桃井《ももい》四丁目〟の信号で右折して、北へ向かった。西武新宿線を越えたところで、杉並区から練馬区に入る。〈石神井《しゃくじい》公園〉の池のそばを抜け、〈石神井中学校〉の角を左折し、〝西武車庫前〟のバス停の二叉路を右折し、〝富士街道北〟の信号を右折すると、目標にしていた〈大泉南小学校〉の前に出た。

それからは電柱などに表示された数字と地図を照合しながら徐行運転して行った。間もなく雑木林と造成地に挟まれた二階建の建物に〝新庄美工社〟のペンキ塗りの看板を見つけた。道路の向かい側には自動車修理工場の廃品置き場が広がっていた。このあたりは西武池袋線と西武新宿線のちょうど中間地点で、開発の波もやや足踏み状態のようだった。

白いモルタル塗りの建物は二階のほうにだけ明かりがついていた。建物の前に車四台分ぐらいの駐車スペースがあり、金茶色のローレルと薄汚れた白い小型トラックが停まっていた。私はブルーバードをトラックの隣りに停めて、車を降りた。トラックの車体に黒のペンキで書かれた新庄美工社の文字が半ば剝げかけていた。雨は相変わらず降り続いていたが、傘が必要なほどではなかった。気温が急に下がったようで、外気が肌に冷たく感じられた。

一階の正面入口のシャッターはおりていて、その脇に材木の切れ端や壊れたプラスチック製の看板やペンキの空き缶などのゴミが積んであった。暗いのでよくわからないが、一階はおそらく作業場になっているのだろう。私は建物の左側にある鉄骨製の外階段を上がって、明かりのついた二階の事務所へ向かった。

社名の入った磨りガラスのドアを開けて、事務所の中に入ったが、誰もいなかった。

「ごめんください」と、私は声をかけた。

返事はなかった。L字形になったカウンターの内側に、無人の事務机が整然と四つ並んでいるだけだった。カウンターの上にうっすらと積もった埃りを見ただけで、この会社が正常には機能していないことがわかった。カウンターの前の通路の先に、ドアに〝応接室〟という表示のある部屋があった。その隣りの一番奥まった部屋にはドアに〝社長室〟という表示が出ていた。社長室のドアは少し開いていて、部屋の中に明かりがついているのが見えた。

「新庄さん」と、私は呼んだ。

やはり返事がなかった。新庄との約束の七時までまだ数分あった。私は背後の窓際に来客用のベンチと灰皿があるのを見つけたので、タバコを喫いながら少し待ってみることにした。ポケットのタバコを探りながらベンチのほうへ向かいかけたとき、一階のシャッターを上げるような物音が響いた。私は一階の作業場にいた新庄が間もなく階段を上がってくるだろうと思って、出しかけたタバコをポケットに戻した。それから三十秒がたち、さらに一分近く待ったが、誰も階段を上がってくる者などいなかった。澄ましている耳に、かすかな呻き声が聴こえた。

私は振りかえって室内を見渡し、さらにカウンターに近づいて事務所の内部をのぞきこんだ。だが、さっきから私の体内にしきりにアドレナリンを分泌させているものの元凶は何も見つからなかった。

「誰かいるのか」

しばらく静寂があって、もう一度呻き声がした。さっきよりはっきりした声だった。事務所の奥のほうから聴こえてきたのは確かだった。私はカウンターの前の通路を応接室の前まで行って、そのドアを開けた。部屋の中は暗かった。手さぐりで部屋の内側の壁を探ると、明かりのスイッチを見つけて押しあげた。室内が明るくなって、部屋の中央の応接セットや壁際のスチール製の資料棚などが浮かびあがった。誰かがいるような様子はなかった。

また、呻き声がした。弱々しい溜め息のような声だったが、奥の社長室から聴こえてきたのは間違いなかった。私はカウンターの途切れたところから内側に入って、真っすぐ社長室へ向かった。二十センチほど開いているドアの隙間から内部をのぞきこんだが、そこから見える範囲では呻き声の主《ぬし》の姿は見えなかった。

「誰かいるのか」と、私は繰りかえした。

私の問いに応えるように、言葉にならない短い唸《うな》り声が返ってきた。私はドアを大きく開けて室内に入った。ドアの蔭からの不意打ちのようなものを想定して、私は無意識のうちに身構えていたが、無用だった。室内には私に危害を加えそうな人影はなかった。窓の前の大型のデスクや中央の接客用の応接セットや左手の壁際の製図台などをすばやく見まわしたが、誰もいなかった。

「く、苦しい……助けてくれ」

呻き声の主は社長のデスクと応接セットのあいだにうつ伏せに倒れていた。

私はその男に駈け寄って、上半身を助け起こした。男は新庄祐輔だった。昨夜と同じグリーンのチェックのジャンパー姿だったので、すぐに見分けがついた。左眼の上の眉のあたりに赤黒く変色した打撲傷があり、首のまわりに巻かれた荷物用の麻のロープを苦しそうにもがきながら、必死にはずそうとしていた。私はすばやくロープを緩めて取り去った。首を絞められた痕が赤紫色になって残っていた。皮膚の一部には麻のロープによる擦過傷《さっかしょう》があった。新庄は欠乏した酸素を補うようにあわてて大きく息を吸いこもうとしたが、かえって苦しそうに咳きこんでしまった。

「誰の仕業だ？」と、私は訊いた。

新庄は喉をぜいぜい鳴らしながら、涙の溜った眼で私のほうを見ていたが、その眼の焦点は合っていなかった。彼は自分で身体を少しずつずらして、背中を応接セットのソファに預けた。左眼の上の打撲傷が腫れはじめていて、冷やしたほうがよさそうだった。それよりもまず救急車を呼ぶべきだった。だが、その前に確かめておきたいことがあった。

「誰にやられたんだ？」と、私は繰りかえし訊いた。

新庄は私の質問の意味を理解するのに数秒かかり、それからゆっくり首を横に振った。だが、すぐに眩暈《めまい》に襲われて頭を両手で抱えこんだ。

「わ、わからない……知らない男で……初めて会った男だった」彼の声は首を絞められたせいか別人のように嗄《しやが》れていた。

「私が誰だかわかるか」

新庄は両手の中から自分の顔を起こすのに大変な労力と時間をかけねばならなかった。

「あんたは、探偵の……えーっと、名前は確か、沢崎さんだ」

私は新庄のそばから立ちあがり、デスクの上の電話に手を伸ばした。

「救急車を呼ぶ。そのまま、じっとしているんだ」

「大丈夫だ。そんな必要はない……しばらく、休んでいたら、気分も治ると思う……」

「馬鹿な。自分の様子を鏡で見たら、そんなことは言っていられないはずだ」

私は〝１１９〟をダイヤルして、救急車を頼んだ。新庄祐輔の名前と会社の住所を告げ、怪我の状況を問われるままに簡略に説明してから、電話を切った。

「少し休めば、自分で病院へ行けるんだが……」

新庄は喉が痛いのか自分の首をしきりに撫《な》でていた。

「どういう状況で襲われたのか、憶えているか」

「ああ……あんたを待っていて、確か、六時四十分ごろに、トイレに行ったんだ……ここへ戻ってきたとき、入口のドアの蔭に隠れていた男が、いきなりスパナのようなものを振り挙げて、殴りかかってきた……こっちは必死で避けようとしたんだが……」

「左眼の上の傷がそれか」

新庄はうなずいた。「それで床に倒れた……それから馬乗りになってくるその男と取っ組み合いをしながら、部屋中を暴れまわっているうちに、その男がいつの間にかロープを手にしていて、私の首に掛けたんだ……抵抗できるだけはしたが、結局は呼吸が苦しくなって、きっと意識を失ったんだろう……そのときは、殺されてしまうに違いないと覚悟したよ」

「男の顔は見たんだな？」

「……見た」

「知らない男だったのか」

「そう、一度も会ったことのない男だった」

「どんな男だった？」

「とっさのことだったから……あまりはっきりしたことはわからない」

「年齢はどうだ？」

「たぶん、四十代ぐらいで……あんたと同じぐらいの年齢だったと思う」

「体格は？」

「それも、たぶん、あんたと同じぐらいだった」

私は苦笑した。だが笑っている場合ではなかった。今この瞬間にここに警官が同席していれば、私の両手に手錠が掛けられることになりかねない状況だった。

私は慎重に訊いた。「しかし、私ではなかった？」

「えッ？　ああ、もちろんだよ。その男は口のまわりに濃いひげを生やしていた」

「それが付けひげだったとして、それを取り去っても、私とは違う？」

「顔がまるきり違う。もっと色が黒くて、いかつい顔つきの男だった。あんたじゃなかったことは確かだ」

私はさっき耳にした一階のシャッターの音を思い出して訊いた。「ここは、事務所の中から一階に降りる方法があるのか」

「ああ、入口の突き当たりにあるトイレの横に非常階段があるよ」

新庄を襲った男はそこから一階に降りて、私が二階に上がった隙《すき》に、シャッターを上げて逃走したのかもしれなかった。あの音を耳にしたとき、外階段に出て確かめてみるべきだった。

「私が何故ここにいるのかわかるか。電話で、七時にここで会う約束をしたことは憶えているか」

新庄は右手で喉の下あたりを抑え、胸苦《むなぐる》しいような表情を浮かべた。「そうだったかな？　確か、昨日の夜、藤崎君のスナックで、あんたに会った」

「そうだ。そして別れ際に、私に話したいことがある、と言ったんだ」

「そうか……あんたがそう言うのなら、きっとそうに違いない」

「その話というのは何だ？」

「それなんだが……」

新庄はソファに腕をかけ、無理に立ちあがろうとして、また眩暈《めまい》に襲われた。かろうじてソファに倒れこむように腰をおろしたが、こんどは吐き気が彼を襲った。手を口に運ぶ暇もなく、胃の中のものを自分の膝の上にぶちまけた。そして、意識をなくしたようにソファに倒れこんだ。私は彼が吐瀉物《としゃぶつ》を喉に詰まらせたりしないように、横向きに寝かせた。靴を脱がせて両足をソファの上にのせた。これ以上、彼に質問をすることは危険だった。

私はデスクの電話に戻って〝110〟をダイヤルした。すぐに所轄《しょかつ》の警官が応えた。私は事件を通報し、その現場を教えて、電話を切った。

私は無性《むしょう》にタバコが喫いたくなったが、タバコの煙は新庄の傷んだ喉をさらに悪化させるだろうと思って、社長室から出た。そのとき、事務所の外の鉄骨の階段を上がってくる足音に気がついた。救急車のサイレンの音もパトカーのサイレンの音もまだ聴こえていなかった。彼らは忍び足で階段を上がったりはしない。

39

事務所のドアを開けて入ってきたのは新庄慶子だった。彼女は私がそこにいることに驚いていた。私を見た瞬間は私が誰であるか思い出せないようだった。彼女の服装は病院で初めて会ったときのような和服でもなく、昨夜のようなカジュアルなものでもなく、濃いグリーンのジャケットとスカートの仕事着だった。同系色のショルダーバッグを肩に掛けていた。私が誰であるか思い出しても、彼女の顔に浮かんでいる不審そうな表情は消えなかった。

「新庄はいるんでしょうか」と、彼女は訊いた。しかし、彼女の顔には《どうして、あなたがここにいるのですか》と訊いているような表情が浮かんでいた。彼女は自分の夫がここで私と会う約束をしたことを知らなかったということだ。

《彼らには聞かれないところで、是非あなたにお話ししたいことがあります》新庄は昨夜私にそう言った。〝彼ら〟には自分の妻も含まれていたのだろうか。

彼女はカウンターの中に入ってくると、私の背後の明かりのついた社長室を気にしながら、私のほうへ近づいてきた。

私は彼女と社長室のドアのあいだに立って言った。

「ご主人は社長室にいます。だが、中に入る前に心を落ち着けて聞いてもらいたい。彼は誰かに襲われて、かなりの怪我をしています」

「えッ!? ほんとですか！　主人は大丈夫ですか」

「命にかかわるようなことはないでしょう。救急車を呼んだので、間もなく着くはずだ」

私が道をあけると、新庄慶子は取り乱したような急ぎ足で社長室に駆けこんだ。私もあとを追った。彼女は夫のいるソファのそばまで駆け寄ったが、安静に横になっている夫を見ると、そっとしておくだけの分別があった。だが、腫れあがっている左眼の上の傷に気づいてたじろいだ。

「いったい、誰がこんなことを!?」

「ご主人は知らない男だったと言っている」

「いつですか、こんな目に遭ったのは」

「正確にはわからないが、私が七時の約束でここに着いたときは、すでに襲われたあとだった。しかし、そんなに時間はたっていなかったはずだ」

新庄祐輔が私たちの声で眼を覚まし、薄目を開けて、上半身を起こそうとした。

「駄目よ、そのままじっとしていて。救急車がすぐにくるから」

新庄は妻に気づいた。「おまえか……しばらく横になっていれば大丈夫だと思うよ……でも、ちょっと寒いな」

「いいわ、ちょっと待って」

新庄慶子はショルダーバッグをテーブルの上に置き、部屋の左手の壁際にある製図台の蔭になった造り付けのロッカーのところへ行った。膝掛けのようなチェック模様の毛布を取ってきて、夫の身体に掛けてやった。

「額の傷を冷やしたほうがいいかもしれない」と、私は言った。

「そうですわね」彼女は私の脇を通って急いで部屋を出ると、事務所を通り抜けて、出入口の向かい側のトイレのあるドアを入って行った。すぐに、濡らしたタオルを持って戻ってくると、それを新庄の額の傷にそっとのせた。新庄はその瞬間は小さな呻き声を漏らしたが、すぐに気持良さそうに自分の手でタオルを額に押しつけた。

「あなたも、ここでご主人に会う予定だったのですか」

「いいえ。今日は鷺宮《さぎのみや》の自宅のほうにいると思っていたので、午後から何度も電話していたんです。税金の申告のことで今日中に話しておかないといけないことがあったものですから……でも電話には出ないし、ほかにも二、三心当たりのところに連絡してもいないので、心配していたんです。わたしは保谷《ほうや》の染色工場に出張しての帰りで、ひょっとしたらここにいるかと思って寄ってみたら、案の定事務所に明かりがついていたので、上がってきたんです。寄ってみてよかったですわ。まさかこんな目に遭ってるなんて思いもしませんでした」

「ご主人はいつもここで仕事をしているわけではないのですか」

「ええ、美工社のほうは去年いっぱいで閉めたんです。従業員を減らしながら頑張っていたんですが、だんだん不況が深刻になって、こういう小さな宣伝関係の美術やデザインの仕事は厳しくなっているんです。主人はもともと映画の〝美術〟が本職で、七年ほど前に副業としてこの会社を作ったんですけど、思ったようにはうまく行きませんでした」

救急車のサイレンの音が遠くから聴こえてきた。少し遅れて新庄慶子もその音に気づき、身体をこわばらせた。その不気味な響きがあらためて夫の遭遇した災厄を彼女に思い出させたようだった。

「これは、あの、彰さんが襲われたことと関係があるんでしょうか」

「まだわからないが、その可能性もありますね」

「こんなことが、いつまで続くんでしょうか」

彼女の声に魚住彰や私に対する非難の気持が籠もっているようだった。こんな場合には当然の反応だった。

「私の依頼人が動かした石の下のどこかに、もしあの事件の真相が隠されているとしたら、それが明らかになるまで続くでしょう。あるいは、それを明らかにしたいと思う人間が諦めるまで」

「それはどうしても明らかにしなければならないことなんですの？」

「私にはそれに答える資格はない。依頼人に雇われている身ですからね。しかし、事件はもう私たちだけの問題ではなくなっている。たとえ私たちがそれから眼をそらそうとしても、警察がそうはさせてくれないでしょう」

近づいてくる救急車のサイレンの音に、もう一つ別のサイレンの音が加わった。

「沢崎さん、さっき主人と七時に約束なさったとおっしゃっていたようですけど、どうしてここに？」

「彼が私に話したいことがあると言って、電話をくれたのです。あなたはそのことをご主人から聞かれてはいなかったのですね」

「ええ、存じませんでした。主人は何を話したのでしょうか」

「いや、こんな状態だったので、まだ何もうかがってはいないのです。一時的なものだと思うが、ご主人は頭を殴られたショックでそのあたりの記憶がはっきりしないようだった。あなたは、彼が話そうとしていたことに何か心当たりはありませんか」

「いいえ、何も。主人は私の夫というだけで、十一年前のあの事件には何も関わりのない人ですから……だと、思っていましたから……」彼女は急に確信がなくなったように付け加えた。

サイレンの音が近くなったので、私は社長室を出て、事務所の入口に向かった。ドアを開けて外階段の踊り場に出ると、救急車が富士街道のほうから近づいてくるのが見えた。〝新庄美工社〟の看板を見つけたようで、スピードを落としながら接近していた。救急車のすぐ後ろに、警察のパトカーが続いているのが見えた。さらに二十メートルほど後方から、同じように回転灯を点滅させている覆面パトカーが続いていた。三台の車はあらかじめリハーサルをしていたようにきちんと整列して、美工社の前の道路に停止した。

雨は相変わらずの状態で降り続けており、三つの回転灯の光線が雨滴に反射してきらきら光っていた。通りかかった二人の通行人の顔にも赤い光が反射して、彼らが今まさに野次馬という別の生き物に変身するところを見ることができた。〝他人《ひと》の不幸〟という見世物で、階段の上の男がどんな役割を演じているのか見極めようとするように、彼らは立ちどまってこちらを見上げた。

新庄美工社の二階の事務所は救急隊員と警官にほぼ占領されてしまった。新庄祐輔を診察した救急隊員は、絞められた頸部の損傷は数日痛みが遺《のこ》ることはあっても大したことはないと言い、心配なのはむしろ左眼の上の打撲傷のほうだと言った。両方の応急の手当てをすませると、警察の事情聴取が終わった段階で、近くの病院で頭部の検査のためにレントゲン写真を撮る予定だと言った。

救急隊は石神井《しゃくじい》消防署から、警察は石神井警察署からの出動だった。石神井署の土方《ひじかた》部長刑事が捜査の指揮を取っていた。三十代後半のあまり刑事らしくないもの言いをする男で、看板屋の元社長が襲われた事件より、明日から始まる大相撲の春場所のことのほうが気になっている様子だった。年配の制服警官に、新横綱・曙が初日に小結・琴錦と顔を合わせると聞くと、琴錦が曙に勝つためにはこれしかないという取り口を実演つきで細かく説明していた。

「それで、何か盗まれたものはありますか」

土方刑事は、新庄を襲った男が顔見知りの人間ではなかったことを確認すると、事件を物盗りないし居直り強盗の線で考えている口振りで訊いた。

新庄がソファに横になったまま、ここには現金は置いていないと答え、新庄慶子が金目のものは一階の作業場の各種の工具類を除けば何もないはずだと付け加えた。一階の作業場は制服警官の一人がすでに調査済みで、シャッターが開いていた以外にはとくに荒らされた形跡もないことが判明していた。

第一発見者でもあり、事件の通報者である私は、七時に新庄と会う約束があってここを訪問したと述べると、新庄の仕事の関係者と見られたようだった。土方刑事は私の住所氏名を訊き、ここへ着いてからの一部始終を訊いた。私の供述はすべて新庄の同意のもとで行われたので、土方たちが私に対して何らかの疑いを抱いているようには見えなかった。だが、刑事たちのそういう態度ぐらい当てにならないものはないのだった。

新庄祐輔が頭痛を訴えたので、土方刑事は詳しい事情聴取は明日以降にあらためて行うことにし、救急隊員が被害者を病院に連れて行くことに同意した。近くの石神井台にある〈倉《くら》成《なり》外科病院〉と連絡が取れて、すでに受け入れ態勢が整っているということだった。救急車は妻の新庄慶子を同乗させてすぐに出発した。さらにパトカーの制服警官たちが少し前に連絡が入った西武池袋線での踏み切り事故の現場に移動してしまうと、新庄美工社の事務所に残っているのは、土方刑事と彼の同僚の鳥越《とりごえ》という刑事と私だけになった。

「新宿署の垂水刑事に連絡を取ってもらいたい」と、私は土方刑事に言った。

二人の刑事は警官特有の目配せを交わした。

「どういうことなのか説明してください」と、土方刑事がはめていた白い手袋をはずしながら言った。「まさか、その垂水という刑事がお友だちなので、時候の挨拶でもしようと言うんじゃないでしょうな」

土方より年長の部下らしい鳥越刑事が不快さを露骨に顔に表して言った。「言っとくけど、何か後ろ暗いことがあるんだったら、知り合いの刑事なんか呼んだって何の役にも立たないよ」

彼の表情から推測すると、言葉とは裏腹に、こんなときに刑事の友だちがいることはかなり役に立ちそうな気配だった。

「そういうことじゃない」と、私は言った。「三日前の今週の水曜日に、新宿署の所轄で魚住彰という青年が何者かに襲われて重傷を負っている。垂水刑事はその事件の担当者なんだ。私はその被害者の魚住彰に雇われて、ある調査をしている探偵だ。その事件に関わりがありそうなことについては、私は垂水刑事の捜査に協力するように要請されている。今夜ここで襲われた新庄祐輔は、魚住彰の義理の母親の前夫の妹の夫に当たる――つまり、さっき会った被害者の奥さんの新庄慶子は魚住彰の義理の叔母に当たるわけだ。新庄祐輔は新宿の事件の関係者の一人だと言える。だから、この事件のことは新宿署の垂水刑事も耳に入れておきたいはずなんだ」

「なるほど、そういうことですか」土方はもとの穏やかな顔に戻って言った。「この四日間に二件の傷害事件が起こって、その二つにつながりがあるというんですね？」

「つながりがある可能性はある」

「二つの事件の犯人が同じだということですか」

「その可能性もある。さらにもっと重要なことは、二つの事件の犯人も動機もまだ明らかになっていない以上、第三の事件が起こらないとは限らないということだ」

「いいでしょう。すぐに連絡を取ってみましょう」

土方刑事は鳥越刑事に石神井署の上司を電話で呼びだすように頼んだ。その上司が電話に出ると受話器を受けとって、捜査の状況を簡略に報告したあと、私からの要請について説明した。

「そういうわけですから、新宿署で関連事件を扱っている垂水という担当者と連絡を取ってもらって、こちらに電話をくれるように指示してもらえますか」

土方は手帳に控えておいた新庄美工社の電話番号を告げてから、電話を切った。

私が夕方新宿署に寄ったときは、垂水刑事は外出していたので、スムーズに連絡が取れるかどうかわからなかった。鳥越刑事が〝探偵〟といううめずらしい生き物に初めて会った人間がしないではいられない、二、三の質問をして、私がそれに当たり障りのない返事をしていると、社長室の外の事務所で電話のベルが鳴った。土方刑事は社長室のデスクの電話の切り替えボタンを押して、受話器を取った。初めて口をきき合う刑事同士の挨拶に三十秒を要した。

「うちの課長から話は聞かれましたね……そうですか。では、沢崎という探偵さんをご存知なんですね」

土方刑事はしばらく垂水刑事の話を聴いていた。

「そうです。彼が言うには、今夜の一件がそちらの傷害事件と関連があるのではないかと……ええ、本人もここにいます……そうですね……いや、こちらはまだ被害者からの本格的な事情聴取もこれからという段階です……犯行の時間はおそらく六時半から七時までのあいだでしょう。それは間違いないと思います……現場は幸いあまり人家のない区域ですから、その点はあまり問題はないでしょう……ええ、それはお約束できます……うかがいましょう」

土方は相手の話に耳を傾けていた。

「えッ⁉ そうですか」彼はかなり驚いたような声を出した。「それは、どうもご苦労さまでした……いや、何しろお宅とこちらでは事件の発生件数が違いますから、お察ししますよ……ええ、こちらの捜査の経過も逐一報告しましょう……諒解しました。それでは、ちょっと待ってください」

土方は送話口の部分を握って、私のほうに受話器を差しだした。「垂水刑事があんたに話があるそうです」

私は受話器を受けとった。土方たちに背を向けるような恰好で、デスクの左手にある製図台のほうへ二、三歩近づいた。

「沢崎だが、電話を替わった」

「魚住彰の叔母の、えーっと名前は――」

「新庄慶子だ」

「そうだった。彼女の亭主が襲われたそうだな？」

「そうだ」

「何故その新庄という男に会ったのかね？」

「私の調査に関して、彼のほうから話したいことがあると言ってきたのだ。時間を約束して訪ねてみると、すでに襲われたあとだった」

「調査というのは、十一年前の魚住彰の姉の自殺のことだな」

「ほう、魚住からの事情聴取をすませたのか」

「三十分前に東京医大病院から戻ってきたばかりだ。十一年前の事件のことは、彼から聞いた」

「もう少し早く事情を話して、然るべき手を打っておかなければならなかった。魚住を襲った犯人が、こちらの新庄祐輔も襲ったのだとしたら――」

「いや、そんなことはありえないだろう」垂水刑事は自信たっぷりに言った。

「どういうことだ？」

「魚住彰を襲った犯人は、われわれがすでに逮捕していたからだ」

「何だって!?」

「いま言った通りだ。魚住を襲った男はわれわれが今日の夕方の六時には身柄《みがら》を拘束していたんだ」

「そうだな、あんたには話しても構わんだろう。岩手県出身の季節労務者で黒岩美津男《くろいわみつお》という男だ」

私は垂水刑事の話の内容を理解するのに少し時間がかかった。眼の前の製図台には、建物の図面のようなものと、怪物の顔のようなデッサンが置いてあった。

「それは誰なんだ？」

「黒岩美津男——それはいったい何者だ？」

「四十四才のただの季節労務者だよ。今年は不況のあおりで仕事が大幅に少なかった上に、正月明けに腕にひどい怪我をして、一ト月近く働けなかったらしい。それも喧嘩沙汰による怪我だから〝労災〟はもらえなかった。もともと酒癖が悪く、傷害事件で何度か逮捕歴のある男なんだ。魚住彰が襲われた事件の前に、相次いで三件ばかり似たような傷害事件が新宿界隈で起こっていたんだが、そのうちの一件の被害者が襲われる直前に犯人の顔を見ていた。その人相が黒岩に酷似していたので、われわれはずっとマークしていたんだ。任意出頭で引っ張って取り調べると、魚住の件があるものだから、西新宿のあの一帯には近づいたこともないと嘘の証言をしたんだ。近づいたこともない人間の指紋が付いたタバコがどうして現場付近の工事現場で発見されるんだと追及すると、黒岩は案外あっさりと犯行を認めたよ」

「あのタバコか」

「そうだ。あんたが採取してきた〝バークレイ〟という名前のタバコだ。ご丁寧に、黒岩は訊問されている時もその同じタバコを喫っていた。労務者のわりにはしゃれたタバコを喫っている」

「しかし、魚住を襲った動機は何だ？」

「もちろん相手の金品を狙ってのことだ。前の三件では被害者の財布や鞄や腕時計を奪っている。魚住のときは、すぐに誰かが騒いで駈けつける音がしたので、何も盗らずに逃げたと言っている。そんなことで大した実入《みい》りがあるわけがなくて、被害総額はせいぜい四十万から五十万円というところだ」

製図台の建物の図面には〝吉良邸のセット＃2〟、怪物の顔には〝ヒロインの寝室の天井に浮かぶ怨霊〟と書かれていた。新庄祐輔の本業は映画の美術係だと言った新庄慶子の言葉を私は思い出した。

垂水刑事は続けた。「黒岩のもう一つの動機は、田舎に帰る時期を過ぎても十分な稼ぎを蓄えられないことへの焦りやむしゃくしゃした気持が、無謀な犯行に走らせたということのようだ」

「魚住にもその男のことを知らせたのか」

「一応確認のために、黒岩の顔写真を見てもらった。しかし、彼は襲った男の顔は見ていないので、写真での確認は取れなかった」

「魚住の知らない男なんだな？」

「そう言っている」

「しかし、だからと言って、その男が魚住を襲った動機が単なる強盗傷害以外のものである可能性がゼロになったわけではないだろう」

「そうだな。あんたたちの調べている十一年前の事件絡みで、誰かが黒岩に魚住を襲わせた可能性がまったくないわけではないな。新庄慶子の夫が襲われたことを考慮に入れれば」

「その点の追及を忘れないでもらいたい」

「わかっている。あんたには、遺留品のタバコのことで借りがあるからな。だが念のために言っておくが、私の直感では、黒岩という男は誰かがそんな重大なことを頼む気になるような人間ではないね」

「とにかく、頼む。土方刑事に替わる」

私は受話器を土方に返した。彼らは今後の捜査の協力を確認し合い、挨拶を交わして、電話を切った。

鳥越刑事が新庄慶子から預かっているキーで新庄美工社の戸締まりをして、私たちは石神井署に移動した。私は土方刑事が取った調書に署名したあと、お互いの調査でわかったことがあれば協力するという約束をさせられた。それから、彼と一緒に石神井台の倉成外科病院に移動した。

二階の病室の外のベンチに坐っていた新庄慶子に様子を訊ねると、新庄祐輔の頭の打撲傷はレントゲン撮影の結果、脳や骨には何も異常はないということだった。新庄は用心のために今夜一晩は入院することになり、すでに鎮静剤を与えられて眠っているということだった。私たちはそのまま引きあげることにした。土方は被害者の妻に明朝あらためて事情聴取にうかがうと言い、私は彼が話せるように恢復したら連絡してもらうように頼んだ。

雨は相変わらずひどくもならずやみもせず降り続いて、十時少し前に新宿に着くまで、ブルーバードのエンジンは大事なネジが一つはずれているような不快な不協和音を奏《かな》でていた。今度の事件の〝口火〟となった魚住彰の傷害事件が、思わぬ展開――むしろ意外な結末と言うべきか――を見せたので、私の頭の中でも大事なネジが一つなくなってしまったような不快な不協和音が鳴り響いていた。

40

私は途中で兜神社に寄って、浮浪者の桝田啓三に会うことにした。彼は社殿の下で横になっていたが、まだ起きていて、声をかけるとすぐに外に這《は》い出してきた。オーバーの襟を立てて寒そうに肩を縮めていた。雨は気にするほどのことはなかったが、風が冷たかったので私たちは風下《かざしも》の社殿の正面の階段のところへ行って、腰をおろした。

「魚住彰を襲った犯人が捕まった」

私は新宿署の垂水刑事から聞いた黒岩という労務者が逮捕された経緯を話した。

「あのタバコの吸殻が、その労務者を追い詰めることになったんだね」彼は表情を変えずに言った。少しも嬉しそうではなかった。「……ということは、あの魚住という青年があんたに調査を依頼したことに絡《から》んだ犯行ではなかったということだね。彼は言ってみれば、この界隈にきたために偶然に強盗の被害者になってしまったわけか」

「黒岩という男をもっと追及してみなければ、そうだと断定はできないが、どうもそういうことらしい」

「しかし、それじゃ、あんたたちの調査は肝腎のスタート地点のところから怪しくなってきたんじゃないのか。彼が襲われたからには、彼が調べようとしていたことには、何か曰《いわ》くがあるに違いないと考えたんだろう？　彼が襲われたことがその調査とは関係がないとすると……」

「三時間前なら、私もそういうふうに考えた。だが、今夜新たな傷害事件が起こったのだ。十一年前の事件にはやはり何かが隠されていて、それが明らかになることを阻止したい人間がいることは依然として変わらない」

桝田はこんなことに付き合っているせいで勘が働くようになった。「別の被害者が出たんだね？」

「そうだ」私は新庄夫妻と魚住彰の関係を教え、新庄祐輔という男が襲われたことを話した。

桝田は虚空《こくう》を見つめていた。鳥居のそばの外灯のまわりにだけ見える霧のような雨を見ているようだった。

「暴力が暴力を呼ぶというのは本当だな……そんなふうだと、あの魚住という青年やあんたのやっていることは、果たしてみんなのためにいいことなのかどうか、わからなくなってきたんじゃないか」

「〝みんな〟とは誰のことを言ってるんだ？　魚住は善隣運動を始めたわけじゃない」

「しかし、現に彼の親類の男が一人襲われたわけじゃないか。彼はそのことを知っても、まだ調査を続けたいと思うだろうか」

「わからないな。しかし、たとえこんどのことをどうにか耐えられたとしても、いずれもっと何かが起きるようなことがあれば、調査を断念することになるだろうな。彼の十一年間はそういうことの繰りかえしだったに違いない」

「そのときは、あんたも調査をやめるのか」

「そうはいかない。たとえおれたちが調査をやめたとしても、それを相手に伝える方法がなければ、危険は少しも回避されたことにはならない」

「まわりはじめた歯車はもう止まらないというわけか」

私はうなずいた。「警察は新庄祐輔を襲った犯人の捜査を続けなければならない。おれたちが調査をやめたところで事態は変わらないのだ」

私は上衣のポケットからタバコを出して、桝田にもすすめた。彼はめずらしく要《い》らないと断わった。私は湿って火のつきにくくなった紙マッチでどうにか自分のタバコに火をつけた。

「あたしらが見つけたタバコの吸殻が、あの青年を襲った労務者の逮捕に役立ったっていう話も、あんまり気分のいいものじゃないな。何だか自分たちの仲間を裏切ったような感じがするよ。あのときは、殺すつもりであの青年を襲うような犯人を見つける手掛りになればという気持だったんだ。でも、捕まった男は金に困っている出稼ぎの労務者だったわけだからね」

「金に困れば誰かの頭蓋骨を叩き割るような人間が仲間だと言うのか」

「いや、そうは言ってない。暴力を振るうなんてことは論外だ。でも、人間を二つの種類に——この世の中に要領よく適合していける者とそうでない者に分けるとすれば、あたしらは後の半分に属しているってことだよ」

「今はおそらく警察の留置場でしょんぼりしている男に同情するのは勝手だが、出稼ぎの労務者が浮浪者を仲間と思ってくれるかどうかは疑問だな」

彼は苦笑した。「あんたはときどき実に嫌な人間になるな。きっとそう見られることが好きなんだ」

今夜の桝田は今までの彼とはどこか様子が違っているようだった。

「あの若い浮浪者はどうした？」と、私は訊いた。「社殿の下にもいなかったようだが、どこへ行ったんだ？」

桝田はオーバーの内ポケットから〝ショート・ホープ〟と使い捨てのライターを出して火をつけた。タバコもライターもいつもの拾得物のようには見えず、金を出して買ったようにきれいだった。私の視線に気づいて、彼はそれらをそそくさとポケットに押しこんだ。

「彼は今日の昼近く、北のほうへ旅に出ると言って、ここを発《た》って行ったよ」

「旅に？」

「彼は毎年桜の季節になると、桜と一緒に北のほうへ放浪の旅に出るのが習慣になっていると言っていた。今年はあたしも一緒に行かないかと誘われていたんだが」

「桜にはまだ早い」

「そう……たぶん、このところいろいろとありすぎたからね。ヤクザの連中に殴られたり、あの青年の血だらけの頭を圧《お》さえさせられたり……それに自分の見つけたタバコの吸殻が犯罪の証拠に使われることを少し後悔しはじめていたようだった。彼にしては、この数日間は少し刺激が強すぎたのだろう」

「彼の名前は？」

「いや、知らない。自分からは名乗らなかったし、あたしも訊かなかった」桝田は急に顔色を変えて訊いた。「まさか、警察は彼を手配したりしないだろうね？」

「そんなことはない。警察は彼の存在も知らない」

桝田はほっとした顔に戻って言った。「彼はこのところ酒の量もかつての倍ぐらいに増えたようで、少し運動をして酒の気《け》を抜かないと身体が保《も》たないと言っていた。桜には少し早いだろうが、そんなこんなで東京を出る気になったんだ」

彼の酒量には私も貢献していた。私はタバコを階段の前の土間で消して言った。「それだけではないな」

「それだけじゃないって、どういうことかね？」

「ああいうタイプの若者は、あんたのような面倒見のいい年配の男と馴染みになると、自分からそばを離れようとはしないものだ。彼があんたを置いて出て行ったのは、遠からずあんたが彼を置いてここを立ち去ってしまうだろうと感じたからだ」

「そんなことはない」彼の否定のしかたは妙に力が入りすぎていた。

私は言葉を続けた。「あんたはさっき人間を二つの種類に分けて、自分を世の中に適合できない半分のほうに入れようとしたが、実は自分で自分がどちら側の人間かわからなくなっているんだ。わからないから、そういう分類の仕方を持ちだして自分を納得させようとしているんだ。本当にこの世の中に適合できない人間は、そんなことで頭を悩ましたりはしない。あの浮浪者のように危ない場所からはさっさと逃げだすだけのことさ」

「ここは確かに危険な場所だが――」

「いや、彼にとってはヤクザや救急車騒ぎやアルコールが危険なのではない。浮浪者にとっては同じ浮浪者から見棄てられるほど精神衛生上危険なことはないだろう。あんたたちのあいだで何があったんだ？」

「いや、何も……」桝田は反論しようとしたが、言葉が続かなかった。「あんたは何もかも解っているようなことを言うんだな」

「あのくらいの年齢の男の気持を想像するのに、何もかも解っている必要はないんだ。いったい何があったんだ？」

「もういい、あんたの言う通りだよ。しつこく言わないでくれ」

彼はしばらく話を切りだすかどうか迷っていたが、決心をしたように話しはじめた。今までの軽い口調は影をひそめていた。

「今朝、私の家内が急に訪ねてきたんだ。彼と一緒に神社を出て、新宿駅のほうへ向かっているときだった。参道を出たところの道路の向こう側で、家内は私のほうを直接は見ないように注意して、立っていた。確か、あいつに会ったのは五年ぶりのことだと思う。それでも、ちらっと見た瞬間に彼女であることはわかったよ……私はしばらく歩いて、家内の姿が見えないところまで行ってから、彼に「今日は少し体調が悪いから神社に戻る」と言った。彼は心配そうな顔で一緒についていようかと言ったが、大丈夫だと断わって、私ひとりで戻ったんだ」

桝田は自分の話を私が聞いているかどうか不安になったように言葉を切って、私のほうを見た。私は二本目のタバコに火をつけた。

「そのタバコやライターは奥さんの差し入れか」

「ああ、そうだ……少なくとも私がどんなタバコを喫っていたかは憶えていたってことだ」

桝田は短くなったタバコを足もとで踏み消した。そう言えば、彼はさっきから自分のことを〝あたし〟ではなく〝私〟と言っていた。

「家内の話では、三十才になった娘が来月結婚をするそうだ。私のことがあって結婚相手もなかなかできなかったようだが、私が大学にいた最後の年に研究室の助手になった教え子が、事情は何もかも知っている上で、娘をもらう気になっていると言うんだよ。彼がある大学の講師になったのを機会に、急に結婚話が進んでいるそうだ。家内はその結婚式に私に出ろと言っているんだ。両家の近親者と、ごく近しい友人だけの小さな式と披露宴だそうで、出席者は全員私のことは承知しているんだそうだ。娘の父親は亡くなっているもののように取り繕うこともできないから、結婚式が終わるまででいいから、うちに戻ってくれと言うんだよ。私はみんなが知っていることなら、はっきり「花嫁の父は浮浪者ですので、本日は欠席しております」と紹介すればいいじゃないかと言ってやった。家内は新郎の身内に対してそんな失礼なことができますかと言うんだ。私は絶対に出ないと言ったが、あいつはそのつもりで準備をしていますから、今月中に必ず帰ってくださいと言って、帰ってしまったんだ」

「出てやればいいじゃないか。それからまた浮浪者に戻ればいい」

「そんなに簡単に花嫁の父になったり浮浪者になったりできるものか」

「本物の浮浪者ならできるだろう。あんたは一度向こうへ帰ったら、二度と浮浪者に戻れないのではないかと、それが不安なだけだ」

「そんなことはない。だいたい結婚式などというものが愚劣なんだよ。そんなものの体裁を整えるだけのために、どうしてこの私が出席しなければならないんだ。あんたは結婚式などに出たことがないだろう？　だからそんな勝手なことが言えるんだ」

「一度だけ出たことがある」

「へえ、それは意外だったな。たぶん兄弟か友人の結婚式だろう。まさか新郎の席に坐ったことがあると言うんじゃないだろうな？」

私は首を横に振った。「新郎が結婚のために棄てた女から脅迫状が届いたので、ある警備会社が万一のために雇われ、私はそこの臨時雇いで式場に出たんだ。結婚式は無事平穏で何も起こらなかった。もっとも、私はホテルのボーイのお仕着せを着てもボーイに見えなかったので、私服のままで金屏風《きんびょうぶ》の蔭に立っていた。どこにいようと、二時間足らずの我慢であることには変わりがない」

「とんでもない」彼は笑って言った。「花嫁の父の席と金屏風の蔭が同じなものか」

「花嫁の父の席にいようと、その時間にこの神社の床下で不貞寝《ふてね》していようと、同じだと言ってるんだ」

「そういう意味か。それは確かにそうだな。しかし、今さら礼服などに着替えて――」

「誰が礼服に着替えろと言った。本物の浮浪者なら、そのままの恰好で出ればいいさ」

「そんな馬鹿な！　あんたはとんでもないことを言う男だな。いや、あんたは私をからかっているんだ。そうだろう？　それとも本気なのか」

私は彼の問いには答えず、喉を刺すだけで不味《まず》くなったタバコを消した。

「……しかし、一考の余地はありそうだな」彼は皮肉そうな微笑を浮かべて言った。「あたしはこのままの恰好で式場へ出かけて、そこで式服に着替えるんだ。花嫁がウェディング・ドレスに着替え、参列者が式場で礼服に着替えるようにね。まァ、顔を洗ってひげを剃るぐらいは仕方がないか。花嫁だって化粧をするんだから……そして、式と披露宴が終わったら、この服装《なり》に着替えて、式場から帰ってくるんだ。それが嫌なら、あたしを結婚式に引っ張りだそうなんて考えるなと家内に言ってやるか」

彼はふたたび自分のことを〝あたし〟と呼びはじめていた。

「勝手にするがいい」と、私は言った。

彼は真顔に戻って言った。「そう、結婚式でのあたしの服装なんかどうでもいいことさ。あんたは、北へ旅に出た彼が、あたしから置き去りにされる前に彼のほうから逃げだしたんだと言ったが、あたしはそんな意地の悪い見方には承服できないな。あたしがここを去るかもしれないと彼に感じさせたのはおそらく事実だろう。しかし、あたしがここを去る気なら、そうさせてやろうとして、彼は旅に出ることにしたんだよ」

私は階段から立ちあがった。「そういうことにしておこう」

「……帰るのか。何時になった？」

「間もなく十一時だ」と、私は答えた。

「そうだ。一つ言い忘れていたことがあった。あんたの事務所のビルの前で、確か九時前後のことだったと思うが、黒っぽい大型のベンツが停まっているのを見たんだ。その後ろの座席に、あたしが連れて行かれたあの暴力団の事務所にいた大男にそっくりの男が――」

「清和会の相良のことか」

「そう、彼のような顔の男が坐っていたんだ。あたしは見た瞬間にびっくりしてしまって、眼をそらしてしまったので、確かなことは言えない。でも彼によく似た男だったことは間違いない」

こちらが錦織警部に会ったり、新宿署に出入りしている以上、そろそろ相良や橋爪がその面《ツラ》を見せても不思議はなかった。私は桝田啓三に〝お寝《やす》み〟と言って、兜神社をあとにした。

だが、本当は〝さよなら〟と言っておくべきだった。

私は〝さよなら〟という言葉をうまく言えたためしなど一度もないのだった。そんなことを適切なときに言える人間とはどういう人間のことだろう。

41

私はブルーバードを事務所の駐車場に停めて、小雨の降り続く車外に出た。事務所の前の道路や駐車場には、桝田が言ったようなベンツの姿はなかった。暴力団も人並みに早寝するかと思うと、連日超過労働の身にはいささか腹が立つが、今夜だけは彼らも睡魔に襲われていてもらいたかった。私はこの数日間の睡眠不足がたたって、事務所への階段を昇るのが少しこたえた。回れ右をしてさっさとアパートに引きあげて、横になってしまいたかった。こういう弱音を吐くのも四十代も半ばを過ぎた年齢のせいだろう。私は電話応答サービスをチェックするつもりで、重い足を引きずるようにして事務所に向かった。

ドアの鍵を開け、キーをポケットにしまって、明かりのスイッチに手を伸ばしたとき、階段のほうで足音がした。三階から降りてきた人影が廊下をこっちに歩いてきた。

「沢崎さんですか」

「そうだが……」

男はほとんど歩調を変えずに私のほうへ向かってきた。廊下の薄暗い明かりでよく見えないが、知っている男ではなかった。手に黒くて短い棒状のものを持っていた。

背後でドアの蝶番《ちょうつがい》が軋《きし》る音がして、私は振りかえった。私より一回り以上大きい体格の男が、廊下の奥のトイレから出てきて、やはり私のほうへ向かってきた。大きな男ではあるが、清和会の相良ほどの巨漢ではない。濃い口ひげ、大きな眼、デカい鼻と浅黒い肌は〝湾岸戦争〟のころにすっかり馴染みになったアラブ系のような顔つきの男だった。

私はもう一度階段のほうを見た。三階から降りてきた男の後ろに、男がもう一人いた。相手は少なくとも三人なのだ。私は伸ばした手に触れた明かりのスイッチをどうするか一瞬のうちに考えた。明るくなれば相手の顔を見ることができるかもしれないが、こちらは一段と無防備になる。私は明かりをつけずに、事務所の中に飛びこんだ。

部屋の中央にある来客用の椅子を摑んで、すぐにドアの近くに戻った。廊下の男たちがドアの向こうに殺到してきた。だが、すぐに中に入ってくる者はいなかった。

「おとなしくしたほうが、身のためだぞ」

私の名前を確認した最初の男が言った。少し声が震えていたが、それぐらいのことでは私に有利な材料にはならなかった。暴力を好み、血に飢えた人間の声も震えるからだ。それは彼らと私のあいだにはまったく交渉の余地などないことを意味していた。私はむしろその震えた声を耳にしたときに初めて本当の恐怖を感じた。

窓のブラインドの隙間から入るかすかな光線で、事務所の中はものの形がわかる程度には明るかった。三人のうちの誰かの手が這うようにドアの柱の蔭から伸びてきて、明かりのスイッチを見つけようとしていた。私は渾身の力をこめて、その腕に椅子を叩きつけた。ぎゃッという悲鳴があがり、そのあとに意味不明の罵声が続いた。中国語のような感じだった。椅子はばらばらに壊れて、私の手には折れた脚が一本だけ残った。それでも何もないよりはましだった。

ロッカーの中に元パートナーの渡辺が買っておいた野球のバットが入っているのだが、それを手にする余裕はなかった。事務所のどこかに工具箱があるはずで、その中に金槌《ハンマー》が入っているのだが、その工具箱がどこにあるのかとっさに思い出せなかった。私は椅子の脚だけを頼りに、すばやく右側の壁際に身を寄せた。

男たちは三人一緒に事務所の中に雪崩《な　だ》れこんできた。その瞬間に彼らの脇を擦り抜けるつもりで、私はドアのほうへ突進した。それが唯一の脱出のチャンスだった。だが、運悪く私に一番近い位置にいた男が手に懐中電灯を持っていて、部屋に入ると同時に明かりをつけた。私の動きはその光線に捕らえられ、こっちの意図が丸見えになってしまった。私は椅子の脚で懐中電灯を持っている男の手首を思いきり強打した。懐中電灯は床に落ちて転がり、その光線が部屋のあちこちを照らして駈けめぐった。

懐中電灯を落とした男――三人目の中国語を喋った男が手首の痛みに怯《ひる》んでいる隙に、私はドアを目がけて走ったが、アラブ系の大男に肩口をつかまれて一気に部屋の中に引き戻された。私は椅子の脚を彼の顔めがけて突きだしたが、身体の角度が悪くてから振りに終わった。男の顔は恐怖と怒りの混じった形相になり、全力で私を壁に突き飛ばした。背中全体に衝撃が走った。あごを引いたのでかろうじて後頭部をかばうだけの余裕はあった。だが、椅子の脚は私の手から消えていた。

私の眼の前に日本語を喋った最初の男が身構えて立っていた。彼は持っていたブラック・ジャックを高く振りかざした。

「抵抗するからこんな目に遭うんだ、馬鹿め！」

格闘中に余計な講釈を垂れるのは間違いだった。ブラック・ジャックが振りおろされる寸前の〇・一秒間に、私は彼の右膝を蹴とばした。ブラック・ジャックは私の肩口のあたりにそれ、男は膝の苦痛に耐えられず横に倒れた。私の肩口を激痛が襲った。足もとに倒れているその男の顔面をもう一度蹴とばしておくのが正しかった。だが、私の気持はひたすらドアからの脱出に向けられていたので、男の頭を飛び越えてドアのほうへ走った。

中国語の男が横から私の腰にしがみついてきた。私は身体を捻じるようにして、その男を床に突き落とした。しかし、そのせいで私の走る方向はドアからそれて、反対の壁のロッカーの前までよろけて行った。ロッカーにぶつかりながら振り向くと、アラブ系の男が眼の前に迫っていて、いきなり顔面にパンチを浴びせられた。懐中電灯の明かりの千倍ぐらいの光が私の頭の中で点滅した。

私の意識は後ろ手にまわした右手に集中していた。その手は背後のロッカーの把手を摑んでいた。アラブ系の男のパンチがこんどは私の腹部にめりこんだ。完全に呼吸が断たれた。しかし、私の右手はロッカーの把手を慎重にまわしていた。アラブ系の男の三発目のパンチが私のあごを捕らえる寸前に、私はロッカーのドアを開けた。私はパンチの勢いで後ろ向きにロッカーの中に倒れこんだ。中のハンガーに掛かっているコートや床のバッグなどがクッション代わりになって衝撃はなかったが、相手から見ればノック・アウトの体勢だった。アラブ系の男はフセイン大統領並みの勝利者の顔で私の襟首を鷲掴みにし、襤褸《ぼろ》でも扱うように私をロッカーから引きずり出した。私の左手がバットの柄《え》に触れた。

アラブ系の男がとどめの一撃を見舞うつもりで右手を大きく後ろに引いたとき、私は左手のバットで彼の側頭部を払った。力は入っていなかったが、さすがに野球のバットは堅さが違う。男はうッと呻いて、自分の頭を抱えこんだ。私は反撃に出なければならなかったが、彼から受けた三発のパンチで、まだ呼吸ができなかった。大きく喘《あえ》いだが、肺に空気が届かないのだった。眼の前が暗くなるのが感じられたが、どうしようもなかった。中国語の男が私に向かってくるのが視野に入ったが、どうしようもなかった。バットを持ちあげようとしたが、どうしようもなかった。

中国語の男は私のバットに飛びついてきた。私たちはバットを奪い合って、横に倒れた。接近戦ではバットは役に立たないので、私はバットを手放した。すると、それが障害になっていたように肺の中に酸素が流れこむのが感じられた。バットに固執する相手の隙をついて、うまく組み敷くと、私は男の上に馬乗りになった。

そのとき私は首筋にすっと冷たい風のようなものを感じた。膝を痛めた日本語の男のブラック・ジャックのことが私の頭をよぎった。それが憶えている最後のことだった。事務所全体が私の頸《くび》にのしかかってきたのではないかと思うほどの衝撃を受けて、私は暗闇のなかに沈んだ。

何もかもが白一色の部屋だった。天井も壁も、私が横たわっているベッドも白かった。それなのに何故か部屋の中は非常に暗いのだった。私だけは黒いガウンのようなものを着せられて、ベッドに縛りつけられていた。私は電話をしなければならないのだ。そう思ってもがくのだが、まったく身動きができなかった。

部屋の隅にある白いドアが開いて、白衣を着た医者のような男が、私のベッドに近づいてきた。彼は私の枕もとにある椅子に坐って「大丈夫、心配は要《い》らない」と言った。昔のパートナーの渡辺だった。私は「電話をしなければならない」と言った。彼は「誰に？」と訊いた。私が電話をしなければならない相手も渡辺だった。しかし、私の枕もとにいる渡辺にそれを知られるのは非常に危険なことなのだった。

私は底知れぬ恐怖に震えていた。渡辺が「大丈夫、心配は要らない」と繰りかえした。私は彼が偽者《にせもの》の渡辺であることに気がついていた。私はベッドの上でもがいて、もがいて、もがき続けた。

眼を開けると、周囲は暗かった。私は冷たく濡れたコンクリートの地面に横たわっていた。氷の刃で切りさいなまれているように全身が痛んだ。身動きをするだけで、その痛みが倍加するようだった。私はもう生涯二度と身体は動かすまいと心に決めた。しかし、苦痛を感じるということは、私がまだ生きているということだった。そうとわかっても少しも嬉しい気分ではなかった。

私は確か、電話応答サービスに連絡を入れようとしていたのだった。哀しいことに、仕事を思い出すと反射的に自分の身体を起こそうとしていた。予想した通り、身体のあちこちに激痛が走った。だが、痛みはさっきよりほんの少し弱かったのではないだろうか？　どんなときでも希望は湧《わ》いてくるものだった。だが、その希望があまりにも卑小であることに絶望させられてしまうのだ。

上半身を起こしながら、昨夜か今夜、私と同じように誰かが必死で上半身を起こそうとするのを手伝ったことを思い出した。そうだ、襲われた新庄祐輔を見つけたときのことだった。身体を起こした新庄のそばに私がいたように、身体を起こした私のそばに誰かがいることに気づいた。やたらと図体のデカい男だった。

少し離れたところに黒塗りの車の車体があり、そのボンネットに寄りかかった長身の男がタバコの煙を吐きだしながら言った。

「そいつはまだ生きてるつもりらしいぜ」

「大丈夫か、沢崎」と、私に覆いかぶさるように屈みこんだ巨漢が訊いた。清和会の相良だった。

ということは、タバコを喫っている長身の男は橋爪に違いない。

「おまえたちがいなくなれば……」と、私は言ったが、口の中とあごに痛みがあって思うように声が出なかった。しかし、意地でも言葉を続けた。「風通しがよくなって、大丈夫になる」

「から元気を言っても駄目だ」と、相良は言った。「おまえは病院で手当てをしなければ、死んでしまうぞ。その様子では顔だけでなく身体中打ち身だらけだ」

「よせ、相良。こいつは昔からこんな目に遭うのが好きなんだ。この何倍ものダメージを受けても、お友だちの老いぼれ——いや、自分を裏切った老いぼれの居所一つ言わねえような馬鹿野郎なんだから、忠告するだけむだなのさ」

橋爪のもたれているベンツの運転席に、清和会の事務所で見た若い組員もいた。

「おまえたち、このおれに何をしたんだ？」

いや……私を襲った三人の男たちはこの橋爪たちではなかった。

「沢崎、おまえ、頭は大丈夫なのか」相良は表情を変えずに訊いた。「何があったのか憶えていないのか」

「ああ……いや、少し思い出した、ようだ……三人組の男に、おれの事務所で襲われた……確か、ブラック・ジャックのようなもので頸の後ろを殴られた……そこまでしか憶えていない」

「おまえはおれたちに脚を向けちゃ眠れないぜ」と、橋爪が言った。「おれたちはきっと、おまえの命の恩人だ。大いに感謝してもらわなくっちゃな」

彼は喫いかけのタバコを遠くの水溜りに弾き飛ばし、嬉しそうな笑い声をあげた。

雨はすでにやんでいた。私は自分の事務所の駐車場にいるようだった。ブルーバードの後輪に背中を預けて、濡れて汚れた服のまま横たわっていた。それだけを見届けるのに、私は眼の眩《くら》むような痛みと吐き気を味わわなければならなかった。だが、いつまでも泣き言を言っている場合ではなかった。私はいつもの十倍の時間をかけて、上衣やズボンのポケットを探り、手帳やキーホルダーやわずかな現金などが何もなくなっていないことを確かめた。吐き気が少し治まると、相良の声が聴こえてきた。

「……おまえの事務所の窓で妙な明かりが見えたので、おれたちは何かあったと思ったんだ。しばらく様子を見たあと、兄貴たちを車に残して、おれがこのビルに近づいた。そのとき三人連れの野郎たちがおまえを抱きかかえるようにして、ビルの入口から出てきたんだ。おれは「何をしてるんだ!?」と怒鳴った。一番小柄な男はすぐに逃げ腰になり、中国語のようなわけのわからない言葉を喚いていた。一番体格のいい色黒の外国人だけが、おれのほうへ向かってきて、相手になりそうな態度を見せた。だが、もう一人の男が、そいつが頭格《あたまかく》で日本人のようだったが、おれの顔を見るなりその外国人を引き止めにかかった。そいつはどうやらおれのことを知っているような感じだったな。とにかく、野郎たち三人はおまえをほうりだして、あっと言う間に消えてなくなった」

橋爪が続けて言った。「それから、おまえが楽しい夢の世界からご帰還になるまで、おれたちはかれこれ十分近くも待たされているって始末だ。こっちはおまえが錦織と会ってこそこそしてるって情報《ネタ》はちゃんと摑んでるんだ。義理堅いおまえのことだ。この借りをどう返してもらおうか」

「誰がおれを助けろと頼んだ？」

　橋爪がベンツのボンネットから身体を起こした。

「言葉に気をつけな。おれはな、相良のお節介に付き合わされて、相当苛《いら》ついているんだ。襤褸《ぼろ》切《き》れみてえにノビてる馬鹿野郎のそばでうろうろしているだけでも、反吐《へど》が出そうに気分が悪いんだ」

「だったら、さっさと帰って寝てしまえ。おれはおまえらが余計な手出しをしなければ、いまごろは調査中の事件の鍵を握っている人物に会っているはずだったんだ」

「強がりをぬかせ」と、橋爪は言った。「いまごろはきっとどっかのドブん中で死体になってたぜ」

　確かにその可能性もあった。

「おれを殺すのが目的なら、おれの事務所でやっていたはずだ」

「事務所に死体をほうっておくような間抜けだったのか、あいつらは。おまえを殺して、永久に人目につかないところに片付けてしまうつもりだったのさ」

　確かにその可能性もあった。だが、それなら殺してしまってから運びだしたほうが手間が省けたはずだ。事務所での三人の襲い方とビルの外に連れだされたときの相良の話から推測すると、彼らは私を殺さずにどこかへ運び去る計画だったに違いない。だが、どこへ？　あるいは、誰のところへ？　考えていると、頸の後ろがずきずきと痛んだ。手を当てると、瘤《こぶ》がてきたように腫れあがっているのがわかった。

「もう一度言っておく」私は比較的に痛みの少ない左手を支えにして身体を起こし、必死の思いで立ちあがった。全身が苦痛でわなわなと震えた。しかし、どうしても立ちあがって、言葉を続けなければならない。挫《くじ》けそうになる下半身を叱咤《しった》して立ちあがり、ブルーバードの車体に寄りかかった。

「おれはおまえたちに助けてくれと頼んだ憶えはない」

相良が私の状態を見て言った。「立っていられる身体じゃないぞ。病院へ行くか」

「誰がおまえらと！」私は怒鳴り、そしてすぐに怒鳴ったことを後悔した。

「おれがてめえの命なんかを救《たす》けると、本気でそう思っているのか」橋爪が冷たい眼で言った。「まったくおめでたい野郎だぜ。おれはな、渡辺が持ち逃げした一億の金と例のブツにつながる大事なパイプがなくなってしまうのを防いだだけのことさ。てめえなんぞ、いつどこでくたばろうと知ったこっちゃねえや」

「ということは、おまえたちはおまえたちの都合で、おれの仕事の邪魔をしただけだ。借りはないな」

私はブルーバードの車体から身体を離し、慎重に一歩ずつ足を踏みだした。身体中の神経や筋肉がそれぞれ勝手な方向に動いているようで、倒れずに前に進んでいるのは奇蹟に近かった。

「フン、まったく可愛い気のねえ野郎だぜ」と、橋爪が毒づいた。

私には第一の目標であるビルの出入口までが一万メートルの彼方にあるように思われた。橋爪に構っている余裕などなかった。

「どこへ行くんだ?」と、相良が訊いた。

「事務所へ戻る」

「馬鹿な! そんな身体で階段が昇れるか。事務所なんかへ行ってどうするんだ?」

「電話をしなければならない」

「電話ならおれたちの車にある」

私はビルの出入口までの距離を計りなおした。まだ九千九百九十九メートルが残っていた。あれから一メートルしか進んでいないのだから計算は合っているようだ。私は歩くのをやめて、振りかえった。振りかえるだけで腹部に受けた打撲傷が火がついたように疼《うず》いた。

相良がベンツの後部ドアに近づいた。橋爪が相良を制して、自分がドアを開け、上半身を車内に入れて、携帯電話を取りだした。

私は橋爪がどんな嫌がらせをし、どんな悪態をつくか楽しみに待った。彼は何も言わなかった。いきなり四、五メートルの距離から携帯電話を私めがけてほうった。いつのことだったか忘れたが、この男の弾丸剔出手術《てきしゅつしゅじゅつ》の直後の身体に、私が札束を叩き返したときの仕返しのつもりだろう。私は身体のあちこちで痛みが炸裂するのに耐えながら、必死で携帯電話を受けとめた。彼らの電話など落として壊してしまえばいいものを、何故激痛を味わってまでダイレクト・キャッチしなければならないのか、自分でも理解できなかった。

橋爪は苦痛に耐えている私を見て、満足そうに笑った。「〝外線〟のボタンを押しな。おまえのような貧乏人は携帯電話なんか使うのは初めてだろう」

私は電話応答サービスの番号を思い出すのに二十秒を要し、それからダイヤルして、渡辺探偵事務所の沢崎だと告げた。例のハスキーな声のオペレーター嬢だった。

「今夜九時ちょうどに、〈奥沢TKマンション〉のイガラシ様から〝オートバイのナンバーは見つからないが、手掛りになりそうな写真が見つかった。連絡を待つ〟、以上です」

「そうか……どうもありがとう」

「何だか今夜は声がおかしいようだけど？」

「死にかけているところだ」

「仕事のしすぎですよ」と、彼女は咎めるような、しかし明るい声で言った。

私は電話を切ると、上衣のポケットから手帳を取りだした。五十嵐の自宅の電話番号を見つけてダイヤルした。相手が出るまでに少し時間がかかった。

「もしもし、五十嵐ですが」眠そうな声だった。

「渡辺探偵事務所の沢崎だが」

「ああ、あんたか」

「伝言を聞いた。手掛りになりそうな写真を見つけたそうだが、これからそっちへ行ってもいいか」

「いま何時だい？」

私は送話口を手で塞《ふさ》いで、相良に時間を訊いた。

「十一時四十五分だ」

私は五十嵐に時間を教えた。「一時間以内にそっちへ着けるはずだ」

「まァ、いいだろう。明日は日曜だし、二時間ばかりうたた寝《ね》をしたところだから。下の管理事務所にいるよ」

私は電話を切ると、橋爪のいるベンツのそばまでゆっくり歩いて行った。私はベンツの後部ドアを開けた。橋爪は私が電話を車内に戻すのだと思って、黙って見ていた。私はベンツに乗りこみ、運転席の若い組員に言った。

「行く先は自由が丘だ」

若い組員は答えに窮して苦笑し、橋爪は不気味な薄笑いを浮かべ、相良は笑いをこらえていた。

42

相良に肩を揺すって起こされたとき、私は自分が眠っていたのか、意識を失っていたのかわからなかった。口の中にはまだ不快な血の味が残っていた。身体のあちこちで痺《しび》れたような鈍痛と刺すような疼痛《とうつう》がせめぎ合っていた。

「自由が丘の駅前を通り過ぎたところだ」と、相良が言った。

私は自分が何をしているのかを思い出した。事務所の駐車場を出たときは、橋爪が私の隣りの座席にいて、相良は助手席に坐っていた。今は相良が私の隣りにいて、橋爪の姿はなかった。私が眠っているあいだにどこかで降りたに違いない。窓の外を見ると、ベンツは東急大井町線の踏み切りを越えるところだった。

「三百メートルぐらい先で等々力通りにぶつかる。そこを右だ」

運転席の若い組員は無言で私の指示に従い、等々力通りをさらに二百メートルほど走らせると、赤信号にぶつかった。彼はスピードを少しだけ落とし、左右の道路から車がこないことを確かめると、アクセルを踏んで交差点を突っ切った。

「もうすぐだ」と、私は言った。「右側に七階建のベージュ色のマンションがある。その前で停めてくれ」

　ベンツは奥沢TKマンションの向かい側の舗道に寄って停止した。マンションの一階の管理事務所に明かりがついているのが見えた。

「この車は誰かに尾《つ》けられてはいないか」と、私は運転席の組員に訊いた。

「心配するな」と、相良が言った。「この車のスピードについてこれるような車は走っていなかった。おまえを襲ったやつらが尾けてきた形跡はない」

　時計を見ると、まだ十二時半にもなっていなかった。若い組員がどんな無茶な運転をしてきたかが想像できた。

「おれはあのマンションの管理人に会ってくる。十五分ほど待ってくれ」

　相良も若い組員も無言だった。タクシー代わりに使われて口がきけないほど頭にきているのかもしれなかった。暴力団新法が厳しい昨今の新手《あらて》の商売として運送業や探偵業を検討中なのかもしれなかった。

　私はドアを開けて舗道に降りると、ベンツの後部を迂回して、通りを横断した。身体中の打ち身は相変わらず痛んだが、四十分ぐらいの睡眠のお蔭で手足に少し力が戻ったような気がした。それでも、マンションの玄関を入って、事務所の受付の小窓を叩くまでに、通常の倍の時間を要した。しかも、こんなふうに〝見学者〟のいるところで探偵の仕事をするのは初めての経験だった。

　管理人の五十嵐が小窓を開けて、早かったなと言った。私は前にきたときと同じように、ビルの裏へ抜ける通路に面したドアから管理事務所に入った。

五十嵐は紺色のパジャマの上にグレーの作業用のジャンパーを羽織っていた。短い頭髪の一部分が寝癖で逆立っていた。彼はくわえていたタバコに火をつけてから言った。「電話で言った通り、やっぱりあのオートバイのナンバーは見つからなかったよ。おれが自分でメモを棄てたのかもしれないが、たとえおれが取っておいたとしても、こんどの女房が棄てちまったことは間違いないね」

私は五十嵐のデスクのそばにそのままになっていた椅子に腰をおろした。背中を丸めたときに腹部の打撲が引きつるように痛んだ。身体を伸ばして椅子の背に寄りかかり、深呼吸をした。

「どうしたんだ?」と、彼は訊いた。「あんた、顔が真っ青だし、左のあごが内出血して黒く腫れてるじゃないか」

「大したことじゃない。それよりも、見つけた手掛りというのを見せてくれ」

五十嵐はためらった。「まさか、あんたが言っていたような危険なことに、おれまで捲きこまれるんじゃないだろうね?」

「そんなことはない。私の調査が遅れて、私が突きとめようとしている人物を野放しにしておくほうがずっと危険なはずだ」

「そうか……あんたの言うことを信用するしかないね」五十嵐はタバコの灰を灰皿に落とした。「あんたが帰ってからすぐに、女房と二人がかりで、例のメモを探したんだ。部屋中ひっくり返すような騒ぎでね。整理魔できれい好きの女房はぶつぶつ文句を言ってるばかりだったが……おれの趣味がカメラと写真だということは前にきたときに言ったね。メモを探すのにも、おれの部屋は写真関係の本や雑誌に、写真のネガやアルバムだらけで、それをあっちへどけたりこっちへ動かしたりでね。女房のやつ、探すのに疲れると「こんなに写真を撮《と》ってるんだったら、そのオートバイも一度ぐらい写しとけばよかったのに」なんて文句を言うんだよ。それでピンときたんだ。十一年前と言えば、おれが写真を撮るようになって間もないころだし、確か、一台目のニコンを買ってすぐのころなんだよ。とにかく何にでもレンズを向けて、手当たり次第にシャッターを押していた記憶があるんだ」

「あのオートバイを写したのか」

「いや、残念ながらそういう記憶はないね。しかし、無意識のうちに写しているということもあるし、ひょっとすると、何かほかのものを狙っていて、偶然にオートバイがフレームに入っていないとも限らないだろう。それでメモ探しは女房に任せて、おれは写真のアルバムのほうから探してみたんだ」

五十嵐はタバコを消してから、小窓の前の棚にのせていた表紙の古びた写真用のアルバムを取って、デスクの上に置いた。

「こういうアルバムが七十冊以上もあるんだ」

「すごい量だな」と、私は感心したように言った。

「だろう？　写した年月日が記入してあるので、あの年の夏のものはすぐにわかったが、さっきも言ったように、手当たり次第に写していたころだったので、その時期のものだけでも全部で四冊あったんだ。これはそのうちの一冊なんだが――」

彼はアルバムの途中に挟んである〝フジカラー〟のネガ入れの封筒を取りだして、そのページを開いた。

「六月の上旬のことだったが、あのころはまだ独身で名古屋勤務だった息子が、買ったばかりのカローラの新車と、結婚するつもりだという娘さんを見せるために、週末に帰省したときの写真なんだ。もっとも、三年後に息子が結婚した相手は別の娘だったが……」

ページの大半はVサインをした二十代の若者とぎごちない笑いを浮かべた若い娘の写真で埋まっていた。そのうちの五、六枚はこのマンションの駐車場で撮られていた。写真からでも、新築から間もない十一年前のマンションの様子が伝わってきた。だが、写っているのは白いカローラとその所有権を主張するようなポーズばかりの若者だけで、どこにもオートバイの姿はなかった。

「この写真を見てもらいたいんだよ」と、五十嵐はその中の一枚を指差した。カローラのそばに五十嵐夫婦が立っている写真だった。死んだ前妻らしく、痩せて不健康そうな感じが写真にも表れていた。

「息子が撮った写真なので、よく見ていなかったんだ。前の女房が具合が悪かったころなので、それを見るのもつらいし……」

五十嵐の指は主役のカローラや自分たち夫婦ではなく、写真の左隅のほうに写っているマンションの通用口付近を差していた。この管理事務所のドアのある通路をまっすぐに行って、裏の駐車場に出られる通用口だった。写真にはそこから出ようとしている二人の人物が写っていた。二人にピントは合っていなくても、そのうちの右側の人物がライダー用のレザー・スーツ姿にヘルメットを被《かぶ》っているのは一目瞭然だった。

「これが例のオートバイの男、もしくは女なのか」

「だと思う。オレンジ色のヘルメットには見憶えがあるからね。絶対の保証はできないが、前にも言ったように、このマンションの中ではほかにこんな恰好をしている者には会ったことはないんだから」

私は写真に視線を戻して訊いた。「その隣りにいる男は誰だ？」

ヘルメットの人物の左側に写っているのは、淡いグリーン系統の色のサファリ・ジャケットの上下に身を包んだ男だった。髪は長めで、赤っぽいバンダナのようなものが額のところに見えていたが、年齢はそれほど若くなさそうだった。身なりは若者ふうだが、少なくとも三十代にはなっている男だった。

「誰だ？」と、私はもう一度訊いた。

「彼に迷惑がかかるようなことはないだろうね？」

「このマンションの住人なんだな？」

「……そうだ。彼に会って、どうするつもりかね？」

「わかっているはずだ。オートバイの人物について、その男が知っていることを訊きだすことになる」

「しかし、彼はこのときたまたまこのオートバイ乗りと一緒になっただけで、何も知らないのかもしれない」

「それは彼が答える」

「……仕方がないな。でも、おれが彼のことを教えたということは、彼に言わないでもらいたい」

「そのつもりだ」

「写真に写っているのは、五〇三号室の稲岡喜郎《いなおかよしろう》という男なんだ」

五〇三号室は魚住夕季が飛び降りたことになっている六〇三号室のすぐ下のはずだった。

私は上衣のポケットから手帳を取りだし、名前の綴《つづ》りを訊いてメモした。

「年齢は？」

「たぶん、四十五か六だと思う」

「職業は？」

「音楽家だ。シンセサイザーとかいう楽器を使う音楽で、おれはあまり知らないが、女房に言わせると結構有名なんだそうだ。テレビの番組などの音楽をよく担当しているそうだ」

「あまりここの住人らしくないじゃないか。ここはもっとお堅い連中しか住めないはずじゃなかったのか」

「彼の母親がこのマンションが新築された時からの住人だったんだよ。彼女は自由が丘の駅前で美容室を経営していたんだが、入居して一ヵ月くらいで急死してしまった。まだ、六十才にもならないのに脳溢血だったんだ。それで同居していた息子が契約を継続したわけさ。あの飛び降り事件の前の年のことだけど」

「よく人の死ぬマンションだな」

「人聞きの悪いことを言わないでもらいたいな。稲岡喜郎の母親と、おれの女房と、あの娘の三人で、ほかには死んだ者はいないんだから」

「稲岡は独身なのか」

「いや、七、八年前に結婚したよ。その相手が資産家の娘らしくて、田園調布《でんえんちょうふ》に親が買ってくれた立派な家があるんだ。結婚したあとは、五〇三号室は彼の仕事場として使っているようだ」

「では、こんな時間にはこっちにはいないだろうな」

「それが、仕事が忙しいのかどうか知らないが、彼は意外とこっちの部屋で寝泊まりしていることが多いんだ。ああいう夫婦はどんな生活をしているのか見当もつかないよ。ついさっき、あんたがくる前に表に出て見たときは、部屋に明かりがついていた」

「田園調布の住所や電話番号が控えてあるはずだ。教えてくれ」

五十嵐はパジャマの胸のポケットから、一枚のメモを取りだし、私とのあいだの宙を漂わせた。

「それで、約束の謝礼のことだが……」

「オートバイのナンバーが見つからなかったのだから、三万だな」

「だって、大変な量の写真の中から手掛りを見つけたんだよ。それに稲岡喜郎に訊けば、オートバイ乗りの身許《みもと》もはっきりするはずだから、おれとしては五万円もらえると思ったんだがね」

「稲岡とオートバイの人物はこの写真のときに偶然会っただけかもしれない、と言わなかったか」

五十嵐は苦笑した。私は上衣のポケットに手を入れてから、そんな金額は持ち合わせていないことに気づいた。

「ちょっと待っていてくれ。すぐ戻る」

私は管理事務所を出て、玄関のほうへ向かった。少なくとも、ここへきたときより身体中の痛みが楽になっているような気がした。入口の強化ガラスの大きなドアの向こうに相良が立っていて、こっちを見ていた。私は手招きして彼を呼んだ。彼は自分がどうしてこういう芸当をしなければならないのか納得できないサーカスの猛獣のような悲しげな顔つきでドアを開けて、玄関に入ってきた。私は猛獣使いが鞭を振りまわす心境が少し理解できた。

「五万円、貸してくれ」と、私は頼んだ。

「何だと!?」

「手に入れた情報の謝礼に要るんだ」

「よし、おれが行ってタダにしてやる」

私は管理事務所に向かおうとする相良の胸に手を当てて押しとどめた。「それはおまえたちの縄張りの中でやってくれ。こっちは払うべきものは払うんだ。金を貸せ」

相良は理解できない顔で、しぶしぶズボンの臀《しり》のポケットから革の財布を取りだした。中身を隠すようにして、五万円を引きだしたが、財布の厚みから想像すると残金はあまりなさそうだった。

「いいか、橋爪の兄貴には絶対に内緒だぞ」

「借金をやたらに吹聴《ふいちょう》したりはしない」

「必ず返せ」と言って、彼は五万円を渡した。

私は管理事務所に戻って、五十嵐から稲岡喜郎の田園調布の住所のメモを受けとって、五万円を渡した。

「余分にある二万円は、稲岡という男が写っているその写真の代金だ」

五十嵐は驚いた。「しかし、これを見せられたら、おれが彼のことを教えたことがバレてしまうじゃないか」

「稲岡に写真を見せる必要はないはずだ。これを見せなければオートバイの人物との関係を話さないようなら、彼には相当後ろ暗いことがある証拠だ。あんたを咎めているような余裕はない」

五十嵐はまだ躊躇《ちゅうちょ》していた。

「二万円か、写真か、どっちだ？」

五十嵐はアルバムから写真を丁寧に剝ぎとって、私に渡した。

「玄関のところにいる、あの大きな男は何者かね？」彼は声を低めて訊いた。

短い時間ではどう説明したところで五十嵐を困惑させるだけなので、私は首を横に振って管理事務所を出た。

43

私はマンションのエレベーターに乗って、五階のボタンを押した。相良が同行すると言うのを断わるのに少し手間取った。これから私が会おうとしている男が必ずしも危険でない人物とは言い切れないことを、相良は私の素振《そぶ》りから感じていたようだった。橋爪や相良が私の〝安全〟に留意する理由はもちろんわかっていた。相良は三十分だけ待ってやると言って、玄関を出て行った。

エレベーターが五階に着いて、ドアが開いた。オートバイの人物の情報を教えてくれたアンティーク・スガの須賀夫人の部屋がある六階と様子はほとんど同じだった。歩いてもさほど身体の痛みは感じなくなっていたが、風があって冷たかった。すでに夜中の一時になろうとしていたが、管理人は五〇三号室にはまだ明かりがついていたと言っていたし、音楽家には夜型の人間が多いはずだった。

私は五〇三号室のドアの前に着いた。ドア越しにかすかにロック調の音楽が聴こえ、ドアから少し離れた位置にあるサッシのはめこみの窓に薄明かりが見えた。私はドアの脇の呼鈴を押した。しばらく待っても返事がないので、もう一度押した。それでも変化はなかった。

こんどは長めに押し、さらにもっと長く押し続けた。やはり何の反応もなかった。

私はドアを開けて、マンションの中に入り、襲われて倒れているサファリ・ジャケットの男を発見する自分を想像した。こんどは死体かもしれない。想像するだけでうんざりさせられたが、決してありえないことではなかった。私はドアの把手を摑んで、そっとまわしてみた。ドアには鍵がかかっていた。五〇三号室の住人は、眠っているか、シャワーを浴びているか、ヘッドフォンでロックを聴いているか、居留守をつかおうとしているか、あるいは近くにタバコでも買いに出たのかもしれなかった。

私は自分の体調やマンションの外で待っている随行員たちのことを考えて、明朝出なおしたほうが賢明だという結論に達した。通路を引きかえして、エレベーターのところへ戻った。エレベーターの昇降口の脇に脚の付いた灰皿が置いてあった。事務所で大乱闘を演じて以来、初めてタバコが喫いたくなった。上衣の脇のポケットからタバコを取りだしてみると、誰かと争ったあとでは毎度のことだがパッケージがぺちゃんこにつぶれていた。タバコが喫えるぐらいなら、私の身体も大したダメージは受けていないということだ。紙マッチを擦って火をつけると、久しぶりのタバコが全身にしみるようにうまかった。エレベーターを呼ぶボタンを押しかけて、私はまた急に気が変わった。一服してから、もう一度五〇三号室の呼鈴を押してみようと思ったのだ。相良は三十分待つと言っていたのだから。

通路のほうへ数歩戻って、自由が丘の駅の方角の夜景を眺めた。週末の夜もこの時間になると、さすがに街の喧騒はおさまっていた。遠くかすかに聴こえていたロック調の音楽がふっと静かになった。風向きのせいかと思って耳を澄ましたが、確かに音楽は消えていた。マンションのどこかの部屋で、ドア・ロックをはずすような音がした。マンションの出入口は見えなくなるが、私は通路から退《さが》って、エレベーターの向かいにあるマンションのコンクリートの壁に身を寄せた。

ドアが開く音がして、しばらく静寂があったあと、こんどはドアが閉まる音と鍵をかける音が続いた。それから足音がこっちへ近づいてきた。私はコンクリートの壁に背中を貼りつけた。足音の主は口笛で〝WE《ウィ》 ARE《アー》 THE《ザ》 WORLD《ワールド》〟のメロディーを吹きながら、隠れている私には気づかずにエレベーターの前まで歩いて行った。男はエレベーターを呼ぶボタンを押して振りかえり、私を見つけた。

「びっくりした！」

彼は本当に飛びあがるのではないかと思うほど驚いた。〝WE ARE THE WORLD〟はどこかに消し飛んでしまった。

「脅《おど》かさないでくださいよ」と、彼は言った。

ブランドものらしくゆったりした派手な藤色のスーツの脇に、ルイ・ヴィトンのバッグを挟んでいた。袖丈が長くて掌の半ばまで覆っている恰好は非活動的で間抜けに見えるが、それが最近のスタイルらしかった。濡れたような短めの髪に流行の服を着た小太りの男は、十一年前の写真に写っている長髪、バンダナ、サファリ・ジャケットの細身の男とは結びつかなかった。顔の輪郭は似ているようだったが、五十嵐の写真は人相を特定できるほどピントが合っていなかった。

「五〇三号室の稲岡喜郎さんではないですか」と、私は訊いた。

「いや、違いますよ。彼は――」

男は五〇三号室のほうを指差し、私の注意をそっちへ向けた。そのとき、男の背後のエレベーターの昇降口が開いて、男はいきなりエレベーターの中へ飛びこんだ。私はエレベーターに向かって走ったが、身体が思うように動かなかった。男がエレベーターの中の操作ボタンを叩くように何度も押し、ドアが閉まりはじめた。私の手がかろうじて閉まる寸前のドアに届きそうになったが、指先に挟んでいるタバコが邪魔になって思い切った行動が取れなかった。私の眼の前でドアが閉まり、エレベーターは音を立てて降下しはじめた。

私はエレベーターと対角の位置にある非常階段へ走って駈け降りた。だが、四階のフロアに届かないうちに腹部の打撲傷からくる痛みと眩暈《めまい》に襲われて、男の追跡を断念せざるをえなかった。

私は眼の前を飛び交っている星のようなものが消えるまで休憩してから、四階の灰皿でタバコを消し、一階で止まっているエレベーターを呼んで、一階まで降りた。三人の暴漢に襲われて相良たちに助けられたときには感じる暇もなかった敗北感が、一度にまとめて押し寄せてきたような気分だった。管理事務所の明かりはすでに消えていた。玄関から建物の外に出ると、ベンツが方向転換して、こちらの舗道のそばに停まっていた。相良が車の外に立って、私を待っていた。

「獲物に逃げられるようでは、ベッドで寝ていたほうがましだな」

エレベーターで逃走した男が怯《おび》えた表情で身体を小さくして、ベンツの後部座席に坐っていた。それもそのはずだった、運転席の若い組員が男の鼻先に鈍い光沢のある黒っぽい自動拳銃の銃口を突き付けていた。

相良が表情を変えずに訊いた。「エレベーターから転げるように飛びだしてきたので捕まえておいたが、おまえの獲物だろう？　でなけりゃほうりだすまでだが」

私は返事の代わりに後部座席の男の隣りに乗りこんだ。相良が助手席に乗りこむと同時に、四つのドアにオートロックがかかった。運転席の組員を見ると、何事もなかったようにステアリングに両手を置いて正面を見ていた。拳銃は消えていた。

「新宿に戻りますか」運転席の組員が相良に訊いた。

「それでいいか」と、相良が私に訊いた。

「ゆっくり走ってくれ」と、私は答え、隣りの男に向きを変えた。

「稲岡喜郎だな？」

男は蒼ざめた顔で黙りこんでいた。ベンツが静かに発車した。私は彼のルイ・ヴィトンのバッグを取りあげて、相良に渡した。

「やめてくれ、バッグを返してくれ！　そうだよ、私が稲岡だ。でも、あのモデルの女の子とは何でもなかったんだよ。食事に誘って、ディスコに踊りに行っただけだってことは、あんたたちも知ってるだろう！」

彼は悲鳴に近い声で早口に喋った。相良と私は顔を見合わせた。

「知らないな」と、私は稲岡に言った。

「だったら、あの娘が嘘をついているんだ！　ディスコを出たあとは、車で渋谷の駅のそばまで送って行っただけなんだから……」

「あんたは何か勘違いをしているようだ。私たちを誰だと思っているんだ？」

稲岡の顔に恐怖とは別に不審そうな色が浮かんだ。

「でも、あの娘のマネージャーからひどい脅迫の電話がかかってから、まだ十分もたっていないのに、あんたがマンションのドアのベルを押したんだから……」

相良が助手席から言った。「お宅、美人局《つつもたせ》にでも遭《あ》ったに違いねえな。いったいいくら要求されているんだ？　なんならおれたちが相談に乗るぜ」

「えッ？　すると、あんたたちはあの電話とは関係ないんですか。こっちは要求された金額が大きいんで、そんな金は払えないと言って電話を切ったんだが……それで向こうが怒って、あんたたちが暴力で、いや、てっきりそういうことだろうと思ったんだが……」

「マンションで居留守を使ったり、私を出し抜いて逃げようとしたのは、そのためか」

稲岡はうなずいた。

「それは思い違いだ」と、私は言った。

稲岡の不審な表情は消えなかった。私は相良に視線を移して言った。「バッグを返してやってくれ」

相良はそのまま返すのは惜しいような顔でバッグを稲岡に差しだした。

「私はまったく別の用件であんたに会いにきたのだ。モデルやマネージャーや美人局や脅迫には何の関係もないことだ。あんたを驚かせたのは申しわけなかった。気持が落ち着いたら、そう言ってくれ」

私は正面に向きを変えて、座席に背中を預けた。稲岡は返されたバッグをいじくりながら、前よりも一層落ち着かない様子だった。しかし、最初に見せていた怯えた態度はかなり薄らいでいた。

ベンツは自由が丘を出て、目黒通りをゆっくりと柿《かき》の木坂《きざか》のほうへ向かっていた。

「でも、この車はどこへ行くんですか」稲岡の疑心暗鬼はそう簡単には消えないようだった。

「私をいったいどこへ連れて行こうとしてるんです？」

相良が前方を見たまま冷やかな声で言った。「おれと運転手は東中野まで帰るんだよ。お宅に用があるのは隣りに坐っている探偵さんだから、そっちに訊いてくれ」

「探偵だって？」稲岡は私を見つめた。「探偵さんが私にいったい何の用があるんです？」

かなり時間をロスしたが、やっと稲岡にものを訊ねる状態になった。だが、彼のマンションでリラックスして応対されるより、このほうが答えを訊きだしやすいかもしれなかった。

「十一年前のことで、少し訊ねたいことがある」

「十一年前!?　そんな昔のことを憶えているかどうかわからないが……そんなことでよかったら、いつでも答えるけど。でも、十一年前と言ったって――」

「昭和五十七年のことだ。あんたの母親が脳溢血で亡くなった翌年だ」

「そんなことまで知ってるのか」彼は気味悪そうに私の顔を見た。よく表情の変わる男だった。

「その年の五月ごろから夏にかけて、あんたのマンションに出入りしていた者がいたはずだ。いつもオートバイに乗っていた」

稲岡の顔にはっとしたような表情が浮かんだ。「ああ、あのことか。それなら憶えているよ」

「いいか、注意して聞いてもらいたい。私は正確な情報がほしいのだ。嘘は一切つかないでもらいたい。あんたが嘘をついていると判断したら、私はこの車から降りて、後の処理は前の座席に坐っている二人に任せる。二人がどういう筋の人間かはあんたが推測している通りだ」

稲岡は身を縮めてうつむいた。あらためて前の座席の二人を見てみる度胸はないようだった。

「嘘をつかずに正確な話をしてくれれば、私が責任をもって、あんたを安全にこの車から降ろす。いいな?」

稲岡は二度大きくうなずいて、わかったと言った。

「そのオートバイ乗りは男か、女か、どっちだ?」

「男……いや、男みたいな女だった。つまり、男みたいな気性の女だったってことだ」

女だとすると、少なくとも妊娠していた魚住夕季の子供の父親ではなかったということだ。

「名前は？」

「それが……〝リリー〟という呼び名しか知らないんだ。これは本当だ。みんなもそう呼んでいたし、私にもそう呼ばせて、本名は教えてくれなかった」

「みんなというのは誰のことだ？」

「ああ、それはあの当時の流行《はやり》で、東京にいくつもあった舞踏グループの連中のことなんだ。〝暗黒舞踏派《あんこくぶとうは》〟の亜流のようなやつだよ。何か凝ったグループの名前が付いていたが、何年かあとで主宰者が資金を横領してなくなってしまったんで、憶えていないよ。私はそこの稽古場で、初めてリリーに会ったんだ。彼女は新人募集の広告を見て、舞踏の勉強をするつもりで二、三度そのグループの稽古場を見学にきていたらしい。私はある知人の紹介で、その舞踏グループの音楽を担当する気はないかと誘われて、そこを訪ねたんだ。まだ音楽の仕事があまり入ってこないころだった。しかし、とてもじゃないが、私は連中の共同生活の薄汚さには馴染《なじ》めなかったし、こんな連中の音楽の面倒をみたって何のプラスにもならないと思って、すぐに断わったんだよ。つらい時期だったけど、自分の音楽に対する自信はあったんだ」

彼はしばらく想い出にふけるような顔をしていたが、やがて話を続けた。「そのとき、稽古場から帰ろうとしていたリリーと偶然一緒になって、近くの駐車場まで歩きながら話したんだ。彼女はあのグループの男尊女卑的な考え方が気に入らないと憤慨していたな。女は舞踏においても、生活においても、セックスにおいても、男に隷属すべきものだというのが、あのグループの主宰者の基本精神だと言うんだ。彼女はその日から彼らの共同生活に参加するつもりでいたらしいが、いきなり炊事をしろ、洗濯をしろと言われて、飛びだしてきたらしかった。それで、その日の寝るところにも困るようなことを言うので、私のマンションにこないかと誘ったら、あっさり「うん」と言って、あのオートバイで私の車のあとからついてきたんだ。それから私のマンションに出入りするようになったんだよ」

「彼女の年齢は？」

「あのとき二十才《はたち》だと言っていたよ」

「本名は知らなくても、どこのどういう娘か訊いたことはあるだろう？」

「いや、彼女はそういうことを詮索されるのが嫌いで、何も教えてくれなかった」

ベンツは環七通りの柿の木坂陸橋の下をくぐって、ゆっくりと目黒方面へ向かって走っていた。

「一つ屋根の下で暮らしていて、相手の身許も知らずにいたと言うのか」

稲岡は首を横に振って言った。「たぶん誤解があると思うので、この際正しておくけど、私とリリーの仲は所謂《いわゆる》男と女の仲じゃなかったんだよ。いや、そりゃ最初に彼女を誘ったときは、こっちはそのつもりだった。それは認めるよ。だって、私もまだ独身時代で、三十…

…三才のときだからね」

稲岡の話し方はだんだんマイ・ペースになってきた。こういう話が嫌いなタイプの男ではなさそうだった。

「最初の夜は、彼女こそ神様が私につかわされた生涯の恋人かもしれないというぐらいの気持で、期待に胸ふくらませて、優しくかつ情熱的にコトに及んだんだ。少し彼女の様子がおかしいなとは感じたが、何しろその日に会って、その夜にそういう関係になったんだから、女にとってはそれなりの動揺もあるんだろうと思いながら、こっちは疲れて眠ってしまった。ところが、翌朝一番に彼女が言うには「自分は男にはまったく興味がない。昨夜は泊めてもらったことへの恩義で我慢をしていたけど、今後は一切自分には触らないでほしい。もしその約束を守れないなら、今すぐここを出て行く」と、こうだからね。まったくびっくり仰天だよ」

「男には興味がないと言ったのか」

「そうなんだ、自分は〝レズ〟だとはっきり宣告されてしまった。こっちはとんだ独り相撲《ひとずもう》だったわけだよ。でも、私はこう見えてもフェミニストだからね。そんなふうに言われて、じゃァ出て行ってくれとは言えないじゃないか。ほかに行くところがなければ、しばらくうちにいてもいいと答えるしかなかったんだよ。それに、レズだと言うのは口実で、そのうちに彼女の気持も変わるかもしれないと思ったんだが、そっちのほうはやっぱり駄目だったたな。最初の夜以外は手も握らせてもらえなかった。そんなわけだから、つまり、私にとってリリーは厄介な居候《いそうろう》みたいなものだったんだよ」

「それでも、ずっと出入りを許していたのかね」

「まァね。彼女はちょっと変わった娘だったが、私は何故かそういう変な娘に惹《ひ》かれるところがあるんでね。これは私の推測だけど、彼女は甘やかされて育ったお嬢さんで、それが一念発起してエ、キ、セ、ン、ト、リ、ッ、ク、な女を気取っているっていう感じだったな……でも、彼女はスタイルは抜群だったし、かなりの美人だったから、話をしたり食事に連れて行ったりする分には楽しかったんだ。音楽や踊りや映画の話なんかもよくしたよ。彼女が私のマンションにいるのは週のうちの三日ぐらいで、あとはどこで何をしているのか、訊いても答えようとはしなかった。だから、居候と言うよりはしょっちゅう遊びにきている女友だちって感じに近かったな」

「彼女が、あんたのマンションの上の階に住んでいる魚住夕季《ゆき》と知り合ったのはいつだ?」

「話はやっぱりそこへ行くんだね」と、稲岡は予想していたような口振りで言った。「そうだな……たぶん、七月の半ばぐらいじゃなかったかな。着替えの衣類を入れた〝ホンダ〟のロゴ・マーク入りの大きなバッグを、私のマンションに取りにきて、六階の夕季という娘と友だちになったから引っ越すと言ったんだ」

「引き止めなかったのか」

「そんなことをしたって、どうにかなるような娘じゃなかったよ」

「衣類を入れたバッグを置いていたとすれば、彼女の身許がわかるようなもの――例えば彼女の運転免許証などを眼にしたこともあるだろう」

稲岡は首を横に振った。「その点のガードは堅かった。おそらくそういうことはよほど知られたくなかったんだろう。免許証なんかはたぶんオートバイの鍵のかかる物入れにしまっていたんだと思うよ。写真は嫌いだと言って、一度も撮らせようとはしなかったくらいだから……最初のうちは私もそういうことが気になったけど、結局は〝自分の女〟とは言えないような娘のことをいろいろ詮索したって仕方がないしね。そういう意味では、その夕季って友だちができて、彼女が私の手を離れたときはちょっぴり寂しい気もしたけど、本音はほっとしたってところだったんだ」

「それ以後は、彼女はあんたのマンションにはこなくなったのか」

「いや、夕季という娘がいなくて部屋に入れないときに、何度か私のところで時間をつぶしていったことがあったよ。でも、あれは確か、私がお盆で田舎に帰るときか、田舎から戻ってきたときだったと思うが、久しぶりにエレベーターでばったり会って、最近はうちへは寄らないじゃないかと言うと、合鍵をもらったのでその必要はなくなったんだって、嬉しそうに話していた」

「八月のお盆だな」

「そうだよ」

「盆過ぎの八月二十四日に、魚住夕季がマンションのベランダから飛び降りたことは知っているな」

「ああ、もちろんさ。あのときはマンション中が大騒ぎだったからね」

「そのときに、そのリリーという女がどこにいたか知っているか」

「いや、知らない。しかし、その夕季という娘のマンションにはいなかったはずだ。だって、あの自殺騒ぎで管理人や警察の連中が六階のあの部屋に入るところを、マンションのほかの住人たちと一緒に見ていたが、リリーのことはそのときもそのあとも話題にものぼらなかったからね」

「飛び降りのあとにリリーという女に会ったか」

「会ってはいないよ。でも、飛び降りの翌日の夜に一度だけ見かけた」

「どこで？」

「マンションの駐車場だよ。あの自殺があった翌朝、リリーのオートバイが駐車場のいつものゴミ置き場の蔭に停まっているのに気づいたんだ」

「彼女はオートバイを駐車場に停めたままどこかへ出かけるようなことがあったのか」

「そりゃ、あるよ。確かにリリーとオートバイは一心同体みたいにいつも一緒だったが、時にはオートバイを置いて出かけることもあったさ」

「それで？」

「オートバイがある以上は彼女はここへ戻ってくるはずだからね。それに、もし夕季という娘が飛び降り自殺をしたことをリリーがまだ知らないようだったら、誰かに見咎められたりする前に一言教えてやるのが昔の誼《よし》みってものだから、気にしながら待っていたんだよ。すると夜中の一時を過ぎたころに、オートバイのエンジンをかける音がしたんだ。急いで部屋を飛びだして下の駐車場を見下ろすと、彼女がオートバイで駐車場から走り去ろうとしていた。私は「リリー！」と声に出して呼んだが、彼女はこっちを振りかえりもせずに走り去ったんだ。排気音で私の声が聴こえなかったのかもしれないけど……いずれにしても、それが彼女の姿を見た最後だね」

「合鍵を預かるほどの間柄で、その相手が飛び降り自殺をしたというのに、翌日の夜中にオートバイを取りにきて、それで終わりと言うのか」

「まァ、そう言われるとリリーもつらいだろうが、同居人と言えるわけじゃないし、自殺した娘と私以外には彼女のことを知っている者はいなかったんだし、名乗り出たからといって歓迎されるような状況でもないだろう？」

稲岡は私の答えを待たずに付け加えた。「それに、こう言っては何だが、自殺するような娘にすすんで関わりを持つ気になれなくても、仕方がないんじゃないか。リリーだってまだ二十才そこそこの娘だったわけだし……」

「関わりを持つ気にはなれないと言うが、リリーという女が魚住夕季の死に直接関わりがあるかもしれないとは考えなかったのか」

「えッ、それはどういう意味なんだ？　だって、あの夕季という娘は自殺したんだよ。そうだろう？」

稲岡に魚住夕季の自殺説には疑問が生じていることを話すのは差し控えた。

「あんたも、死んだ娘に半ば同棲していたような女友だちがいたことを通報する必要はないと考えたのか」

「まァ、そういうことだけど……それじゃ「あの夕季という娘の自殺は、リリーというフーテン娘にも責任があるかもしれません、そして二人の娘が出会ったのは、私にも責任があるかもしれません」なんて警察に出頭して言うべきだったってこと？　そんなことをしたって、警察からは笑われるし、自殺した娘の家族からは嫌な顔をされるだけだろう？　そんなことをするのは馬鹿げてるよ」

　稲岡は胸を張って言い足した。「いや、もしあれが自殺ではなくて殺人事件だとでも言うんだったら、私だってきっとそれなりの行動を取ったと思うよ。でも、あれは自殺だったんだから」

　稲岡の言う馬鹿げた通報がなされていたら、この事件の関係者たちの十一年間はまったく違うものに変わっていたかもしれないのだが、それを稲岡に言っても仕方がなかった。

　ベンツは目黒の大鳥《おおとり》神社の信号で左折して、山手通りに入り、北へ向かってゆっくりと走った。

「リリーという女のオートバイについて憶えていることを教えてくれ」

　私は上衣のポケットから手帳を取りだした。

「えーッと、あれは確か、ホンダの〝シルクロード〟という二五〇ｃｃのバイクだったな。それに因《ちな》んで、私は『シルクロード・ファンタジー』というシンセサイザーの曲を作ったんだよ。それがその翌年に、ある企業のテレビＣＭのバック・ミュージックに採用されて、私もこの業界で少しは知られるようになったんだ。リリーとの出会いで私にプラスになったことと言えば、それくらいかな」

「オートバイの色は？」

「胴体の部分は白くて、全体に白と黒の組み合わせのような感じだったね」

私は必要なメモを取り、最後に一番最初にしたかった質問をした。

「オートバイの登録ナンバーは憶えているか」

「ちょっと待ってくれ……」稲岡は眼を細めて何かを一所懸命に思い出そうとした。「えーッと、確か、あれは《背は一六九センチに二センチ足りない》、だったな」

「何だって？」と、私は訊きかえした。

「だから〝品川　せ　1692〟だよ。リリーがそう言っていたんだよ。彼女に身長を訊いたときだったか、オートバイのナンバーを訊いたときだったか忘れたけど、彼女の身長は一六七センチだから、それをオートバイの番号を憶えるのに語呂《ごろ》合わせで使っていたんだよ」

私はナンバーをメモしながら訊いた。「背は一六九センチに二センチ足りない、か」

「そうだ、憶えやすいだろ」

運転席の若い組員が横から口を出した。「二五〇ｃｃだったら〝軽二輪〟だから、品川の前に数字の〝1〟が付くんじゃないか」

「そう……確かに1という数字が付いていたようだけど、あれは軽二輪という意味なのか」

「ああ、一二五ｃｃから二五〇ｃｃまでは〝車検〟の要《い》らない軽二輪だ」

十五分前に拳銃を突き付けた男と突き付けられた男の会話とは思えなかった。

私は稲岡喜郎の希望を訊いて、中目黒の駅のタクシー乗り場のそばで、彼をベンツから降ろした。稲岡はタクシーを拾って、田園調布の女房の家に行くつもりだと言った。私は名刺を渡して、場合によってはもう一度協力を頼まなければならないと言った。稲岡は女房と女房の父親に知られない範囲でなら何でも協力すると答えた。

稲岡を降ろすときに、相良が美人局《つつもたせ》の脅迫の件で困ったことがあれば相談に乗ると言って、電話番号のメモを渡した。私は稲岡に、脅迫される相手が替わるだけだぞと忠告すべきだったが、どうせ脅迫されるのなら相良たちのほうが多少はましだろうと考えている自分に驚いた。

私は相良がアパートの前まで送るというのを断わり、東中野の清和会の組事務所の百メートル手前でベンツを降りて、橋爪への伝言を頼んだ。

「おまえには、あんな男の自由を奪うだけのことで拳銃なんか見せびらかすような出来の悪い子分しかいないのか、と言っといてくれ。狙撃されて以来、臆病風に吹かれているんだろうが、こんどこそ敵の拳銃か味方の拳銃かわからない弾丸《たま》で命を落とすだろう、と言っといてくれ」

相良は頭に血をのぼらせて運転席から降りようとする若い組員を抑えて、ベンツを出させた。私はタクシーを拾ってアパートに帰り、服も脱がずにベッドに倒れこんだ。

翌日の日曜日はほとんど一日中ベッドに横になって過ごし、まだ痛みがのこっている身体を休めながら、この事件について考え続けた。

44

月曜日の朝の十時に西新宿の事務所に出てみると、土曜日の夜の襲撃者《と》たちに連れだされたまま、事務所のドアの鍵が開けっ放しになっていたことがわかった。盗られる物は何もなかったので、何も盗られていなかった。私は乱闘の跡を片付けて、南通りの中古の事務用品屋で買ってきた来客用の椅子をデスクの前に据《す》えた。ボロ事務所のいいところは、こういう被害をこうむっても、もとの状態に戻すのに手間がかからないことだった。

買ってきた椅子の坐り心地を試しながら、新宿署の垂水刑事に電話をかけて、〝リリー〟のオートバイの登録ナンバーを調べてくれるように頼んだ。品川の陸運局まで出かけて行って、型通りの手続きを踏むことも考えたが、オートバイの持ち主が替わっていたり、廃車になっていたりすると、こちらの必要な答えが得られない場合もあった。警官なら昭和五十七年八月当時の登録者が簡単に調べ出せるはずだった。

「それは職権を濫用《らんよう》することになる」と、垂水刑事は堅苦しい口調で言った。

私は魚住彰の傷害事件の遺留品提出の貸しのことをほのめかした。

垂水は少し譲歩した。「そのオートバイの登録者は、どういう理由であんたの調査の対象になっているんだ？　単にあんたの商売の手伝いをするようなことはできないからな」

「そのオートバイに乗っていた人物が、魚住彰の姉の十一年前の自殺に生じている疑惑についての重要証人となる可能性がある」

「その件を玉川署が自殺と判断したことについて、われわれとしてはあんたの疑惑に軽率に同意することはできないがね……だが、石神井署の土方刑事が担当している新庄祐輔の傷害事件に関連がある、とは言えるな？」

私は苦笑して、そうだと答えた。

「では、オートバイの登録者について調べた結果は石神井署にも報告していいんだな？」

「構わない」と、私は言った。「だが、土方刑事はまだそういう証人が存在することは知らないから、彼にはその点が明らかになり次第報告すると伝えてくれ」

「……いいだろう。しかし、私の一存では決められないので、しばらく待ってもらいたい。問題がなければ、登録者を調べてから電話するので、ナンバーを教えてくれ」

私は稲岡喜郎が憶えていたオートバイの登録ナンバーと昭和五十七年八月という時期を告げた。

「西新宿の事務所にいるんだな。いずれにしても三十分以内に電話する」

私は電話を切った。錦織警部のデスクへ向かう垂水刑事の姿を思い描きながら、私は電話応答サービスのダイヤルをまわした。私への伝言は何も入っていなかった。

私は受話器を戻し、新入りの来客用の椅子に合格点を与えて、デスクの自分の椅子に移動した。日曜日と今日の二日分の新聞に手を伸ばしかけたときに、電話のベルが鳴った。垂水刑事にしては早すぎた。

「もしもし、渡辺探偵事務所ですか」聞き憶えのある女性の声だった。私はそうですと答えた。

「沢崎さんでしたね」

そうですと私は繰りかえした。

「矢島弁護士事務所の佐久間です。先週の金曜日に大築能楽堂でお会いしました」

「憶えています」

「その後、魚住彰さんの容体はいかがですか」

「順調に恢復しているようです」

「そうですか、それはよかったですね」本心からそう言っているように聞こえた。「早速ですが、魚住さんの代理としてあなたから要請のあった件に関して、大築流宗家と大築会の理事会とわたくしどもの事務所の三者で慎重に検討させていただいた結果、そちらで抱いていらっしゃるような誤解は——つまり、魚住さんのお姉さんと大築百合さんとのあいだに親交があったのではないかというような誤解は、速《すみ》やかに解消して差しあげたほうがよろしいだろうという結論に達しました。つきましては、わたくしどもの事務所のほうでその準備を整えたのですが、おいでいただけますか」

佐久間弁護士の話し方は金曜日に大築能楽堂で会ったときより、妙に堅苦しくて事務的な感じがした。近くに事務所の上司たちがいるせいだろうか。

「うかがいましょう。どうも、面倒をかけます」

「いえ、それがわたくしどもの仕事ですから。今日の午後三時で構いませんか」

「結構です」

「矢島弁護士事務所は文京区本郷《ほんごう》四丁目にありますが、ご存知ですか」

私は上衣のポケットから手帳を出し、手帳に挟んでいた彼女の名刺を見ながら答えた。

「金曜日にもらった名刺の住所ですね？」

「ええ、そうです」

「大築百合さんはこられますか」と、私は訊いた。

「いえ、百合さんは春先から少し体調を崩していらっしゃるので、出席できないそうです。しかし、お姉さんの真弓さんと石動《いするぎ》理事長が出席されることになっています……それではご不満ですか」

「いや、大築百合さんが魚住の姉と何の関係もなかったということさえ明らかにしてもらえれば、何も不満はありません」

佐久間弁護士は数秒間沈黙してから、言った。「では、三時にお待ちしています」

私は電話を切った。受話器を戻さずにしばらく考え、手帳のページを繰って、仰木《おおぎ》という弁護士の電話番号を探した。八年前の都知事狙撃に絡んだルポ・ライターの佐伯直樹の失踪事件のときに知り合った弁護士で、その後もお互いの専門分野の知恵を借りたいときに何度か連絡を取り合ったことがあった。電話番号を見つけてダイヤルすると、呼出し音が三回鳴ったところで受話器が取られた。

「こちらは仰木法律事務所です」仰木がオールド・ミスの妹だと言っている女性秘書の声のようだった。

「探偵の沢崎です。仰木弁護士はいらっしゃいますか」

「まァ、ずいぶんとお久しぶりだこと」

「一年以上東京を留守にしていたのでね」

「そんなに？　いったい何をしていたのかと訊いたって、返事をしてくれるような人じゃなかったわね。仰木弁護士と替わります」

内線電話を切り換える音がした。

「やァ……探偵さんか」居眠りを中断されたような仰木の声だった。

「近況報告は次の機会にするとして、矢島弁護士事務所というのを知っているか」

「本郷の？」

「そうだ。どういう弁護士事務所だ？」

「どういうって？」

「依頼人が法律に触れるようなことをしている場合、それを擁護するようなタイプの事務所か」

「依頼人は金持ちか」

「おそらくかなり」

「だったら、それを擁護しないような弁護士事務所は日本には、いや、世界中のどこにもないね。しかし、矢島は弁護士を五人以上抱えた大手の事務所で、評判も悪くないようだな」

「佐久間という女弁護士のことは知っているか」

「……知らないな」

「車椅子に乗っている」

「知らないな。しかし、矢島がその女性を雇っている理由ならわかる。弁護士会は所属弁護士五名以上、年収一億円以上の弁護士事務所では、最低一名の身障者を雇用することを奨励している」

「何故だ？」

「そうすれば、すべての身障者の弁護士が路頭に迷わずにすむ」

「本当か」

「冗談だよ。しかし、計算は合っている。つい先日、失明したためにある弁護士事務所を馘《くび》になった男の損害賠償を扱ったので、そういう統計に詳しくなったんだ。奨励云々は、そのときおれがそうすべきだとぶちあげた演説の一節だよ。矢島について調べてみようか」

「いや、急いでいるんだ。じかに当たったほうが早いだろう」

「では、何かよっぽどのことを耳にしたら知らせよう。それでいいか」

私は礼を言って、電話を切った。大した情報は得られなかったが、少なくとも弁護士という人種が法律で重装備した怪物ではなく、弱点も欠陥も併《あわ》せ持った普通の人間だということを思い出せたことは収穫だった。

私はふたたび新聞に手を伸ばして、先週末から掲載が始まった囲碁十段戦の挑戦者決定戦の棋譜に眼を通しはじめた。大竹英雄九段が新鋭の小県真樹《おがたまさき》八段を下した一局で、先番小県八段の〝模様作戦〟に反発して、大竹九段が下辺《かへん》の出切《でぎ》りを打ったときに、電話のベルが鳴った。

「垂水だ。あのナンバーの登録者が割れた」

「聞こう」私はデスクの上のメモ用紙を引き寄せた。

「馬場晋市《ばばしんいち》、男性、昭和三十一年生まれの三十七才、住所は豊島区南長崎《みなみながさき》になっている」

「男か……」

「男じゃおかしいのか」

「いや、そんなことはない。昭和五十七年八月当時の、あのナンバーの登録者がその男なんだな」

「そうだ、間違いない。昭和五十七年の三月以降、現在に至るまでだ。登録者の変更もないし、廃車にもなっていない」

「そうか……その男の仕事は何だ？」

「自家用車運転手となっている」

「勤務先は？」

「ダイチクカイと読むのか、これは？」

「大築会《おおつきかい》だ。住所は文京区の関口だろう」

「そうなっている。では、やっぱりこの男が目当ての証人なんだな」

「いや、少しはずれたようだ。だがその男が、ある女が重要証人であることを証言してくれるはずだ。もう一度その男の名前と住所を教えてくれ」

垂水刑事がそれを言い、私はメモを取った。礼を言って電話を切ろうとすると、垂水が待てと言った。内線を切り換えるような音が続いた。

「沢崎か」錦織警部の不機嫌そうな声だった。「おまえはいったいいつまで十年以上も昔の自殺事件などを捻《ひね》くりまわしているんだ？」

「決着がつくまでだ」

「そんなことをやっていて仕事をしていると言えるか。若い娘の自殺なんか調べたって、十年前どころか昨日今日の自殺だって真相など突きとめられるはずがないんだ。おまえがお人好しの依頼人をカモにして、だらだらと調査費を稼ぎ続けるのは一向に構わんが、それでおれとの約束もいつまでも引き伸ばせると思ったら、大間違いだぞ」

「おれが何を約束したと言うんだ？」

「何だと！　こないだここへきたとき、仕事の目処《めど》がつくころには、渡辺の居所をおれに知らせると言ったのを忘れたのか」

「そんな約束をした憶えはない。もし渡辺の居所を突きとめられたら、あんたの意向を伝えて、あとの判断は彼自身に任せる――そう言っただけだ」

「だから、早く伝えろ」

「その前に、渡辺の居所を突きとめなければならない」

「でたらめを言うな！　おまえは自分の食《く》い扶持《ぶち》にありつくことしか頭にないんだろうが、そんなことをしているうちに、老いぼれた渡辺は退《の》っ引《ぴ》きならない窮地に陥っているかもしれないんだぞ」

「それで思い出した。あんたは渡辺の安全は保証するようなことを口にしたが、おれが新宿署に呼ばれると、必ずそのあとで清和会の橋爪たちがおれのまわりをうろちょろするのはどういうわけだ？　新宿署と清和会の裏口はどこかでつながっているのか」

錦織は電話が切れたのかと思うほど長く沈黙し、やがて別人のように感情を押し殺した声で言った。

「おまえは前にも同じようなことを言ったな。そいつをおれ以外の警官の前で口にするときは、それなりの覚悟をしてからにしろ。いいか、箸《はし》が転んでも飛び降り自殺するようなガキどもの、十一年も昔の感傷的な想い出なんかに付き合っているような暇があったら、おれとの約束を果たせ。わかったな」

錦織は一方的に電話を切ってしまった。彼がこんなに苛立《いらだ》っている理由はわからなかったが、いずれにしてもこの状況をこれ以上引き延ばしておくことは無理になってきたようだった。

また電話のベルが鳴った。私がここにいることを誰もが知っているような気がする日だった。受話器を取ると、もっと不愉快な声が聴こえてきた。裏口ばかりでなく、新宿署と清和会は電話の交換台も一緒らしい。

「沢崎か。おれだ」橋爪の明らかに寝起きの声だった。

「何だ？」

「まだ生きてるか」

「気にするな。死んでもおまえにだけは焼香をさせるなと、遺言に大きく書いてある」

「おまえの葬式なんか誰がする？」

「何の用だ？」

「用があるのはおまえのほうだろう。土曜の夜に、おまえを襲った野郎のことを知りたくねえのか」

「聞こう」

「おっと、そうはいかねえや。その前にこっちの知りてえことを聞かしてもらおう」

「何のことだ？」

「フン、とぼけるんじゃねえ。こっちは朝っぱらから相良に叩き起こされて機嫌が悪いんだ。渡辺の居所を吐いちまいな」

私は少し考えてから言った。「渡辺が先月の末にいたところなら教えられる」

「何だと!? 本当か！ 半月前のことだな？ おまえ、まさか……こんなことで出まかせを並べたら、本当に命がなくなることはわかってるな」

私は手帳のページを繰って、西多摩《にしたま》郡瑞穂《みずほ》町の住所をメモを取れるようにゆっくり読みあげた。「先月の末に、渡辺がそこにいたことは間違いない。だが、それ以後は保証できない」

「よし、いい子だ。おまえも少しは賢くなってきたってわけだ。こんどはこっちの番だ、よく聞け……例の野郎の名前は小和田《おわだ》哲《てつ》、元鷲尾《わしお》組の極道崩れだ。年は三十七才。〝殺し〟の依頼は電話で、その日の午後には前金の三十万が野郎の口座に振り込まれたそうだ。振りこんだ相手の名前はでたらめだった。おまえを殺せば、残りの三百万を払うという約束だったそうだ。たった三百万だぜ、おまえの命は。それからが少し手が込んでいる。依頼した男は、おまえの死体を近くの二十四時間営業のレストランの駐車場へ持ってこいと言ったそうだ。そこで死体を確認してから金を払うことになっていた。ところが小和田らはおまえを生かしたままそこへ連れて行くことに決めていたんだ。おまえなら殺しを依頼した相手が誰なのか知っている可能性が高いから、それをおまえの口から訊きだした上で、殺しと金の交換をするつもりだったらしい。相手の身許が割れていれば安全保障にもなるし、二回目、三回目の三百万が手に入れられるかもしれねえからな。どっちも素人《しろうと》臭いが、狐と狸だぜ。その狸のお蔭で、おまえはまだ生きてるってわけだ」

「小和田はどこで捕まえられる？」

「おいおい、寝惚《ねぼ》けたことを言ってくれるな。鷲尾組はうちの系列だぜ。おれと相良の顔を立て、それだけの情報《ネタ》は流してくれたんだ。小和田を警察なんかに突きだされた日には、おまえの殺しなんざ証拠不十分で屑カゴにほうりこまれる代わりに、鷲尾組の内情を洗いざらい喋らされてしまうのがオチだぜ。そんなことができるかよ。ま、おまえにしろおれたちにしろ、小和田の面《ツラ》はもう二度と拝めねえと思っていたほうが正解だろうな」

「余計なことを」

「そう言うだろうと思ったぜ。じゃ、またな」

橋爪も一方的に電話を切った。小和田哲の名前を新宿署の垂水刑事に通報することを考えたが、暴力団担当の〝四課〟のメモ用紙を一枚消費するだけのことで、何の効果もないことはわかっていた。

私はロッカーの隣りのファイル・ボックスの上から電話帳の〝ハローページ〟をデスクに運んで、大築右近の名前を調べてみた。予想した通り、その名前で掲載されている電話番号はなかった。

私はもう一度電話応答サービスに電話を入れ、〝番号案内〟を頼むと言って、オペレーターが内線を切り換えるのを待った。先日、清和会の組事務所に「火事だ」という電話をかけたときも、この〝番号案内〟で電話番号を調べさせたのだが、電話帳に掲載されていない電話番号を割高な料金で教えるのを業務としている窓口だった。

「お電話、替わりました」

「渡辺探偵事務所の沢崎だ。大築右近という名前で調べてもらいたい」私は名前の綴りを教えた。

十数秒待つと答えが返ってきた。

「申しわけありませんが、そのお名前ではこちらには登録がありません」

「そうか……ちょっと待ってくれ」

私は大篥能楽堂で能を鑑賞したときにもらったパンフレットをデスクの引き出しの中で見つけて、宗家の大篥右近の紹介のページに急いで眼を通した。

「……では、大篥重高ではないか」

「それもありませんね。この大篥という字では、大篥重三郎という名前の登録が一件だけですが」

「それだ」と、私は言った。二代目右近だの重高だのと名乗っていても、要するに本名は大篥重三郎ということなのだった。私はその名前で登録されている電話番号と住所を訊きとって、電話を切った。

ハローページを片付ける前に、念のために大篥重三郎を調べてみると、高い料金を払って手に入れた電話番号と住所がちゃんと載っていた。これを探偵料の必要経費の中に計上すべきかどうかは大いに悩むところだった。

45

大築右近こと大築重三郎の邸宅は、目白台の〈日本女子大学〉に近い閑静な一帯の、目白通りを少し入ったところにあった。およそ二百坪ぐらいの敷地に、くすんだグレーの鉄筋コンクリートの三階建の建物が庭木と高いブロックの塀越しに見えていた。出入口は格子戸のついた門構えの前に車を横付けできるように少し退《さ》がって造られているだけで、車ごと邸内に入れるような大きな邸を予想していた私にはちょっと意外な感じだった。おそらくは偉容《いよう》を誇る大築能楽堂や大築会館からの勝手な連想だったのだろう。門柱に掛かっている消えかけた墨書の〝大築〟という表札がなければ、そこが自分の訪ねる住まいかどうか不安になるところだった。オートバイの持ち主である馬場晋市という自家用車の運転手が運転する車は、距離にして七、八百メートルぐらいしか離れていない能楽堂か会館のほうに車庫があるのだろう。いずれにしてもここは大築宗家《そうけ》の私邸という趣きだった。

私は表札の下に取りつけられたインターフォンのボタンを押した。佐久間弁護士との約束の午後三時までに二十分しかなかったが、私は最初から本郷の矢島弁護士事務所に出向くつもりはなかった。

「はい、大築ですが？」女性の声だったが、インターフォンを通した声はあまり声の主の特徴を伝えないことを経験で知っていたので、相手が誰かなどと推測したりはしなかった。

「あの、矢島弁護士事務所で今日の三時から行われる会合の件で、いくつか確認しておかなければならない要件ができましたので……」

私はなるべく法律家にふさわしいような謹直な口調で喋ったが、自分の耳には自信をなくした詐欺師の声のように聴こえた。

「矢島弁護士事務所の方ですね？」

私は心の中で《そうではない》とつぶやいて、その先の「……です」だけ口に出した。

「ちょっとお待ちください」と、相手は言ってインターフォンを切った。二分ほど待った。

「もしもし？」

私は返事をした。

「旦那様は三時まで重樹坊っちゃまのお稽古がありますので、終わるまでしばらくお待ちいただくようにということですが、よろしいでしょうか」

「ええ、構いません」

「じゃ、どうぞお入りください」

私は門構えの格子の引き戸を開けて、邸内に入った。手にはそれらしく見えるように用意してきた大判の書類封筒を持っていた。三メートルぐらいの石畳を行くと、すぐに鉄筋の建物の玄関に着いた。石畳の両脇には建物に並行して丈の高い檜《ひのき》が二本ずつ植えてあったが、前庭というほどではなく、表の通りに近い建物の二階の窓の目隠しのために植えられているようだった。

玄関に着くと、ありふれた金茶色の軽金属製のドアが内側から開けられた。

「いらっしゃいませ」インターフォンに出た女性が私を建物の中に入れてくれた。五十才ぐらいのおとなしそうな婦人で、小柄な身体に少しサイズの合わない紺のスーツを着ていた。お手伝いさんと言うにはやや事務的な感じだが、秘書と言うにはやや家庭的な感じの女性だった。彼女は私の人相風体《ふうてい》を見て、かすかに眉をしかめたようだった。彼女の想像した訪問者のイメージとは少し食い違っていたのだろう。だが、すでに自分の責任の範囲を越えていると心を決めたようだった。

「どうぞ、おあがりください」

彼女は私に上ばきのスリッパをすすめると、玄関の板敷きのロビーに続いている廊下を案内し、右側の応接室のドアを開けてくれた。

「すぐにお茶をお持ちします。稽古の終わる三時まで、こちらでお待ちください」

私はお構いなくと言って、応接室に入った。玄関を入ったときから、建物の上のほうから謡曲の声がかすかに聴こえていた。応接室は八畳ぐらいの広さの洋間で、内装も応接セットも質素でありふれたものに見えた。

しばらくして、さっきの女性がお茶を運んできた。彼女はお盆を胸の前でまわしながら、私の相手をしたものかどうか逡巡《しゅんじゅん》していた。私は宗家にお会いする前に準備しておくことがあるのでと言って、書類封筒の中身を取りだしかけた。彼女はほっとしたような顔で、ごゆっくりと言って部屋を出て行った。

三十秒待った。私はソファから立ちあがって、応接室のドアに近づいた。そっとドアを開け、廊下の左右をうかがった。誰もいなかった。私は応接室を出て、玄関のロビーへ戻った。心の内はともかく、外から見られる限りではこの邸内を歩きまわっても何の不思議もない人間が歩いているように歩いた。

私はロビーの一隅にある二階への階段を上がった。踊り場を過ぎて右に曲がる階段をさらに上がると、二階に着いた。聴こえていた謡曲の声が少し大きくなった。階段を上がったところから左右に廊下が伸びていた。左側は建物の奥に続いているようで、どこへ出るかまったく見当がつかなかった。右側は玄関までの距離だから五、六メートルしかなく、突き当たりの窓から目隠しに植えられていた檜の枝がのぞいていた。すぐ眼の前にある板壁の部屋は廊下に沿って十メートル以上もありそうで、謡曲はその中から聴こえてくるようだった。廊下の突き当たりの窓の手前にドアがあるのが見えた。私は廊下を進んで、そのドアをそっと開けた。

私はその部屋の中を見て驚いた。三十坪はありそうな広い部屋のほぼ中央に、間口も奥行も四間ぐらいの四角な能舞台の床面が再現されていた。四本の柱も天井まで伸びていて、地《じ》謡《うたい》が坐るベランダのような部分や囃子方がいる舞台後方のスペースも正確に造られていた。ないのは舞台の左後方に斜めに付いているべき〝橋掛り〟だけだった。しかも、舞台の奥の板壁には〝老松《おいまつ》〟の絵、右脇の板壁には〝若竹《わかたけ》〟の絵が能楽堂と同じように見事に描かれていた。建物のほかの部分をすべて見たわけではないから推測にすぎないが、この建物の建築費の半ばがこの部屋に費やされているのではないかと思われた。能舞台の中央で、濃い茶の着物に袴姿の老人がトレーナーにジーンズの半ズボン姿の少年に稽古をつけていた。

私は部屋の中に入り、能舞台の前に一間の幅に畳を敷いた客席のようなところに坐って、ドアを閉めた。老人と少年はドアが閉まったときの小さな音に気づいて、ほんの一瞬だけ私のほうを見たが、次の瞬間には稽古の世界に戻っていた。

「《花咲かば、告げんと言いし、山里の……告げんと言いし、山里の……使いは来たり、馬に鞍……鞍馬《くらま》の山の雲珠桜《うずざくら》……》」

　宗家の大築右近は謡いながら舞った。どうみても七十三才の老人とは思えない張りのある声と力強い動きだった。少年も八才の子供とは思えないような真剣な眼差しで、祖父の舞いと謡いに注目していた。手にした扇子や足にはいた白足袋《たび》と、トレーナーやジーンズとの対比がおかしかった。芥子《からし》色のトレーナーの胸に不思議の国の〝チェシャー猫《キャット》〟のニヤリとした笑い顔が大きくプリントされていた。少年の真剣な眼つきとは裏腹に、彼の身体を絶えず本来の子供としての集中力の拡散が襲っているようで、彼はそれと必死に戦っているように見えた。それは少年を遊びに誘っているような胸のチェシャー猫《キャット》から受ける私の間違った印象かもしれなかった。

《花咲かば、告げんと言いし、山里の……》の文句は、確か時代劇映画の『鞍馬《くらま》天狗《てんぐ》』で、天狗役の嵐寛寿郎《あらしかんじゅうろう》が謡いながら颯爽と登場するところを観たような記憶があった。稽古中の演目は『鞍馬天狗』だろうか。もっとも、能楽の『鞍馬天狗』は鞍馬山の大天狗が修業中の牛若丸《うしわかまる》に兵法《ひょうほう》の奥義《おうぎ》を伝えるような筋立てだったはずだ。

宗家はしばらく舞い謡い続けて、手本を見せた。

「そいじゃ、中入りのあと、《さても沙那王《しゃなおう》がいでたちには》から」

少年は「はい」と答え、舞台右手でさっと扇を構えた。「《さても沙那王がいでたちには、肌には薄花桜《うすはなざくら》のひとえに、顕紋紗《けんもんしゃ》の直垂《ひたたれ》の、露を結んで肩にかけ、白糸の腹巻、白柄《しらえ》の薙刀《なぎなた》……》」

「待って」と、宗家は厳しい声をかけた。「おまえは昨日言ったことをもう忘れてるじゃないか」

宗家は少年の背後にまわって立った。「《露を結んで肩にかけ》のところから、はい」

少年が謡いながら舞おうとすると、宗家は少年の両腕を激しく叩いて腕の高さを矯正した。

少年は顔をしかめながらも舞い続けた。

「はい、そこで右足から。違う！　それじゃ大きすぎる。なんでそんなに大きくまわるの？　柱に近づくな！」

それでも懸命に舞い続ける少年の後頭部に、宗家の扇子がぴしゃりと音を立てて振りおろされた。思わず少年は動きを止めた。

「馬鹿！　おまえは舞台だったら下に落ちてるよ。どうしてそこでそんなに大きくまわる必要があるんだ？」

少年はうつむいて老人の罵声をこらえていた。胸のチェシャー猫《キャット》が一段と意地悪く笑っているように見えた。

「《露を結んで肩にかけ》からもう一度、はい」

はいと命じられると少年の身体は自動的に扇を構えて舞いはじめた。眼にはすでに涙が溢れようとしていた。

「《……白柄の薙刀》は扇を掻《か》いこんで、そう。それから左足。馬鹿！」間違えた少年の右足の脛《すね》を扇子が打つ音が響き、少年の頰を涙が伝った。少年の心は痛みと悔しさと腹立たしさに千々《ちぢ》に乱れているのだが、それでも扇を持った手と足袋をはいた足は、ひたすら型の通り舞い続けようとしていた。他人の眼には幼児虐待以外の何物でもないように見えるが、能のあらゆる美しさの源はここからでなければ生まれないのかもしれなかった。

さらに数分のあいだ稽古は続いた。世間の常識では、父は厳しく、祖父は甘くと言われているが、実の孫に対してこれほど情け容赦のない稽古をつけている祖父の姿は一種異様だった。この少年の父親は彼が生まれた直後にアメリカで交通事故で死んだと、佐久間弁護士が話していたのを思い出した。この祖父は少年の父親の役目を引き受けているに違いなかった。

少年の涙が乾いたころ、宗家が今日はこれまでと声をかけた。老人と少年はその場に正座して、向き合った。少年が大きな声でありがとうございましたと言って頭を下げると、老人もそれに応えて頭を下げた。

少年は素早く舞台を降りると、私の前を通って、出入口のドアへ向かった。私の前で一瞬だけ足を止めて、私の顔を見た。その眼は、自分の技芸を観衆に見せることへの誇りと、自分の失敗や涙を見せたことへの不甲斐《ふがい》なさが綯《な》い交《ま》ぜになって光っているようだった。少年が不覚にも涙を流したのは、私という他人がそこにいたせいかもしれなかった。

「オタンチンの兵六玉《ひょうろくだま》」と、少年は小声で私に言った。

「鼻クソ丸めて、黒仁丹《くろじんたん》」と、私も小声で応えた。

少年はドアを開けて、チェシャー猫《キャット》と一緒に部屋を出て行った。

大築右近は能舞台に坐ったままで言った。

「どうも、お待たせした。こんなところまであがってみえるとは、能に興味がおありかな」

「いや、能を拝見したのはこれで二度目ですから」

「そうですか……しかし、回数を観ればいいというものでもない。うちの観賞会に毎回押し掛けてくるようなファンの中にも、能の面白さなどまったく理解していない人もいる。それに、能は日本の伝統的な芸能と言われているが、能の実演を観たことがない日本人は全体の九割以上だそうだ。それで国民的な芸術と称しているのもお笑い種《ぐさ》だ。あんたは、そのありがたい一割のうちではあるわけだ」

宗家は立ちあがろうとして、足もとが少しふらついた。

「大丈夫ですか」

宗家は苦笑した。「実を言うと、二時間近い演能よりも右京に稽古をつける一時間のほうが数倍疲れる。いや、不平を言っているわけではない。これが今ではわしの一番の楽しみでね」

彼は十数センチの高さの舞台から畳の間に降りた。その様子は確かに七十代の老人の用心深い動作だった。

「それはそうと、あんたは矢島の事務所での三時の会合に戻らなければならんのだろう？何か訊きたいことがあるそうだが、下の応接室でうかがおうか」

私は首を横に振って言った。「私は矢島弁護士事務所に行く必要はないし、もともと矢島弁護士事務所からきたわけでもないのです」

「あんたは弁護士事務所の使いではないのか」ふくよかだが、同時に年齢に応じたシワを刻んだ老人の顔に不審な表情が浮かんだ。

「私は探偵の沢崎といいます」

「何だって⁉」彼はがっくりと膝をつくように私の向かいに坐りこんだ。「すると、きみが三時の会合にくる予定になっているという、例の男か」

「そうです」

「何故ここへ現われたのだ？」

「矢島事務所の弁護士は、いまだにこちらの百合さんと魚住夕季という娘には親交がなかったと主張しているが、私はすでに二人のあいだに親交があったという確信を抱いています。わざわざ弁護士に騙《だま》されに行くつもりはないのです」

「しかし……」老人は扇子を意味もなく上下させた。今はそれを叩きつける対象は何もなかった。

「時間のむだです。十一年前の夏に、あの自由が丘のマンションの住人の一人が、こちらの百合さんを自分の部屋に二カ月近く断続的に宿泊させており、さらにその男が百合さんは魚住夕季の死亡の少なくとも十日以上前からその直前まで、その夕季という娘と同居していたと証言しているのです。私はそれを前提にした話を訊かせてもらうつもりで、こちらにじかにうかがったのです」

「しかし、いったい何を訊こうと言うのだ？」

「魚住夕季の死亡の前後の、百合さんの行動について、です」

「そう言えば、確かに当時の娘は少しばかり素行が乱れておったし、わしらが甘やかして育ててしまった二十才《はたち》そこそこの無責任な小娘だったので、いささか世間に迷惑をかけたりしたこともあるかもしらんが、しかし、だからと言って、きみのような人物に弁護士事務所で弁明をさせられたり、こんなふうに押し掛けられたりする謂《いわ》れはないはずだ」

「失礼ですが、あなたは当時の百合さんの行動を逐一ご存知なのですか。あるいは、百合さんやほかの誰かから、当たり障りのないように取り繕ったことを聞かされているのではありませんか」

宗家はむっとした顔で言った。「この通り年は取っているが、わしは大築の当主だ。娘の行動で親のわしが知っておくべきことはすべて知っておるし、このうちで行われていることはすべてわしの指図によるものだ」

二十才を過ぎた娘の行動で親が知っておくべきことがあるかどうか知らないが、たとえあるとしても、ほとんどすべての親がまずそれを知っていることはなかった。

誰かが廊下を歩いてくる足音が聴こえて、出入口のドアが開いた。私は振りかえった。大築能楽堂で解説をしていた大築春雄だった。国際能楽研究所の所長であり、カリフォルニア大学の教授だという男で、宗家の長女・真弓の夫でもあった。

「あ、お父さん。アメリカからの来客が帰ったので、弁護士事務所のほうへ行くところだったのですが、ミセス・サトウが弁護士事務所からの使いの人がきていると言ったので、捜していました」彼は私を指差して言った。「この人ですか」

能楽堂で解説していたときのように緊張しているわけではないので、かすかだが日本人の日本語とは異なるところがあった。

「いや、この人は違うのだ。この人が問題の沢崎という探偵さんだ」

「えッ⁉ あなた、何故ここへきたのですか」

「いまさらそんなことを訊いても始まらない」と、宗家は不機嫌な口調で言った。「彼は現にここへきてしまっているのだ。矢島の連中もこれぐらいのことは予想しておくべきだったんだ。高い顧問料ばかり取って、いざというときの役には立たん連中だ」

「そうか、あなたが日本のマイク・ハマーか。強引なところもあの探偵にそっくりだが、この治安のいい日本で、この礼儀を重んじる日本で、あなたの取っているような態度は非常識だということはわかっているでしょうね」

「治安がよくて、礼儀を重んじる日本では、マンションの六階から転落死した女性の同居人が、翌日に自分のオートバイだけをこっそり運びだして、姿をくらましたりすることも非常識だと見なされる」

宗家と大築春雄は思わず顔を見合わせた。

「あれは自殺だったんだ」と、宗家が大きな声で言った。「きみはまさか、わしの娘の百合が、あの、マンションから飛び降りた娘さんに、何かしたとでも言うつもりじゃないだろうな?」

「そんな馬鹿な!」と、大築春雄が言った。「それは大変な誤解だ。そんなことはありえない。だって、あれは自殺だったんだから」

私は二人の興奮が鎮まるのを待って、魚住夕季の死が自殺だとする三人の目撃証言が非常に疑わしいものになっている現状を話して聞かせた。

「それに加えて、魚住夕季の死亡の前後に、こちらの百合さんの非常識というか、不可解な行動があったことを考え合わせると、これは警察の再捜査の対象として十分な根拠になるはずだ。「魚住夕季に百合さんが何かをした」と言ったのは、私ではなくて大築さんのほうだが、もしそうでないと言うのなら、それを証明していただかないと、この次にこの家を訪ねてくるのは、百合さんへの召喚状を持った警官ということになる」

義父と娘婿《むすめむこ》は事態の困難さに打ちひしがれたように、しばらく顔を見合わせたまま黙りこんでいた。やがて義父が娘婿に力のない声で言った。

「これはもう、わしらの手には負えんようだ。春雄君、すぐに矢島の事務所に電話を入れてくれたまえ」

46

四時少し前に、大築家の関係者たちと私は一階の応接室で顔をそろえた。宗家《そうけ》、大築春雄・真弓夫妻、大築会の石動《いするぎ》理事長、矢島弁護士事務所の佐久間弁護士に加えて、矢島所長も直々のお出ましだった。石動理事長には大築能楽堂で佐久間弁護士に紹介されて会っているが、百合の姉の真弓と矢島弁護士の二人には初対面だった。テーブルの四辺を囲んで、宗家の右側に春雄・真弓夫妻、左側に弁護士たち、向かい側に石動と私が坐った。テーブルの上にはミセス・サトウが運んでくれたお茶が並んでいた。

私はもう一度そこにいる出席者たちに、私の調査の結果を話して聞かせた。こんどは法律の専門家たちが同席していたので、少し時間をかけて丁寧かつ慎重に説明した。話し終わったときは、話しはじめたときの〝どうして探偵などといううろんな稼業の男の言いなりになって、あちこち移動させられなければならないのか〟と言いたげな石動理事長や大築真弓の態度は影をひそめて、宗家の沈鬱な顔つきが伝染していた。

弁護士たちはほとんど困惑していた。車椅子に坐った佐久間弁護士が宗家に確認を取った。

「百合さんが魚住夕季さんと親交があったというのは、事実なのですね？」

宗家は憮然《ぶぜん》とした顔でうなずいた。

「残念ですな……」と、矢島所長が咎《とが》めるような口調で言った。彼は宗家と佐久間弁護士のあいだのソファに深々と腰をおろしていた。宗家の七十三才よりは若いが、すでに六十代の半ばは過ぎているように見えた。ふさふさとした銀髪の下の金縁の眼鏡の奥に、色素の少ない鋭い眼が光っていた。仕立ての良いダーク・グリーンの三つぞろいの上衣の胸のポケットから白いハンカチを出して、出ていない額の汗を拭《ぬぐ》った。

「家元」と矢島は宗家のことを呼んだ。「始めからそれを打ち明けて相談して欲しかったですな。佐久間君も私も、今日までお嬢さんの百合さんはその魚住夕季という女性とは親交も面識もなかったと聞かされていたので、この件は相手に非《ひ》があるものとして、その対応の仕方を準備してきた。それを、ここで急に相手のほうが正しかったと言われても……対応のしようがない」

「だったら、どうすればいいと言うんです？」宗家が疲れた声で言った。

「ここに出席している者だけでは、百合さんがその魚住夕季という女性の死亡に責任がないという証明ができない以上、この探偵さんを百合さんに会わせて、ご本人の口からそれを明言してもらうしかないでしょうな。それでこの探偵さんが納得するかどうかは別問題だが、私たちとしても彼女の話を聞いた上で、それを証明するべく調査をやりなおすしか方法がない。ただし、百合さんの健康状態がこの探偵さんとの面談に耐えられるとしてのことだが」

「そんな無責任な！」と、石動理事長が声を荒だてて言った。「百合さんの健康のこともあるが、沢崎さんには今日のところはお引きとり願って、まずあなたのほうで百合さんがそんなことに責任がないことを証明する態勢を整えた上で、面談の日時を設定するのが、あなた方の仕事でしょう」石動は鼈甲縁《べっこうぶち》の眼鏡をはずして、それを相手に突き付けるようにした。

「仕事の指図までしていただいて恐縮だが、沢崎さんのさきほどの調査報告をうかがうと、百合さんにその責任がないことをそう簡単に証明できるとは思えない。とすると、それを争うのは最終的には法廷ということになってしまいますよ。それでもいいんですか」

「矢島さん、あなたはわれわれの弁護士じゃなくて、こちらの探偵さんの味方のような口振りじゃないですか。いいですか、あの娘さんの死は自殺に決まっていますよ。あなた方《わずら》がそれさえちゃんと証明してくれれば、相手が沢崎さんだろうと法廷だろうと、こちらが煩わされるような理由は何もないはずだ」

「理事長、あなたはさきほどの沢崎さんの話をちゃんと聞いていたんですか。あの説明を聞いていれば、魚住夕季の死を自殺だと断定するためには、その人間は飛び降りのあったベランダにいて一部始終を見ていなければなりませんよ」

「いや、あれは絶対に――」

「石動君、やめなさい」と、宗家が引き止めた。「そんな議論を続けても仕方がない。わしのたっての願いは、とにかく百合につらい思いだけはさせたくないということなのだ」宗家は私に視線を移して言った。「つまり、その娘さんが亡くなられたことには、娘の百合は何の関係もないということは、父親のわしが誓って断言する。だから、何とか穏便に解決することを考えてもらえないだろうか……例えば、金銭的な解決方法だとか——」

「家元、ちょっと待ってください」と、矢島弁護士が割って入った。「その話は私がしましょう。沢崎さん、つまり家元がおっしゃるのは、われわれに少し時間を与えてもらいたいということです。第一に百合さんの健康があなたとの面談に耐えられるようになるまでの猶予であり、第二にうちの事務所で百合さんにかけられている嫌疑を晴らす調査を進めるための猶予です。これは道義的にも許していただけると思う。ただし、大築家としては、それであなたがこうむるマイナスについては、当然のこととして迷惑料とでも言うべきものを支払いたいということです」

「その案なら、私も大いに賛成ですな」と、石動理事長が言った。

私がそれに答えようとするのを遮《さえぎ》って、矢島弁護士は続けた。「いや、それを負担に思われる必要はない。こちらとしては、例えばあなたの代わりに警察などがいきなりここを訪れて、百合さんの健康やわれわれの調査などを台無しにしてしまったりしないということの保証になれば、それで十分なのです」

私は苦笑して言った。「私もあなた方と同様に依頼人がいて、同様に十分な依頼料を受けとっているので、そういう金は受けとるわけにはいかない。私の依頼人は姉の死についての疑惑と十一年間も苦闘してきた。それを忘れないでもらいたい。しかし、百合さんの健康を害することは私たちの目的ではない……一日だけ待ちましょう」

宗家や娘夫妻や石動理事長が素早く顔を見合わせた。その顔には〝一日の猶予〟など頭から否定している表情が浮かんでいた。それでもなお、眼顔で何かを相談し合おうとしているのはどういうことなのか。三日の猶予あるいは一週間の猶予なら何か方策があるというのだろうか。もう一度私を誰かに襲わせることを考えているのだろうか、娘の百合を私たちの手の届かないところへ逃亡させることを考えているのだろうか……。

「真弓」と、宗家が長女に言った。「どうだろう、何日か待ってもらえれば――」

「駄目よ、お父さん。百合にそんな無理がさせられるくらいなら、何もこんな不愉快な思いをする必要はないじゃありませんか」

大築真弓は不愉快の元凶である私の顔をちらっと見て、眼を伏せた。女としては大柄なほうで、豊満な身体をアメリカの有閑夫人ふうの明るいブルーのワンピースに包み、父親と夫のあいだのソファに坐っていた。もともと大家《たいけ》のお嬢さんとしてのんびりと育った女性のように見えた。四十代の半ばぐらいの年齢だから、妹の百合とは十才以上年が離れている。あいだに死んだ男の兄弟がいたと、佐久間弁護士が話していたのを思い出した。

「もっと時間が必要だと、私から頼んでみよう」夫の大築春雄が妻から私に向きを変えた。「沢崎さん、実は百合さんは最近少しノイローゼ気味なのですよ」

彼の〝百合〟と言う発音はほとんど〝リリー〟と言ったように聴こえた。あの呼び名をつけたのはこの日系人の義理の兄かもしれなかった。

「お父さんたちからは言いにくいことなので、私が話しましょう。私たちアメリカ人はそういう病状には比較的に寛容で、特別なこととは考えていないですからね……百合さんは、三月ごろから風邪をひいて体調を崩したのと、息子の右京君の学校の成績や、彼がこれから能役者として立派に成長できるかどうか、そういうことがみんな心配の種で、ちょっと気持の上で——」

そのとき、応接室のドアがいきなり開いた。和服姿のすらりとした女性がドアロに立っていた。

「百合！」と、父と姉が同時に彼女の名前を口にした。

石動理事長も大築春雄も呆気《あっけ》に取られたような顔で、ドアロのほうを見つめていた。

大築百合は応接室に入ってくると、宗家の隣りに一つだけあいているソファを見つけて、そこに腰をおろした。十才以上年長の姉に較べるとまだ若くて美しい女性だった。豊満な姉より細身の敏捷そうな身体つきで、顔だちはもっとはっきりしていた。眼の下にかすかに黒みを帯びた隈《くま》のようなものができていたが、化粧でそれを隠そうとしているようだった。それ以外には宗家たちが過度な保護の下に置こうとする理由や、義兄が話したような病気を思わせるようなものは何もなかった。もっともノイローゼなどという症状は必ずしも外見に表れるとは限らなかった。彼女は応接室の全員をゆっくりと見まわして、私に眼を止めた。

「わたしが大築百合です。十一年前のことで、わたしにお訊ねになりたいことがおありだそうですが、憶えていることは何でもお答えします」

「百合、あなた大丈夫なの？」と、姉が不安そうな声で訊いた。

「お嬢さん、何も無理にこんなことにお付き合いになる必要はないんですよ」石動理事長は鼈甲縁の眼鏡をもとに戻して、いたわるような口調で言った。

大築百合は彼らの言葉に微笑で応えただけで、私から眼を離さなかった。

「もういい」と、父親が言った。「そういう覚悟でここへ出てきたのだろうから、百合の好きにさせてやってもらいたい」

私はテーブルの上に置いていた書類封筒を見下ろした。その中にはこの事件に関係のある書類は何も入っていなかったが、私はそれを指差して言った。

「昭和五十七年の八月に、あなたは魚住夕季という女性が住んでいた自由が丘の奥沢TKマンションの六〇三号室にしばらく同居していましたね」

「はい」

「魚住夕季がその八月の二十四日の夜の十一時前後に、そのマンションのベランダから転落死したことは知っていますか」

「はい」

「そのとき、あなたはどこにいましたか」

「自由が丘から電車ですぐに行けるところにいる友だちの家《うち》にいました。その時刻にはそこから帰る途中だったと思います」

「その人はそれを証言できますか」

「いいえ、できません。五年、いや六年前に病気で亡くなりましたから」

「ほう……後日のために、その人の証言を取っておいたほうがいいとは考えませんでしたか。

後日と言うのは今日のようなことを言っているのだが」

「いいえ。それに、もしそんなことを考えたとしても、その人に証言してもらうことはできませんでした」

「何故です？」

「彼女はある方の奥さんで、しかもわたしとは特殊な関係にありましたから、そのことを誰に知られたくもありませんでした。とくに彼女のご主人には……ですから、わたしがその夜彼女と一緒にいたことを証言してもらうことはできなかったのです」

「お二人の関係をほかに知っていた人はいませんか」

「いないはずです」

「近所の人が、あなたがその夜彼女の家に出入りしたのを目撃しているかもしれない」

「そんなことはありません。わたしたちはほんとに人目を忍んでいましたから……それに、そういうことを調べることは堅くお断わりします。遠い昔のことですけど、彼女のご主人にそのことを知られたくありませんから。そのご夫婦の名前は絶対にお教えできません」

「あなたに対して、魚住夕季の転落死に何らかの関わりがあったのではないかという疑惑が持ちあがっているというのに、ですか」

彼女は笑った。「わたしが夕季を突き落としたとでもおっしゃるのですか」

「突き落としたのですか」と、私は訊きかえした。

佐久間弁護士が口を挟んだ。「お嬢さんはそんな質問に答える必要はありませんよ」

大築百合はありがとうと言うように弁護士に微笑《ほほえ》んでみせた。「いいえ、そんなことはしていません。どうしてわたしがそんなことをするんです、夕季はわたしが一番好きだった女性なのに」

「愛憎は同じコインの表と裏だと言う人もいる」

「わたしたちはまだそんな関係ではありませんでした。とてもいい友だちだっただけです」

「魚住夕季の死の二日前に、あなたはあのマンションの駐車場で、マンションの合鍵を返してくれと言う彼女を無視して、オートバイで走り去ったりしている。それでもとてもいい友だちだったと言えますか」

「そんなことが？」と、彼女は首を傾げ、それから思い出したようにうなずいた。「……そう、そんなことがあったかもしれません。あのころ夕季は、弟さんが甲子園の高校野球の試合で騒ぎになるようなことを起こして——」

「八百長試合の疑惑をかけられたことですね」

「ええ。夕季はそのことで頭が一杯で、わたしのことなどほとんど眼中にないっていう感じでした。弟さんの一つ前の試合はわたしも甲子園まで見に行ったんですけど、夕季はそのことも喜んでくれませんでした。それでわたしも意地悪がしたくなったのでしょう。わたしに相談もなく、急にあのマンションを出るって言うんで……もちろん居候のわたしに相談なんかすることはないんですけどね。わたしだって帰る家がないわけではありませんから、もちろん合鍵はその日のうちに夕季に返しました」

宗家が残念そうに言った。「そのときすぐこの家へ帰ってきていれば、いまごろになってこんな疑いをかけられたりせずにすんだのに……」

私は質問を続けた。「あの夜は何時ごろマンションに戻ってきたのですか」

「たぶん、十一時半ごろだったはずです。マンションの前は大変な騒ぎでした。夕季がそういうことをしたとはとても信じられませんでした。弟さんのことで悩んでいたことは知っていましたが、それほどだったとは思いませんでした……マンションを留守にして、友だちのところなんかへ行ったことを、わたしはとても後悔しました……でも、もうわたしにできることは何もないし、夕季と同棲していることを名乗って出ても、騒ぎを大きくするだけだと思って、そのままこの家へ帰ってきてしまいました。翌《あく》る朝、父に打ち明けていろいろと話し合ったのですが、そのまま名乗り出ないでいることは自分が決めました」

「駐車場に置いていたオートバイは？」

「翌日の夜遅くに、うちの運転手の馬場さんが取りに行ってくれました。もともとオートバイもライダー・スーツもヘルメットもみんな馬場さんのものだったんです。小柄な馬場さんとわたしはほとんどサイズが一緒でしたから、わたしが家出したときに無断で借りていったものだったんです」

大築百合は私の眼をしっかりと見て、きっぱりとした口調で質問に答えた。すでに私は彼女が魚住夕季を殺した人間であるとは思えなくなっていた。

「では、誰か魚住夕季に危害を加えるような動機を持っていた人物に心当たりはありませんか」

大築百合は首を横に振った。「さっきも言いましたが、わたしは自分の親しい人のことを――それは当時はほとんどが女性ばかりだったわけですけど――あまり他人に知られたくなかったので、わたしと夕季のことは誰も知らなかったはずです。ああ、わたしがあのマンションに行くきっかけになった、一階下の五〇三号室に住んでいる音楽家の稲岡って人は別ですけど」

「魚住夕季が誰かに脅迫されているというようなことはなかったですか」

「そんなことはなかったと思います。少なくともわたしは知りませんでした。そんなことがあれば相談してくれたと思いますけど……」

こういう質問をいくら続けても、肝腎の魚住夕季が弟を八百長試合に誘った張本人であることを伏せたままでは、大した手掛りは得られそうになかった。

「転落死したとき、彼女が妊娠していたことは知っていましたか」

「えッ、そんなこともご存知なのですか。それも夕季の悩みの種だったようですけど、彼女はわたしがそのことを話題にするのをとても嫌がっていました。ですから……」

「子供の父親が誰であるかは聞いていないのですか」

「ええ、話してくれませんでした」

「あの娘さんは妊娠していたのかね」と、宗家が同情のこもった声で言った。「可哀相に……」

石動理事長が咳払いをし、腕時計に眼をやりながら言った。「沢崎さん、もう五時をまわっています。そろそろ百合さんを解放してやっていただけませんか。私たちとしてはあなたの要請に最大限に応えて差しあげたわけですし、これ以上は本当に百合さんの身体に障りますから」

私は石動理事長が会談の終わりを催促する言葉など聞いてはいなかった。会談が大過《たいか》なく終わって、応接室に安堵《あんど》したような空気が広がるのも見てはいなかった。

大築百合の話で新たに一つだけわかったことがあった。それは玉川署の調書で読んだ、魚住夕季が弟宛てに書き遺したと推測されている〝遺書と見なされるもの〟のことだった。

《あなたには申しわけないけど、わたしは自分が決心した通りにします》

《あなたはわたしなんかとは何の関係もなしに強く生きていってほしいと思います》

《わたしはあなたが甲子園へ行くことはいやな予感がしたんです》

《あなたのことを非難するひともいるかもしれないけど、わたしはそれが間違いであることを知っています》

藤崎監督の妻の典子が、どこかの通路のフェンスにもたれた女と魚住夕季が言葉を交わすのを記憶していたが、それは大築百合で、場所は甲子園球場だったのだろう。誰もが〝甲子園へ行く〟というくだりを、魚住彰が甲子園の高校野球に出場することと決めこんで読んでいたのだった。だが、これは同性愛者の執拗な愛情を疎《うと》ましく思うようになった魚住夕季が、大築百合に宛てて書いた別れの手紙と読むこともできるはずだった。

しかし、だからと言って大築百合が魚住夕季を殺害したことにはならなかった。

私は魚住夕季は自殺していないという確信を深める一方で、それが他殺であることを証明できるような証拠はまだ何一つ発見していなかった。大築百合には魚住夕季を殺害する〝機会〟はあった。〝動機〟もないとは言い切れなかった。そして夕季の転落死のあとの彼女の〝不審な行動〟はとくに眼を惹《ひ》くものだった。にもかかわらずたった三十分の面談だけで、私は大築百合が〝殺人者〟ではないことを直観的に確信していた。

彼女は真剣な口調で私に言った。「とてもつらいことですけど、わたしは夕季が自分の命を絶ったことを信じて、十一年間ずっと生きてきました。でも、あなたが夕季は殺されたのだとおっしゃるのなら、その真相を突きとめることにはどんなお手伝いでもいたします。いつでも、そう言ってください」

彼女はソファから立ちあがった。細めの身体を鉄紺《てつこん》色の和服に包んでいるのですらりとして見えるが、思ったほど背が高いわけではなかった。

「背は一六九センチに二センチ足りない」と、私は声に出して言った。

大築百合はただ怪訝《けげん》そうな顔で私を見ていた。私の言葉が、彼女の記憶の襞《ひだ》に触れているような様子はまったくなかった。

「百合さん、あなたは身長はどれだけありますか」

応接室全体がその瞬間に凍りついたような沈黙に支配された。

取り立てて健康を害しているとも思えない普通の女を、あれほどまでに外部の人間から隔離しようとした理由が私にもようやく解った。彼らが心底から恐れていたのは、魚住夕季を殺した疑いをかけられたことなどではなかったのだ。

これ以上の沈黙はあまりにも不自然だと感じられる寸前に、彼女は私の質問に答えた。

「たぶん一六四センチぐらいだと思いますが」

姉の真弓があわてて、押しつけるような口調で言った。

「いいえ、あなたはわたしより少し背が高くて、一六七センチあるって言ってたでしょう」

石動理事長も狼狽《ろうばい》した声で言った。「でも、年を取ると背丈は少し縮むものだから……」

かえって疑惑を募《つの》らせるような言葉だった。二十才のときに一六七センチあった女性が、三十一才で一六四センチになってしまうということは普通ではありえなかった。

ふたたび室内は重苦しい静寂に包まれた。宗家の両肩が一族の気持を代表するようにがっくりと落ちた。

「あなたは誰なのですか」と、私は宗家のかたわらに立っている美しい女に訊ねた。

彼女は答えられなかった。

「大築百合であるはずはない」と、私は言った。「大築百合は十一年前に、自由が丘のマンションの六階から飛び降りて死んでいる」

47

大築百合の身代わりを演じていた女はショック状態で、大築真弓に支えられるようにして応接室を出て行った。

「百合さんに何があったんですか」という矢島弁護士の問いに答えて、宗家は悲痛な面持ちで話しはじめた。

「百合の不幸がいつから始まったのか、わしにもよくわからん……十一年前に運転手の馬場のオートバイを無断で持ちだして家出したのは、二十才のときだった。家出の直接の原因になったのは、わしがうちの流派ではもっとも将来を期待され、わしの後継者の一人と目《もく》されている幹部と百合を強引に結婚させようとしたからだろう。その男は当時すでに四十五、六才で妻を亡くしたばかりだった。もっと百合の年齢に似合った男を選んでやればよかったのかもしれん。わしには跡継ぎがいなかったので、百合に男の孫を産んで欲しかった。長女の真弓はすでに春雄君に嫁いでいるが、子供ができないようなので、希望は百合だけだった。才能の家では世阿弥《ぜあみ》以来、才能のない実子よりも才能ある者を養子にして芸の衰退を戒《いまし》める伝統があるが、才能がないも何も跡継ぎそのものがいないことの寂しさは、他人にはわからんだろう。わしはもう六十を過ぎていた。生まれてくる孫のためにも、立派な能役者の父親を与えてやりたかった。その気持が百合に不釣合いな結婚を押しつけてしまうことになった」

宗家は冷たくなったお茶の残りを飲み干した。

「百合を結婚させようとしたのは、何もわしの都合ばかりではなかったのだ。百合は高校を中退してからは、家出を繰りかえすようになっていて、不良娘というやつになりかけていた。だから、結婚でもさせればと思ったんだが……百合が高校に行かなくなったのには理由《わけ》がある。ある夜、百合が当時うちでお手伝いをしていた三十才ぐらいの女の部屋に忍びこむところを見つけてからだ。問い詰めてみると、二人の関係は半年以上続いていたと言うんだ。その夜のうちにわしはその手伝いの女を叩きだした。娘はしばらく休学させて、生活の隅から隅まで干渉するようになった。それに反発して、高校にも行かなくなり、家出を繰りかえすようになった……娘がそんな性癖を持つようになったのはどういうわけなのか、わしにはわからん。いつか長女の真弓がわしをひどく非難したことがあった。百合が中学生だったころのことだが、代々の家宝で貴重な文化財でもある能の面《おもて》の一つに取り返しのつかない悪戯書きをしたことがあり、わしは百合をひどく折檻したことがあった。わしは逆上して「おまえのような子はこのうちでは何の役にも立たん、どうして男に生まれてこなかった、男だったら面の一つや二つぐらいは少しも惜しくない」と喚《わめ》いたそうだ。わしの心の底にあるそういうものが、百合の心をどんなに傷つけたか、わしには想像もつかん」

宗家は自責の念に打ちひしがれていたが、気持を奮い起こすように声を強くして話を続けた。

「それだけではない。百合は小学校に上がる少し前の夏休みに、わしの家内の里に出かけて、近くの川のそばで当時九つだった兄の重彦《しげひこ》と遊んでいた。そのとき重彦が川に落ちて溺死したのだ。まだ六つの百合は川のそばで泣いていただけで、誰を呼ぶこともできなかった。もちろん、そんなところで遊ばせていた大人の責任で、幼い娘には何の罪もない……ずっとあとで、わしと百合が喧嘩をして言い争ったときに、百合は「父さんのお気に入りの重彦兄さんを死なせたのはわたしだと思っているでしょう」と言ったことがある。もっとひどい喧嘩をしたときに「お気に入りの兄さんを殺したのはわたしよ、溺れているのを知っていてわざとほうっておいたのよ」と言ったこともある。百合がそんな馬鹿げたことを口にするのは、わしの眼つきや態度からいつもそういう恨みがましさのようなものを感じていたからに違いない……どこまで昔に遡《さかのぼ》っても、わしはあの娘には苦しめること以外に何一つしてやれたことがないような気がする……」

宗家は声を詰まらせて絶句した。父親の語る娘の肖像をどれくらい真《ま》に受けるかはともかく、少なくとも身代わりの大築百合が演じた虚像に較べると、実像は遥かにつらい少女時代をおくったことは想像できた。

私は上衣のポケットからタバコを出して、テーブルの上にあった緑がかった黒い石細工の卓上ライターで火をつけた。テーブルの真ん中にあった同じ色の石の灰皿を、大築春雄が私のほうへ寄せてくれた。

矢島弁護士がさらに訊いた。「家元、十一年前にはいったい何があったんですか」

「あの年は、大築流全体がぴりぴりしていた年だった。わし自身は重要無形文化財、つまり〝人間国宝〟の指定を受けられるかどうかという瀬戸際で、春雄君にとっては外国人では初めての〈法政大学能楽研究所〉の教授のポストにつけるかどうかという瀬戸際だった。石動《いするぎ》君にとっては、大築会の会員が〝観世〟をはじめとする五流のどこの会員数も抜いて、文字通りの日本一の流派になれるかどうか、さらに大築能楽堂と大築会館建設の資金五十億円のうちの寄付金による予定額が集められるかどうかの大事な瀬戸際だった。そのいずれをも脅《おびや》かしかねない百合の素行を、われわれとしては黙ってほうっておくことはできなかった。ある興信所を雇って彼女の行く先や居所だけはつねに摑んでおくことにしていた。もっと厳重に拘束しておくべきだという意見もあったが、それではかえって火に油を注ぐようなものだから、自由にさせておいて遠巻きに監視する方法を取った。だから、われわれは百合があの自由が丘の音楽家と称する男のマンションに出入りしていることも、あの魚住夕季という娘と親しくなっていることも、すべて知っていたのだ」

宗家は言葉を切って、娘婿の春雄にお茶のお替わりを持ってくるように頼んでくれと言った。春雄はすぐに応接室を出て行った。

「そして、問題の夜だ。あれは何日だと言ったかね？」

「八月二十四日」と、私が答えた。

「そうだ。あの夜の九時ごろだった。百合からここに電話が入った。かなり取り乱していて、酒に酔っているような話し方だった。もっと性質《たち》の悪いクスリのようなものを服《の》んでいたのかもしれん。百合は最初のうちはわしに対する恨みごとや、自分の現状への愚痴をくどくどと喋り続けた。それから、こんな世の中にはおさらばして、これから自分は死ぬつもりだと言いだした。自分を拒絶した娘が帰ってくるのを待って、その娘を殺して、自分も死ぬのだと言った。その娘は自分をマンションに置き去りにしたまま、何の連絡もなしに二晩も帰ってこないのだと言っていた。最初のうちは、そんなことはわしに対する嫌がらせぐらいのつもりで聞いていたが、そのうちに百合が本気であることがわかってきた。わしは姉の真弓と交替で百合を説得し続けた……百合は妊娠していることも真弓に話したそうだ。好きでもない男と、宿代のつもりでたった一度寝たら、それで妊娠したというんだ。そこまで許すつもりはなかったのに、最後は力ずくでどうにもならなかったと言ったそうだよ……百合の説得を続ける一方で、わしは石動君を呼び、春雄君と三人でどう対処したらいいかを話し合った。百合の居所はあの自由が丘のマンションに間違いなさそうなので、とにかく二人に車を飛ばしてもらうことにした。マンションに着いたら、その部屋のドアを叩く前にこちらに電話を入れてもらうことになっていた。わしたちで説得して百合を思いとどまらせることができれば、部屋に押し掛けたりしないほうがいいからだ。しかし、わしと真弓とで懸命に話して聞かせたが、結局は駄目だった」

お茶の替わりを盆にのせた真弓と一緒に、大築春雄が戻ってきた。

「静恵《しずえ》は大丈夫か」と、宗家は真弓に訊いた。静恵というのは百合の身代わりになった女性のことのようだった。

「ええ、大丈夫です。横になって安静にしているからもう心配はありません」

真弓はお茶を取り替えただけで、ふたたび部屋をあとにした。私は短かくなったタバコを灰皿で消した。

宗家がお茶で喉をうるおして、先を話しはじめた。

「百合は、その娘が帰ってきたら一緒に死ぬつもりだと言って、これでさようならと電話を切ってしまった。確か、十一時少し前のことだった。わしと真弓はすっかりあわててしまった。石動君たちが自由が丘に着いてもいい時間だったが、まだ電話が入らないからだ。真弓は警察に電話しろと言ったが、わしは反対した。もしも、百合がその娘を殺したあとに警察が駆けつけることになったら、まるでわしらが百合を警察に突きだすようなものじゃないか。そんなことはできん。わしはマンションの管理人の電話番号を探そうとしたが、石動君たちが興信所の調査報告を持って行ったので、マンションの名前がとっさに思い出せなかった。TKマンションというのはわかっていたんだが、最初の名前が……」

「奥沢です」と、石動理事長が教えた。

「そうだ。それが出てこないので、電話帳を開いたままで何もできない始末だ。そんなことをしているうちにやっと電話のベルが鳴った。受話器に飛びつくと春雄君からの電話で、マンションの前に車を停めて、すぐそばの公衆電話から電話をしているということだった。わしは百合からの電話が切れたことを告げて、すぐに部屋まで行くように言おうとした。しかし……しかし、そのときに……」

　宗家はその先を続けることができなかった。

「そのときに」と、石動があとを引きとって言った。「われわれの見ている眼の前で、誰かがあのマンションの六階のベランダから墜《お》ちてきたのです」

「あとは、石動君、きみが話してくれ」

「飛び降りたのはもちろんお嬢さんの百合さんでした。でもそのときは、私も春雄さんもすぐにお嬢さんのそばに駆け寄ることはできなかった。お嬢さんは電話で、同居している娘さんを殺して自分も死ぬと言っていたからです。だから、ベランダから転落してきたのは、その娘さんのほうかもしれない。私たちが少し離れて様子を見ていると、すでに飛び降りた娘のまわりに人垣ができはじめて、「六階の魚住という娘だろう」とか「きっと即死だったに違いない」と言う声が聴こえてきた。私たちはマンションの六〇三号室に駆けつけて、そこにもしお嬢さんがいるなら、誰にも気づかれないうちに連れだしたかった。でも、私たちよりも早く六階のほうへ向かった人たちがいたので、それは無理だった。実際には、飛び降りたのはお嬢さんだったわけだから、そんなことをしても何の役にも立たなかったわけですが……ところがマンションの前では、六階に住む魚住という娘さんが飛び降りたものとして、何もかもが処理されていったのです」

「そのまま引きあげてこられたわけですか」と、矢島弁護士が咎《とが》めるような口調で訊いた。

「それしか仕方がないじゃありませんか」と、石動は口を尖らせて言った。「彼らが飛び降りたのは魚住という娘さんだと言っているのに、これはうちのお嬢さんではないかと訊くんですか。お嬢さんというのは誰かと訊きかえされたら、さっき電話で魚住という娘さんを殺して死ぬと言っていたうちのお嬢さんだとでも答えるんですか。そんなことはできないでしょう。もし万一、お嬢さんが魚住という娘さんを殺していて、彼らがマンションのドアを開ける前にそこから逃げだしていたのだとしたら、われわれはお嬢さんを見つけだして保護しなければならない。自首させるにしても、お宅のような弁護士事務所に相談して、最善の状態で自首させるべきだと考えたのです。それで、いつまでも現場に残って不審な眼で見られるわけにはいかないので、私たちはその場を引きあげてきました。同じ理由で、お嬢さんが乗っていたオートバイは、翌日の夜に運転手の馬場君にスペア・キーで運んできてもらった。私たちは、もし亡くなったのがお嬢さんだったら、少なくとも遺体の身許《みもと》が確認される段階で、魚住という娘さんではないことは明らかになるはずだと思っていたのです」

石動はお茶のほうへ手を伸ばしかけた。

「一つだけ忘れている」と、私は言った。「目撃者の一人を証人に仕立ててきたことが抜けている」

石動と大築春雄は顔を見合わせた。

「証人に仕立てるとはどういうことですか」矢島弁護士が石動と私を見較べながら訊いた。

石動が言い渋っている様子だったので、私は言った。

「あなた方二人の顔を憶えている証人の江原尚登という男を連れてきてもいいのですよ」

「いや、その必要はありません」と、石動は言った。「そのこともお話しますよ。私たちがあの現場で様子を見ているときに、自分はあの娘が飛び降りるところを見たという男が現われて、自慢そうに野次馬たちに話していたのです。私たちはお嬢さんがあの娘さんを殺したのかもしれないという懸念で頭が一杯でしたから、そういう証言があればこれ以上の味方はないと思ったんです。それで彼に証言をしてくれるように頼みこんだのです。マンションの経営者が評判を気にしているように装ってね。あとになってから、ほかに二人の証人が現われたことを知って、むだなお金を使ったと思いましたが、彼が余計なことを喋ったりしないように、約束した金額はきちんと払っておいたのです」

石動は私のほうを振りかえって言った。「最初に探偵さんが江原という男の証言の欠陥を指摘したり、ほかの二人の証人の証言も疑わしいと言われたときには、正直なところあわてましたよ」

私は言った。「結局、飛び降りたのは魚住夕季ということで、あの事件は処理されたのですね」

「そういうことです。私たちのほうは、お嬢さんから何の連絡もないので、亡くなったのはお嬢さんだったに違いないと確信しました。あれが自殺だったという報道はどの新聞にも載っていましたから、たとえお嬢さんがあの娘さんを殺していたとしても、逃げ隠れする必要はなかったわけですからね。魚住さんのほうでは、娘さんの父親が身許確認をしたにもかかわらず、あの遺体は魚住夕季さんのものとして葬られることになってしまったのです」

「父親までが何故自分の娘でもない遺体を自分の娘として葬ったのか、おかしいとは思いませんでしたか」

「確かにその通りですが……しかし、そんなことを誰に問い合わせるわけにもいかないでしょう。向こうは本当に間違えてしまったとしか考えられない。あの自殺は弟さんの八百長疑惑と一緒にスポーツ新聞が大きく取りあげたときにその記事を読みましたが、二人は年恰好も同じだし、お嬢さんはその娘さんの服を着ていたらしい。それに遺体の顔も区別が——」

石動は宗家が聞いていることを思い出して、あわてて言葉をのみこんだ。

宗家はつらそうな声で言った。「それからしばらくは、娘の遺体を道端にほうりっぱなしで棄ててきたような罪悪感に苛《さいな》まれて、わしは夜もろくに眠れなかった。しかし、いまさらあれはわしの娘だと名乗り出ることはできなかった……いや、わしは嘘をついている。百合の自殺が思わぬ結末を迎えてからというもの、わしは人間国宝に指定されるし、春雄君は能楽研究所の教授に任命されるし、大築会は最多数の会員を誇る組織となって、大築能楽堂も大築会館も無事落成の運びとなった……これらはすべて娘の自殺を闇に葬って得た代償のようなものだ」

「それは言いすぎですよ、お父さん」大築春雄が慰めるように言った。

「魚住夕季の墓に毎年花を供えられているのはあなた方ですか」と、私は宗家に訊いた。

宗家は自嘲気味に小さく笑った。「死んだ娘にできることが、隠れて花を供えるだけとは情けないことだ」

「家元、百合さんの代わりをされていたあの女性はどなたですか」矢島弁護士が訊いた。「詮索するわけではないのだが、つまり、あなたのお孫さんと言われている右京君がいったいどういう関係になるのか、それが気になって訊ねるのです」

石動理事長が鼈甲縁の眼鏡をはずしてテーブルの上に置いてから言った。「あれは私の娘の静恵です」

「何ですって？ あなたには確か、アメリカの大築会の支部のほうにいらっしゃる息子さんがあるだけだとうかがったようだが」

「あれは、私が結婚する前に親密にしていた女が産んだ娘なのです。その女はどういうわけか、私と別れたあとに、私には内緒で子供を産み、自分の手一つで育てようとしていたのです。しかし、静恵が十五才のときにその女は病気で死にました。死ぬ直前に私を呼んで、娘を引き合わせたのです。私は結婚して長男が生まれたばかりだったので、静恵のことをどうすることもできなくて、宗家にご相談するしかなかったのです。実際には、当時はお元気だった宗家の奥様が相談に乗ってくださったのですが、奥様は静恵をご自分たちの養女として、こちらの家に引きとってくださったのです」

「その先はわしが話す」と、宗家が言った。「それから二年ほどたって、家内は脳梗塞《のうこうそく》で倒れて寝たきりの生活になり、六年間の闘病生活をへて死んでしまった。静恵はそのあいだずっと家内の看病とわしの身の回りの世話をしてくれていたのだが、あれは家内が亡くなる一年ほど前のことだった。家内の言いつけだと言って、静恵がわしの寝床に入ってきたのだ。

家内は静恵に、自分たち夫婦が育てられなかった重彦の代わりの跡継ぎを産んでくれと頼んだそうだ。そんなことを真に受ける静恵も静恵だが……しかし、わしは以前から静恵のことを憎からず思っていた。父親の石動君を前にして、ひどい言い方だが、馬の前に人参をぶらさげられたようなものだ……だから、静恵は形の上では私の娘の百合となり、右京は百合がアメリカにいるときに婚約したあと交通事故死した、遠縁の日系人とのあいだに生まれた子供ということになっている。だが実際は、静恵はわしの二人目の妻であり、右京は孫ではなくて、わしの実の子なのだ」

石動理事長がそのあとを続けた。「お嬢さんが亡くなって二年ほどたったころに、静恵が宗家のお子さんを身籠《みごも》ったことがわかりました。そのときに、静恵も承知した上で、お嬢さんの身代わりにすることにしたのです。静恵は戸籍上は離縁された形で昔の籍に戻し、お嬢さんの名義でパスポートを取ってアメリカに渡り、向こうで出産したあと大築百合として帰国したのです。だから、百合さんが渡米したのは、あの事件の後という話になっていますが、実際はその二年後で、宗家のお子さんを産んでくるあいだのことでした。しかし、そんなことを調べようとする者は誰もいませんでした。静恵がこの家で控えめな生活をしている限り、身代わりが露顕《ろけん》するような危険はほとんどなかったのです。もとの籍に戻った静恵がその後行方不明になっていることを気にした人間も誰もいなかった。あれは母娘二人だけの家族でしたからね。静恵は日ごろからお嬢さんになりきれるように心懸けていましたが、とくに沢崎さんが能楽堂に現われてからは、お嬢さんが自殺されたときの電話の内容を宗家と真弓さんから詳しくうかがって、万一の場合にボロを出さないように備えていました。しかし、まさか身長のことを訊かれるとは思わなかった……当時のお嬢さんを知っている者に直接顔を合わせなければ、静恵が別人だと気づかれる心配はまったくないものと確信していたのですが……」

「私の依頼人が姉の自殺に疑惑を抱かなければ、大築家は安泰だったということですか」

「……そうは思えんな」と、宗家は静かな声で言った。

「こんな状態はやはり無理があって、いつかはこういう日がくるものと思っていた。さっきの静恵の様子を見ていると、あれがどんなに無理をして生きてきたかがわかる。あれは沢崎さんの質問に百合になりきって答えていたが、心の底では本当の自分に戻りたかったのかもしれない……」

石動理事長が矢島弁護士に訊いた。「われわれは結局どういう罪を犯していることになるんですか。世間を欺《あざむ》いたことは事実だとしても、実際にはそれほどの重罪を犯したとは思えないのですが」

「さァて、あまり前例のないような状況なので即答するのはむずかしいですな。まず、自殺したのが百合さんだとわかっていながら、それを他人であるかのごとく放置したことは、道義的には小さくない罪だと言えるが、実際にはどういう罪を形成することになるだろうか……金銭を与えて証言を依頼したことも、偽証をさせたというわけではないからね……静恵さんという人が百合さんのパスポートを取得したり、そのパスポートで出入国したことは、明らかに公文書偽造や出入国管理法違反の重大犯罪だが、彼女が直《ただ》ちにパスポートを破棄して静恵さんに戻るとすると、その罪を告発する機会が誰かに訪れるとは思えない……問題は右京君だな。彼が十一年前に亡くなっている百合さんの子供として戸籍に載っていることをどう修正すればいいのか、これが案外厄介なことになるかもしれませんな。いずれにしても、佐久間君、早急にそれぞれの件について下調べを頼むよ」

「よろしくお願いする」と、宗家が言った。

佐久間弁護士がすぐに取りかかりますと答えた。

「殺人未遂という罪が残っている」と、私は言った。

そこにいる全員が私の言った言葉の意味をすぐには理解することができなかった。理解した者は当惑していた。なかでも石動理事長の動揺は大きいように見えた。

「それはどういうことかね」と、矢島弁護士が訊いた。

「一昨日《おととい》の土曜日の深夜、私の事務所に三人の暴漢が現われて、私を殺そうとしたのです。折よく通りかかった私の知人がいなかったら、私は殺されていた」

「しかし、いったい誰がそんなことを?」宗家が一同を代表して訊き、一同を見まわした。

誰も答える者はいなかった。

「誰も名乗り出てくれなければ仕方がない」と、私は言った。「三人の暴漢のうちの二人は外国人のようだったが、主犯の男は日本人で、名前は小和田哲、三十七才、元鷲尾組の暴力団員だった男です。この中にこの名前に心当たりのある方がいるはずだ」

「わたしが心当たりがあります」と、佐久間弁護士が答えた。

「あなたが？」と、私は驚いて訊いた。「あなたが私を襲わせたのですか」

「いえ、そういう意味じゃありません。確か、先週の土曜日の朝でしたが、石動理事長から頼まれたことがあるのです。二年ほど前に駐車場に停めていた車が傷つけられたことで、大築会に対して非常に凶悪な強請《ゆす》りをかけてきた男がいる。その処理をお宅の事務所にお願いしたはずだが、少し気になることがあるので、そのときのファイルを見せてくれと言われました。すぐに探して届けましたが、その男の名前が小和田哲で、年齢も経歴も同じです。ファイルにはその男の連絡先も記載されていました」

石動はうつむいただけで反論せず、小和田との関係を実質的に認めた。

「石動君、いったいどうしてそんなことをしたんだ⁉」宗家が厳しい声で訊いた。

「あのときはそれが最善だと思えたのです」と、石動は言った。「この探偵さんを野放しにしておいては、必ず十一年前の事件が暴露されるという予感がしたんです」

「しかし、暴露されると言っても、こういうことですんだわけだから――」

「宗家、あなたにはほとんど現在の状況が解っていらっしゃらない。これがあなたのおっしゃるような穏便なことで治まるとでも思っておられるのですか。あなたはこの国のマスコミが、スキャンダルに飢えているマスコミが、とくに能楽のような権威ある世界のスキャンダルに飢えているマスコミが、この事件をほうっておくと思っておられるのですか。大築流能はおそらくズタズタに切り裂かれてしまいますよ。私が残って事態の収拾に当たることができれば、その被害を最小限に食い止めてみせますが、私はこの探偵さんや弁護士さんと一緒に警察へ出頭させられることになるでしょう。残念だが、大築流能の屋台骨が崩れ去るのを、私は檻の中で指をくわえて見ていなければならない」

「それが事実なら、仕方がないじゃないか。それがわしらの犯した罪なのだから」

「宗家、あなたはそれでいいでしょう。何があっても結局は人間国宝の芸術家でいられる。春雄さんもそうだ。能楽の研究者としての名前は残るし、アメリカへ帰れば研究だって続けられるかもしれない。しかし、私にはいったい何が残ります？　私は一介の経営者にすぎません よ。大築会が地に墜ちれば、私はただのゼロになるんです。いいですか、この大築会の会員を集め、金を集め、信用を集めたのはこの私なんですよ。この私がこの日本一の大築会の組織を築きあげたんです。それをこんな探偵ひとりのために簡単に崩壊させるわけにはいかなかったんです」

石動は自分の両手を宙に挙げて広げた——彼の築いた世界を差し示すように。だが次の瞬間、その両手で自分の顔を覆って、ソファの中に蹲《うずくま》った。

「石動《いするぎ》君……」宗家が小さな声で言った。「静恵や、きみの孫でもある右京のために、自重して欲しかったよ」

私のここでの仕事は終わっていた。私は佐久間弁護士に、二十四時間後に石動理事長と一緒に新宿署に出頭してもらうように頼んだ。

「あなたもおみえになりますね？」と、彼女が不安そうに訊いた。

「こんどは約束を守ります」と、私は言ってソファから立ちあがった。

大築百合が魚住夕季の墓の中で長い眠りについていたことはわかった。では魚住夕季はどこにいるのか。

私は偽装の書類封筒を手に大築家をあとにした。

48

私は目白通りの有料駐車場からブルーバードを出して新宿へ戻り、五時半過ぎに東京医大病院に着いた。三階のナース・センターで訊ねると、魚住彰の父親は今日はまだきていないという返事だった。トイレの入口のそばの公衆電話を使って、魚住彪《ひょう》の三鷹市の自宅に電話をかけた。藤崎監督が未払いの電話料金を払っておいたという電話は、呼出し音がいつまでも鳴り続けているだけで、誰も出る気配がなかった。

ロビーでタバコを喫っていると、三十代の気さくな感じのベテランの看護婦から通りすがりに声をかけられた。土曜日に魚住彰に面会したとき、粟津医師の診察についてきた看護婦で、ここに顔を出すようになってからお互いに顔を憶えていたのだ。

「魚住さんは、今日の夕食は初めて何も残さずに食べておしまいになりましたよ。怪我の後遺症もまったくないみたいでよかったですね」

私はうなずいてから訊いた。「彼の父親は今日はくるだろうか」

「どうでしょうか。確か、昨日の帰り際に、明日から仕事に出るつもりだから、病院にくるのは少し遅くなるとおっしゃってましたよ。でも、息子さんがもう大丈夫だから無理しなくていいって返事してるみたいでしたから」

「食事をすませてくるので、彼の父親に会ったら、しばらく待つように伝えてもらいたいのだが。私は沢崎です」

「ええ、いいですよ」

看護婦は患者たちへの夕食後の投薬を満載したワゴン車を押して、病室のほうへ向かった。私は病院から一番近そうな食事の店へ行き、一番早くできそうなメニューを注文して、夕食をすませた。

三十分後に病院に戻っても、魚住彪はまだ現われていなかった。もう一度彼の家に電話をかけて、呼出し音を四、五回聴いていると、ロビーの向こうのエレベーターのドアが開いて、魚住彪が降りてきた。私は受話器を戻して、彼を呼びとめた。

「沢崎さん、あんたですか」

彼は息子の病室へ向かいかけた足を止めて、ロビーのほうへやってきた。右足を少し引きずるように歩き、左眼の下の頬骨のあたりが黒い痣《あざ》になっていた。しかしそれ以外は、藤崎監督が言ったように、酒を控えているせいかむしろ健康そうに見えた。

「あんたには一度挨拶に行こうと思っていたんだが、そのうちにここで会えると思っていたものだから……」

そう言えば、彼と会うのは彼の息子が襲われた夜以来初めてのことだった。

「いくつか訊ねたいことがあるので、少し時間をさいてもらいたい」

「そうか。こっちはいつでも構わないが」

私は少し考えて言った。「先に息子さんに会ってきたほうがいい」

「いや、あれとは昨日もずっと一緒だったし、そろそろおれの顔を見るのにもうんざりしているようだ。あんたの用事を先にすましてくれ——」

私は彼の言葉を遮って言った。

「十一年前に、自由が丘のマンションで飛び降り自殺したのは、娘の夕季さんではなく、大築百合という娘だということがわかった」

魚住彪の上半身がゆらりと揺れたように見えた。私の顔を見つめたまま、少し臆《おく》したように口もとを歪めた。だが、私の言ったことにそれほど驚いている様子はなかった。

「そうか……彰はとんでもない人間を雇ってしまったと言ったのは、間違いじゃなかったな。いずれは、その言葉をあんたの口から聴くことになるだろうと思っていたよ」

私は魚住彪をレザー張りのベンチまで連れて行って、坐らせた。

「あんたの話次第では、しばらく息子さんには会えなくなるはずだ」

「……そうだな」

「私が聞いたことを彼に話すより、あんたが自分で直接に彼に話して聞かせるほうがいいのではないか」

「……そうだろうな。しかし、その機会をくれるのか」

私は上衣のポケットから自分の名刺を一枚出した。裏に事務所までのわかりやすい地図を描いて、彼に渡した。

「話すべきことを彼に話したら、私の事務所にきてくれ。待っている」

彼はそれをベージュ色の作業衣のポケットにしまった。「何故こんなことをしてくれるんだ？」

「あんたのためではなくて、依頼人のためだろうな。あんたがこれから彼に話すことは、金を払って雇った探偵から聞きたいようなことだとは思えない」

魚住彪は何も言わず、ただうなだれた。

「息子に話したのと同じ話を、事務所で聞かせてもらいたい。私は一時間ばかり前に、十一年間嘘を重ねることで一家を維持してきたある家族の話を聞いてきたところだ。もう嘘はたくさんだ」

「……そうしよう」

彼は立ちあがって、息子の病室のほうへ歩き去った。それは絞首台に向かう死刑囚でさえこれほど希望をなくしてはいないだろうという歩き方だった。

魚住彪は買い換えたばかりの中古の来客用の椅子に坐る最初の客だった。年齢のわりに大柄な筋張った身体が、長年の秘密を息子に打ち明けてきた重い疲労感と一種の解放感でばらばらになってしまったような印象を与えた。彼は何かに急《せ》かされているように早口で喋りはじめた。

「彰の甲子園出場が決まったとき、おれには二千万円に近い借金があった。そのうちの一千万円は本当の借金だ。そうなった第一の原因は、おれに甲斐性がなくて、ちゃんとした蓄えができなかったせいだが、言いわけをさせてもらえば、中学から高校と甲子園を狙って野球に打ちこむような息子を持つと、想像以上に出費が嵩《かさ》むものなんだ。いや、こういう余計なことは彰には話さなかった。それにそんな出費はいくらでも抑えられたんだ。息子自慢でのぼせあがっていたおれが、彰に食べさせるものも、彰の使う野球用具も、よその子に見劣りしないようにと、見栄《みえ》ばかり張っていたせいだよ。彰が試合でいい成績を上げれば、次の休みには贅沢な家族旅行に連れて行ったりした。いや、彰のためだけのように言うのも嘘だな。連れ子同士で結婚した家内と娘にも、今度は幸せな家族になったんだと喜んでもらいたかった……」

魚住彪は言葉を切って、つかの間当時の幸福感に浸るように微笑《ほほえ》んだ。

「もちろん、それだけでは一千万円もの借金はできない。あの年の初めに、家内が糖尿病と診断されて二カ月ほど入院しなければならなかった。夏に糖尿が悪化して、網膜剝離で手術する前のことだ。共働きの夫婦の家計にはこたえたよ。夕季の就職の話は前にしたな？ モデル販売員じゃなくて、経理のほうで正社員として雇われたって。その話には裏があるんだ。リュミエール化粧品の人事部長ってやつが、モデル販売員ならいつでも不足しているから採用するが、経理や事務のほうはむしろ人員整理をしたいくらいで本採用はできない、しかし本社の部課長クラスにちょっと鼻薬を嗅《か》がせれば何とかなると言うんだ。おれは娘に自分の好きな仕事をしてもらいたかった……でも、おれがあの夏に使った金に較べたら大したことはない。彰が東京の地区大会で勝ち進むたびに、会社の連中や町内の連中がお祝いをしてくれるんだ。祝ってはくれるが、支払いはすべておれ持ちさ。そんなこんなで、あっと言う間に一千万円の借金ができた。彰の甲子園出場が決まったときも、おれの心の中は焦りと不安と後悔で一杯だった」

彼は椅子から腰を浮かして、今にもこの事務所から逃げだしたいような素振りを見せた。それは十一年前の後悔と焦りと不安からの逃避を企てているようでもあり、今の自分が置かれている状況からの逃避のようでもあった。しかし、結局は椅子に坐りなおして、話を続けた。

「そんなときに、あいつがおれを博奕《ばくち》に誘ったんだ。あの男の名前を口にするのは勘弁してくれ。どうせあんたにはそれが誰だかわかっているはずだし、あの男の名前なんか口にするのも嫌なんだ。あいつが言うには、この博奕はおれの借金を見るに見かねて、ある大企業のオーナーがおれのために開いてくれる〝花会〟みたいなものだということだった。金を儲けられると思ってはいけないが、一千万円の借金は必ずチャラにしてくれるはずだと言うんだ。その代わり、彰の進路については、大学に行くにしろプロを目指すにしろ、そのオーナーに一任しなきゃならない、つまり彰の契約金の前払いみたいなもんだと思ってくれと言うんだよ。馬鹿なおれは世の中にこんなありがたい話があるだろうかと思って、あいつと一緒に出かけた。結果は借金が倍の二千万円に増え、おれたちの前に現われたのは大企業のオーナーどころか、横浜を根拠にしている〝関東連合〟の〈山村組〉という暴力団の幹部で、金が払えなければしばらく待ってやるが、その代わりこうむった被害についてはいずれきっちり支払ってもらうと言われた。そのときになって、あいつもグルになっての〝罠〟だったことに気づいたが、彰の甲子園出場が決まった今となっては、出るところにも出られず、どんな仕打ちが待っているかと怯《おび》えながら日を送ったよ。あいつ自身も借金地獄に苦しめられたあげくに、強制的におれを罠にはめる手伝いをさせられたことはあとで知ったことだが……」

魚住彪は額に汗を浮かべ、暑くてたまらないというようにベージュ色の作業衣の前を開けた。

「彰の甲子園の試合が始まるとしばらくはそんなことも忘れていた。三鷹商業のエースの森脇が交通事故で出場できなくなり、控えのピッチャーも肩を壊していて、一年のとき少しピッチャーの経験のある外野手の彰がいきなりマウンドに登らされた。それから三鷹商業が準準決勝まで奇蹟的な快進撃を続けたことは知っているな？　そして準々決勝進出が決まったその日、あいつが暴力団の幹部と一緒に現われて「次の試合では彰に必ず負けさせろ」と言ったんだ」

私は椅子に坐ったまま背後の窓に手を伸ばすと、少し開けて風を入れた。

「それがあの事件の始まりか」

魚住彪はうなずいた。「あとで考えると、二千万円とあいつらの法外な利子ぐらい何とかならなかったのかと悔やんだこともあるが、金の工面《くめん》がついたところでどうにもならなかっただろう。彼らは三鷹商業がもしもベスト4に進むようなことがあれば、おれの借金や博奕のことも、夕季が妙な女と同棲していることも、みんなバラしてしまうと言った。連中は何がなんでも彰に八百長をやらせるつもりだったんだ。三鷹商業がエース森脇を擁して甲子園出場を決めたときは、大阪の〈PL学園〉や神奈川の〈横浜商業〉に次ぐ優勝候補と言われていたんだ。エースの事故でその目がなくなったはずなのに、彰の好投のせいでおかしなことになってきた。本当かどうか知らないがあいつの話では、エースの森脇の交通事故にも彼らの手が伸びているらしいということだった。ありえないことじゃないな。そして、もしも三鷹商業がベスト4入りすることになれば、関東連合は野球賭博でおよそ十億円に近い支払いをしなければならない羽目に陥るだろうと言うんだ。だから、連中の八百長工作を断わるつもりなら、彰が試合に出場できなくなるような目に遭うことを覚悟してから断われと脅《おど》された」

「それで八百長をやらせることにしたのか」

「ほかに仕方がなかった……あいつは八百長の段取りも指図してきた。つまり、おれたちがじかに彰に八百長をするように言うのではなくて、娘の夕季を使って、おれの借金や博奕のこと、彰の身の危険のこと、それに夕季自身の女友だちのことを枷《かせ》にして、彰に八百長をするように電話をかけさせる段取りだった。あいつはうちの家族の者の心理を手に取るように知っていたよ。夕季が何故かおれの言うことには耳を傾けること、彰は夕季の言うことには耳を傾けて、しかも夕季のために決してそれを外部に漏らしたりしないことをね」

「あいつというのは、新庄祐輔のことだな」

魚住彪は私の口から出た名前がこの世で最も唾棄《だき》すべきものであるかのように眉をしかめて、うなずいた。

「新庄とおれとで、夕季に電話をかけさせたんだ。おれの家から、彰の甲子園の宿舎へ。ところが、彰は八百長をすることについては最後まで「うん」と言わずに、電話を切ってしまった。それを聞いたあいつがどんなにあわてたか見せてやりたかったよ。あのときは一瞬胸の閊《つか》えがすーっと下りたような気がした。新庄はもう一度夕季に電話をかけなおして、親父の借金や彰の身の安全や、もうすでに彰のスポーツ・バッグに五百万円の報酬が入れてあることを伝えるように言ったが、夕季は二度と受話器を取ろうとはしなかった。そして、おれと夕季は三鷹商業の応援をしながら、テレビで彰の試合を観たんだ。あいつは三鷹商業が負けますようにと祈りながら、部屋の隅で小さくなって観ていた。結局、彰はPLの強力打線に打ちこまれて完敗したが、おれと夕季はすっきりした気分だった。彰は正々堂々と戦って負けたんだ。負けたのは残念だったが、そのお蔭でおれたちみんなも関東連合の恐ろしい罠から解放されたわけだから」

「彼のスポーツ・バッグから五百万円の札束が転がり出るまでの話だな」

「そういうことだ。新庄のやつが余計な工作をしたばっかりに……彰が八百長試合の嫌疑をかけられ、向こうに残されて取り調べを受けていることは、その日の夕方になって知った。家内が応援の帰りに倒れて入院し、網膜剝離の手術を受けるようになったので、おれはそのことに忙殺《ぼうさつ》されていたんだ。夕季もときどき手伝いにきたが、彰の嫌疑が晴れるまでは気もそぞろという感じだった。おれ以上に、強い自責の念に駆られているようだったよ。しかし、裁定が下るまではおれたちにはどうしようもなかった。もしも八百長などという間違った裁定が下されるようだったら、夕季もおれも真相を訴え出るつもりでいたんだ。だから、あの裁定に一週間もかかったりしなければ……」

彼はほとんど無意識のような動作で作業衣のポケットを探ると、まだ口を開けていないワンカップの酒を取りだして、デスクの端にそっと置いた。すぐにも口を開けて飲みたそうな顔だったが、どうにか我慢していた。

「あの飛び降りがある二日前から夕季さんはマンションに帰っていない。彼女は新庄祐輔に会いに行ったのか」

「そうだ。一緒に警察に自首するように頼みに行ったようだ。彰に八百長をするように電話したがはっきりと断わられたことを話して、彰の容疑が晴れるように」

「あんたはそのことを知っていたのか」

「いや、全然知らなかった。夕季はおれに相談せずに一人で行ってしまったんだ。新庄が二晩も夕季の自由を奪って監禁していたことは、あとで知った。あいつは夕季が警察に行くのを思いとどまるように説得し、とにかく彰の裁定が下るまで待つように説得していたと言った」

「新庄が彼女を監禁していた場所は？」

「大泉学園にあるあいつの実家だったんだが、そのときはまだその家のことは知らなかった」

「新庄美工社があるところか」

「そうだ。しかし、当時はあそこには、新庄の親の代からの古い住まいが建っていて、誰も住んでいない空《あ》き家になっていたんだ。新庄夫婦はあの当時から便利のいい鷺宮のマンションのほうに住んでいた」

「新庄のそういう行状を、彼の妻は知っているのか」

「本人は女房にはすべて秘密だと言っている。おれもそう思いたい……慶子さんは夕季の実の叔母なのだし、おれたちが再婚する以前には、夕季と母親の面倒を看《み》てくれたこともある人だから」

「夕季さんが監禁されていることを知ったのはいつのことだ？」

「自由が丘の夕季のマンションで飛び降りがあったあの夜のことだ。夜の十時ごろ、あいつが電話してきたんだ。夕季がずっと食事を拒否していて衰弱がひどくなったので、手に負えなくなって、おれに助けを求めてきたようだった。私は驚き、激怒して、新庄を罵った。あいつは仕方がなかったと言うばかりだった。そして、十一時に私を車で迎えにきて、夕季を監禁している場所へ連れて行くと言った。あいつを待っていると、十一時過ぎにまた電話のベルが鳴った。それがマンションの管理人からの電話で、夕季が飛び降り自殺をしたから、すぐにきてもらいたいという電話だったんだ。おれはもう一度驚いたが、驚いている場合じ

ゃなかった。おれはすぐに行きますと答えたよ。そんなことはありえないことはわかってい
ても、ほかに答えようがないだろう？　とにかくマンションへ行って、飛び降りた人間を確認してから、これは自分の娘じゃないと言うしかないと思ったんだ」

「新庄は十一時にきたのか」

「十五分ほど遅れてきた。おれがあわてて事情を話すと、新庄はすぐにおれを車に乗せて自由が丘へ向かった。あいつはその車の中で、飛び降りた女が夕季じゃないことには気づかないふりをして、少し時間を稼いでくれと言うんだ。そんな馬鹿なことができるかと答えたが、飛び降りた女が夕季ではないことが知れたら、マンションの本当の住人はどこにいるのかということが問題になって、夕季の捜索が始まると言うんだ。そうでなくても、夕季の弟が八百長疑惑で取り調べを受けている最中に、夕季は行方不明、夕季の同居人は飛び降り自殺などという騒ぎになったら、警察の疑いの眼はおれの家族全員に向けられることになる。それより、とりあえずはその自殺した女を夕季ということにして、弟の八百長疑惑に心を痛めて自殺したように見せかけられれば、すべてがうまく運ぶと言うんだ。そして、彰の八百長疑惑が晴れさえすれば、夕季もおとなしくなるだろうから、そのときは夕季が旅行から帰ってきたことにでもして、自殺した女は人違いだったということにすれば、すべてがうまく治まるじゃないかと言うんだ」

「そんなことに同意したのか」

「いや、おれは反対した。自由が丘の現場に駈けつける最後の最後まで反対していたんだ。

しかし、マンションの前に停まっていた救急車の中の遺体を見せられて、驚いたんだ。まるで夕季がそこで死んでいるとしか思われなかった……ひどい話だが、遺体の顔は墜《お》ちたときに地面に当たって誰とも区別がつかなくなっていた。だが、髪の様子も、着ている服も、身体つきまでが夕季にそっくりだった。夕季の会社の上司がきていて、彼女も夕季だと思いこんでいた。マンションの管理人はもちろん、そこにいる誰もがおれにお悔やみを言うばかりで、遺体が夕季ではないかもしれないと思っている人間は一人もいなかった。「弟の八百長疑惑が原因じゃないか」という野次馬の声まで聴こえてきたよ。遺体が夕季ではないことをみんなに納得させるためには、みんなの前に生きている夕季を連れてくるしか方法がなかったろう……結局、おれは担当の取調べ官に、これは娘の夕季に間違いありませんと答えていたんだ」

「その翌日には八百長疑惑の裁定はシロと出たはずだ。どうして新庄の言ったようにうまく治まらなかった？」

「新庄は、夕季が意地になっていて、裁定などには関係なしに警察に出頭してすべてを告白すると言っているから、説得するのにもう一日待ってくれ、もう半日時間をくれと引き延ばし作戦に出たんだ」

「自分が説得しようとは思わなかったのか」

「そう言ったが、あいつはおれが直接会えば情にほだされて、夕季を解放してしまうとか何とか理由をつけて、会わせようとしないんだ。こっちは夕季を人質に取られているのも同然だった。監禁されている場所も知らなかったので、新庄に対して強い態度に出られなかったんだ……しかも、こっちではそのあいだに他人の遺体を引き取って、遺体が損傷しているということで通夜の前に火葬にふして、通夜が行われ、葬式が執《と》り行われるのを、おれは黙って傍観しているしかなかった。だって、まわりにはその遺体が夕季ではないと思っている人間は一人もいないし、悲しみに暮れている父親を煩わさないように気を遣って、すべてがどんどん進行していくんだ。それを止めるには、この遺体は夕季ではないと言うしかないのだが、おれにはもうそれを口にする勇気はなくなっていたんだ……」

魚住彪は震える声を抑えながら言った。「そして、初七日《しょなのか》がすんだ日に、新庄はこう言ったんだ。実は飛び降り自殺のあった夜遅くに、夕季を監禁している家に戻ってみたら、夕季は無理に自力で脱出しようとして、縛っていたロープに首をからめて、死んでいたと」

「そんなことを、そのまま信用したのか」

「いや……信用はしなかった」

「それでも、新庄を告発する気にはならなかったのか」

「告発すれば、夕季が生き返って、戻ってくるか」

「告発すれば、新庄と一緒にあんたも檻《おり》の中に入れられることは確かだな」

「そうだ。それも怖かった。いや、檻の中に入ること自体はそんなに怖くはなかった。現におれはその日以来檻の中で生きているのも同然だからな。怖かったのは、自分の犯した罪をみんなに知られることだ。とくに、夕季の母親や彰に知られることが怖かった。夕季がおれの実の娘でないからだろうと思われるのが、何よりも怖かったのだ。そんなことはなかったのに……」

「新庄は身代わりになってくれる死体ができたので、安心して彼女を殺したのかもしれないのだぞ」

「それも考えたよ……あいつのやったことは絶対に赦《ゆる》せない。だが、おれも新庄と同罪なのだと思うと、何をする気力も湧いてこなかったんだ。おれは夕季に彰への電話をかけさせたときに、すでに夕季の家族としての愛情や、人間としての尊厳を踏みにじってしまったのだ。あいつが夕季を殺す前に、おれが夕季を殺していたも同然なんだ」

実際に魚住彪は新庄祐輔の夕季に対する監禁、殺害もしくは過失致死などの重罪の紛れもない〝事後従犯者〟だった。

「彼女の遺体はどうしたのだ？」

「その夜、あいつに手伝わせて、三鷹のおれの家へ運び、庭のナツツバキの木のそばに埋めた。夕季と母親があの家へきてから、彼女の最初の誕生日に植えた木だ。あそこが夕季の本当の墓だ」

「マンションに残された引っ越し荷物の中に、自殺した大築百合という娘のバッグがあったはずだが」

「ああ……夕季の荷物の一つと思っていたが、あとで整理するときにそうでないことがわかった。大きな〝ホンダ〟のバッグにヘルメットやオートバイのキーや衣類などが入っていたよ。その娘さんの遺骨と一緒に、永福寺にある夕季の嘘の墓に納めてある」

「その墓に葬られたまま、遺族のもとへ帰れない娘のことは気にならなかったのか」

魚住彪は顔を伏せた。しばらく無言のままだったが、最後には震える声で言った。「時間がたつにつれて、新庄を告発して、自分も自首することを考えるようになった。娘の夕季を死なせてしまったことや、彰に八百長試合をさせようとした罪に服する覚悟はできていた。とくに、廃人のようになったおれの生活に嫌気がさして、夕季の母親が去り、彰も去り、夕季の母親が死んだと聞いたときなどは、本気でそうしようと思ったほどだ……しかし、名前も知らない娘さんの遺体を盗んだも同然のことをして、己《おのれ》の罪を免れようとしたことは、あまりに恐ろしくて、それを知られることは本当に耐えられなかった……あの夜、ふたりの娘が交錯して入れ違ったことは、重なった偶然とおれたちのデッチ上げた嘘のせいには違いないのだが、何かもっと大きくて恐ろしいものの力が働いているような気がして、それに立ち向かうことができなかった」

彼はデスクの上に置いたワンカップの酒を食い入るように見つめていた。まるで眼で酒を飲むことができるかどうかに挑戦しているようだった。

「土曜日に新庄祐輔のいる新庄美工社を訪ねて、彼を襲ったのはあんただな」

彼はしばらく言われたことの意味がわからなかった。私がもう一度繰りかえそうとしたときに、ようやくうなずいた。「あんたが現われたので、新庄の息の根を止めることができなくて残念だった」

「何故急にそんな気になったのだ？　あんたの息子が新宿で襲われたのは新庄の仕業だと思ったからか」

「そうだ。昨日彰を見舞ったとき、彰を襲ったのがまったく関係のない別の人間だったと聞いて、驚いた。しかし、大泉学園へ行ったのは自分から行ったわけではなくて、新庄に呼びだされたからだった。あいつはあんたが事件の真相を摑んだと言って強請《ゆす》ってきたから、二人で協力してあんたを始末しようと言ってきたんだ。あいつの言うことなど信用できなかったので、おれは十分に用心していた。案の定、あいつはおれの隙を見て、スパナのようなものを手に襲いかかってきた。スパナが顔をかすめ、右足を数回強打されたが、こっちもそのつもりで隠し持っていた麻紐をうまくあいつの首に巻きつけることができたんだ。あんたのくるのがあと三十秒遅かったら……」

新庄祐輔は話したいことがあると言って、私も呼びだしたのだった。魚住彪と私を呼びだして、十一年前の事件の真相を知っている者と、それを暴きだそうとする者を順番に殺害する腹づもりだったのだろう。例えば、私の死体を魚住の三鷹の家に放置して、魚住の死体を発見することがむずかしい場所に隠匿するような工作を考えていたのかもしれない。窮余《きゅうよ》の策だが、警察が夕季の遺体を発見することになれば、私にそのことを追及された魚住彪が、私を殺して逃走したものと誤認する可能性もあった。だが、実際には新庄は一番目の獲物に逆襲され、二番目の獲物に救助されることになってしまった。

「ほかに言い忘れたことはないか」と、私は訊いた。

魚住はしばらく考えて、首を横に振った。それから、デスクの上に置いたワンカップの酒を指差した。

「警察に出頭する前に、これを一杯だけ飲みたいんだが、いいかな？」

「飲むかどうかは自分が決めろ。おれは十五年前に一番身近な人間がアル中になるのに付き合って以来、人に酒をすすめることも、人の酒を止めることもやめたんだ」

「酒がまずくなるような話だな」

「飲むのも相手次第なら、酒の味も相手次第か。それでも飲むことには変わりはないんだ。これからあんたの娘を殺した男に会いに行こうというのに、あんたは一杯機嫌で出かけるつもりなのか」

魚住は酒に伸ばした手をさっと引っこめた。「おれも連れて行ってくれるのか」

デスクの上の電話が鳴った。受話器を取ると、東京医大病院の看護婦だという女が、魚住彰さんに替わりますと言った。魚住彰の急《せ》きこんだ声が聞こえてきた。新庄祐輔のほうが先手を打とうとしていることがわかった。

49

およそ十五分後に事務所のドアをノックする音が聴こえた。私はデスクの椅子に坐ったまま、どうぞと応《こた》えた。ドアが開いて、新庄祐輔ともう一人の男が事務所の中に入ってきた。濃紺のスーツを着た連れの男は新庄よりやや若く四十代の後半に見えた。常に相手の弱点を探しているような非力な肉食動物の眼つきをした男だった。彼は後ろ手にドアを閉めると、ドアのそばの柱に背中を預けて立った。私から眼を離して事務所の中を見まわしているところを見ると、私の弱点は簡単に見つかったのだろう。

新庄はデスクのほうへ近づいてきて、来客用の椅子に坐った。少し若向きの淡青色のゆったりしたブレザーに紺色のポロシャツとズボンという姿だった。新庄もドアのそばの男も、右手を上衣のポケットに突っこんだままで、新庄のほうはとくにその右腕に力が入っているように見えた。

新庄が助っ人を連れてきたということは誤算だった。彼らがポケットの中に簡単に納まるような武器を携行してきたということは、もう一つの誤算だった。

「彼は私の友だちだから、気にしないでくれ」と、新庄は言った。彼の左眼の上に大きな絆創膏が張られ、首のまわりには白い繃帯が巻かれていた。顔色は蒼白く、土曜日に魚住彪《ひょう》に首を絞められたときのショックがまだ遺《のこ》っているようだった。

「魚住の父親がきていたはずだが？」

「いま酒を買いに行っている」と、私は嘘を言った。

「本当かね。嘘じゃないだろうね？」

私は黙っていた。こういうときは、何か言えば余計に嘘らしくなる。魚住彪と酒の密接な関係が頼りだった。

「どのくらいで戻るんだ？」

「この近くには酒を買えるところはない。青梅街道に出たところにある自動販売機を教えたので、早くても十分か、十五分はかかる」

「十分だけ待つことにしよう。できることなら、ここで魚住の父親に会いたいのでね」

「土曜日に、私に話したいことがあると言ったことは、まだ思い出さないのか」

新庄はしばらくどう答えようかと考えていたが、やがて熱のない声で言った。「いずれにしても、大したことじゃなかったんだよ。忘れてくれ」彼は連れの男を振りかえって言った。

「十分たったら、引きあげよう」

「私を殺してか」と、私は訊いた。

男たちは顔を見合わせた。新庄が私に視線を戻して言った。「土曜日に救《たす》けてもらった礼を言っておくよ。私だって、普通なら自分を救けてくれた人間をどうこうしたくないんだが、今は普通の状況とは言えないんでね。あんたはもうこと、、の真相を知っているわけだ。魚住の父親が喋ったのか」

「飛び降り自殺をしたのは大築百合という娘だった。警察も魚住夕季の行方を追うことになる。私や魚住の父親をどうこうしたところで、間に合わない」

「そうかな。捜査は魚住の父親までは及んでも、私につながる線はそう簡単にはたどれないはずだ。私としても、もうそれに賭けるしかないんでね」

椅子に坐った新庄の身体が貧乏揺すりで小刻みに揺れていた。

「魚住の息子のスポーツ・バッグに五百万円を入れたのは誰だ？」

「それもすでに知っているんだろう？」

「監督の藤崎謙次郎か」

「その通り」

「彼は何故そんなことをしたんだ？」

「ハザマ・スポーツ・プラザの川嶋弘隆という男は知っているか」

「先月末に死んだばかりだ」

「そう。あの年の数年前から、三鷹商業はすべてのスポーツ用具をハザマから購入するようになった。開校以来初めて甲子園を狙える野球部に育てたということで、藤崎の発言力が運動部全体に大きくものを言ったんだ。その見返りとして、藤崎はハザマの交際費からかなりの饗応《きょうおう》を受けていた。相当なリベートを渡していたことを、川嶋が漏らすのも聞いていた。

藤崎に八百長を強制したときのネタはそんなところだが、タイミングが絶好だったんだ。何しろ甲子園でのベスト8進出が決まった直後だったからね。そういう黒い噂が流れただけで、マスコミは騒ぐし、大会本部も見過ごしにはできないはずだ。三鷹商業の出場停止まではいかないだろうが、藤崎が監督としてベンチに入るのはむずかしくなったはずだ。そうでなくても、可愛い選手たちにつらい思いをさせることになる。それより、八百長に応じて、どうせ勝ち目のない〈PL〉戦で敗退したほうが無事だと考えたんだろう」

小細工を弄《ろう》することが好きな男がそれを自慢げに話していた。「ところが、藤崎は自分の采配《さいはい》だけでは負けは保証できないと言ったんだ。八百長は投手次第で、ピッチャーの魚住が好投して相手の攻撃を封じてしまうようなことがあれば、負けたくても負けようがないとね。私たちもとっくにその準備はしていたが、彼の意見を採用したことにして、彼には魚住のバッグに報酬を入れる役目をやらせたんだ」

「あんたはどうしてそんなことに手を出した？」

「金だよ」と、新庄はあっさりと言った。「博奕《ばくち》でできた借金の穴埋めだ」

「いくらあったんだ？」

「大泉学園のあの土地をはじめ、親から受け継いだ不動産がみんな担保に取られているほかに、一億に近い借金があったよ。どうにも首がまわらなくなっているときに、借金をしている相手の——ある胴元が野球賭博でどデカい大穴を開けそうになった」

新庄はドアのそばの男をちらっと振りかえった。

「こっちは三鷹商業の新しいエースの家庭の事情や監督とスポーツ用具会社との関係を隅から隅まで知っているときている。こんなチャンスをむざむざ逃す手はないだろう？　お蔭で借金も担保もきれいに取り戻して、それっきり博奕から足を洗うことができたんだ」

「奥さんはそういう経緯《いきさつ》を知っていたのか」

「まさか！　慶子にそれを知られていいんだったら、こんなことに手を出したりしないよ。おれは根っからの博奕好きだが、あの〝やくざ映画〟の全盛時代に映画の美術の仕事の参考にと賭場《とば》に出入りするようになってから、博奕好きに火がついたんだ……そんな博奕好きでも、慶子の自分に対する気持を一か八か試してみるほど馬鹿じゃない。こんな男に我慢できる女なんかいないからね。すべては慶子に愛想尽かしをされないための苦労だったんだ」

新庄の貧乏揺すりが一段と激しくなった。

「新宿署に、私と魚住彰の関係を匿名でタレこんだのは、あんたか」

「慶子や藤崎からあんたのことを聞いて、あんたが嗅ぎまわるのをほうっておくのは危険だと思ったんだ。それにあのときは、魚住を襲った人間がいるということは、あのマンションから飛び降りて死んだ娘をほったらかしにしている連中のほうにも何か相当後ろ暗いことがあるに違いないと思ったんだ。うまくいけば何もかもそいつらのせいにできるかもしれないと……まさか、あれが単なる強盗の仕業だとは思いもしなかったから」

ドアのそばの男が初めて口をきいた。「新庄、喋りすぎだ。そろそろ十分たつ。やるべきことをすませて、引きあげようぜ」関東連合の山村組の組員に違いないだろう。

私は男の言葉を無視して、新庄に訊いた。

「何故魚住夕季を殺した？」

「おれは殺していない！　夕季は自分で自分の首を絞めるような真似をして、勝手に死んでしまったんだ」

「そういう状況に追いこんだのは誰だ？　あんたが魚住夕季を殺したのだ」

「うるさい！」新庄は椅子から立ちあがり、上衣のポケットから右手を出した。その手に拳銃が握られていた。銃身の短い回転式の拳銃だった。黒く虚《うつ》ろな銃口がまっすぐ私のほうに向けられていた。至近距離でも素人ではなかなか命中しにくいと言われる拳銃だが、試してみる気にはなれなかった。

「夕季さえおとなしくおれの言うことを聞いていたら、あんなことにはならなかったんだ。クソっ！　魚住の息子があんな昔のことにいつまでも拘《こだわ》ったりしなければ、こんなことにはならなかったんだ」

事務所のドアを誰かが二度ノックした。返事をする間もなく、激しくドアが開けられ四人の男が雪崩《なだ》れを打って飛びこんできた。垂水刑事ともう一人の私服刑事と、二名の制服警官だった。四人の手には拳銃が握られていて、それぞれ二挺ずつが新庄とドアのそばの男に向けられていた。新庄たちが事務所に現われる前に、私は新宿署の垂水刑事に予測される事態を通報していたが、来客が二人に増えたことは事務所から待避させておいた魚住彪が知らせてくれたに違いない。

ドアのそばの男は即座にポケットから右手を出して、無抵抗の意思を表明した。だが、新庄は呆然とした顔で、部屋の左手のロッカーのところまで後退《あとじさ》りして行った。

「銃を棄てろ！」と、垂水が大きな声を出した。

新庄は拳銃を持っていることを思い出し、それを素早く自分の側頭部に当てた。

「やめろ！」と、垂水がもう一度叫んだ。

新庄は拳銃の引き金を引こうと何度も試みたが、どうしても指に力が入らなかった。あーッという悲鳴のような長い吐息を漏らすと、拳銃を持った右手がだらりと垂れさがった。垂水刑事が駈け寄って新庄の手から拳銃をもぎとった。もう一人の私服刑事がドアのそばの男の上衣のポケットからもう一挺の拳銃を押収した。

制服警官の一人がドアの外に出て合図を送ると、錦織《にしごり》警部が魚住彪をともなって事務所に入ってきた。

私はデスクの椅子に坐り、錦織警部は向かいの来客用の椅子に坐っていた。垂水刑事たちが魚住彪と新庄祐輔と山村組の男を新宿署に連行して行った。私も参考人として呼ばれたが、錦織警部に渡すものがあると告げると、垂水たちは先に事務所を引きあげて行った。

私は廊下の突き当たりにある共同の物置へ行って、石油ストーブの中の給油タンクを収納する内壁の部分に、ガムテープで貼り付けていたビニール袋を取って、事務所に戻った。その中身を錦織に渡した。

元パートナーの渡辺賢吾《けんご》から預かった預金通帳と印鑑だった。十三年前の渡辺の失踪より以前に、事務所で何かの調査のために作っていた架空名義の通帳で、渡辺はそれに強奪した一億円を預金していた。彼は逃亡生活の最初の三ヵ月ぐらいのあいだに、それから二、三百万円程度の金を引きだしていた。だが、それ以後は月々二、三万円ずつを逆に返済していた。利息が加わっているので、最終的な残高は一億四千万円に近い数字になっていた。

錦織は通帳のページを閉じると、印鑑と一緒に上衣のポケットに入れた。

「三キロの覚醒剤はどうした？」

「奪ったその日に、ホテルの水洗トイレに流してしまったそうだ」

錦織はうなずいた。「渡辺はどこにいるんだ？」

「渡辺は死んだ」

錦織はほとんど表情を変えずに、私を見ていた。ここ数日の成り行きから、全然想像していなかったことではなかったのだろう。

「どうして、死んだのだ？」

私は上衣のポケットから手帳を出してページを繰り、ある医者の名前と連絡先を見つけると、そのページを破って錦織に渡した。

「おれの口から渡辺の最期を聞きたいか。そこに書いてあるのが渡辺の死んだ病院だ。知りたいことがあるなら、その医者から直接に聞くがいい」

「ということは、病死なんだな？」

「そうだ」

「渡辺が死んだとき、そばにいたのか」

「いた」

「一年以上も事務所を留守にしていたのはそのためだったんだな」

「いつもとは少し調子の違う手紙を受けとったので、それから捜しはじめたんだ」

「渡辺を見つけるのにどれくらいかかった？」

「八ヵ月だ」

「そうだろうな」と、錦織は言った。八ヵ月が長いという意味か、然るべき長さだという意味かわからなかった。

「渡辺の遺骨はどうした？」

「西多摩郡瑞穂町にある彼の家族の墓に納めた。彼の奥さんと子供夫婦と孫の墓だ。仕事の都合で仕方なく、清和会の橋爪にその住所を教えた。あいつは生きている渡辺に会えるつもりで出かけただろうから、きっと線香は持っていかなかっただろう」

錦織はうなずいて、来客用の椅子から重そうに腰を上げた。錦織は渡辺が自分に何か言い遺さなかったかとは訊かなかった。訊かなくても、何を言ったかわかっていたのだろう。私と渡辺の付き合いは六年だったが、錦織は二十年近く渡辺の下で刑事として過ごしたのだ。

私はデスクの下の引き出しを開けて、ジャン・ギャバンの映画のヴィデオを入れたヨドバシ・カメラの紙袋を取りだした。魚住彰の隣りに住んでいる大沢亮治という男がダビングしてくれたヴィデオだった。

「その医者が手に入れたがっていたものだが、渡してくれるか」

「預かろう」と、錦織は言った。

私たちは事務所を出て新宿署へ向かった。外はすっかり暗くなり、どこからか名前は知らないが記憶にある花の匂いが漂ってきた。死者に別れを告げるときの匂いのような気がした。その日は、それ以上錦織と言葉を交わすことはなかった。

取り調べがすんで、事務所に戻ったのは深夜に近い時刻だった。パレス自由ヶ丘の秋庭朋子に電話をして、彼女がマンションの部屋に誘った男はあくまで偶然の目撃者にすぎず、彼女自身を目当てに彼女の部屋に同行していたことを知らせた。

魚住彰に依頼された調査はすでに終りを告げていた。帰京したのとほとんど同時に捲きこまれた事件から、私はようやく解放された気分だった。デスクに腰をおろして、もう一度電話の受話器を取った。私はこの世で一つだけ諳記《あんき》している女の電話番号を思い出してダイヤルした。

《お客様のおかけになった電話番号は現在使われておりません。番号をお確かめになって、もう一度おかけなおしください……お客様のおかけになった電話番号は――》

自分の都合で四〇〇日以上も連絡をしないような男の電話を待っている義務など誰にもないのだった。わずか二日だけ連絡がなかったために、人生で最も深刻な決心をしてしまった娘さえいるのだった。

50

四月半ばの午前十一時ごろだった。陽《ひ》は射さず、しかし雨の降りそうな気配もない中途半端な天気だった。一、十、百、千、万、十万、百万、千万と下から順に数えていかなければ億の単位も見分けがつかない人間が、大金の使《つか》い途《みち》に困っている姿を頭から追い払うのに苦労しながら、私は事務所で新聞を読んでいた。

あれだけ世間を騒がせた大築流能の宗家に起こった十一年前のスキャンダルの記事もすでに紙面から消えていた。あれからしばらく、新聞は大築家の次女の自殺の隠蔽《いんぺい》事件について、派手な暴露記事を掲載し続けた。死んだ渡辺のそばにいた数ヵ月のように近くにテレビがあったら、もっとすさまじい狂躁《きょうそう》劇を観せられていただろう。

それに較べると、元高校球児・魚住彰と彼の家族の悲劇は殺人事件が含まれているにもかかわらず、さほどセンセーショナルな扱いは受けていなかった。魚住彰が現役のプロ野球選手でもあれば話は違っていただろうが、十年以上も昔の甲子園のベスト8に進出しただけで消えてしまった選手のことなど、よほどのファンでなければ記憶にも残っていなかったのだろう。後者は前者の関連事件として報道されているにすぎなかった。あるいは、父親の魚住彪《ひょう》についた仰木弁護士の手腕がものを言っているのかもしれなかった。あるいは、〝熱血〟や〝青春〟を看板にした年二回のお祭り興行でもある高校野球のイメージ・ダウンは、新聞社にとっては一種のタブーなのかもしれなかった。

私は新聞のページを繰って、対露支援が四三四億ドル、宮沢首相訪米、ポル・ポト派の攻勢準備、贋一万円札〝和D―53号〟事件、大阪府警の猥褻《わいせつ》警官などの記事は見出しだけで素通りし、囲碁十段戦で大竹英雄九段が武宮正樹九段を三勝一敗で破って、十二年ぶりの十段位に返り咲いたという記事を読み耽《ふけ》っていた。

紙面から顔を上げると、魚住彰が風通しをよくするために開けたドアのそばに立っていた。

「ようやく姉を自分の墓に葬ってやりました」

私はうなずいて、入るように言った。彼は蓮慶寺の駐車場で初めて会ったときの窮屈そうな紺色のスーツ姿で事務所の中に入ってくると、デスクの向こうの来客用の椅子に腰をおろした。左の側頭部の傷痕は生えそろった髪に隠れて、何も見えなかった。療養中に規則的な生活を送ったせいか、以前よりも健康そうな感じだった。

私は用意していた封筒をデスクの引き出しから取りだして、魚住に渡した。調査費と必要経費の明細書と一緒に、彼が東京医大病院を退院したあと、事件の跡始末に追われる日々の合間に送ってよこした金額から明細書の合計を差し引いた残額が入っていると説明した。

彼はそれを上衣のポケットに納めながら、ためらいがちに言った。

「結局、ぼくのやったことは、本当にどうしてもやらなければならないことだったのかどうか、わからなくなってしまいました」

私は何も言わなかった。依頼人が調査の結果に失望することには慣れていた。いや、むしろ彼らはこの事務所を訪れたことを後悔しながら去って行くのが普通だった。

魚住は続けて言った。「その後会った誰もが、小さな石の置かれた場所がおかしいからそれを動かそうとして、大きな土砂崩れを起こしてしまった馬鹿な男を見るような眼で、ぼくを見ている」

「誰かがきみの姉さんの遺体を見つけなければならなかったんだ。見つけるだけなら腹の減った野良犬でもいいし、一万年後の考古学者でもいいが、おれはきみが見つけたことに不満はない。もっとも、正確に言うと、きみが見つけようとし、おれがそれを手伝い、最後は埋めた本人のきみの父親が教えてくれたんだったが」

魚住は私の皮肉に気づいて、唇の端で少し笑った。

「ぼくがそっとしておいても、いつかは父が……」

「そうかもしれないが、そうでなかったかもしれない」

「甲子園から帰ってきたあと、父とよく話し合うべきだったんです。今から思うと、父のあのころの様子はぼくに何かを話したがっていたように思えてならない……ぼくは八百長の嫌疑と姉の自殺から受けたショックで、誰とも口をきこうとしなかった」

「父親と息子の対話というのは、たいていは貧相なものと相場が決まっているんだ。問題を紛糾させるのには最適だが、問題を解決することはほとんどない」

「父や、新庄の叔父のことは仕方がないとしても、藤崎監督にまで迷惑をかけることになってしまった」

あの夜、私が新宿署から魚住彪と新庄祐輔が逮捕されたことを藤崎謙次郎に電話で知らせると、彼は自分もその件には関わりがありますと答えて、すぐに出頭してきた。彼は八百長工作には関与していたが、魚住夕季がそれに関わっていたことも、監禁されて死に至ったこともまったく知らなかったと供述した。魚住彪も新庄祐輔もそれに同意する証言をしているので間違いはないだろう。賭博および八百長行為で追及される藤崎の罪科はそれほど大したものにはならないだろうが、彼を待っている道義上の裁きは厳しいものになるに違いない。彼がアマ球界で築いてきた功績や地位は無に帰するだろうし、三鷹商業の野球部のOBたちのクラブのような〈ダッグ・アウト〉やスポーツ用品店の存続はむずかしくなるかもしれなかった。

「監督の奥さんや、慶子叔母さんにまでつらい思いをさせることになってしまった」

「きみのせいではないと言ってほしいのか」

魚住は苦笑して、首を横に振った。

「彼女たちには会ったのか」と、私は訊いた。

「先週、会いました。姉の遺骨を永福寺の墓に納めて供養をしたのですが、そのときに……二人とも、事件のことには直接触れずに、姉のことがはっきりして本当によかったと言ってくれました。でも……」

「でも、何だ？」

魚住は答えなかった。私が代わりに喋った。

「彼女たちはおそらく本気でそう思っているのさ。彼女たちは自分の夫が罪を犯していたという驚きや苦痛や嘆きとは別に、そういう気持を持つことができるんだろう。馬鹿な男たちのように、心の真ん中にある感情の色で何もかも塗りつぶしてしまおうとはしない」

「でも、彼女たちにそういう苦痛や嘆きを与えたのは誰です？」

「彼女たちの夫だろう。少なくとも、きみじゃない。悪いが、きみには彼女たちに対してそんな影響力はないよ」

魚住は苦笑を繰りかえした。しばらく自分の考えに耽《ふけ》っていたが、やがて話題を変えて言った。

「姉の身代わりをさせられることになってしまった、自殺した娘さんはどういう人なんですか」

私は大築百合について知っていることを話した。彼が何を考えているか察しがついたので、彼が知りたがっていることも省かずに話した。話し終えると、やはり彼はそれを訊いた。

「その娘さんは、姉のせいで自殺したんですか」

「人は誰かのために死んだりはしない。本人はそのつもりかもしれないが、たいていは自分のために死ぬんだ」

「でも、姉が何の連絡もしないまま二晩もマンションへ戻らなかったことが、その娘さんの心を追い詰めてしまったことは確かでしょう？」

「きみの姉さんは戻れなかったのだ」

「大築百合という人はとても可哀相な娘さんだったようですが、だからといって人間はそれぐらいのことで、あんな高い所から飛び降りて死のうと考えたりするものなのですか」

「それは何とも答えられないな。ああいう若い娘が何をどういうふうに考えるのか、私のように中年を過ぎた男にはまったく理解できない……ただ、死ぬことを考えている者は、その死の直前には死ぬか生きるかではなく、飛び降りるか降りないかという行為そのものに囚《とら》われているということだ。大築百合の場合は、大築家の関係者たちは気づいていないのか、気づいて知らぬふりをしているのかわからないが、彼女にマンションのベランダを乗り越える最後のきっかけを与えたのは、そこへ駈けつけてきた彼女の義兄ともう一人の男だったのではないかと、私は思っている。彼女は父親たちの手の届かないところで、死にたいという想いと戯れていただけかもしれないが、そこへ自分の居所を知らないはずの父親の手先のような男たちが駈けつけてきたんだ。伝統的で厳格な家風――彼女にとっては煩わしくて疎《うと》ましい家風から独立して生きていたつもりが、すべて父親の監視下にあったことを瞬時に思い知らされたはずだ。彼女がベランダから飛び降りたのは、彼らを目にした瞬間だったような気がしてならない……単なる当て推量にすぎないがね」

「引き止められると思って、それが結果的に逆効果になったということですか」

「ああいう娘を引き止められる者はいないんだ。あるいはこの世に一人はいたかもしれないが、しかし、いつも肝腎なときにその一人はそばにいない」

「それが姉だったと?」

「私は一般的なことを言っているんだ。あの娘の場合は、対立していた父親だったのかもしれないし、幼くして死んだ兄だったのかもしれないし、妊娠していた子供の父親だったのかもしれない。あるいは、きみの姉さんだったかもしれない。それがわかっていれば、彼女はベランダの手摺りなどに近づく必要もなかっただろう……十一年前の夏、大簗百合という二十才の娘と魚住夕季という十九才の娘が出会ったことが、すべての始まりだった。二人のあいだでどういうことがあったのか、われわれには永久に謎だ。二人が出会ったことに較べれば、片方の父親が自分の娘の死を隠そうとしたことも、もう一人の父親が自分の娘の死を防げなかったことも、この事件の副産物にすぎなかったのかもしれない」

「飛び降りて死んだのは自分の姉ではなかったことがはっきりしたとき、ぼくは謎は消えたと思っていましたが、それはまた別のところで新しい謎を生み出しているわけですか」

魚住彰は身近で切実な一つの〝何故〟に拘《こだわ》って十一年間生きてきて、結局はもっと沢山の〝何故〟を抱えこんでしまったようだった。若者の歩く道はいつもそういうふうにできていた。生身《なまみ》の人間に生じる謎は、答えが一つしかないような机上の謎ではないからだ。

私は眼の前にいる二十九才の青年がこれからどういう生き方をして行くのか想像もつかなかった。そういう私の気持はすぐに相手に伝わった。

「先週、市会議員の草薙さんにお会いしたとき、ある私立の高校の野球部の監督をやってみないかという話がありました。部員が九人しかいない野球部で、そのうちの半数は警察の補導歴がある生徒たちだそうです」

「引き受けるのか」

「いや、監督を迎えられるような野球部になるかどうか、そこを訪ねてみますという返事はしましたが、自分が監督になるつもりはありません」

魚住彰には自分を憐れむような余計な性格も、余分な時間も欠如しているようだった。これからは自分のためだけに生きていかなければならなかった。彼は最後に、兜神社の浮浪者たちのことを訊いた。私は知っていることだけを教えた。彼は残念そうに、ではもう礼を言う機会はないかもしれませんねと言った。私たちは話すことがなくなっていた。魚住は椅子から立ちあがって、お世話になりましたと言い、ドアのほうへ向かった。

私は彼の背中に訊いた。「甲子園の準々決勝で、あの電話がかかっていなかったら、勝っていたか」

魚住はドアロのところで振りかえって答えた。「勝てはしなかったでしょうが、九回で七点も取られはしなかったでしょう」

「だが、八百長はしていない？」

彼は少し考えて答えた。「していません」

私はデスクの引き出しの一つから、藤崎スポーツ店で買ってきた硬球の野球ボールを取りだした。

「おれからの餞別《せんべつ》だ」

私が力一杯に投げたボールを、魚住彰は瞬《まばた》き一つせず無雑作に素手で摑んだ。彼は微笑し、ボールをポケットに入れてちょっと頭を下げた。

私はデスクの上のタバコを一本抜いてくわえ、魚住の足音が廊下を遠ざかって階段を降りていくのを聴いていた。やがてそれが聴こえなくなると、タバコに火をつけた。タバコの煙は、風通しをよくするために開けた窓からの風に吹かれて、ドアから廊下のほうへ流れていった。去っていく魚住彰を追いかけているようだった。

デスクの上の電話が鳴った。電話に出る気にはなれず、呼出し音は十回以内で切れることに賭けた。私は賭けに負けて、タバコを灰皿で消すと、ゆっくりと受話器に手を伸ばした。

後　記

『そして夜は甦る』『私が殺した少女』に続く長篇第三作『さらば長き眠り』の構想を得てから、これを書き上げるまでに五年という歳月が流れている。まず読者諸兄に、そして辛抱強く著者の執筆を見守って下さった早川書房の各位にお詫びしなければならない。

小著においても前二作および短篇集同様、実在のものと同一の地名・団体名・企業名・個人名・作品名等が頻出するが、小著がフィクションである以上、書かれていることは実在のものとは直接何の関係もない。使用にあたっては慎重を期し、いかなる迷惑も及ぼさないように配慮したつもりである。もしそうでなければ、責任は登場人物の諸氏にではなく、著者の力量不足にある。

小著の巻頭に掲げたニーチェの引用は、白水社刊『ニーチェ全集』（第I期第八巻）『遺された断想（一八七六―七九年末）』の田辺秀樹氏の御訳を参照させていただいた。小著に登場する〈大簗流能〉はもちろん著者の想像の産物であるが、能楽に関する知識を得る上で、東京創元社刊『能楽全書』および岩波書店刊『岩波講座能・狂言』を参考にした。なお、文中に謡われる『船辨慶』『鞍馬天狗』の一節は斯界の泰斗たる観世流の謡本を参照した。さらに能楽の伝承についてはフジテレビ制作『能の親子三代』に学ぶところがあった。併せて、この場を借りて感謝の意を表したい。巻末ながら、著者の狭く乏しい知識を補っていただいた友人各位と早川書房の編集部各位に厚く御礼申し上げる。

著者敬白

あとがきに代えて──世紀末犯罪事情

死の淵より

原　尞

私がこの私立大学付属病院のガン病棟の個室の一つに入院してから、すでに三日がたっていた。ご多分にもれずもちろん全館禁煙だった。しかし、そこは個室のありがたさで、私は二、三時間に一本ぐらいのペースでこっそりタバコを喫っていた。四十代後半の看護婦で、人命を救う医療行為にまさる正義はこの世に存在しないと信じこんでいるようなヴェテラン看護婦が、この部屋に入ってくるたびに敏感な鼻をひくひくさせながら、私に哀れな犯罪者に対するような視線をそそぐのにも馴れてしまった。哀れな犯罪者というよりは哀れな自殺行為者に対する視線といったほうが正確だった。私はすでに別の二つの病院で、それぞれ初期と中期の肺ガンの疑いありという診断をくだされ、この病院を最後のはかない希望の頼みにして、精密検査を受けるために緊急入院したのだから……。

その精密検査の結果が明らかになるのは明日の午前九時である。明日は一九九九年の大晦日で、世間は〝ミレニアム〟がどうの〝Y2K〟がどうのと騒がしかった。もし検査の結果が前の二つよりも深刻なもので、一年以内の命ということにでもなれば、私は二十一世紀の到来を待たずに、この世におさらばしなければならない。二十一世紀の到来など別に見たいとは思わなかったが、だからといって一年足らずで死ぬことを歓迎しているわけでもなかった。

病室のドアをノックする音が聞こえ、二十代半ばの背の高い看護婦が医療用のワゴン車を押して入ってきた。一日に一度はその明るくて屈託のない顔を見せる茶色に髪を染めた看護婦で、言葉に関西ふうの訛りがあった。彼女は夕食後の検温を確認して控えてから、あらかじめ予告されていた採血にとりかかった。

「里見先生が、具合はいかがですかとおっしゃってました」

「別に何も……今のところは」

彼女はうなずくと、採血を終わり、十時にもう一度様子を見にきますと言って、病室を出て行った。里見という医師は四十代後半の医学部の助教授なのだが、この病棟の責任者であり、私の担当医でもあった。

暮れなずむ窓外の景色に視線をうつすと、暖冬らしい外気のなかの柔らかな暗橙色の雲がかすかに流れているのが見分けられた。温度調節のきいた病室で、夕食後の全身を這いあがってくるような眠気と、すでに限界点をはるかにこえている退屈さに身をゆだねて、私は五年前に死んだある男のことを考えていた。

＊

東京を発っておよそ八カ月後の日曜日の午後、私は九州のとある小都市の郊外の木立の中に建っているやや古ぼけた医院を捜しあて、その裏手に隣接する医師の私邸の呼鈴を鳴らした。

一分ほど待って、里見という表札のある玄関のドアを開けた医師は、休日にゴルフというよりは庭いじりといったタイプの風貌と服装の六十代後半の白髪の男だった。彼はそのときが初対面の私の顔を、誰だか考えているような表情でじっと見つめていた。

「こちらの病院に、渡辺賢吾という男がお世話になっているはずですが――」

私は用意していた渡辺の最も遅い時期に撮った写真を上衣の内ポケットから取りだして、相手に見せた。「あるいは渡辺という名前は伏せているかもしれないが、この写真の男です……もっともこれは二十年ぐらい前の写真ですが」

老医師は写真を一瞥した。それから私に視線をもどして、不安そうな顔で私を見つめていた。もしも渡辺がこの医師に自分の身の上の一部でも打ち明けているとすれば、渡辺を捜している人間がほかにもいることを知っていることになる。私は自分の人相風体が必ずしも刑事や暴力団員と画然とした相違がないことを思い出して、付け加えた。

「私は彼の昔のパートナーで、沢崎という者です」

里見という医師はゆっくりとうなずいて、その顔から不安の色を消した。代わりに不思議そうな表情を浮かべた。

「驚いたな。彼は昨日も、もうそろそろあんたが現われてもいいころだと言っていたんだよ」

「渡辺は……彼の具合はどうですか」

「こんなところでは何だから、まァ、おあがりなさい」

彼は私を家の中に招じ入れると、廊下の突き当たりにあるかなり広めの洋間に案内した。すぐには客間なのか居間なのか識別のつかない部屋で、家人の姿はなかった。私の調査では、妻を数年前に亡くした男鰥夫《おとこやもめ》の医師で、家事の世話をしているお手伝いとの二人暮らしだということだった。部屋の隅にある大型のテレビの画面に、ジャン・ギャバンともうひとり目つきの鋭い体格のいい男が映っていた。ギャバンは黒のシックなダブルのスーツ、相手は派手なチェックのスーツを着こんでいた。どうやらギャング同士の密談のようだった。

「休みには映画のヴィデオでも観るぐらいが、ぼくの気晴らしでね」

老医師は応接テーブルの上のリモコンを取って、ヴィデオを停め、テレビのスイッチを消してから、私に向かい側のソファに坐るようにすすめた。

「彼は大丈夫ですか」と、私はふたたび訊ねた。

老医師は答えづらそうな顔をして、すぐには返事をしなかった。渡辺賢吾はもちろん大丈夫ではなかった。末期の肝臓ガンを患っていて、それからほぼ三ヵ月後に息を引きとった。

＊

病室の内線電話のベルが鳴った。私は腕を伸ばして、受話器を取った。

「もしもし……」

しばらく答えがなかった。

「もしもし……？」私はもう一度訊いた。

「五一二号室ですか」と、相手は確認を取った。妙に押し殺したような警戒心の強い男の声だった。

「そうですが……」私の声は三日もベッドに横になっていたせいか、受話器の中で自分の声とは思えないように弱々しく響いた。

「ということは、えー、沢崎さんですね？」

「ええ」

それから電話が切れたのかと思うような長い沈黙があった。

「確か……明日の朝、精密検査の結果が出るんでしたね」

それからもう一度、こちらが不安になるように長い沈黙。

「もしもし」と私が言うのと同時に、向こうからさっきよりは少しはっきりした声が聞こえてきた。

「あなたは〝水溶性アグワリックス〟と呼ばれている超抗ガン剤のことを聞いたことがありますか」

「ええ、まァ……」私は軽く咳きこんだ。

「実はね、これはそれとは少し異なるのですが、同系統のしかも数十倍という効果を発揮している薬剤があるのですよ……わかりますか」

私はわかると答えた。

「ところが残念ながら、この薬剤はまだわが国では正式には認可されてはいないのですよ。しかも、実に不都合な薬学会の諸般の事情から、この薬が認可されるまでにはまだ数年がかかるだろうといわれているのです。わかりますか」

私は咳をしてから、ふたたびわかると答えた。

「しかし、実際にあなたがたのように、この病気に苦しんでおられる――」

「ちょっと待ってくれ。私の検査の結果は、まだ明日の朝にならなければ出ないのだが、あんたは、つまり……もうその結果を知っているということですか」

「いや、そういうわけではありませんが……」受話器の向こうで気まずいようなため息が聞こえた。

私は咳きこんで悲痛な声を出した。「もし検査の結果がわかっているのなら、まずそれから聞かしてくれ」

「ちょっと待ってください。そんなに興奮なさらずに冷静に――」

「これが冷静でいられるか」

「困りましたねえ。そんなことでは、せっかくの親切で電話を差しあげた私どもの立つ瀬がありませんから。ではこれで、この話はなかったものとして、電話を切らせてもらいます」

「ちょ、ちょっと待ってくれ。わかった。冷静になるから、電話は切らないでもらいたい」

「そうですか……では、冷静な気持でお聞きください。私どもはもちろんあなたの明日の検査結果については存じあげてはいません」嘘をついているようにしか聞こえない口振りだった。「しかし、万一不幸にしてですが、そのォ、かんばしくない結果となった場合のことですが、そのときこそ、先刻申しあげました私どもの薬剤がぜひおすすめなのですよ……おわかりですか」

それから電話の男は、十分以上の時間をかけて、手慣れた薬剤セールスマンの口調で自慢の製品に関する懇切丁寧な説明を続けた。その節々で「おわかりですか」を繰りかえしたが、私にはそれを数える余裕も気力もすでになかった。説明の大略は次の通りであった。

すでにその薬剤を使ったガン患者のうちの実に七割近くから癌が完全に消えさっていること、この病院の患者でもこれまでに二十七人がその薬剤を服用しており、そのうちの十九人が半年から一年以内に、全快ないし三年以内に再発のおそれはないという診断を受けて無事退院したことを話した。

ただし、この薬剤は無認可であるため、もしも使用の事実が露顕すれば、薬害にやましいこの時世では重大な犯罪として裁かれること、そして服用した患者自身もう病室のベッドで安閑と治療などしていられないような重大なトラブルに捲きこまれてしまうことを、厳しく注意した。

だが、すでにこの薬剤の効力はこの世界では知らない者がないほど知れ渡っており、無認可であることを恐れてその服用を躊躇するようであれば、助かる命をむざむざ放棄するようなものであると言った。

そして、一週間分の代金は五万円であるが、実は昨年までは十万円を超えており、今年の上半期までは七万円が必要であったが、その薬効の実績と最近のインターネットでの頒布などにおける普及のおかげで、現在はわずか五万円での頒布が可能となったと説明した。

薬剤の服用はすべてこの病院の治療にまぎれてなされるということだった。ただし、残念ながら、ガン患者の症例によってはそのうちのおよそ三割はこの薬剤に適合しない場合があり、服用の結果はすべてチェックして、その配合などを調整しながら投与をつづけ、それでも改善の様子が見られない場合は、三カ月後にあらためて電話連絡をすることになると言った。

「ぜひお願いしたい」と、私は咳の合間から言った。「それで、服用はいつから？」

「どうせ明日の検査結果はわかっているんだろう？　一日も早く服用したい」

相手はすみやかに薬剤の代金の支払い方法を告げた。

＊

その日の深夜の十二時少し前に、私は患者用のお仕着せの上にコートを着て、病室を出た。ふらつく足取りで人気のない廊下をエレベーターのところまで歩くと、エレベーターを呼んで乗りこんだ。七階のボタンを押すと、エレベーターは上昇し、私は最上階に降り立った。ここも人気のない廊下を病棟の東の端まで歩き、非常階段へのドアを開けて、階段を上がった。息切れがした。小さな踊り場のドアを開けて屋上に出ると、十二月の夜の寒気が全身を包んだ。病棟の裏側に面したところまで進んで、腰の高さの鉄柵から身を乗りだして、七階下の地上の暗がりを見下ろした。

この鉄柵を乗り越えてダイビングすれば、とくに未練もないこの世からも自分の肉体からもおさらばできるのだと……

そういう心理状態を想像しようとしてみたが、私には無理だった。コートのポケットからタバコを取りだすと、マッチの炎がもれないように注意して、コートの内側で火をつけた。そして待った。

ちょうど十二時を過ぎたころ、真下に見える職員駐車場の隅にある円筒形の金網のゴミ入れのそばに人影が現われた。黒いジャンパー姿の男は周囲を見まわしながら、ゴミ入れに近づいた。自分の頭の真上の二十数メートルのところに監視者の眼があろうとは夢にも考えていない様子だった。男はかがみこむと、指定したゴミ入れの底に手を這わせて、そこにある五万円入りの封筒を取りだした。

私はコートのポケットから柄の長い大型の懐中電灯を取りだすと、男の頭めがけてその光を浴びせた。男はあっと叫んでパニック状態に陥った。ゴミ入れを取り囲むように三方に配備されていた病院のガードマンたちが、男をめがけて殺到した。

警察の事情聴取を終え、病室で数時間の仮眠を取ったあと、翌朝バッグに身の回りの物を詰めこんで病室を出ようとするところへ、里見助教授が現われた。私たちの連絡係を務めた茶髪の看護婦も一緒だった。里見は九州で開業している父親に眼もとがそっくりだったが、父親に較べるとほっそりした顔だちと体型だった。

昨夜逮捕された男は大手製薬会社をリストラされたセールスマンで、病院とは直接関係のない男だったと言った。だがその後の取り調べで、病院内に看護婦とインターンの共犯者が一名ずついることを自白したとも付け加えた。犯行の内容から病院内の情報提供者の存在は避けられないところだったが、それが事実となって、助教授はショックを受けていた。

一年ほど前から頻発していると見なされていた犯罪だったが、問題がガン患者の治療の弱みにつけこむ卑劣な詐欺行為で、容易に確証がつかめずに難渋していたことを、助教授が故郷の父親にもらし、父親が探偵としての私を息子に紹介したことからの依頼だった。意外に短期間で片がついたのは、暮れから正月にかけて、見舞客もなく、自宅に帰ることもない個室の孤独な患者は、犯人たちの絶好の餌食ではないかという推測が当たったようだった。

里見助教授は手にしていた茶色い大判の封筒を私のほうへ差しだした。

「いちおう精密検査はしたんですから、その結果を」

「このまま入院したほうがいいとでも？」

「そんなことはありませんが、まァ、お年からいっても少し健康に気をつけてもらったほうが……」

私は封筒を受けとり、お父上によろしくと言って、大学病院をあとにした。

西新宿に戻り、ブルーバードを駐車場に停めて、明日からの二〇〇〇年の正月三カ日を休業にするつもりで事務所に寄ってみると、ドアに小さなメモが挟まっていた。

それは次なる新たな事件の始まりだった。

（これは本書の文庫化にあたり書下ろされたものです）

原　尞　著作リスト

〈私立探偵・沢崎シリーズ〉

長篇

『そして夜は甦る』（一九八八年四月）ハヤカワ文庫ＪＡ５０１
『私が殺した少女』（一九八九年十月）ハヤカワ文庫ＪＡ５４６
『さらば長き眠り』（一九九五年一月）ハヤカワ文庫ＪＡ６５４　本書
『愚か者死すべし』（二〇〇四年十一月）ハヤカワ文庫ＪＡ９１２
『それまでの明日』（二〇一八年三月）ハヤカワ文庫ＪＡ１４４６

短篇集

『天使たちの探偵』（一九九〇年四月）ハヤカワ文庫ＪＡ５７６

エッセイ集

『ミステリオーソ』（二〇〇五年四月）ハヤカワ文庫ＪＡ７９３
『ハードボイルド』（二〇〇五年四月）ハヤカワ文庫ＪＡ７９４

＊一九九五年六月刊のエッセイ集『ミステリオーソ』を文庫化にあたり再編集し二分冊した。

本書は、一九九五年一月に早川書房より単行本として
刊行された作品を文庫化したものです。

著者略歴　1946年生，九州大学文学部卒，2023年没，作家　著書『そして夜は甦る』『私が殺した少女』『天使たちの探偵』『ミステリオーソ』『ハードボイルド』『愚か者死すべし』『それまでの明日』（以上早川書房刊）

HM=Hayakawa Mystery
SF=Science Fiction
JA=Japanese Author
NV=Novel
NF=Nonfiction
FT=Fantasy

さらば長《なが》き眠《ねむ》り

〈JA654〉

二〇〇〇年十二月十五日　発行
二〇二四年　五　月十五日　七刷
（定価はカバーに表示してあります）

著　者　原《はら》　尞《りょう》
発行者　早川　浩
印刷者　大柴正明
発行所　株式会社　早川書房

郵便番号　一〇一 - 〇〇四六
東京都千代田区神田多町二ノ二
電話　〇三 - 三二五二 - 三一一一
振替　〇〇一六〇 - 三 - 四七七九九
https://www.hayakawa-online.co.jp

乱丁・落丁本は小社制作部宛お送り下さい。
送料小社負担にてお取りかえいたします。

印刷・株式会社亨有堂印刷所　製本・株式会社明光社

ISBN978-4-15-030654-0 C0193

本書は活字が大きく読みやすい〈トールサイズ〉です。